Hz. Süleyman'ın Sarayındaki

Sebe Kraliçesi Belkıs

ROMAN

ISBN: 978-605-151-154-2
Sertifika No: 12451

Hayat Yayınları	:	561
Hayat Edebiyat	:	55
Kitabın Adı	:	Sebe Kraliçesi Belkıs
Yazarı	:	Nurdan Damla
Editör	:	Ahmet Savaş Özpınar
Kapak Tasarım	:	Ahmet Çelik
İç Tasarım	:	Hayat Yayınları
Baskı Yeri & Tarihi	:	Ankara, 2019
Baskı & Cilt	:	Ertem Basım Başkent Organize Sanayi Bölgesi 22. Cadde No:8 Malıköy - Temelli / Ankara Tel: (0312) 284 18 14 Sertifika No: 16031

Hayat Yayın Grubu

Molla Gürani Mahallesi, Oğuzhan Caddesi No: 15 Kat: 3
Fındıkzade - Fatih / İstanbul
Tel: 0212 613 11 00 Gsm: 0530 290 99 78 Faks: 0212 613 11 55
www.hayatyayinlari.com - e-posta: hayat@hayatyayinlari.com
twitter.com/hayatyayinlari - facebook.com/hayatyayinlari.com

Hz. Süleyman'ın Sarayındaki

Sebe Kraliçesi Belkıs

ROMAN

NURDAN DAMLA

Hayat

Nurdan Damla

1963 yılında Erzurum'da doğdu. Aslen Iğdır'lıdır. İlk, orta ve lise öğrenimini tamamladıktan sonra Anadolu Üniversitesi İletişim Bilimleri Fakültesi'nde eğitim gördü.

Şiir, roman, hikâye, makale ve denemeleri küçük yaşlardan itibaren çeşitli dergi ve gazetelerde yayımlandı.

Yazmış olduğu birçok tiyatro oyunu sahnelendi. Özellikle şiir ve hikâye dallarında çeşitli ödüller kazandı. En son eseri olan "365 Günde Sevgili Peygamberim" kitabıyla Türkiye Yazarlar Birliği Çocuk Edebiyatı Ödülü'nü alan yazar "2007 Yılın Çocuk Yazarı" seçilmiş olup eser on bir dile çevrilmiştir.

Çocuk hikâyeleri, şiir, roman, gezi notları ve deneme dallarında muhtelif eserleri mevcuttur.

Çocuk Edebiyatçıları Birliği'nin kurucularından olup Türkiye Gönüllü Eğitimciler Derneği'nin Yayın Kurulu Başkanı olarak çalışmalarına devam etmektedir.

Hz. Muhammed'i Tanıma ve Tanıtma Uluslararası Derneği kurucularındandır.

Evli ve üç çocuk annesidir.

Yazardan...

"Hz. Süleyman saklı bir hazineyken, Sebe Melikesi o hazineyi çağlara açacak bir anahtardı. O bilir ki, Süleyman'ı bulan son Nebi'yi bulur."

"Bilmekteydi ki Süleyman, bir kadın itaat ederse toplum itaat eder. Bir kadın ikna olursa toplum abad olur. Bir kadın isterse âlemi deler, gerçeği bulur. Bir kadın isterse Süleyman'ı bulur, Besmele'ye kavuşur. Ve Besmele'yle huzurun güvenli koylarına ulaşır."

"Gönül sarayının bahçesine aldığı konukları vardı Belkıs'ın.

Baş gözüyle değil kalp gözüyle görebilendi onlar."

"Hz Süleyman'ın sarayının kapısını her misafir çalamaz. O kapıya herkes ulaşamaz, tokmağını çalamaz. Ancak yüce gönüllü Belkıs o azim dergâha cüret eder ve ardından kitleleri sürükler. O kapıya bizi getiren de sebeplere bağlı bir sebep Sebe Melikesi."

"Yere göğe sığmayan aşk nasıl kul kalbine sığdıysa, arşın kürsüsünü tutan hazine de minicik bir hüdhüdün gagasında asılıydı. Hüdhüdün minicik gagasında Besmele ve dahi koca bir kavmin bahtı asılıydı."

"Herkesin kalbi üzerinde bekleyen bir gönül hüdhüdü vardır. Vakti gelince usulca süzülür ve hakikati bırakıverir kalp kapısına. Ve Süleyman'dan aldığı mektubu oraya bırakıverir. Besmele'ye davet eder sizi. Sır içinde sırlar açığa çıkar. Çağırır hümâsına. Ve o sırdan mektubu okumak şu an elinizde."

"Kum olmak, kül olmak misali... Kulluk yolunda önce ateşlerde yanar ve yunulur insan. Yandıkça yok olur, erir şeffaflaşır, ancak o zaman kul olur. Cam olur sükûn bulur, billur bir denizde ummana akar."

"Arşın kapısıydı secde. Acziyetti tokmağı, kulluktu kelamı ve besmeleydi şifresi... Beden kumdan zeminlere secde ederken, ruh cam mavisi göklere rücu ederdi."

"Süleyman, Belkıs'ın gönlündeki gül bahçelerinden haberdardı. Gaybî bir nazarla çok uzaklardan görmüştü. O sırrı nazara sunmak istedi.

Gönül alıcı iklimleri ve kalbe işleyen o kelamı duyurmaktı çabası. Önce Sebe Melike'sine, sonra da onu canından çok seven muti ahalisine... "

"Ve Belkıs, çağların ötesinde keşfedilmeyi bekleyen sır... Kendisine ve kavmine Turi Sina'nın altından hazine çıkaran kadın... Kimine göre ins, kimine göre cin ama Süleyman'a göre hakikati arayan bir âşık."

"O, Yüce Kur'an'ın övdüğü Kraliçe ve adil bir yöneticiydi. Kur'an'da bahsi geçen Kraliçe gerçeğin peşindeydi. O hikayedeki arayışa ortak olalım lütfen!"

"Yüreğinin tüm kandillerini Belkıs üzerine tutmuş. Yazarından onu taharri etmiş ve hayatının hecesini aşk kelamı üzerine oturtmuş güzel yürek; Handan Erdoğan'a binlerce selam ve teşekkürle...

Ve Süleyman mektubunu teenniyle okuyabilenlere selam olsun."

"Çalışmamın son aşamasında çok değerli bilgilerini ve desteklerini esirgemeyen değerli dostum Arapça Hocası Sayın Özlem Şahin Hanımefendiye ve çok değerli bilim insanı Dr. Alam Elali Hanımefendiye teşekkürlerle..."

"Ve adı gibi nezih dost Sevgili Ahsen'e hamd güzelliğiyle!"

Nurdan Damla
Ekim 2015

Önemli:

Kadim şahsiyetlerin tanıtımında olayların tamamı, sahih kaynaklardan çalışılmıştır.

Yapılan tasvirler, duygu aktarımları, akışı sağlamak adına kurulan ifadeler tamamen yazarın kendi dünyasına düşen hususi yansımalardır. Araya girmiş onlarca çağın isi, tozu, dumanı içinde gerçeğin birebir aynı olduğu düşünülemez.

Bu konuda kusurlar bize, affetmek ise Rahman ve Rahim olan Rabbimize aittir.

1. BÖLÜM

SÜLEYMAN'DAN MEKTUP VAR

"Mektup Süleyman'dandır,

rahmân ve rahîm olan Allah'ın adıyla (başlamakta)dır."

(Neml:30)

"İnnehu min suleymâne ve innehu bismillâhir rahmânir rahîm."

Melike gecenin gizemli koynundan sıyrılarak usulca camı açtı. Sarayın yüksek burçlarından esen ferahlatıcı meltem saçlarını savurdu. Adhana ırmağının çağıltılı sesi anne ninnisi gibi sıcak ve sevimli geldi ona.

Vadinin iki yakasını boydan boya sıralayan salkım söğütlerin hışırtılı dansı geceye ayrı bir ahenk katarken şehri seyretti. Kadim zamanlardan kalma kalıntıların üzerine yeni baştan imar edilmiş imparatorluğunu düşündü. Mülkünü seyretti Melike. Şehir uykuda, Tanrılar suskundu. Kimse yoktu halini anlayacak ve ruhunun sessiz çığlıklarını duyacak.

Döndü yönünü görünmez ufuklara doğru genç Melike. Doğmamış zamanlara ve onlarda doğacak olanlara seslendi: "Sizler!" dedi. "Benden sonra ki çağlara doğacak insanlarsınız. Ey dünya yüzüne benden sonra doğacak olanlar! Bilesiniz ki yürek sırlar yumağıdır. Kilitli bir hazinedir yürek. Aşkın şifresini bilmeyenler onu açamazlar. Tek taraflı bir aşktı benimki. Nerden bileceksin beni? Çağınızın çok gerilerinde yaşayıp gitmiş Sebe Kraliçesini. Sırrımı kimseye bildirmedim. Nefeslerimin bitip tükendiği şu anlarda size açabilirim. Size bahtı büyük talihimin imparatorluğunu dolaştıracağım. Ben Kraliçe Belkıs! Benden çok ötelerde nefesini hissettiğim candaşlarımı kraliyet köşkümden öte gönül köşkümde ağırlamak isterim. Yürek sandığımı bir tek size açacağım.

Sizler ki benim çağımdan öte çağlardan çıkıp yanıma gelmiş aziz misafirlersiniz. Kadim ve kıymetlisiniz benim için. Buyurun ey aziz canlar. Bu yerler sizin, bu erler sizin, bu neferler sizindir. İmparatorluğuma hoş geldiniz. Merib Dilarasının yüreğinde ki sonsuz arayışı sizden başka kime açabilirim ki.

Buyurunuz ve biliniz ki Sebe Kraliçesi Belkıs farklı bir aşka tutulmuştur, ey aziz konuklar! Bilirim beni tanımak istersiniz. Kadın kimliğinin gün yüzü görmemiş toplumlarca horlandığı topraklarda bir şakayık gibi Kraliçe olarak boy verip yeşermişim. Saygın Tubba'nın torunu olarak aldığım emanetini öteye taşımaktı boyun borcum. Erkek evladı olmayan Şurahbil kızı Belkıs atalarının gönül ukdesini çözmekle mükellefti. Bilmeliydi ki insanlık; erkek evlat değildir namı yürüten. İyilik ve asalettir. Şimdi geliniz benimle. Saklı cennet sayılan ülkeme. Sebe'me, Şehr-i Meribim'e ve yürek cennetime hoş geldiniz."

Muson yağmurları yağdıkça, Sebe ülkesinin dağlarına, ovasına, kıyısına zümrüt yeşili tüller seriliydi. Adhana ırmağının kıyısı bin bir renk cümbüşüyle bezeliydi. Vadi eteklerindeki şaheser yapılar, önlü arkalı bahçeler, nehrin kıyısına renkli inciler gibi serpilmiş baharat bitkileri, laleler, süsenler ve gelincikler... Hoş koku, hoş ses, hoş çağıldayışlarla çınlıyordu Merib kıyıları.

Güçlü bir Krallığının sembolüydü Sebe. Saklı mücevher olan Merib ise Krallığının başkentiydi. Göklerinde hüdhüdler, bağlarında bülbüller, kıyılarında kelebeklerin kanat vurduğu hoş ve has şehirdi. Muazzam yapıları, süslü köşkleri, su arkları, ırmakları, duru yansımalarla akıp giden nehirleri ve iri gözlü kızlarıyla cennete benzetilirdi. Uzak ülke seyyahları şehre hayrandı. Serin meltemleri, ferah iklimi, munis havası ve suyuyla özlenen şehirdi. Ejder ağaçlarının dalları arasında cıvıldaşan kuşlarıyla hiç dinmeyen ve eskimeyen bir şarkı gibiydi Merib. Güzeldi, hem çok güzeldi.

Yemen mülkünün bu kudretli krallığını bir Kraliçe yönetiyordu. "Güneşin Kız Kardeşi" derlerdi ona. Sebe kadar güzel ve görkemliydi. Kıyafetlerini tül gibi inceltilmiş altından ya da gümüşten dokuturdu. Sırtından düşürmediği Himyer Hanedanına has can kırmızısı pelerini ve başında taşıdığı yekpare zümrüt tacıyla asil hanedanın namından çokça söz ettirirdi. Himyer Krallığının namı diyarlar aşmış kraliçesi güçlü ve görkemliydi.

Hiç bitmeyen namı ve güzelliğiyle Sebe denince Belkıs, Belkıs denince Sebe gelirdi akla. Tihame, Sana ve Hadramut'a kadar uzanan güney sahilleri ve Himyeri hâkimiyetinin efsane kraliçesiydi. Adının manası, "Güneşin Parlaklığı" demekti. Birçok adı vardı Şurahbil kızının; Nigist Saba, Yelkame, Makeda, Belkıs, Lilith...

Güzelliği dillere destandı Melikenin. Bu övgü de ona verilen lakaplarda yer etmişti. Güneşin Kraliçesi, Yemen'in İncisi, Güneyin Lalesi, Güneşin Kız kardeşi, Yemen'in Kraliçesi, Ay Hüzmesi, Gün Parçası...

Rehavetin yorgun develer gibi tüm ağırlığıyla şehre çöktüğü anlarda öğlen uykusuna çekilmişken, kaderinin dönüm noktası olacak anlar yaşayacağını nerden bilecekti? Sıcağın baskın olduğu saatlerde ağaç dallarına tünemiş minik bülbüllerin arada bir çıkardığı rutin lakırdıdan başka ses yoktu. Melike, kuş tüyü yatağında olacaklardan habersizken, cibinliğin uçuşan renkleri arasından bir rüya prensesi gibi masum uyuyordu. Güzel yüzü bir bebeğinki kadar saf ve duruydu. Derin çok derin bir âlemdeydi.

Tatlı bir rüya ânı! Harikulade güzellikte bir kuştu rüyasına giren. Tepesindeki püsküllü tacı, bakır renkli kanatları ve parlak tüylü kuyruğuyla o güne dek hiç bir yerde görmediği bir kuş, usulca gelip göğsüne konmuştu. Zümrüdü Anka mıydı? Çok güzel ve olağanüstü ahenkli olan bu kuşun keskin gagasından su içiriyordu Belkıs. Kana kana ve doyasıya içtiği tatlı ve serin bir suydu. İçtikçe içiyor ve doymuyordu. Bir ses. Bir kanat şıkırtısı. Mora çalan bakır renkli kanatlarının ipeksi dokunuşu yanağındayken uyanıverdi birden. Üzerinde bir ürperti hissetti Melike. Garip bir hâl! Nasıl bir rüyaydı bu? Suya kanmamıştı ama o lezzet damağındaydı hâlâ.

Gür saçlarını geriye savururken söylendi: "Anka kuşunun gagasından su içmek de neyin nesi!"

Hayra alamet bir rüyaya benziyordu ve hemen yorumlatmalıydı. Ayılmaya çalıştığında cibinliğin uçuk renkli tüllerinin uçuştuğunu gördü. Bir şey olmuştu. Biri mi girmişti içeriye? Devlet yöneticilerinin kendine has duyarlılığıyla fırlayıverdi yerinden. Tam o sırada yere düşen ağzı mühürlü mektubu fark etti. Eğilip onu alırken kısa bir şaşkınlık hali yaşadı. Hızla yerinden fırladı Belkıs. İpeklerin, atlasların, kadifelerin arasından sıyrıldı. Allar, yeşiller, morlar, sarılar etrafa saçıldı. Belli belirsiz bir titreteme yüreğini sarmışken, erimiş bakırla mühürlü parşömen ruloyu sıyırıverdi ipinden. O güne dek alışık olmadığı bir yazı stiliydi bu. Mektup mühürlüydü. Kral Süleyman'dan geliyordu. Allah'ın adıyla başlıyordu ve sözleri çok anlamlıydı.

"İnnehu min Suleymâne ve İnnehu

Bismillâhirrahmânirrahîm.

Bu mektup, Süleyman'dandır.

Bana karşı baş kaldırmayınız.

Büyüklenmeyiniz.

Bana geliniz ve Müslüman olunuz." (Neml:30-31)

Aynı ibareyi defalarca okuyup inceledi. Yere sağlam basan ve hiçbir şeyden kolay etkilenmeyen Melike, içsel bir zelzeleye tutulmuştu. Tüm mahmurluğu yok olup gitmişken, ürpertisi geçmiyordu. Güneş rahlesinin önüne çöktü. Anladığı tek şey dile getiremedikleriydi. Bu mektup sıradan bir mektup değildi ve bu davet alelade bir çağrı olamazdı. Saray görevlileriyle pek yüz yüze gelmek istemese de bu kez iş farklıydı. Olağan üstü bir haldi. Sebe Krallığına ilk kez böyle bir mektup geliyordu. İpek pelerinini sırtına aldı, gece karası saçlarını savurarak hızla odadan çıktı. Elmas tokası kayıp yere düştü, ibrişim etekleri uçuştu ve Melike geniş koridoru süratle geçti. Nedimeler tef, zil şarkı sesleri içinde eğlenirken bir anda buz kestiler. Melike endişeli gözüküyordu.

"Odama biri mi girdi? "

Sesler kesilip nefesler tutuldu. Korku dolu bakışlarla göz göze geldiler. Melike ısrarla sordu:

" Ben uyurken kim geldi?" Yatağımın üstüne bir mektup bırakılmış. Ve mektup Kral Süleyman'dan geliyor."

İliklerine dek titredi nedimeler. "Güneşe and olsun ki kimseyi görmedik." dediler.

Başyaveri çağırttı Melike. Ardından köşküne yürüdü. Başyaver Asfa haberi alır almaz gelmişti. Heybetli duruşu, cesur kişiliği ve keskin zekâsıyla Melikenin güvenini kazanmıştı. Belkıs onu görünce rahatlamış olsa da mektuptan ürkmüş gözüküyordu. Korkuyla karışık bir duygu yoğunluğu içindeydi.

"Neyin nesidir bu Asfa? Bu davet basit bir işe benzemiyor."

Asfa, Melikeyi rahatlatmaya çalıştı: "Merak etmeyiniz. Silahlı muhafızlarımız, keskin nişancılarımız kuş uçurtmazlar. Saray gözcüleri sürekli iş başındalar. Saraya kimin girdiğini şimdi öğreniriz."

Nameyi ona uzattı Melike. Mühürden ürkmüş gözüküyordu: "Yazıdaki hattın güzelliğine bakılırsa mektup mühim bir yerden geliyor."

"Evet!" dedi Asfa. "Bu yöreye ait olmayan bir yazı stili bu... Hale bakılırsa çok uzaklardan geliyor."

"Üstelik," dedi Melike, "Az kelimeyle çok şey anlatmış. İfadeler çok anlamlı. Kelimeler vurucu. Ucunda ki mühür ise büyük bir sultana ait olduğunu gösteriyor."

"İnsandan çok haberci kuşlarla ulaştırılmış bir mesaj bu. Yoksa kimse cesaret edemez."

"Evet." dedi Melike. "İnsanla değil de kuşla gönderilmiş olması da farklı bir azametin göstergesi değil midir?"

"Bu iş olağan üstü bir güç gerektirir. Yanınıza varmak için ölüme göze almak gerekir."

O güne dek adını hep ihtişamla duyduğu Kral Süleyman ne istiyordu? Ne demekti bu? Hükümdarlığını ve saltanatını yeni tehlikeler mi bekliyordu?.

Büyük bir merak içindeydi herkes. Sarayın yüzlerce odası ve geniş uzun koridorlarından geçip de oda oda ilerleyerek Kraliçenin yanına kadar giren kimdi? Saray hizmetlileri korkuyla irkildiler. Muhafızlar koşup geldiler. Bu gerçekten akılları karıştıran bir haldi. Kraliçenin önünde tek tek diz çöküp önce güneşe sonra da ona secde ettiler.

"Biz kimseyi görmedik." dediler. "Kapılarımız kapalı ve kilitlidir. Odanıza varmak için kırk kilidi aşmak gerek. Her kapının önünde güçlü muhafızlar vardır. Kraliyetinizi göz kırpmadan gözetleriz. Yerimizi bir an terk etmedik biz!"

Hiçbir şey diyemedi Melike. Yanakları al al, gözlerinde kıvılcım, aklında o beş kelime hiç durmadan yanıp söndü.

"Bismillahirrahmanirrahim.

Bu mektup Süleyman'dandır.

Bana karşı baş kaldırmayınız.

Büyüklenmeyiniz.

Bana geliniz ve Müslüman olunuz."

Alev renkli bir akşamüstü etekleri tutuştu genç cariyelerin. Gözcüsünden sözcüsüne, cariyesinden kölesine herkesi tuhaf bir korku sardı. Bir hareketlilik, bir uğultu, bir telaş kuşattı sarayı. Kraliçe soğukkanlı davranmaya çalışsa da endişeli olduğu aşikârdı.

Başkomutanlarına emir verdi: "Yekrub! Mead! Heyeti toplayınız!"

Yekrub ile Mead, Melikenin sağlam adamlarıydı. Yaşadığı onca olayda kıl kadar hile görmemişti. Onlar olağanüstü bir çabuklukla heyeti toplarken Melike rahatlamak için seyir mahfiline çıktı, kafası dağınıktı. Öyle anlarda hep çocuklarla avunurdu. Babasının adını taktığı saray muhafızının bebeğini görmek istedi.

"Bana Şerahil'i getirin!"

Çocuğu getirdiler. Masum yüzlü şirin bir bebekti. Melike bebeğin su gibi duru gözlerine dalıp gitti. Kadife yanaklarını koklayarak, minik ellerini avuçladı ve kafasında ki soru işaretlerini bir süreliğine dondurdu. Bu bir tür arınma yöntemiydi ve ona çok iyi geliyordu. Çocuğu sevip okşadıktan sonra hava alıp toparlanmış olarak içeri geçerek mektubu inceledi. İri gözleri mührün üzerinde donup kalmıştı. O güne dek hiçbir yerde görmediği sırlı bir kelamdı bu: "Bismillahirrahmanirrahim."

Farklı bir sarmalın içine çekiliyordu sanki. Neydi bu ibare? Allah kelamını anlamıştı bir tek. Tüm tanrıçaların ulu Tanrısı olarak zihninde yer etmiş sonsuz varlık. Ya ötesi? "Bismillahi eşşems" değil de neden "Rahman ve Rahim" ? Ne anlama geliyordu? Rahman ve Rahim, Süleyman'ın tanrısı mıydı yoksa? Her ne olursa olsun içini ısıtmıştı bu kelam. Rahman merhametli anlamına gelmeliydi. Rahim ise onun ötesinde bir tecelli. Merhametin özü ancak Güneş Tanrısının ötesine ait olmalıydı. Bilen, işiten, yardım eden, hiç esirgemeden veren, çok acıyan, merhamet eden ama gözükmeyen o Tanrıya minnettar hissettiği anda toparlandı. Ezberleri bozulsun istemedi. İç sesi sitemliydi.

"Cinlerin kralı Süleyman bizden ne ister?"

Hale bakılacak olursa Sultan Süleyman, Sebe Sultanlığının her halinden haberliydi. Sebe ahalisinin halinden haberdar bir yaklaşımla sonlanan mektup kafa karıştırıcıydı.

"Büyüklenmeyiniz. Bana geliniz ve Müslüman olunuz."

Sebe'de yönetim Kraliyet sistemiyle yürütülse de Kraliçe geniş ufkuyla diktatörlükten uzak bir sistem oturtmuştu. Ona göre beyinleri ve bedenleri baskı altına almak, hor görmek, tepeden bakmak doğru bir yönetim şekli değildi. Ülke kaderini ilgilendiren her meselede vüzerayı toplar, demokratik bir düzen içinde görüş alış verişinde bulunur, çözüme öyle giderdi. Sebe kanunlarına göre bir kral ya da kraliçe, halkının karşısına çıkarken en zor anında bile haşmetli ve görkemli olmalıydı. Bunun de için sarayda olağanüstü hal vardı. Nedimeler Kraliçeye altın sırmalı kaftanını giydirdiler. Serendib yakutuyla işli tacını tepsine oturttular.

Melike tahta oturduğunda Asiller Heyeti toplanmıştı. Asiller Meclisi, Kraliçe Belkıs'ın üç yüz on üç kişilik akiller heyetiydi. Güngörmüş ve ön görülü kişilerdi. Melikenin bir dediğini iki etmeyen bu sadıklar heyeti, Sebe Krallığının bel kemiğiydi. İyi eğitilmiş, iyi giyimli kişilerdi. Mal ve mülkte de ileri olunca, üst seviyedeki gururlu ve haşin tabiatları gözden kaçmıyordu. Toplamda üç yüz on üç kişilik heyetin üyeleri, Kraliçelerine çok düşkünlerdi ve ona karşı büyük saygı içindelerdi. Belkıs'ın bunlar dışında özel dairesine aldığı otuz kadın, otuz erkekten oluşan, ileri derecede yetenekli ve akil kişilerden oluşan bir de bilirkişi heyeti vardı. Akıllı ve gözlemci olmalarının yanı sıra cesur ve girişimciydiler. Herkes oradaydı. Daha önce yaşamış oldukları olaylardan dolayı kaygılıydılar.

Her birinin emrinde binlerce askeri olan güçlü kudretli komutanlar, Kraliçenin önüne dizildiler. Önce güneş tanrıçasına sonra da Melikelerine secde ettikten sonra onun ağzından çıkacak kelamı beklediler. Kraliçe her zamanki gibi vakur ve ölçülü ses tonuyla söze başladı.

"Değerli vezirlerim, askerlerim, danışmanlarım ve Sebe Devletinin ileri gelenleri! Mühim bir meselemiz var. Bilirsiniz ki bu güne dek hiçbir işime size danışmadan karar vermedim. Ancak..."

Sözünün bu kısmında duraksadı Melike. Önünde duran mektuba baktı bir süre. O ilk ibare ruhunu farklı iklimlere çekerken toparlandı. Heyettekiler onun halinden zor bir meseleyle karşı karşıya olduğunu anlamışken devam etti.

"Bana önemli bir haber geldi. Mektup, namı diyarlar aşmış Kral Süleyman'dan geliyor. Rahman ve Rahim olan Allah'ın adı ile başlıyor. 'Bana karşı büyüklük taslamayınız, boyun eğerek huzuruma geliniz.' diyor."

Kraliçe, ferasetiyle derin anlamlı cümlelerin üzerinde durdu. "Büyüklük taslamayınız!" ifadesinden kasıt, kendinize güvenip de Allah'a karşı büyüklük taslamayın anlamındaydı. Ayrıca Sebelilerin kibrine bir vurguydu sanki. Heyeti bir telaş sardı. Derin düşüncelerin açtığı büyük bir sessizlik faslı girdi araya. Yaşamış oldukları onca çile ve zulümden sonra yeni baştan bir mücadeleye girmek kolay gözükmüyordu. Ama kararlıydılar. Güzeller güzeli Sebe'yi kimseye yar etmeyeceklerdi. O civarda kurdukları uygarlık ve saltanata karşı kimse cesaret edip kılını kıpırdatamazken kim böylesine cesur meydan okuyabilirdi?

Başvezir konuşmak için izin istedi. "Yüce Melike!" dedi. "Endişelenmeyiniz. Biz güçlü ve kudretli bir kavimiz. Beli bükülemez ordularımız var. Birliğimiz ve dirliğimiz yerindedir. Bu tehdidi asla önemsemeyiz."

Ordu komutanları da bir bir görüş beyan ettiler.

"Önce biz saldıralım. Savaşalım onunla. Bu ne cürettir, ne meydan okuyuştur böyle!"

"O bizim güçlü ordularımızdan ve silahlarımızdan habersizdir. Bizi güçsüz ve sıradan bir kavim sanıyor herhalde. Bizi bilseydi böyle bir teklifle gelmezdi. Ve bize böylesine cüretkâr meydan okuyamazdı!"

Heyetten mağrur sesler yükseldi: "Biz ki Güney Arabistan'ın en güçlü kavmiyiz. Sözümüz söz, yeminimiz yemindir. Bin yıllık Yemen hükümdarlığına kimse karşı duramaz. Bize zulmedenlerin sonunu herkes gördü. Koca Himyeri Kraliçesine kimse meydan okuyamaz. Emret, Kral Süleyman'ı da saltanatını da bir hamlede devirelim!"

Kraliçe umduğu cevabı alamamıştı. Kelimeler kibir yüklüydü. Canı sıkılmıştı. Fakat heyet galeyana gelmişti bir kez.

"Sen güneş tanrıçasının kızısın. Akıllı ve kudretlisin. Mantıklı ve iradelisin. Kral Zülezar'ı zirüzeber ederek halkına yeni baştan hayat bahşetmişken bu sözleri nasıl ciddiye alırsın!"

"Emret savaşalım. Güçlü ordularımızla üstüne yürüyelim. Süleyman saltanatını yerle bir edelim!"

Asaletin ve saltanatın tek kadınıydı Belkıs. Aklı, iradesi ve otoritesiyle adil bir idareciydi. O âna dek söylenenlerin hiçbirinden hoşlanmamıştı. Gümüş kabzaların gerisine gizlenmiş hinler ve kinler saklıyken, durumu çok iyi yönetmek gerektiğini hissetti. Bu mağrur eda, çalımlı sözler, bu kendini beğenmişlik bir kez daha canını sıkmıştı. Savaştan ve çatışmadan hoşlanmıyordu. Siyasi nezaketin sonucu olarak barışçıl bir tavır takınmayı, soğukkanlı davranmayı tercih ederdi. Sulh yolunda usul usul ilerlemek istiyordu. Ancak işi anlamadan dinlemeden karar veremezdi. Ancak heyetteki tüm bu mağrur çıkışlar içinde mantıklı çözüm sunanlar da yok değildi.

"Kral Süleyman namı duyulmuş biridir. O asla küçümsenecek biri değildir."

En isabetli görüş ise Başvezir Mead'dan gelmişti.

"Yüce Kraliçem! Siz Sebe'de üst seviyede bir medeniyet kurmuşken hepimizden ileri görüşlüsünüz. Bunu daha önce vermiş olduğunuz isabetli karalarınızda defalarca gördük. Size güveniyoruz, ne derseniz yaparız."

Melike, ilm-i siyaset sahibiydi. Aldığı cevapların neredeyse tamamı savaşma taraftarıydı ve hiçbiri hoşuna gitmemişti. Zülezar zulmünden sonra buna izin veremezdi.

Memnuniyetsiz bir ifadeyle, "Sizin gibi düşünmüyorum." dedi. "Her şeyden önce biz savaşçı değil barışçı bir toplumuz. Kan dökmek, saldırmak, can yakmak bizim işimiz değil. Biz Süleyman'a zeytin dalı uzatacağız."

Gürültülü sesler bir anda kesildi. Ortama derin bir sükûnet hâkim oldu. Sebe Melikesi Belkıs, aklı ve öngörüsüyle yine farkını göstermişti. Onu dinlemeye koyuldular.

"Sulh ve barış en selametli yoldur. İyi ve güzel olan varken gerginliğe ve çatışmaya gerek yok. Cefakâr anaların acılı, genç gelinlerin dul, tıfıl çocukların yetim kalmasını mı istersiniz? Buna izin veremem."

Asiller Heyeti savaş yanlısıydı. Melike bunu anlamış, nitekim yanılmamıştı. "Neden savaşmamızı istemiyorsunuz?" diye sordular.

Melike cevap verdi: "Bilesiniz ki hükümdarlar bir ülkeye girdikleri vakit o ülkenin altını üstüne getirir, ulusunu hakir kılarlar. Namı diyarlar aşmış Kral Süleyman'dır bu. Süleyman'ın Sebe ülkesini işgal ederek yerle bir etmesi an meselesidir. Sebe Krallığını göz göre göre ona teslim edemem. Bu iş akıl işidir ve dikkat ister. Mantıklı adımlarla yürümek gerek."

"Emriniz başımızdan yücedir. Buyurunuz yüce Melikemiz."

Kraliçenin sözleri her birini sarsmışken uğultulu sesler kesildi. Akil yöneticilere has örtücü tavrıyla son sözü söyledi Melike: "Ben ona barış elçileri göndereceğim. Bugüne dek ihsan ve ikrama karşı direnen ve kayıtsız kalan hiçbir kral görmedim ben. Ona değerli hediyeler göndereceğim. Onu şaşırtacağız. Ondan sonra da Süleyman'ın tavrını yoklayacağız. Bakalım elçilerime nasıl muamele edecek."

Asiller Heyeti suskundu. Bu isabetli kararı saygıyla karşıladılar.

"Onu bir sınava tabi tutacağım." dedi Melike. "Bakalım nasıl bir kraldır onu görelim. Bu konuda bana onay veriyor musunuz?"

Komutanlar, Kraliçenin önünde baş eğdiler.

"Emre amadeyiz!"

"Kararınız makbuldür."

Son sözü ise Başvezir aldı.

"Emriniz baş üstünedir."

Melike'nin otoritesine ve geniş ufkuna güvendikleri için sonunda onun sözüne riayet ettiler. O güne dek bu konuda hiç yanılmamışlardı. Yürek dinginliği içinde huzurdan ayrıldılar.

Melike Belkıs telaşlıydı. Sırtında altın renkli kaftanı, başında elmaslarla işli tacı, yüzünde müphem gülümsemesi, gözlerinde derin anlam, gönlünde ise derin izler saklıydı. Süleyman'ın mektubundaki o mühür kalbine işlemişti. Ne çok şey saklıydı o yazıda. Mektubu aldığı ilk günden beri Belkıs kendini yalnız ve çaresiz hissettiği anda mühre sığınmıştı.

Mektubu yine eline aldı. Apaçık bir davet mektubuydu ve üstelik namını çok sık duyduğu Kral Süleyman'dan gelmişti. Kaba kuvvet ve sertlik silahını bir kenara bırakarak, hilm ve yumuşaklıkla ona çağrıda bulunmuştu.

"Gururlanmayınız. Kibirlenmeyiniz ve büyüklenmeyiniz. Yüce Allah dilerse bir an içinde her şeyi alt üst eder de şaşırıp kalırsınız."

Bu, bir çeşit örtülü mesajdı. Yine iliklerine kadar irkilmişti Melike. Olayı anlamaya çalıştı. Hızla fırladı yerinden ve odanın ortasında bir baştan diğerine yürüdü birkaç kez. Bu ürperiş, bu heyecan, bu irdeleyiş de nedendi? Sakinleşmeye çalıştı. Mektubu okuduğu an tebaasına "Bana bir mektup bırakıldı. Tez elden toplanılsın!" diye haber salmıştı.

Asiller Heyeti toplanırken aklından neler neler geçmişti Melike'nin. Sebe Krallığının sarayında kuş dahi uçurtulmazken bu mektup odasına, hem de sarayının en mahrem köşesine nasıl bırakılmıştı? Yüzlerce muhafızın koruduğu sarayının en mahrem dairesine kadar ulaşmış, oradan da Melikenin kalp, akıl ve ruh dairesinin en ince sırlarını yakalamış, nüfuz etmiş olan otorite, ona büyük bir tehlike altında olduğunu hissettirmişti. Melike, o güne dek topraklarına göz koyan nice sultan, nice padişahı alt etmişti de şimdi sıra Sultan Süleyman'a mı gelmişti? O namını çokça duyduğu, bastığı yeri titreten, yaptıklarıyla namlı, bakırı dantel dantel inceltip dokuyan Davut oğlu Süleyman! Namını çok zaman böyle duymuştu.

Süleyman selimdi, Süleyman selametliydi, Süleyman Müslüman'dı. Süleyman barış yanlısı adil ve uysal bir kraldı.

Kraliçe mektubu yeniden dikkatle inceledi. "Bu bir hitabül kerimdir." dedi içinden. "Kerim bir hitap, muhteşem bir söz... Başka sözlere benzemiyor. Bu bir davet mektubu ancak sanki içinde âlemin sırrı saklı..."

Şaşırmıştı Melike. O güne dek ilk kez böylesi ifadeler duymuş ve ilk kez böylesi bir irkilişle ürpermişti. Tuhaf bir etki alanının içinde hissetti kendini. Korku, merak ve heyecan içindeydi. İlkin mühür sonra da o ibare... Kırk kilitli kapının ardına dek sızabilmiş bu güç kime aitti? Onca asker ve muhafızın gözetimi altından kim kurtulup da buralara kadar sızmıştı?

Mektuptaki nakışlı mühür de muhteşemdi ve Kral Süleyman'ın şahsına münhasır olmalıydı. Sebe mülkünün Melikesi etkilenmişti. Melike heyecan içinde doğruldu ve her önemli işte ve içinden çıkılmaz anlarda yaptığı gibi yine güneş tanrıçasına secde etti. Düşündü, ölçtü, biçti. Bu aldığı alelade bir davet değildi. Gözün gördüğü, aklın kavradığı gerçeklerin ötesinde bir anlam vardı o satırlarda. Orada bir sır vardı ve Belkıs onu çözemiyordu. Yoksa iliklerine dek işleyen ve içini titreten ne Süleyman'ın hükümranlığı ne de ülkesinin kuşatılması korkusuydu. Tuhaf bir ürperiş içindeydi Melike. İçsesleri güçlüydü. Sağdan soldan birçok ses vardı beyninde. Onlara kulak verdi.

"Ey Kral! Seni görmedim, tanımadım ama duydum ki dünya saltanatı elindedir. Bugüne dek birçok kral ülkeme göz koydu. Kimselere yar etmedim. Zülezar'dan sonra sıra sende midir? Bir kadın kraliçenin bahtını ve tahtını elinden almak da neyin nesi!"

Öteki ses daha aklıselimdi.

"Meramın açık ve seçiktir Ey Sultan! Kelamın güçlü ve kudretlidir. Karanlık hiç bir yanı yoktur davetinin. Ama ben bu mecali kaldıramam. Ruh halim şimdilik buna hazır değil."

Bir diğeri ise çok daha isyankârdı.

"Namı diyarlar aşmış mamur topraklarıma mı göz diktin? Dört başı mamur topraklarıma, burçlarıma, köşklerime, bahçelerime, hazinelerime mi göz koydun? Mektuptaki istek bir bahane midir? Dur ey ulu Kral! Himyeri Krallığının her karış toprağı bana emanettir ve kimseye yar etmem!"

Kalbinin en ince perdeleri bir bir kalktı. İşitilmez sesler işitti. İnsanın en kıymetli varlığı aklıyken, aklın dahi en kıymetli melekesi merak iken, içini kavladı o duygu. Mektup orada duruyordu. "Oku beni!" diyordu sanki. "Yeniden oku. Oku ki sırrıma vakıf olasın. Bu mektupta mürekkeple basılmamış, sadece akıl gözüyle görünen mühürler saklıdır."

"Bismillah."

Kalbinin üzerinde farklı bir ritim belirdi. İliklerine dek işleyen bir cazibe vardı bu kelimede. Sırlıydı, sarılıydı ve saklıydı. İç içe izler ve sırlar vardı bu kelamda. Yeniden okudu: "Bismillahirrahmanirrahim. İnnehuminsüleymane ve innehubismillahirrahmanirrahim."

Ulvi bir makam hitabıydı. Makam içinde yücelik hissetti. Sera'dan Süreyya'ya uzanan azim bir sırrın ucu gibiydi sanki. Her simada izleri bulunan cevherdi. İnsana dayelik edip emziren yer küreyi ve sonsuz gökleri sarıp kuşatıvermiş bir ağ idi. Bitkinin ipek gibi nazenin köklerinin taşı delip geçmesi gibiydi.

Sarayının sağlam duvarlarını ve Belkıs'ın ruh çeperlerini yumuşacık bir etkiyle delip geçen sarmalın mahiyetini merak etti. Yeşilin gözbebeği çiçeklerden, meyvelerin kalbi olan tohuma kadar her zerrenin kalbinde o mühür kazılı gibiydi. İlk kez böylesi bir sorgulamaya girmiş ve hiç tanımadığı düşüncelerin yağmuruna tutulmuştu. Kâinat simasında, arz simasında ve insan simasında hep aynı mühür gizliydi sanki. İkindi sonrası eline geçen mektup ve orada okuduğu kelamın etki gücü çok yüksekti. İçindeki dalgalardan kimse haberdar değildi. Anlatsa deli diyeceklerdi belki de. Kalbinin içine bir ışık düşmüştü. Dolunaya batırılmış gümüş bir mürekkeple kalbine o isim kazınmıştı. Bir elif var orada. Yeni bir ufuk, yeni bir akıl, yeni bir yürekle anlamaya çalışıyordu olan biteni. İç âleminde tazecik bir tomurcuk hiç durmadan yeni sürgünler veriyordu. Geceyi ayakta geçirmiş, güneşi göz yummadan karşılamıştı. Sebe Krallığının Melikesi, beyninin bütün kıvrımlarını ülkesinin ve halkının imbatı uğruna doldurmuşken, kendi şahsi meyillerinden uzaklaşmış olduğunu fark etti.

Sorular... Sorular... Sorular...

Neydi insan? Sahiden, insan neydi? Yaşamak ne içindi? Ucunda ölüm olan bir hayatı yaşamak niyeydi?

Her sırrını bir tek kendi yüreğiyle paylaşan bu akıllı kadın neden kimi zaman öylesine suskun öylesine durgun kesilirdi. Kendi içinde bölünüp çoğaldıkça kendine hem eş, hem arkadaş, hem öğretici hem yoldaş, en önemlisi de sırdaş arıyordu. Soru sağanaklarının yağdığı vakitler genelde gece saatleri olurdu. Ve Belkıs o anları hiç sevmezdi. Ona çok sevimsiz gelirdi gece karanlığı. Belki de güneşi o yüzden çok seviyordu. O doğunca tüm sorulardan arınmış olduğunu hissederdi ama batıp gittiği anlarda geceden yine geceye kaçardı çaresiz. Leylî karanlıklarda sığınılacak tek menfez orasıydı. Bu çaresiz kaçışlarda genelde sarayın has bölmesinde eğittiği, ülke kaderinde etkin ve yetkin olacağını düşündüğü kızlarıyla nefeslenirdi.

Kimi zaman şefkati kollarının arasından taşan müşfik bir anne, kimileyin Sebe göklerinde kuş uçurtmayacak kadar her şeye ve her yere hâkim bir Melikeydi. Ama çoğu kez eğitici bir anne olurdu kızlarına. Sarayın hareminde kadın beyninin inceliğinden ve estetik algısından, dışında ise erkek gücü ve koruyuculuğundan istifade etmişken; koruma, savunma, kuşatma, tedarik işlerini erkeklere takdim etmişti. Gözlem, estetik, incelik sanat ise genellikle kadınlara aitti.

Melike, sabahın en erken vaktinde yine seyir mahfilindeydi. Şehri kuş bakışı seyrederken düşünceliydi. İlmek ilmek işlemiş ve Sebe'yi nabız darbeleriyle korumuşken, şimdi yeni bir yol ayrımındaydı. Sebe ülkesi ya yok olup gidecek ya da akla hayale gelmez bir biçimde yeniden ihya olacaktı. Şüpheleri vardı Kraliçenin. Kral Süleyman'ın niyeti tam olarak neydi, bilemiyordu. Bildiği tek şey, içini hiç durmadan kemiren tuhaf bir merak duygusu ve dürtüsüydü. Ülkesinin bahtı için iyi bir analiz gerekliydi. Çare ve çözüm arayışındaydı Sebe Melikesi. Ülke liderlerine has uykusuzlukla sabahlara dek uyumamıştı. Bin bir düşünce bulanıklığı içinde yeni kararlar alıp, birini silip bir diğerini yazıyordu zihninde. Sorulara cevap bulmalıydı.

Zahiren havası yerindeydi. Marifet ve bilgeliğin zarafeti içinde allar, morlar, şallar ve tüllerle salındı. Tam o sırada günler öncesinde yine seyir mahfilinde güneşin tebessümleriyle ruhunu arındırırken, gül ağacının dalları arasında gördüğü o yeşil kuşu yine gördü. Güzel çok güzel bir kuştu bu. O güne dek gördüğü kuşlardan farklıydı. Yeşilden kül rengine, bakırdan mora çalan her tüyünde bir renk saklı kuş yine dikkatini çekti. Tepesindeki taç ve kuyruğundaki duvak ilginçti. Bakıra çalan kuyruk uçlarındaki canlı renkler tek tek elle boyanmıştı sanki. Rengiyle gönül mest eden bu garip kuşla uzunca süre bakıştılar. Kadife güllerin arasından sarkan kuyruğu nar ve hurma çiçekleri arasından gözüküp kayboluyordu. O kadar hızlıydı ki oradan oraya anında uçuyordu. Bakır renkli tüylerinin arasına daha yetmiş renk saklıydı sanki. Laciverten mora, sarıdan kırmızıya, yeşilden maviye çalan parlak akisli bir renk yansımasıydı gördüğü. O nasıl güzellikti öyle. Bu renk cümbüşü günlerden beridir gergin bir ifadeyle duran melikenin yüzünü gülümsetti.

"İşte, yine o!" diye seslendi dadısına. "Geçen gün tapınakta da karşıma çıkan kuş! Hani o tam da güneşe secde ettiğim anda tepemde dönerek uçup duran tuhaf kuş! Evet, evet bu o!"

Yanına gitti kuşun ve daha bir içten seslendi: "Çok şey anlatacak ama diyemiyor sanki!"

Dadıya tuhaf geldi bu söz.

"O bir hüdhüd kuşu!" dedi. "Ne diyebilir ki?"

Melike işi şakaya vurdu.

"Gel!" diyor bana. "Gel ey Belkıs! Geri durma gel benimle diyor. Bak âlemde neler var sana göstereyim."

"Ne kadar dikkatlisin! Alt tarafı bir kuştur bu. Gelip burnuma konsa ancak fark ederim herhalde."

Gülümseyerek kuşa göz gezdirdi Belkıs.

"Zümrüdü Anka mısın, bu kadar güzel! Onun kadar alımlı ve anlamlı bakıyorsun."

"Zümrüdü Anka'yı görmüş gibi konuşursun!"

"O bir olgunluk durağıdır." dedi Belkıs. "Görmesem de tanırım. Zümrüdü Anka mükemmel güzelliğin ve bilgeliğin sembolüdür. Arınmışların durağıdır. Orada aşkın kanatları vardır. Aşk makamına geçmişlerin zirvesidir orası. Şımarmamışların, nefis gözüyle bir kez bile aldanmamışların yeri. O makama ancak güzele meftun olanlar ulaşır."

Dadı bu sözlerin üzerinde çok durmadı. Birçoğunu anlayamadığı kavramlardı bunlar. Kraliçenin baktığı yöne baktı. Minik kuş kiraz dallarının arasına uçtu, oradan hurma gölgeliklerine saklandı. Ardı ardına nar, üzüm, erik dallarına konup sonra da gözden kaybolduğunda Belkıs, hüdhüd kuşunun kanatlarına takılı duygularından sıyrılarak aklın ve mantığın azim makamına döndü. Tahtına geçip işbaşı yaptığında, emrine amade cariyeleri ve bilirkişilerin tamamı yanı başındaydı.

Gecesini gündüzüne katıp çok çalışan Melike her şeyden haberli ama bir o kadar vakurdu. İnsanı eğitmenin gerekliliğine inanırdı. Ona göre insanın iç basamakları vardı. İnsan olmanın en mükemmel noktası, o merdivenin en son basamağıydı. Ve oradan âlemi seyredenler seçilmişlerdi. Onlar, hazzın ve hüznün sıcak rüzgârlarını ılık bir huşu ile karşılayanlardı. Gamı da sevinci de vakur bir duruşla ağırlayanlardı. İnsaniyetin en ince ve en uç noktalarını aynı ölçüde sabır ve tahammülle yontanlardı. Onlar, hayatı ahenkle şekillendiren ve parlatanlardı. İşte onlar şimdi Kraliçenin yanı başındaydı. Otuz has genç erkek dışarıdan ve otuz has genç kız içeriden, Melikenin aklı, gözü ve kalbi gibiydiler. Ve kraliçenin güçlü ve eğitimli kadrosunun sadık neferiydiler.

Sarayının has bölmesini bu iş için ayırmıştı Belkıs. Halkının refahına kendini adamış Melike, kademe kademe tedrise ve teriyeye alırdı gençleri. Üç yüz kız, üç yüz erkeği eğitimden geçirdikten sonra onları çoğunlukla birbirleriyle evlendirerek ordunun üst kademelerinde görevlendirir ve yerlerine yenilerini alırdı. Sebe ülkesinin mukim saltanatının ince sırlarıydı bunlar ki kimselere açıklamaz, devlet mahremiyeti olarak saklardı.

Onca eğitilenler içinde Belkıs'ın bir de hass-ül hasları vardı. Kızlı erkekli sayıları yüzü geçmezdi. Erkekleri dış, kadınları devletin iç işlerinde istihdam ederdi. Otuz kızı da meşhurdu Melikenin. Onlar Kraliçenin Zümrüdü Anka'sı gibi hem seçkin hem de adanmışlardı ve Belkıs'a hayranlardı. Belkıs her yürekte ayrı renk ve ayrı sevgi halesiyle açan bir güney lalesi gibi güzelliğiyle gönüllere taht kurmuştu. Güzelliği tek kelimeyle muhteşem olsa da; akıl ve zekasının gücü, güzelliğini çok gerilerde bırakmıştı gerçekten. Güzelliğe önem verenlerin meclisinde herkesin hayran olduğu bir kadın liderken; âlimlerin, zahitlerin ve dahi kudretlilerin meclisinde aklı başında, ölçülü, vakur bir kadın yönetici misyonunu her zaman başarıyla temsil etmişti. Onun ötesinde hızı, zekâsı ve kişiliğiyle öndeydi. Saraydaki küçük cariyeler bile, "Bu akıl, bu güzellik, bu beceri, bu azim ve bu hız ancak cin taifesinde ya da huri cinsinde olur!" diyerek hayranlıklarını gizleyemezlerdi. Dadı Kerman'ın gözlerini kocaman açıp kendilerine kızgın kızgın bakmasına aldırmaz, "O bu güzellik ve bu maharetle neden evlenmez ki?" derlerdi. Dadı Kerman bu sözleri genç kızların masumiyetine vererek, "Üstünüze vazife olmayan işlere karışmayın!" derdi. "Görmüyor musunuz, Kraliçenizin yemek yemeye bile vakti yok!"

Belkıs, üç yüz seçilmiş genç kızı ve genç yiğidi saray içinde, otuzunu iç dairede ve onların da içinden süzüle süzüle seçilmiş üç has elemanını yanı başında tutmayı başarmıştı. Benlik terbiyesinden iyi geçmiş, sabır sınavlarını vermiş akıllı, terbiyeli, becerikli, önsezili, kavrayışlı, güzel ve gözlemci üç genç kızdı bunlar. Sebe Melikesinin ince bir eğitim ve tedristen geçirerek karakterize ettikleri arasında Lilinya en beğendiği genç kızdı. Önsezisi güçlü, çok zeki ve duyarlı oluşu, olayları çarçabuk kavrayışı, edebi, zarafeti ve güzelliği ile Kraliçenin gözdelerindendi ve kısaca ona "Lili" derdi.

Kraliçenin göz kapaklarından mesajı alırdı Lilinya. Bu kavrayışlı genç kızın gözleri zekâ dolu parlardı ve birkaç gündür Kraliçenin yüzündeki sırlı duruşu fark etmişti. Bir uç, bir iz, bir öz yakalamış gibi bakıyordu. Büyük bir keşfin ucunda gibiydi. Ya da ucu uzak ufuklarda kaybolan yepyeni bir yolculuk hissi gibiydi. Kraliçenin yanına yürüdü. Altın varaklı tahtının üzerinde oturuyordu Belkıs. Çok azametliydi. İnsan güzelliğini aşan cazibesinin yanında, sevgiyle harmanlayıp sunduğu vakur gülümsemesiyle ona bakıyordu. Yüzünün güzelliği dillere destan Kraliçe, güneşin altın ışıkları altında usta heykeltıraşların elinden çıkma bir heykeli andırıyordu. Ak mermerlere yontulmuş lekesiz yüzü, taş levhalardan ayrı olarak mimikler ve sımsıcak bakışlarla hareketliydi.

"Güzellik ile azamet. İhtişam ile tevazu. Cazibe ile içtenliğin bir arada olduğu başka kim var? Onun gibi bir Kraliçenin yakınında olmak bana da nefes veriyor." diye geçirdi içinden Lilinya.

Ülke yöneticilerinin en mahrem sırlarını bilenler genellikle liderlerini hafif küçümser bazen de kendi aralarında aşağılayıcı konuşmalar ve imalarla işin lakırdısını yaparlardı. Ancak bunun aksine Belkıs'ın yakınında olanlar ona hayrandılar. Lilinya ona hayran hayran baktı. Ne kadar saf ve ne kadar duru bakıyordu. Görünmez ufukların bile çok ötesinde geziniyordu bakışları. Ötelere, çok ötelere dikmişti gözünü. Genç kız onu ilk kez öyle görüyordu. Dikkatle çözmeye çalışırken o güzellik abidesinin gözünü dahi kırpmadan verdiği buyrukla irkildi.

"Kızları topla Lili!"

Lilinya anında hareketlendi. Otuz has kızın otuzu da Kraliçenin yanındaydı az sonra. Sebe Kraliçesinin öğrenmeye olan tutkusu sonsuzdu ve bir ömür boyu aradığını bulamamıştı. Onca başarıya, saltanata ve ihtişama rağmen içindeki boşluğa ve tuhaf sorulara cevabı yoktu. İçinden çıkılmaz sorunlar ve cevapsız soruların girdabında kendini ülkesinin ve halkının refahına adamışken bir ışık, bir iz ardına düşmüştü. O güne dek yapıp ettikleri ve tapıp durdukları çare olamamıştı derdine. Bu onun son kozuydu ve iyi kullanmak istiyordu. O sebeple akıl ve teenniyle düşünmek istiyordu.

O güne dek içinden çıkamadığı her konuda görüşlerine başvurduğu otuz kız ve otuz delikanlıyı topladı. Bu gençler dünyanın değişik coğrafyalarından gelen köleler arasından en has, en akıllı, en yetenekli olanlar seçilerek birçok eğitimden geçmişlerdi. Nefis tuzağını aşmış, atalet çukuruna batmamış, cehalet karanlığında kalmamış, kendini ilim ve sanat marifetiyle donatmış bu genç bilgeler, Belkıs'ın en özel danışmanları, en seçkin bilgeleriydi. Asiller Heyeti çok özel zamanlarda toplanırken, onlar Melikenin yakın dairesinde söz sahibiydiler. Yaşları otuzu aşmış bu bilge gençlerle birçok ülke meselesini halletmişken şimdi önünde aşılamaz bir deniz vardı.

Belkıs hepsinin gözlerinin içine tek tek baktı.

"Bilgelerim!" dedi. "Namı diyarlar aşmış Süleyman'dan bir mektup aldım."

Neredeyse tamamı mektuptan haberliyken dikkatle dinlediler.

"Bugüne dek duymadığım bir çağrının davetlisiyiz. Kral Süleyman, güneş tanrıçasını reddediyor ve bizi bir olan Allah'ı anmaya davet ediyor. Fakat kafam karmakarışık..."

Bilge gençler, "Aklınızı karıştıran nokta nedir, söyleyin Kraliçemiz. Hal çaresine bakalım." dediler.

Tavus kuşu tüylerinden yapılma yelpazeler serinletirken, "Akıl almaz sorularım var. Cevabını kim bulacak!" dedi Kraliçe.

"Sevgili neferlerim! Kadın yüreği refik ve şefiktir. Kadın gözü keskindir, ayrıntıyı fark eder. Kadın ruhu tez sezer, tez anlar ve tez kavrar. Erkek aklı güçlü ve kudretlidir. Erkek zekâsı keskin ve kuvvetlidir. Erkek iradesi dayanıklı ve dirayetlidir. Ve ben size güveniyorum."

Endişeleri vardı Melikenin. Halkın asilleri, krallığın zenginliğiyle övünür olsa da bunun iyi bir gidişat olmadığının farkındaydı. İçinde yaşadığı toplumun dem ve damarlarına sirayet etmiş marazi bir haldi bu ve ona göre çaresi yoktu. Geçmiş kavimlerin hikayelerini duyunca, hepsinin sonunun kibirle geldiğini anlamıştı ve kahin kadın Şuuf ona Sebe halkının kibirle helak olacağını bildirmişti. Kibir ki kıl kadar ince bir damardı insan benliğinde. Kendini beğenme, üstün görme, başkalarını hakir görme gibi korkunç unsurlarla beslenince işte o zaman kök salar, dal budak verirdi. Kibri kökten kurutmak elbette olmazdı. Ama zakkuma duracak o nahoş özelliği terbiye suyuyla aşılamak ve yabanıllıktan kurtarmak gerekti. İşte o vakit kara çamurdan gül goncaları göğerirdi. Kraliçe hem kendi nefsinde hem de gençlerin benlik eğitiminde bunu gerçekleştirmişti.

Bir kadın olarak onu farklı kılan belki de bu özelliğiydi. Ne tekebbür ne tezellül, ikisinin ortasında bir zirve yolda izzetini koruyarak var olmaktı, olması gereken.

O zor süreçlerden geçe geçe hakikati bulmuş bilge gençler de Kraliçenin iki dudağı arasından çıkacak sözü bekliyorlardı. Yönetimlerde iktidarı ele almak için sözü etkili söylemek, yöneticiyi payidar kılardı. Ancak yükü çok ağırdı. O sebeple Belkıs sözü süzerek söyledi:

"Sizi Süleyman'ın diyarına göndereceğim."

Melikenin ela gözlü, kara gözlü, yeşil gözlü huri bakışlı kızları boncuk taneleri gibi dizilmiş onu dinliyorlardı. Şahin bakışlı, güçlü, yürekli yiğit delikanlıları da ağzından çıkacak emir kelamı bekliyorlardı.

Melike, "Gidiniz." dedi. "Bana o meçhul diyardan haber getiriniz. Bu meydan okuyuşun sebebini çözmek isterim."

Kızlar o güne dek Kraliçeyi ilk kez bu kadar heyecanlı görüyorlardı.

"Süleyman Krallığına bir heyetle birlikte gideceksiniz. Asıl maksadım o elçilerle birlikte sizin gözleminizdir."

Neferler pürdikkat kesilmişti. Böylesine mühim bir mevzuda asıl can alıcı nokta neydi, onu merak ettiler. Melike kararlı ses tonuyla devam etti:

"Onun hakkında hiçbir bilgimiz yok. Süleyman'ın kim olduğunu araştıracak, hakkındaki her şeyi öğrenecek ve bana doğru bilgileri getireceksiniz. Bakalım o bir peygamber mi yoksa büyücü müdür? Zira ancak peygamberler böyle isteklere olumlu cevaplarla gelirler. Peygamber olmayanlar ise öfkeye kapılıp esip gürlerler. Şimdi gidin de görün bakalım bu çağırdığı nedir? Secde ettiği Tanrı kimdir? Süleyman kimdir? Nasıl biridir? Saltanat sahası nedir? Hükümranlığı altında kimler var? Kısacası zikri, fikri, efkârı nedir bilmek isterim. Onu tanımak isterim. Onu bana tarif edecek siz bilgelerimle bu kör düğümü çözeceğimi umuyorum."

Neferler nefes almadan dinlerken Melike konuşmasına devam etti:

"Bugüne dek sizinle çok iş başardık. Zalim Zülezar'ın zulmünü zirüzeber ettik. Bunda katkınız büyüktür. Şu yaşıma dek elde ettiğim tecrübelerden anladım ki kadınlar kalpleriyle, erkekler ise aklıyla yol bulur. Ama siz bu ikisini dengede tutmayı başardınız. Nefsanî hazlara takılıp kalmadınız. Bu nedenle de mantığınız ve iradeniz sağlam burçlar gibi mukimdir."

Belkıs, her bir kelimenin üzerine basa basa konuşuyordu ve en az neferleri kadar heyecanlıydı.

"Neferlerim! Bilirsiniz ki hazla oyalanan kişi, iradeden mahrum kalır. Sizler en insani yönlerinizi büyüterek bugünlere geldiniz. Haz, öfke, kin, şehvet, hırs duraklarını geçerek, insani makamın üst seviyesine ulaştınız. Bu işi de sizinle aşacağımı umuyorum."

Neferler hep bir ağızdan, "Emriniz baş tacımız!" dediler.

Melike, yine onların gözlerinin içine bakarak, "Bu güne dek size ne görev verdiysem beni ihya ettiniz. Yine öyle olacak, inanıyorum." dedi.

"Alerre'sivelayn! Emriniz baş ve göz üstünedir."

Kızlar da diğer neferler gibi emri almıştı, bir an bile duraksamadan yol hazırlıklarına koyuldular. Belkıs yola çıkacak komutanlarına ve diğer bilgelerine de emir verdi. Hediyeleri hazırlatırken her birini tek tek öğütledi: "Bu bir çeşit sessiz bir harptir. Savaşta ise her hile caizdir. Süleyman'ın kim olduğunu bilmek istiyorum ve bunun için onu deneyeceğim. Ülkemizin ve tebaamızın geleceği ve selameti için bu gereklidir. Bu uğurda her şeyinizi ortaya koyacağınıza söz veriyor musunuz?"

"Elbette! Canımız, Himyeri Kraliçesi Şurahbil kızı Belkıs'a ve Sebe Devletinin selametine fedadır!"

Neferler, o güne dek ilk kez böyle bir hitaba muhatapken Belkıs sözlerine devam etti:

"Sevgili Neferlerim! Bu çok mühim bir meseledir. Her iki cinsin eğitimlileri olarak şu an yanımdasınız. Süleyman'ın diyarına sizleri göndereceğim. Sizden ricam odur ki büyüklenmeyiniz. Kibrin hakir kuyusuna sakın ha düşmeyiniz! Her şeyi çok iyi gözlemleyiniz, hiç bir şeyi atlamayınız ve bana tam ve sağlam bilgilerle geliniz!"

"Emriniz başımız üstündedir."

Belkıs, gözlerdeki saf ve teslimiyet dolu ışığı görünce daha bir gayretlendi. Gerekli görevlendirmeleri tek tek yaptı. Hummalı bir faaliyet başlattı. Başvezir Mead'a emirler verdi. Eğitim ve disiplinle hizaya koyduğu ordusunu teftiş etti. Yaverlerine emirler verdi.

"Unutmayın ki, harp hiledir. Süleyman'ın ne niyette olduğunu bilmiyoruz. Kolay lokma olmadığımızı bilmesi gerek. Bu sebeple onu şaşırtmak istiyorum. Şanı diyarlar aşmış kralın sezgi gücünü ve dehasını tartmak için bir dizi tedbir düşündüm."

On iki tüysüz köse delikanlı seçip ayırdı ve her birine renk renk entariler giydirdi. Maksadı Süleyman'ın ferasetini tartmaktı. Saçlarına kızıl tüylü atların kuyruklarından saç ekleterek simlerle ve boncuklarla ördürttü. Ellerini kınaladı. Elleri, saçları ve parlak yanaklarıyla genç kızdan farksızdılar. Akabinde on iki genç kız seçip ayırdı. Sert tabiatlı, haşin bakışlı kızları tek tek seçip ayırdı. Kızların saçlarını tıraş ettirdi. Her birine erkek elbisesi giydirdi, ayaklarına erkek ayakkabısı verdi. Onlara şöyle salık verdi:

"Süleyman size bir şey sorduğunda ona erkek sesini andıran en kalın ses tonunuzla cevap verin."

Ardından kadın kıyafeti içindeki genç erkeklere döndü.

"Siz de kadın sesi tonunda ona cevap vereceksiniz. O size 'oturun' demedikçe oturmayınız. Ayakta bekleyiniz. Şayet kendisi ilim sahibi, her şeyi bilen bir bilgin ise oturmanız için size emir verir."

Sonra bilge kızlarından Sahra'ya yaklaştı. Avucunun içine kırmızı akikten iri bir boncuk bıraktı.

"Bakalım Süleyman kimdir?" dedi. "Onun nasıl bir din ile bana geldiğini anlamam için bazı şartlarım olacak. Süleyman'a söyleyin, bu boncuğu delerek içinden iplik geçirsin. Ama bu iş cin tayfasından birini yardımıyla ne de insanlardan birinin eliyle olmasın. Delinmemiş şu boncuğu da delmesini söyle. Ama demirsiz, iğnesiz ve ustasız... Cin ve insan eli değmesin."

Neferleri, Kraliçenin her sözünü emir telakki edip tek tek hafızlarına alırken o devam etti:

"Bakalım Süleyman'ın ilmi erkeklerle kızları ayırt edebilecek mi?"

Belkıs, Sultan Süleyman'ın ilmini, kimliğini ve gücünü öylesine bir merakla inceliyor ve sorguluyordu ki yanındakiler de bu işin çok mühim olduğu heyecanına kapılmışlardı. Kraliçe en son Başbilge saydığı kısaca Lili dedikleri Lilinya'nın önünde durdu ve ona boş bir kadeh uzattı.

"Bazı şartlarım var." dedi. "Süleyman bu kadehi bu güne dek kimsenin aklına gelmeyen, saf emek, katışıksız sadakat suyuyla doldursun. Ama bu su ne yerden kaynamış ne de gökten akmış olsun."

Gizli bir telaş içinde meramını söyledi:

"Eğer bu adam bir peygamberse, erkeklerle kızları birbirinden ayıracak. İnsan ve cinden başka bir mahlûka bu taşı deldirecek. Bardağı yerde ve gökte olmayan bir suyla dolduracak. Şu akik boncuğa da bakalım ne ile ip geçirecek?"

Tebaası şaşkın, Kraliçe kararlıydı. Kendisine ve uygarlığına böylesine cüretle meydan okuyan Süleyman kimdi? Yüzlerce soru ve çözümlenmesini istediği cümlelerle ordusunu donattı. Sıra Süleyman'a göndereceği hediyelere geldiğinde emrindekilerin şaşkınlığı ikiye katlandı. Kraliçeyi ilk kez bu kadar merak dolu görmüşlerdi. Onlar da meraklandılar.

Belkıs'ın hediyeleri de ilginçti. Sebe'nin en güçlü köleleriyle en güzel cariyelerini seçip ayırdı Süleyman'a. Onların yanı sıra nefis sınavından geçmiş neferleri; kibir, riya, zan, gurur, yalan, haz, naz sınavlarında geçe geçe sonunda insan-ı kâmil olma noktasına erişmiş has neferleri de şimdi Süleyman'ı teftişe gidiyorlardı.

Süleyman'a gönderdiği hediyeler içinde inci ve yakutlarla müzeyyen taşlar, nadide cevherler, Aden yakutları, ışıltılı mücevherler, inci mercanlar, gümüş gemli atlar, sürmeli develer, ipek atlaslarla süslü filler, nakışlı kılıçlar, işli kamalar, cenbiyeler, yelencüc ağacından elde edilmiş tütsülü od buhurları, amber, misk, mavi şap, zaferan, kakule, susam, habbetülsevda denkleri, saf ipekler, renkli ibrişimler, sırmalı kaftanlar, has kadifeler, çeşit çeşit kokular vardı.

Mücevherden kokuya kadar her ayrıntıyı düşünmüştü. Arap ve Acem develerinden dünyaya gelen on iki melez, bol sütlü, dişi deve getirtti. Hepsini ziller, boncuklar, renk renk püsküllerle süsletti. Bütün bunların yanı sıra otuz nefer kızını otuz nefer oğlana kattı. Başlarına on orta yaş kadın, on da orta yaş erkeğini nazır olarak seçti, onlara sıkı tembihlerde bulundu:

"Beni iyi dinleyin." dedi. "Kullandığı mühre bakılırsa güçlü bir hasımla karşı karşıyayız. Ancak üzerimize atılan okun yerini iyi tespit etmeliyiz. Hasmını tanımayan onun karşısında nasıl tavır alacağını bilemez. Onunla mücadele edebilmek için Süleyman'ı iyi tanımamız lazım ki ona göre tedbir alalım."

Tek tek tembih etti her birini: "Ser verin, sır vermeyin. Sultan Süleyman'a ait bütün bilgileri araştırıp bana gelin. Döndüğünüzde ulu divan önünde tek tek anlatacaksınız. Şimdi gidiniz. Süleyman'ın derin ilmini, saltanatını, hükmünü hâkimiyetini her şeyi öğrenin ve gelin."

Bilirkişi heyeti aklı başında, bilgili, görüşte keskin istikametli kişilerdi. Melikenin ufkun çok ötelerini aşan aklına güvendikleri için tereddütsüz kabul ettiler.

"Baş göz üstüne." dediler. "Güneşin kız kardeşi Kraliçemize görüp işittiklerimizi aynıyla ileteceğiz."

Bunca paha biçilmez bilgi ve hediye karşısında hangi kral direnebilirdi ki? Tebaası şaşkındı. O güne dek hiç kimseye böylesine cömert davranmamıştı Melike. Ondan korkuyor muydu? Ya da bir beklentisi mi vardı? Çözemediler. Halk arasında tuhaf fısıltılar dolaştı. Kraliçe bunları duyduysa da aldırmadı.

"Melike savaştan yana değildir. Bu hediyeleri İsrailoğullarının öfkesini çekmemek için gönderdi. Adil ve barışçıl bir yol izlediği için ona minnettarız."

"Süleyman 'Doğru yola dönsünler.' demiş. 'Yoksa gelir ülkenizi başınıza yıkarım.' demiş."

"Kral Süleyman, Belkıs'a âşıktır. Onu elde etmek için etkiliyor."

"Sebe Krallığına konmak istiyor. Zengin kaynaklarımız, bayındır kentlerimiz, yapılarımız, tapınaklarımızda gözü var."

"Melikenin güzelliğini duymuş olmalı. Onu elde etmek istiyor."

Kılı kırk yararak hazırlanmış kervan artık hazırdı. Kırk yüklü katır, kırk sürmeli deve, kırk molalık yola revan oldular. Ziller, zembiller, sesler, süslerle renk renk yayılıp çil çil serpildiler çöle. Doru atların sırtında tımarlı süvariler, has biniciler, keskin görücüler, usta haydalayıcılar tüm güçleri, kudretleri ve kibirleriyle Süleyman'ın ülkesine revan oldu. Onlar yola çıkarken Sebe diyarında olup biten her şey ama her şey çoktan ulaşmıştı Süleyman diyarına. Yolu gözlendi Sebe süvarilerinin.

GÜNEŞİN KIZ KARDEŞİ BELKIS

"Gümüş tel kopmadan, altın tas kırılmadan, testi çeşmede parçalanmadan,

kuyu makarası kırılmadan... Toprak geldiği yere dönmeden, ruh onu veren Tanrı'ya dönmeden, seni yaratanı hatırla!"

(Hz. Süleyman)

Aydınlık yüzünün güzelliğinden ve çekiciliğinden ötürü ona bu lakabı vermişlerdi. Bakışı ışıklı, gülümsemesi sıcak, yüz ifadesi rahatlatıcıydı Melikenin. Sevgiyi iyileştirici bir iksir gibi herkese ölçülü ve esirgemeden vermesinden dolayı onu farklı sever ve sayardı halk. Endişeliydi güzel Melike. Kervan, Sebe sınırlarını aşıp çöle revan olduktan sonra değişik ruh hali içine girmişti. Ucu keskin bir uçurumun kenarında yapayalnız hissetti kendini. Şehr-i Merib semalarından öte Şam ufuklarına doğru öylece bakakaldı. Zihni karmakarışıktı. Sorular, düşünceler ve bilinmezlikler içindeydi. Geriye dönük bakışlarla muhakemedeydi. Neticede etten ve kemiktendi insan, her hali bir olmaz bir varlıktı. Namı diyarları aşsa da adı güneşle birlikte anılmış olsa da Sebe topraklarını yeni baştan mamur etmiş bir Kraliçe olsa da ruhunun kıvrımlarındaki sancılardan kimsenin haberi yoktu. İçinden çıkılmaz hallerdi o haller. Cevap bulamadığı soruları vardı. Güneş tanrıçasının önünde secde ederken zihninde zapt edilemez muhakemeler vardı. Güneşle hemdem olmuş bir Melikenin ondan başka kimi vardı. İçinin tüm dalgalanışını ona anlattı.

"Aşk külli bir dalgalanış ve biz o dalgalanış içinde minicik akisleriz. Yok olup tükenmeden aşk nehrinde yüzebilir misin?"

Sır gibi sakladığı gerçekler vardı. Sebeliler tek tanrılı bir din inanışı içindeyken Belkıs onları görünmeyen tanrı inancından vazgeçirmişti. Ona göre gözle görülür bir tanrı olmalıydı ve o da güneş olabilirdi. Büyüklüğü, aydınlığı, ısısı ve faydasıyla ondan başkasına Tanrı diyemezdi. Bunun için güneş tapınaklar ve sunaklar yaptırmıştı. Ona secde edilmesini emretmiş ancak güneşe secde etmek git gide ona tuhaf gelmişti. Onunla konuşur saatlerce konuşur dertleşir ama yaratıcı olduğuna inanamazdı. Güneş tanrıçasının sözlerini tanrıya ulaştırmasını istediği için de bu inanışından vazgeçmiyordu. İnce bir ayrım farklı bir çizgiydi onunki. Yine öyle bir anda sarayın tapınak bölmesindeydi Belkıs. Bütün varlığıyla secde edip yakardı.

"Tanrım!" dedi Belkıs. "Bilip görürsün ki iffetine çok düşkün biriyim. Mahremime kimseyi sokmadım bugüne dek. Bir annenin yavrusunu koruduğu gibi iffetimi korudum kem ve semli gözlerden. Bu nereye varacak bilemiyorum. Ötesi sana kalmış. Tanrım. Kirlenmek istemiyorum. Beni temiz tut. Beni temiz tut. Beni pak kıl."

Doğruluverdi Belkıs. Tanrıçaların önünde saygı referansından sonra seyir mahfiline geçti. Hisleri dağınıktı. Tuhaf düşünceler sarmıştı zihnini. Sorular sorular karmaşalar içinde buldu kendini. İçinde susturamadığı sesler yankı yankı büyüdü.

"Her akşam ölümü her sabah doğumu yaşayan bir varlık Tanrı olabilir mi? Isı ve ışığın ötesinde ne verebilir ki sana? Kalp sızılarını, ruh feryatlarını nerden bilebilir?"

Haykırışı halkına döndü bu sefer: "Ben Kraliçeniz Belkıs! Şurahbil kızı Makeda. Âlemin özendiği hükümdar kadın! Önümde diz çöken yiğitler, bana secde eden savaşçılar, aman dileyen dövüşçüler, tahtıma göz koymuş krallar ve hasedin alevli ateşinde yanıp tutuşan dilberlerin hiçbir şeyden haberi yok. Dönün içinize, tekdüzeliğinizden sıyrılın. İçinizdeki güneşlere ulaşın. Batıp gidiciler yar değil!"

Neydi ne oluyordu? Bu isyan bu çırpınış nedendi? İçinde kıyametler koparken dışında ki bu renkli baharlar da neydi? Delişmen fırtınaların kucağında bir saman çöpü gibi çaresiz hissetti kendini. İç figanları susmuyordu.

"Bu ne dehşetli bir hiçliktir. Gidişi durduramam. Gideni döndüremem. Bu kahredici boşluk hiçbir şeyle dolmaz, hiçbir şeyle avunmaz. Amansız bir illet!"

Yaz böceklerinin çınlayışı gibi hiç susmuyordu o ses.

"Rubülhali çölü kadar ıssız ve nefessizim. Sinsi bir ejder gibi ensemde soluyan ölüm gerçeği karşısında çaresizim. Ne akıl ne de zenginlik onun gelmesine engel değil. Silip süpürecek, alıp götürecek yakında hepimizi. Şu kahrolası boşluk neden yakamı bırakmaz ki? İç sıkıntım ne gün dinecek? Aradığım nedir benim? Mal, mülk, saltanat... Hiç biri huzur verici değil. Ölmemek ve yok olmamaktır arzum. Zaman bir değirmen gibi önüne gelen her şeyi öğütürken ruhum mor bir kelebek gibi mavi göklerin ötesine uçmak ister. Sonsuza dek yaşamak, cehennem bile olsa orada var olmak isterim."

Yok olmak istemiyordu. Yakılmak, bir avuç kül olup savrulmak ona anlamsız geliyordu. Buna izin vermeyecekti. Umutla gülümsedi Melike. Ardından güneş tanrıçası ikonunun önünde duasını yaptı.

"Tanrım!" dedi usulca. "Bana selim ve selametli bir çıkış ver!"

Melikenin ruhsal arayışı hiç bitmedi. O gün ve ondan sonraki günlerin neredeyse tamamında zihnî yolculuklar yaptı. Ölçtü, biçti, tarttı. O güne dek şark çıbanı gibi kabuk bağlamış yarasını yeni baştan deşme sırası gelmişti. Akli muhasebeler yaptı. Kendine döndü. Kimdi Belkıs? Neydi? Nasıl bir kişilikti, neler yapmıştı, nasıl tanınmıştı ki Yeruşalim Kralı Sultan Süleyman kendisine ve kavmine böyle bir mektup göndermişti? İçsel yolculuklarına ta evvelden başladı. Çocukluk günlerinin o tasasız mutlu günlerinden...

SEBE KRALLIĞININ İLK KADIN LİDERİ

Aden Körfezi kıyılarında hayata merhaba demiş bir kral kızıydı Belkıs. Bir hükümdar kızı olan annesi Belteka ile Himyeri Krallarından olan babası Şurahbil'in erkek çocuk arzusu gerçek olmayınca dünyalar güzeli bir tanecik kızları olarak doğmuştu. Adını Belkıs koymuşlardı. Ay parıltısı demekti. Bir başka anlamı da güneş huzmesi demekti. Şurahbil soyunun kadim emanetiydi. Ve Şurahbil'in başka çocuğu olmamıştı. Minik kızı için Mabedül Şems ve Mabedül Beran önünde kurbanlar kesip eğlence düzenlediler günlerce. Belkıs çok güzel bir çocuktu ve Şurahbil bu durumdan hiç hoşnut değildi. Ona göre güzel bir kız çocuk sahibi olmak, tehlikelerle dolu bir yolculuktu. O sebeple minik güzel kızını korumak için kendince tedbirler almıştı. O ve eşi büyük bir ihtimamla minik kızın üzerine eğildiler. Dünyalar güzeli kızlarını koruma fikriyle onu erkek evlat gibi eğittiler. Soyu kurumaya yüz tutmuş hanedanı güçlü bir ele teslim etmek istediler ki o eller minik Belkıs'ın elleri olacaktı.

Minik kız, erkek kıyafetleri içinde, geniş pantolonlar, düz gömlekler, sade entariler, bol kaftanlar içinde büyüyordu. Bir kral kızı olmaktan çok çetin bir savaşçı olarak yetiştirmeye gayret sarf ettiler. Yıllar yılları kovaladı ve ay parçası Belkıs büyüdü, serpildi. Bazen dörtnala giden küheylan atların sırtında en önde, kimi zaman usta okçulara şapka çıkartacak çeviklikte, bazen de Bahrül Ahmer kıyısında düzenlenen deve yarışlarında derece yapan bir yetişkindi o artık. Cesaretle eğitilmişti. Himyeri hanedanının teslim edileceği el, her konuda yetenekliydi.

Belkıs, nezih kıyafetleriyle saray bahçesinde gezinen bir kral kızıyken, aynı zamanda er meydanında kılıç kullanan ve cenbiye kuşanan ileri düzeyde bir nişancı ve dövüşçü olarak yetişmişti. Okçuluk, binicilik, yüzücülük dersleriyle dağlar denizler dalgalar aşabilecek yetenekteydi. Kral Şurahbil kızı Belkıs, narin bir prenses edasından öte her zorluğa karşı dayanıklı ve tehlikelere karşı dikkatli eğitilmişti. Himyeri silsilesinin biricik kızı, mutlu bir çocukluk geçirmişti. En özel ballar, en taze iliklerle beslenirken öte yandan hayatın farklı yüzleriyle de tanıştırılmıştı. Sarayın göbeğinde korumalar, dadılar, nedimeler gözetiminde büyürken halkın arasına da girmiş, yaşadığı toplumu çok iyi tanımıştı. Yıllar su gibi akıp geçerken peş peşe yaşadığı acılarla savrulan Belkıs iki kat olgunlaşmıştı. Erken yaşta tattığı anne baba acısıyla, koca krallığın temel taşı olmuştu. Babasının vasiyetiyle krallık ona devredilmişti ve aldığı mesuliyet büyüktü. Her işini emirle yaptıran şımarık, nazlı bir Melikeden çok, görev bilinci yerinde, akıllı ve ön görülü tavırlarıyla kısa sürede hatırı sayılır bir itibar elde etmişti.

Yemen hükümdarlığının aristokrat silsilesinde tek kraliçeydi Belkıs. Zengindi, cesurdu, gururluydu ve daha da önemlisi çok güçlü bir muhakeme yetisine sahipti. Kadın ruhunun ince sezgisiyle erkek aklının irade gücünün harmanlandığı kişiliği renkli ve dikkat çekiciydi. Halkının sevileni, sayılanı ve gözdesi olması onu farklı kılmıştı. Adil, azimli ve kararlı oluşuyla takdire şayandı. Sebe halkı geleneksel bir anlayışla krallık üzere yönetiliyor olsa da Melike, istişaresiz iş yapmazdı. Mühim olan her konuyu meclisine danışır, ölçer tartar sonra kararını verirdi. O güne dek verdiği hükümlerin hiçbirinde yanılmamıştı. Yaşı genç, hayat tecrübesi az olduğu halde kısa sürede babası Şurahbil'i aratmamış ve parmak ısırtacak işlere mühür basmıştı.

Akıllı, atak, cesur, dikkatli ve çok güzeldi. Halk, sevgi dolu bir abartıyla çoğu kez onu hurilere benzetirlerdi. Aklı, başarısı, duruşu ve zarafetiyle kiminin ins, kiminin cin, kiminin de peri kızı dediği ve hakkında çokça rivayet dolanan Melike dedikodulara kulağını kapamış, kendini bütünüyle işine vermişti. Uzun kirpiklerinin gölgeli koylarına sığınmış asaleti, güzelliğinden daha da etkiliydi. Bir o kadar dikkatli ve bir o kadar kararlıydı. Sezgi gücü, azmi, başarısı, soyu, zenginliği ve her an her yerden aldığı övgüler onu şımartmamıştı. Kibirle izzet arasındaki o ince çizgide izzeti yeğlemiş, ülke sınırlarını aşan başarılarını azme dönüştürmüş bir lider olarak ülkesinin refahıyla içten içe gururlanırdı çoğu kez. Adaleti, yerinde aldığı kararları ve dürüstlüğüyle Sebe halkının sadece mülkünde değil gönlünde de yer etmişti.

Gecesini gündüzüne kattığı anlardan birinde dadısı onu uyarmıştı. "Yeter!" demişti. "Neredeyse kendini unutacaksın. Yeter bu kadar himmet, hizmet ve gayret. Az biraz da kendine bak!"

Belkıs da "Sebe'yi yönetmek ejder yılanların tepesinde dans etmek demektir. Nerden hangi başın uzanıp sokacağını bilemezsin. O sebeple çok çalışmam gerek." diye cevap vermişti dadısına.

Ufku da açıktı Melikenin. Muhakeme gücü kuvvetliydi. Yeni ilimler, yeni medeniyetler ve yeni keşifler yapmaya açıktı. Genç yaşına rağmen hayatın her yönünü görmüş ve anlamıştı ki insanın en büyük düşmanı cehaletti. Bu hastalık giderilmedikçe kimse huzur bulmazdı. Bilgisizliğe asla tahammülü yoktu. Bu sebeple halkını bilinçlendirmek için çabalıyordu. Güzel işler peşindeydi. Ancak bir kadın olarak tahta geçmesi, Şurahbil saltanatında gözü olan diğer ülke Krallarının aradığı bir bahaneydi. Her biri, o günlerde genç kraliçeyi yok edip Sebe saltanatına sahip olma planı yapmıştı.

Saray bahçesinin ferah esintisinde geçmişe gitmişti Belkıs. Ne günlerdi o günler. Mülküne talip olan ülke kralları ne kadar çoktu. Erkek egemen bir toplumda kadına layık görmedikleri saltanatı, zulümleriyle devirmek istemişlerdi. O günleri hatırlarken iliklerine kadar ürpermişti.

Kaderinin en acı günlerini ebeveynini kaybettiği o günlerde yaşamıştı. Ne çok ejderha sarmıştı etrafını. Krallığına göz dikenler, zenginliğine göz dikenler, güzelliğine göz dikenler tek tek çıkıvermişti karşısına.

Komşu Kral Zülezar, hepsinden hırslıydı. Zulmünden herkesin korktuğu bu kral, Belkıs'ı devirmek için sinsi planlar peşindeydi. Arzusuna nail olamadığından aşkı kine, kini nefrete dönüşmüş bir zalim kraldı. Zalim olduğu için de halk ona bu lakabı takmıştı. Lakabın manası "zülüm sahibi" demekti. Lakabı şahsiyetine öyle oturmuştu ki gerçek adını bile unutmuştu insanlar. Zülezar denince, zulmün her çeşidini işlemekten keyif alan bir gaddar gelirdi akıllara. Belkıs böylesine zalim bir kralın pençesine düşmüştü. Gece gündüz peşindeydi Zülezar. Bir kez nazar etmişti Zülezar'a, o yetmişti. Gönlü hiç umulmadık bir şekilde Belkıs'a sevdalanmıştı. Ilık ılık akıp giden bir yel gibi girmişti damarlarına bir kere. O zalim, o gaddar ve o katı insanın ruhu bir tek Belkıs için güzel sözcükler türetirdi.

"Şurahbil kızının boyu, endamı, gözleri aklımdan çıkmıyor." diyordu. "Kimselerin bilmediği, kavrayamadığı ve anlayamadığı bir cezbesi var bu kral kızının. Huri midir, ins midir yoksa cin midir anlamadım."

Fena tutulmuştu Zülezar. Gönlünde kırıntı sevgi olmadığını bilenler bu işe şaşkınken o, krallığının en meşhur şairlerine onun için şiirler söylettikçe ona ulaşmanın çare ve çözümlerini arıyordu.

"Kimselerin bilmediği bir perde var Şurahbil kızı üzerinde. Aklı kalbi ve ruhu mest eden bir etki gücüne sahiptir. Dil onu tarif edemez. Ancak kalp anlar. Aden yakutları üzerinde

Belkıs'ın gül renkli yanakları, zil karası gecelerde Belkıs'ın gözlerinin izi var. Siyah saçlarında çöl yıldızları, can alıcı gülüşünde kalbin ziyafeti var." diyordu.

Zülezar'ın aklı başında değildi. Gecesi gündüz, gündüzü geceydi artık. Ne yapsa, nereye baksa Belkıs'ın binlerce yıldız doluşmuş gözleri vardı. Aden Körfez'i kıyısındaki krallığının bütün obalarında, deve sürülerinde, kervan göçlerinde, kuşsütü eksik sofralarda, çölde, gökte, yazda, yıldızda, sıcakta ayazda hep Şurahbil kızının yıldız karası gözleri ona bakıyordu. Sahra ceylanlarını kıskandıran edası ve endamıyla gözünde tütüyordu.

Zülezar şaşkın, Zülezar perişan, Zülezar gözü dönmüş bir caniydi artık. Zülmün her çeşidini göze almış bir halde Belkıs'ın peşindeydi. O güne dek istediği her şeyi elde etmiş olması, Belkıs'ın onu reddedişiyle çözümsüz bir hal almıştı. Şaşkın ve perişan bir meftundu

Zülezar. Bir kadın karşısında ilk kez o kadar yıkık ve perişandı. O güne kendisine kimse hayır diyememişken, bu kez işi zordu. Halinden duruşundan kimselerin sezemediği sırlar saklı Belkıs'ı razı etmenin yollarını arıyor. Yine de hayır derse Belkıs'ı öldürtecek kadar çıldırmıştı Zülezar. Kimselerden korkusu olmayan bu kral kızının anne babası ölmüşken ve Belkıs tahta oturmuşken bu fırsatı kaçıramazdı.

Seyir mahfilinde geçmişini bir sayfa gibi önüne açmış irdeleyen Melike, o korkunç günleri hatırlarken ürperdiğini hissetti. Dayanıklı bir eğitim almasına rağmen o günlere dönmek onu her defasında ürpertiyordu. Uzun saçlarını kökünden kestiren o acı günlerini yad etti.

Bahtının baş belası Zülezar bir türlü yakasını bırakmamış, hayatının o en acı günlerinde bile karşısına çıkmıştı. Annesiyle babasını peş peşe kaybettiği günlerdi. Zülezar korkunç bir kabus gibi karşısına dikilmiş ve yine sinsi bir biçimde evlilik teklifiyle gelmişti.

"Ey güzelliğiyle değme yiğitleri esir alan Melike!" demişti. "İri gözlerinin şavkıyla uzun kirpiklerinin gölgesine sığındım. Aklına ve ferasetine olan hayranlığım gün be gün artarak beni perişan ediyor. Bu delişmen derde bir çare olarak benimle evlenmenizi talep ederim! O vakit mülkümüzü birleştiririz ve sen ilelebet kraliçe olarak kalırsın!"

Belkıs, onun zalim bir kral olduğunu iyi biliyordu. Bu aldatıcı sözlerine kanmayıp bu teklifi reddetti. Bu reddediliş Zülezar'ı çileden çıkarmıştı. Olanca gücüyle genç Melikenin üstüne yürüdü. Halkın arasına nifak soktu. Her tarafa dağılan adamları halkın arasında aleyhinde konuşuyorlardı.

"Bir kadın mı yönetecek sizi? Yazıklar olsun! Bu kadının emrine mi gireceksiniz? Güneşe ant olsun ki o sizi aç ve sefil koyacak!"

Zülezar'ın adamları saraya kadar sızmayı başarmışlardı. İçten içe sürdürdükleri siyasetle önemli yerleri ele geçirdiler. Sıcaktan canların yanıp kavrulduğu o korkunç gecede Zülezar, gözü dönmüş kan içici adamlarıyla basmıştı sarayı. Belkıs'ın saltanatını ele geçirmişlerdi. Atalarından kalma tahtını parçalayıp yakılmış, nesiller boyu süren şanlı tahtın bahtı Zülezar eliyle yok edilmiş, Belkıs'ın yaverleri tek tek hançerlenmişti. Hileler, oyunlar, kumpaslarla içten içe bir ihtilal gerçekleştirdiler.

Halk ayaklanmıştı, "Kadın hükümdar istemiyoruz! O bizi yönetemez! Zülezar'ı isteriz!"

İş çığırından çıkmıştı. Melikenin yakın korumalarını katlederek yönetimi ele geçiren Zülezar, Kraliçenin peşindeydi. Onu yakalayıp öldürtmek istiyordu. Bir gece yarısı ani bir baskınla saraya suikast düzenlediğinde ise Belkıs haberi akşamüzeri almıştı. Yemen seyyahlarının giydiği kül renkli elbisesiyle sarayın en gizli geçitlerinden çıkarak sarayı terk etmişti. Arkasında Zülezar ile adamlarının korku dolu gölgeleri ve cani çığlıkları, önlerinde nehir, yanlarında hüzün ve yalnızlıkla gidiyordu. Melikenin aklı ve ferasetiyle iyi eğitim almış sadık adamları yükte hafif pahada ağır bir kaç eşya ve gözleri gibi korudukları kraliçelerini çoktan kaçırmışlardı. Canlarını zor kurtarmışlardı. Zülezar, kırk kilitli kapıyı kırıp Belkıs'a ulaşmaya çalışırken o, gece çölü geçmişti.

Belkıs, Aden Körfezinin kıyısında kimselerin bilmediği ve bulamadığı köhne bir köye yerleştiğinde hayatının en çetin sınavını veriyordu. Gözünü içinde açtığı Himyeri saltanatı ile Şurahbil Hanedanını ve dahi gözü gibi koruduğu şahane tahtını bir anda kaybetmişti. Yorgun, üzgün, aç ve perişandı. Kimselerin yerini bilmediği Kraliçe, yeni hayatına alışıyordu. Sefaletin bol olduğu, sıkıntıların yağmur gibi yağdığı zor günlerdi.

O güne dek Basra balı ve kemik iliğiyle beslenmiş Melike, kuru ekmeğe muhtaçken gül yüzü bir gecede solmuştu. Açlık, toz, sıcak ve yokluk onun güzelliğine masum bir hüzün düşürmüştü. Çöl kumlarına gömüldü. Anlatacakları vardı kum tanelerinin. Yüzyılların suskunluğuna gizlendiler.

Melike kederliydi. Dağların ötesi yalnızlıktı. Çölün ötesi susuzluktu. Sebe'den ötesi bilinmezlikti Melike için. Himyeri Krallığının nazlı prensesi uzaklardaydı. Gözü yaşlı, gönlü gamlı bir sürgündü. Ülkesinden, krallığından, tahtından uzaklarda o şimdi sıradan bir çöl kızıydı. Gün boyu deve sütü ve az hurma, açlığın takatten düşürdüğü zamanlarda da keçi etiyle beslendiler.

Kuru ve duru bir yalnızlıkken yazgısı, çok önceden hazırlanmış olduğu zorluklara var gücüyle dayanıyordu. Bu konuda eğitimli olmasa perişan olacaktı ama babası Şurahbil bu günleri görerek onu dayanıklı kılmıştı. Saadetsizlikti bahtına düşen. Vatansızlık, ıssızlıktan da açlıktan da daha zordu. Mahzundu Melike. Ona her şeyden zor gelen şey ise kavminin ve halkının aldanarak içine düştüğü tuzaktı. Onlar içindi kaygısı.

Uzak çok uzaklardaydı. Melikeye acı veren şey saltanatından değil Sebe'den uzaklıktı. Şehrine ve topraklarına deliler gibi âşık bir kadının en büyük çilesi, yalnızlıktan yokluktan öte vatansızlıktı. Ama karalıydı. Zülezar, zulmü ve zilletiyle iktidarı ele geçirmiş olsa da Belkıs onunla mücadeleden vazgeçmemişti. Canını kurtarmış olsa da aklı, fikri ve ruhu Sebe halkı üzerine kümelenmişti genç Melikenin. Aradan geçen zaman içinde yeni hayatına alışmaya çalışmıştı. Sebe'den aldığı haberler hiç de iç açıcı değildi. Zülezar kısa süre içinde halkı perişan etmişti. Astığı astık kestiği kestik uygulamaları herkesi canından bezdirmişti. Yaptığı zulümlerin haddi hesabı yoktu. Sebe mülkünü abad eden güzel yapıları, köprüleri ve yolları yakıp yıkmış, Arim barajını kurutmuştu. Kısa sürede her yeri sefalet sarmıştı.

Aç ve sefil düşmüş halk, zulüm ve işkence içinde bunalarak el altından Melikeye, "Zülezar'ı'ın zulmü haddi aştı. Gel bizi kurtar!" diye haber göndermişti.

Belkıs, ışığı arayan yüreğiyle halkını kurtarma çabasındaydı. Sebe'den bir haber daha almıştı. Çocukluk arkadaşı Şuuf'un erkek kardeşi, Kraliçeyi savunduğu için kırbaçlanarak zindana atılmıştı. Şuuf, Zülezar'a karşı çıkmış, onun hakkını aramış ve kardeşini oradan çıkarmıştı. Gerekirse halkı ayaklandıracağını söylediği için Zülezar bu güçlü kadına fazla bir şey yapamamıştı. Şuuf, Belkıs'ı geri getirmenin yollarını arıyordu.

"Sebe Krallığı yeniden merhametli Kraliçesine kavuşursa ant olsun ki Elmegah'a altın heykel kurban edeceğim!" demiş ve Belkıs'ı geri getirmek için kolları sıvamıştı.

Melike, saltanatından ayrı kaldığı günlerde Şuuf'la irtibata geçmiş ve birlikte yeni yollar aramışlardı. Aklın, ferasetin ve el birliğinin gücüyle zalim Zülezar'ı yıkmak, halkı zulümden kurtarmak istiyorlardı. Neticede savaş hileydi. Melike, halkını bu zalim kralın elinden kurtarmak fikriyle Zülezar'a haber göndermişti ve bu haberi Şuuf ulaştırmıştı.

"Ey Kral Zülezar! Teklifin hâlâ geçerliyse Sebe'ye geri dönmek ve seninle evlenmek isterim."

Hırs ve aşktan gözü dönmüş Zülezar bir an tereddüt etmeden kabul etmişti. Belkıs'ın baş döndürücü güzelliğine karşı koyamadığı muhakkaktı. Belkıs, birkaç yıl sonra telli duvaklı bir gelin olarak ülkesine geri dönüyordu. Sebe halkı sevinç içindeydi. Düğün dernek kurulmuş, şenlikler yapılıyordu. Günlerce süren eğlenceler, danslar, ziyafetler devam ederken Belkıs, halkını bu cahil ve gözü dönmüş caniden kurtarmanın planlarını çoktan kurmuştu. İçkiye düşkün olan Zülezar çakır keyif bir halde kendinden geçmiş ve Belkıs'ın büyüleyici güzelliği karşısında iki büklüm olmuşken, sakilerden biri kadehine ölüm zehrini kattıktan sonra olanlar olmuş, Sebe halkı özgürlüğüne kavuşmuştu. Zalim Zülezar düğün gecesi zehirlenerek can vermişti.

Sebeliler zalim yöneticilerinden kurtulmuş olmanın bayramını yaşarken Belkıs da hayatının en çetin mücadelesinden sonra idareyi ele almıştı. Devrik kraliçe yönetimi yeniden ele aldığında halkının gözünde efsane bir kahramandı artık. Zülezar'ın zulmünden sonra onun ne kadar adil ve akil bir yönetici olduğunu anlamışlardı. Eski güzel günleri yeniden geri gelmişti. Halkın güveni ve sevgisi içinde yönetimi yeniden devralmanın huzuru içindeydi Belkıs, kılı kırk yaran bir çalışmayla ülkesini yeniden abad etmenin yollarını arıyordu. Zalim Kral Zülezar'ın yakıp yıktığı şehri yeniden imar etmeliydi. Yollar, hanlar, imarethaneler köprüler yeniden inşa edilecekti. Arim barajının tıkanıp kurumuş kanallarını açmak, duvarlarını iki kat yükseltmek için de kolları hemen sıvamıştı.

MERİBLİLERİN KİBRİ

Büyülü bir efsane gibi dillerdeydi Belkıs. Yönetimi ele geçirdiği ilk günlerde saray zanatkarlarını yanına çağırıp bir sipariş vermişti.

"Altın bir kamçı istiyorum." demişti. "Onu kemer olarak kullanacağım. Ucunda Himyeri Krallığını temsil eden yedi başlı ejderha kafası olsun. Gözleri renk renk cevherle renklendirilsin. Dilinin ucunda muhatabını bir vuruşta yere seren sarı kertenkele zehiri olsun."

Ejderha güç, gözlerin renkliliği ise aslında birçok fenalık yapmaya müsait olduğu halde tercih etmediğinin mesajıydı.

"Zeytin dalından bir taç istiyorum. Dalları saf altından, çiçekleri kızıl yakuttan, yaprakları has zümrütten olsun."

Zeytin dalı barış sembolü olduğu için halkına barış mesajları vermek istemiş geçirdiği o zor günlerin ardından yeni tedbirler geliştirmişti.

"Papuçlarımın tokasını Yemen elmasından yapın. Topuğumun içine ise baldıran zehri koyun. Ta ki yürüdüğüm yerlerde yılan ve çıyan bana musallat olmasın."

Zülezar'ı alt edip harap olmuş şehirleri yeni baştan mamur etmesi herkesi şaşırtmıştı. Ülkeyi cennete çeviren Arim suyu bahçe kıyılarına değip geçtikçe meyve dolu bağlar, bostanlar, bentler, kemerlerle yeni baştan ihya olmuştu şehirler. Sebe denince akla ekinler, ürünler, nehirler, yemişler, pınarlar ve bir de Belkıs geliyordu. Göller, serin gölgelikler, muntazam bentler, mimari harikası yapılar, su şebekeleri, ambarlar, köprüler kısa sürede imar edilince Sebe halkı, Kraliçe Belkıs'ın önünde minnet ve şükranla eğildiler. Melikeye minnettarlardı. Zülezar zulmünden kurtulan halkın da yüzü gülmüş; duvarlarından narların, salkımlı üzümlerin türlü çeşit yemişlerin sarktığı bahçelerle çevrili evler, köşkler, muhteşem yapılar usta bir ressamın fırçasından çıkmış gibi uyumlu ve ahenkli dizilişlerle arzı endam etmişti.

Yeşilin kırmızıyla, sarının morla hemhal olduğu mamur toprakların Kraliçesiydi Belkıs. Kral Zülezar'ın zulmü ile harap olmuş kalıntıları bin bir emekle kazıtıp yeniden ortaya çıkartmıştı. Sağlam temeller üzerine güçlü bir medeniyet kurmuştu. Gece gündüz çalışarak ülkeyi dört başı mamur bir cennete çevirmeyi başarmıştı. Sebe'yi çevreleyen sıra dağlar üzerine zift ve taş döşeterek Arim barajını yeni baştan imar ettirmişti. Bu, Yemen ve Hadramut'un en geniş arazilerini iki kat daha mamur kılmıştı. Ülkeyi dört bir koldan kuşatarak ayrı yönlere akan yetmiş su kanalı çöl topraklarını suladığında Belkıs da gönül huzuruna kavuşmuştu. Yerleşim beldeleri arasına kurdurduğu yollar, bentler, köprülerle şehirleri bir ağ gibi birbiriyle örerek, sel ve düşman saldırılarının önünü kesmişti. Muhteşem yapıtların yanı sıra dairesel bir alan içine alınmış tapınaklarını da kireçtaşından sütunlarla yükselterek korumaya almıştı. Şems mabedi, Belkıs'ın arşı olarak bilinirdi. Tapınak yeri olan Elmegah, Beran ve Aster mabetleri halka açıktı ve içinde onlarca put dikiliydi. Güneş ve Ay Tanrıçaları Sin, Nabu, Marduk, Ninutra yeni baştan tapınağa armağan edilmişti. Tek tanrı inanışına karşı çıkan Melike,

"Görmediğim bir şeye inanmam." demişti. "Benim Tanrım güneştir ve her an gözümün önündedir. O sebeple ona tapacaksınız."

Haftanın yedi günü yedi ayrı yıldıza hepsinin üstünde de güneşe tapınır olmuştu Sebeliler. Himyeri Kraliçesi başarıyla inşa ettirdiği her yapıyı taş kitabelere resmettirerek bu kitabeleri güneş tapınaklarında sergiledi. Gayesi kendinden sonra gelecek nesillere bir iz, bir nişan bırakmaktı. Himyer lehçesiyle taşa işlenmiş yazıtları, emektar halkının çabasını hiç etmemek adına zamanın kadim ellerine teslim edilmiş bir şiirsel emanet olarak görüyordu. İstediği şey şan, şöhret değil, alın teri ve gönül işçiliğini sergilemekti elbette.

İsteği, "Bu yerlerden bir Melike Belkıs gelip geçti." dedirtmekten öte, insan ruhundaki derinliği insanlara vermekti. Onun bu tavrı halkın ona daha çok güvenmesine ve yepyeni sanat eserleri üretmelerine zemin hazırlamıştı. Aşkla, şevkle ve gayretle çalışıp didindiler. Kısa sürede Sebe, sanatın ve medeniyetin gözde merkezi olmuştu. Liman kentlerine dünyanın birçok yerinden seyyahlar girip çıktıkça bu şehirlere hayran kaldılar. Melikenin kurmuş olduğu medeniyet dillerdeydi. Himyeri Krallığının hazin yazgısını zalim ve zorba kralın elinden ustalıkla çekip alan Melike bu sebeple de çok seviliyordu. Sebeliler ona minnettardı. Onca zulüm ve acıdan Belkıs'ın güçlü aklı ve zekâsıyla kurtulmuşken onun bir dediğini iki etmemek ahdindeydiler.

Belkıs, ülkelerin kaderlerinin görünmez gözyaşları üzerinden abat ya da berbat olacağına inandığı için, toplumun her kesimini hoş ve rahat tutmaya çalışıyordu. Estetik bir sanat anlayışıyla iç içe geçmiş zümrüt halkaları gibi baştanbaşa bir şehir inşa etmişti. Mimarisi, bentleri, kemerleri, köşkleriyle Sebe bir rüya ülkesiydi artık.

Bir ömre bile sığamayacak işleri çok kısa yıllara sığdırmayı başarmıştı. Ülkesine hayrandı. Sebe'nin koyu gölgeliklerin ve renk renk yeşillerin kucağındaki şehirleri; yağmur ormanlarının coşkulu ferahlığı kalbe neşe verirken, topraklarında muzır haşerat dahi dolaşamaz oluşu çok hoşuna gidiyordu. Mamur belde, Güney Arabistan'ın ışıltılı gerdanlığı gibi uzayıp gittikçe diğer ülke liderlerinin gözü ona ve ülkesine takılı kalmıştı.

Sebe Sultanlığında çok tanrılı inanış vardı. Ay, güneş ve ateş tapınakları ülkenin

açık hava mabetleriydi. Güneş, Sebe Krallığının ana tanrıçasıydı. Elmegah, Beran ve Aster tanrıçalarıyla güneşe taparlardı. Onların vasıtasıyla güneşe secde ederler ve Melike Belkıs'ın da güneşin elçisi olduğuna inanırlardı. Onlara göre Belkıs, güneşin kızıydı ve onun üzerinde bir otorite yoktu. Melikenin önünde saygıdan ve sevgiden eğilen Sebeliler ona da secde ederlerdi. Edep ve saygıdan dolayı kimse yüzüne bakamazdı Melikenin. Ancak bu saygı ve yüceltiliş Belkıs'ı şımartmamıştı. Dikta ve zorba bir yapıdan çok incelik ve insanlıktan yanaydı. Halkın teveccühü arttıkça Melike'nin de gayreti artmış, yeni icraatlar ve yapılar ardı ardına gelmişti. Bin bir emekle resmettirdiği nakışlar, abideler, figürler, freskler ve taş yazıtlar onun için saklı bir mücevher gibi kıymetli ve kutsaldı. Güneş tapınakları da o eserlerle süslüydü.

Sebe'nin üç kadim vakti vardı. Tüm işler, işleyişler o vakitlerde durdurulurdu. Güneşin doğduğu vakitler kutsaldı onların gözünde.

Ateş tanrısının gözüküp gülümsemesiydi onlar için. Sebe'de gün doğumu vakti çocuk, genç, yetişkin, yaşlı herkes güneşe secde eder, güne öyle başlardı. Güneşin en tepeye varma vaktine dek gündelik işlerini halleder, göğün orta yerine geldiği anlarda secdelerini yinelerlerdi. Tanrının veda vakti akşamdı onlar için. Grup vakti güneşin gruba meylettiği zamanlarda Sebelileri bir telaş kaplardı. Güneşe tazimde bulunarak onu yolcu ederlerdi. Sebe halkının kıblesi güneş ve ona bağlı bulunan tanrıçalardı. Onunla yatar, onunla kalkar, tüm hayati kararlarını ona göre alırlardı. Onlara göre güneş tanrı sembolüydü ve ona gösterilen hürmet tanrıya gösterilmiş hürmetti. Güneş tapınaklarında hiç durmadan buhurlanan tütsüler ve kokular ile çölden geçen ticaret yolcularına kurulu hanlar, hamamlar kadın inceliği ve hassasiyetinin uzantısıydı. Refah seviyesi üst seviyede bir devletin hükümdarı ve kraliçesi olarak başarısı onu şımartmamış, adaleti ve vakarı Belkıs'ı farklı kılmıştı.

Bölgeye hükmetmek için onunla evlenmek isteyen başka krallar, başka liderler vardı. Kraliçe akıllı ve öngörülü bir kadın olduğu için hiç birine evet demiyordu. Gelen teklifleri usulünce geri çeviriyordu. Halkının dirliği ve birliği için canla başla çalışırken bu türden talepleri dikkate alamazdı Belkıs. Onun için evlilik demek tacı, tahtı ve saltanatı bilmediği tanımadığı bir ele teslim etmek, hükmüne ortak kılmak demekti. O, ülkesinin imbatı için bahtını feda etmişti ve o kadim emaneti koruyacağına dair babasına söz vermişti.

Halkı müreffeh oldukça onun da yüzü gülerdi. Merib çarşıları renk renk insanlar, sesler, kokularla lebalep dolup taştıkça ülke yeni baştan güçlenir ve refah seviyesini artırırdı. Liman kenti oluşundan dolayı çokça gireni çıkanı vardı şehrin. Bütün bu haller içinde Merib kibri ve gururu göze çarpardı. Mahvolup dibe vurmuş bir haldeyken Kraliçenin akıl gücüyle yeniden ayağa kalkmış olmaları başlarını döndürmüştü. Meribli erkekler bellerinde taşıdıkları cenbiyelerle hançerin alevli gösterilerini yaparken, Meribli kadınların kibri kimsede yoktu. Tepeden tırnağa dek altınla bezeli ipek giysilerin gerisinden sürmeli gözlerle dolaşan dövmeli kızların işveli gülüşleri, müstehzi bakışları gözünden kaçmazdı Melikenin. Sebe halkı çalışkan olmakla beraber eğlenceye düşkündü. Cemiyetlerinden tef, zil, şarkı sesleri eksik olmazdı. Çarşıları renk renk ipekler, birbirinden çekici güzel kokular, kınalar, baharatlar ve lebalep dolu insanlarla dolup taşarken, seyyahlar da bu renkli ülkeye hayrandı.

Sebe'de evler, köşkler yüksek tepeler üzerine kuruluydu. Sıvama toprak yapıların kapı ve pencere pervazları kireç sütunlar ve çiçek desenleriyle nakışlıydı. Kapıların ve yüksek duvarların üzerinde som altından güneş, öküz, baykuş resimleri yer alırdı. Şahane köşklerde oturan toprak sahipleri gümüş, bakır, altının orta yerinde sarhoştular. Öyle bir zenginlik ve ihtişamdı ki bu, buhur ağacının kabuğu ve kökü bile ellerinde paraya dönüşürdü. Bir bereket ve zenginlik diyarıydı Sebe. Taş, toprak ve kerpiçten yapılı evler muntazam mimarisiyle renkli bir rüyanın gizemliği güzelliğini bürülüydü. Kıyı kentlerini boydan boya incecik kumlar, hurmalıklar, üzüm bağlarının süslediği şehir, ışıltılı bir gerdanlık gibi göz alıcıydı. Sebeliler işte bu sebeple mağrurdular. Sahip oldukları kudret başlarını döndürmüştü. Şarkılarında ve şiirlerinde bile hep bu vardı.

"Bizden üstün kim var ki?

Biziz en güçlü.

Biziz en akıllı.

Biziz en kuvvetli.

Biziz en yiğit.

Biziz en başarılı.

Biziz en ileri.

Biziz eşsiz en zengin.

Biz güneş tanrıçasının mülkündeyiz.

Bize kimse dokunamaz.

Aşk tanrıçası bu topraklarda oturur.

Mabedüş şems buradadır.

Mabedül beran yanı başımızdadır.

Güneş Tanrıçası ilk bizim üzerimize doğar.

İlk bizi ısıtır.

İlk bizi aydınlatır.

İlk bize selamlar.

İlk bize gülümser."

Melike Belkıs zaman zaman tebdili kıyafetle halkın arasına karışırdı da kimsenin ruhu duymazdı. Adhana kıyısına çok sık inerdi. Uzayan servi gölgelikler arasında Arabistan kirazlarının kırmızı yemişleri, dağ incirlerinin serin gölgeliği ve görkemli fıskiyeler arasında ferah nefesler alır, sonra da sarayına dönerdi de kimsenin ruhu duymazdı. Bazen neferleri ve nedimeleriyle yürüyerek, kimi zaman da atıyla dolaşırdı. Çoğu kez tebdili kıyafet ettiğinden kimse onu tanımazdı. Halkın halinden haberdar olmak isterdi.

Kuşluk vaktinin tatlı esintileri içinde nehrin kıyısına inmişti yine. Ona göre toplumun ruh hali önemliydi. Fark ettirmeden tek tek incelerdi yüzleri. Gözüne sık sık ilişen mutlu adamlar, cakalı tacirlerin cenbiye dansları, kendinden emin hareketlerle dolaşan yiğit pehlivanlar, ipek giysili kadınlar, süslü genç kızlar, afili delikanlılar, afacan çocukların şen çığlığı arasında halkın nabzını yoklayarak ilerledi.

Halk neşeli, güler yüzlü ve hayat doluydu. Bronz tenli kadınlar zarif endamlarıyla bağlar bahçeler arasında dolaşırken mutlu oldukları anlaşılıyordu. Sırtına bağladığı çocuğu tatlı bir uykuya dalmışken koluna sıraladığı renk renk boncuk dizilerini satan bir kadın dikkatini çekmişti. Kadın tepesine sazlarla örülü bir sepet vardı. Melike, ince bürümcekli örtülerin arasından kimliği meçhul bir ahenkle yaklaştı kadına.

"Sen mi yaptın bunları?" diye sordu.

"Evet." dedi kadın, mağrur bir edayla. "Hangisini istersin?"

"Şu deniz mavisi olanını!"

Kadın renkli boncuk dizilerinin içinden mavi renkli olanını ayırıp çıkardı.

"Ay taşındandır." dedi. "Kraliçe Belkıs bile ayak bileğinde bunu taşır. Akıl almaz gücünü ve dengesini ona borçludur."

Kendinden bahsettiğini duyunca lafı değişmek istedi.

"Tepende taşıdığın sepette ne var?"

Kadın aynı kibirli tavırla, "O benim çerez sepetimdir." dedi.

"Nasıl yani!"

"Sen yabancısın herhalde? Benim gibi çok kişi dolaşır bu yörede. Merib zenginler kentidir. Benim gibi boncuk satan pek azdır. Sepetimi tepemden hiç indirmem."

"Neden?"

Satıcı kadın, "Sebenin bağı meyvesi çoktur." dedi gülümseyerek. "Güvenli gölgelikler arasında dolaşır, rızkımı temin ederim. Bağlar bahçeler arasında dolaşırken ergin meyveler kopup düşerek yerlerde telef olur. Narlar, kirazlar, üzümler, muzlar, erikler... Onca leziz yemiş yerlerde telef olmasın diye bu sepetle dolaşırım ben. Evime dönüp giderken içinden geçip gittiğim bahçelerden çeşitli yemişlerle dönerim. Mihnetsiz ve zahmetsiz beslenirim yavrularımı."

Gülümsedi Belkıs.

"Bu şehir halkı nasıldır?"

"Benim ülkemin halkı dünyanın en zengin insanlarıdır. Güvenli bir yedir burası. Herkesin gözü vardır bu topraklarda. Uzak ülke kralları bu ülkeyi kıskanır. Kraliçemiz Belkıs çok güzeldir. Göz kamaştıran bir güzelliğe sahiptir. İri siyah gözleri, uzun kirpikleri, ay gibi aydınlık yüzü ve anlamlı bakışlarıyla masal perilerini andırır. İncilerle işlenmiş zarif, hoş, beyaz elbiseler giyer. Zeytin dalını andıran zümrütten tacını takınca güzelliği daha bir derin ve anlam kazanır. Güzelliğinden öte akıllı ve beceriklidir de. Ona bağlıyız biz. O bizim baş tacımızdır."

Kadının sözleri hoşuna gitmişti Melikenin. Onu biraz daha konuşturmak istedi.

"Kraliçeniz ne yaptı da onu bu kadar seversiniz?"

"Kral Himyer'in torunudur. Yüz erkeğe bedel bir aklı vardır. Çok önemli işler başardı. Zalimliğiyle meşhur Zülezar'ın zulmünden kurtardığı için ona minnettarız. Merib barajını o ihya etti. Şu gördüğün saltanat onun eseridir. Her neyse... Kraliçenin işlerini iki cümleyle sığdıracak değilim."

"Peki, işi sağlam mıdır yoksa gösteriş için mi yapar?"

Meribli kadın kibirli bir gülümsemeyle cevap verdi:

"Senin dünyadan haberin yok! Çağlar boyu silinmeyecek sağlam yapılarımız var. Çevrene bakmaz mısın? Bu toprakların efsanevi zenginliğini duyup kıskanan ülke liderleri var. Sebeliler, altın ve gümüş kaplarda yemek yer, su içerler. Evlerinin tavanları ve kapıları fildişi, altın, gümüş ve değerli taşlarla kaplıdır."

Kraliçenin yabancı olduğunu sanmıştı. Heyecanla işaret etti:

"Gumdan Kalesi üzerine dikili gökdeleni görmez misin? Neredeyse yirmi katlıdır. Halkı mamur kendi makbul bir kenttesiniz, rahat olunuz. Halkımız her halktan üstündür bizim. Kimseyi incitmeye tenezzül etmeyiz. Bizden güçlü kimse yok."

Kraliçe, ay taşı boncukları aldı ve kadına hak ettiğinin fazlasını vererek oradan ayrıldı. Kibrin haşin kaleleriyle çevrili halkının zaafı bu derece mi aşikârdı? Üzüldü Belkıs. Sebe hiç şüphesiz onunda medarı iftiharıydı fakat halkın durumu çok farklıydı. Halkına her şey ama her şeyi verebilmişti. Servet, adalet, kuvvet, medeniyet ve memnuniyet... Ama bir şeyi kavratamamış olmanın acısını hissetti. Onlara tevazuu ve gönül fethediciliği verememiş, dolayısıyla öğretememişti.

Hüzünlendi. İçindeki ses güçlüydü.

"Nedir bu gurur, nedir bu kibir? Nedir bu yıkılacak yapılara güven? Köstebekler şehrin altını oyar da sular yer altına çekilirse o vakit her yer kararmış ve kurumuş çöle döner. O vakit ne yaparsınız?"

Oradan hızla uzaklaşıp giderken zihninde bu ifadeler yankı yankı büyüdü. Başyaveri Asfa'ya bundan söz etmek istedi. Fakat sebebini çözemediği bir suskunluk içindeydi Asfa. Küçüklükten beri bir arada büyümüşlerdi. Saray muhafızının savaşçı ruhlu oğlu krallığın tüm sırlarına vakıfken ve Melikenin en zor zamanlarında kale gibi yanındayken zamanla onun baş danışmanı olmayı hak etmişti. Fakat Melikenin çözemediği bir hal içindeydi Asfa. Gitgide içine çekilen ama kraliyetin en ufak işini bile kılı kırk yararak halleden mahir bir elemanı, bıçak gibi keskin bir suskunluğa gömülmüştü. Onu bu suskunluktan çekip çıkarmak adına defalarca evlendirmek istediyse de her defasında Asfa'nın ret cevabıyla karşılaşmıştı. Sebe'nin gözde ailelerinin güzel kızlarını ona gösterdiğinde Asfa hiç birine dönüp bir kez bile bakmamıştı. Sır gibi suskun dili ve ufka kilitli bakışlarıyla kimselerin çözemediği bir dertle muzdaripti. Hekimler, hükemalar, kahinler çağırsa da Asfa hiç birine gözükmemişti. Sonunda bu işe dayanamamış isyan etmişti Belkıs. "Nedir bu halin Asfa?" demişti. "Artık sen o tanıdığım Asfa değilsin. Bu ölümcül suskunluk, bu çaresiz bakışlar ve bu isyansız teslim oluş da neyin nesidir?"

"Halim budur." demişti Asfa. "Emin olunuz ki bu hal ne işimi aksatır, ne de beni yeni işlerden geri bırakır. Tasalanmayın!"

Melike daha fazla üstüne varmadan çekip gitmişti Asfa. Gecenin sırlı kucağında bir başına kaldığında ise ilk kez konuşmuş ve geceye bir sır bırakmıştı. Gelecek çağların doğmamış insanlarına mıydı mesajı bilinmez.

"Ben Asfa. Sebe Kraliçesi Belkıs'ın başyaveriyim. Yezdan ve Ehriman önünde yemin ettim. Ona olan bağlılığıma başka hisler karışmayacak. Ölümün soğuk buselerini tadana dek bu sırrı kimse bilmeyecek. Etmiş olduğum yemini bozmamak adına çağlar ötesine sır bırakmak boynumun borcu olsun. İçime akan ırmaklarım vardır. Nehirlerim vardır deli duman. Kimselerin bilmediği duymadığı hissetmediği duygularımı bir tek siz bilin istedim. Dilimin sustuğu günde, çağlar ve çağlar sonrasında gelecek siz güzel insanlara açılmış bir sır bırakacağım. Onu anlatacağım; Güneyin Kraliçesi Belkıs'ı, Güneşin kızı Lilith'i! Ona olan tutkunluğumun adının aşk olduğunu. O sihirli kelimenin kahredici yalnızlığını bir tek siz bilin istedim."

Geceyi deldi Asfa. Çağları geçti ve yüreklere erişmişti. Sır denen illetin yakıcı kıvılcımlarıyla seslendi:

"İnsanlar! Ey insanlar! Çaresizliğimi ve aşkımı size emanet ediyorum. O bilmesin. Asfa nefsine mağlup düştü demesin. İzzetimin ve gururumun leke gelmez bahtına her zaman sahibim ben. Adım Asfa! Sebe Melikesinin başyaveri Asfa. Susmuş olan dilime, kalbime ve ruhuma bir tek sizinle olmak iyi gelecek. Tek taraflı aşkların tanımsız acısını çekenlere kendi hikayemi bırakıyorum. Çağlar öncesinde yaşamış bir aşığının gözünden Belkıs'ı ve Süleyman'ı seyretmek ne kadar elem vericiydi bilemezsiniz. Kıskançlığın yakıcı kıvılcımları, çaresizliği, mukabelesizliği ve daha kim bilir nelerini ne sırlarını bilesiniz istedim. Bağışlayınız daha fazla gizleyemedim."

KASR-I BELKIS

Saba rüzgârının ferah nefesiyle Melike erkenden ayaktaydı. Uzun dalgalı saçları alize rüzgârlarında uçuşurken, sarayın en yüksek mevkisinden bin bir kederle mamur ettiği şehri seyrediyordu. Saraylar, köşkler, kasırlar renkli bahçelerle kuşanmışken dalıp gitmişti geçmişe. Himyeri Krallığı, Merib'in en yüksek kalesine kurulmuştu. Saray görkemliydi ve şehrin en tepe noktasındaydı. Bayındır bağ ve bahçelerin orta yerinden fışkıran tatlı pınarlar, göz görmedik nebatlar, salkım söğütler, çok kollu çınarlarla çevrili köşklerin en tepesinde Himyeri Krallığının sarayı vardı. Sarayın Kraliçeye mahsus seyir mahfili vardı ki en yakınındakiler dışında kimse oraya giremezdi. Ay tapınakları, ateş çukurları, ateş kurbanları, tapınak ayinleri, dansçılar, soytarılar, büyücüler, alev yutucular oradan seyredilirdi.

Sarayın muhkem burçları muhteşem bahçelerle çevriliydi. Sıkı tedbirler ve muhafızlarla kuşatılmıştı. Burçlarındaki kılı kırk yaran muhafızlar, kuş uçurtmayan gözcüler, nişancılar ve okçularla saray sağlam ve güvenli bir koruma altındaydı. Büyük ve ihtişamlı sarayın yüzlerce odası vardı. Aquamarin taşları üzerine nilüfer çiçekleri işlenmişti ki bu Sebe'nin bereket sembolüydü. Üç yüz altmış pencerenin her birinden güneş ayrı bir ilgiyle seyredilirdi. Saray öyle bir ustalıkla yapılmıştı ki bir yıl geçmeden aynı pencereden görünmezdi güneş. Sarayın bir de güneşi her an görecek bir penceresi vardı ve yapımına üç bin okka altın sarf edilmişti.

Sarayın koridorları geniş ve loştu. Cariyeler, köleler, komutanlar, muhafızlar, güreşçiler, atıcılar, biniciler, okçular, nişancılar, izciler, akiller, bilgeler ve nefer kızlar için ayrı bölmeler yaptırmıştı. Belkıs, değişik coğrafyalardan satın alıp getirdiği köleleri ve halkın içinden seçtiği özellikli çocukları orada eğitiyordu. Refah seviyesinin ötelere taşınması için bilgi çok önemliydi. Ona göre halkın zalim Zülezar'a aldanmalarına sebep cahillikti. Hayattan en çok korktuğu iki şey vardı, halkını kasıp kavuracak olan: Kibir ve cehalet! Bu iki düşmanı aşmadıkça yüzü gülmezdi Kraliçenin. O sorumluluk biliniciyle gecesini gündüze katarak bir eğitim seferberliği başlatmıştı. Halkını bilinçlendirme yoluna gitmişti ve buna mecburdu. Zahirde refah seviyesi yüksek bir düzen kurmuş olsa da bu onların iç âlemine de yansımış mıydı? Cahillikleri yüzünden yeniden aldanarak mahvolup gitmelerinden korkuyordu.

Himyer geleneğinde renklerin dili vardı ve Melike bu konuda çok hassastı. Belkıs'ın kendisi gibi komutanları da kırmızı kostümlüydüler. Himyer geleneğinin en asil rengiydi bu. Genellikle asiller ve kraliçeye yakın olanlar kırmızı giyinirlerdi. Kendi içinde tonlarına ve parlaklığına göre değişen sembolleri olurdu üstelik. Melike kırmızının en göz alıcı ve en parlak kırmızısını özel günlerde giyinirdi. Genellikle devlet adamlarını karşılarken, özel bir görüşme yaparken, tapınak bayramlarında ve sevinçli zamanlarda tercih ettiği bir hal diliydi bu ve sade, düz bir pelerin olurdu çoğu kez sırtında. Komutanların bordoya yakın koyu kırmızı giyinmesi devlet bütünlüğü uğruna kan dökmeye ve can vermeye hazır olduklarının göstergesiydi. Özenle eğitip yetiştirdiği Anka kızları ve Anka gençlerini sıradan halktan ayırmak için onlara alev renkli giysiler diktirmişti. Bronza yakın bu alev renkli kostümü bir tek onlar giyinirdi. Anka kuşunu andırırdı bu renk. Anka kuşu gibi güçlü ve akıllı olduklarının bir simgesi olarak bilinirdi. Bunun dışında cariyeler ve köleler mor giysiler giyinirdi. Mor renk, Himyer geleneğinde itaati ve azmi temsil ederdi.

Şöhretli kâhinler, Sebe için iyi şeyler söylemiyordu. Kahin Tariifeh, Merib seddinin yeniden yıkılacağını haber vermişti. Sırf o sebepten uzaklara gitmişti ve orada yaşıyordu. Ezd kabilesi reisi Amir'in eşi Zarife'nin de kehanetleri aynıydı. "Büyük çok büyük felaketler gelecek!" diyordu. "Halk iyice azgınlaştı."

Bir gün kocası Amr'a, "Git, git de bir bak. Arim barajındaki taşları yuvarlayan fareler göreceksin. O zaman bil ki felaket yakındır." demişti. Amr, Zarife'nin kehanetlerine inandığı için hemen kalkıp gittiğinde barajın duvarı dibinde iri pençeli dev bir fareyle karşılaşmıştı. Barajdan aşağıya kaya parçalarını yuvarlarken gördüğünde gözlerine inanmamıştı. Amr bu manzara karşısında dehşete kapılmış olarak durumu Melikeye anlatmıştı. Belkıs zaten böyle bir şey bekliyordu. Halkın şımarıklığı öylesine ileri safhadaydı ki yapacağı hiç bir şey yoktu.

Sadece sitem yüklü olarak Amr'a, "Ben sizin şanınızı artırırken siz kendinize kibirden kaleler kurmuşsunuz. Demek her şey maddi refahla olmuyor. Bu işin yüceliğine eremeyenler dar dairelere hapsolur ve günü gün ederek elde ettiğinden de mahrum kalır. İşte bunun için korkarım." demişti.

Kahin Zarife ile eşi Amr, Arim barajının o halini görünce günlerce ve gecelerce Ezd kabilesini uyardılar. Halkın git gide azgınlaştığını görünce de bir gece içinde mallarını, mülklerini, arazilerini elden çıkararak Sebe'yi terk ettiler. Melike bu durumdan son derece endişeli, halk ise umursamazdı. İşte o günlerde gelmişti Süleyman'ın mektubu.

Ne olacaktı Sebe? Ateş gözlü kahinlerin sözü doğru mu çıkacaktı? Her tarafı gösterişli bağlar ve bahçelerle çevrili Sebe vadisi bir gecede kuru kasırgaların kavurduğu harabeye mi, biçilmiş ekine mi dönüşecekti? Merib, tarihte halkının kibriyle ün yapmış bir kalıntı mı olacaktı yoksa? Ünlü Merib seddi, Arim seliyle tarumar mı olacaktı? Halkı helak olacaktı da gelecek nesillere ucu dikenli harabeler içinde baykuşların figan edip durduğu ibretli izler mi kalacaktı?

Refah seviyesiyle birlikte yitip yok olan insani değerler adına endişeliydi Belkıs. Halkı her şeyden önce alçakgönüllü olmayı yitirmişti. Artan zenginlikleriyle birlikte kibirleri de büyüyordu. Bundan korkuyordu Belkıs. Gelmiş geçmiş eski kavimlerin öyküsünü iyi biliyordu. Bu şımarıklığın ve bu gururun hayra alamet olmadığının da farkındaydı. Gitgide insani değerlerden ve tanrılardan yüz çevirecekler de üzerlerine bela mı yağacaktı? Afetler, tufanlar, seller, yangınlar mı üzerlerine gelecekti? O güzelim bahçeleri buruk yemişli, acı ılgın ve içinde az bir şey de sedir ağacı olan kıraç topraklara mı dönecekti?

Ancak aldığı bir dizi tedbirle bunun önüne geçebilirdi. Halkın nankörlük etmesine izin vermeyecekti. Bu konuda ilkeli ve kararlıydı Belkıs. Sebe Krallığında fani olmuş halkının ikbali ve huzuru için bin bir düşünce denizinde yüzerken Kerman'ın uzun süreden beri yanı başında olduğunu fark etti.

"Bahtınız yüce olsun Melikem. Ne çok daldınız öyle?"

Deli dalgaların sahiline çıkmış gibiydi Belkıs. "Korkuyorum." dedi.

"Neden?"

"Kibirden ejderhalar sarmış kuşatmış her yeri. Yüzlerde benlik maskeleri var. Bu iki düşmanın halkımı alt etmesinden korkuyorum."

Dadı, bilge bakışlarını şehrin uzak ufuklarına kaydırdı.

"Korkuya mahal yok." dedi. "O günler uzakta kaldı. Himyeri Krallığını baştanbaşa abad ettin. Baban Şurahbil'in erkek çocuğu olmadı ama yüz erkeğe bedel bir kız evlat ona bahşedilmiş gibi işler yaptın. Keşke yaşayıp da şu yaptıklarını görseydi. İşte o gün kızıyla övünecekti."

"Övünmek ne işe yarar ki?" dedi Belkıs. "Asıl olan cehaletten kurtulmaktır. Bilmeyen çabuk aldanır. Halkı bilinçlendirmek gerek."

"Onlara çok emek verdin sen. Halkın hali iyidir. Merak etme."

Babasının bahsi geçince burun direkleri sızlamıştı Belkıs'ın. Çocukluğunda kızının yüzük parmağı tutarak, "Yüzük parmağı işaret parmağından uzun olanın idarecilik vasfı yüksek olur kızım." demişti. "Sende bu özellik var ve sen çok iyi bir yönetici olacaksın."

Daha sonra da kızının yüz hatlarını incelemiş, "Her insanın yüzünde özenle yazılmış bir şiir vardır Belkıs'ım." demişti. "Senin yüzündeki şiir ise çok anlamlı ve derin."

Onsuz çok şey yaşamıştı. Kerman'ın ketum yüreğine ince bir sır bıraktı Belkıs.

"Güneyin sağlam kalesi batmayacak." dedi. "Ölüm döşeğinde can çekişirken ona söz vermiştim. Himyeri hükümdarlığı her vakit abad olacak. Sebe her daim yükselecek."

Sebe'yi yeniden keşfeder gibi içine çekti Belkıs. Kuşbakışı seyirle bir annenin evladının erişkinliğini seyredişi gibi seyretti şehrini. Gülümseyiverdi. Uzak tepelere kurulu evlerden huzurlu sesler yükseliyordu. Şehrin hurmalıkları nazlı bir gelin gibi salınırken, süslü köşklerden dışarıya şuh kahkahalar taşıyordu. Hoş ve boş bir oyalanış içindeydi herkes. Bunun için çare arayışındaydı Melike. Bedenler süslü saraylara kurulurken, akıllar ve kalpler neredeydi? O alanda bir inşa başlatmadıkça kimse tatmin olmazdı. Düşündü uzun uzun. Yeni yollar, yeni arayışlar düşündü. Yapacak çok işi vardı. Daha sağlam ve kararlı adımlar atmak için şevklendi. Ufkun kızıl pembeliğinde Sebe'yi bir kez daha içine çekti. Sır gibi kapadı gözlerini. Sebe'nin talihine yeni yollar çizmek için sabırsızlandı.

TAHT-I BELKIS

Himyeri hükümdarlığının Kraliçesi, sevk ve idare gücünü yeniden gösterebilmek için bir taht yaptırmıştı ki namı çok uzaklardan duyulmuştu. Taht-ı Belkıs'tı adı. Arap coğrafyasında şöhreti yayılmış, herkesin hayretini çekmişti. Ona göre taht, gücün ve iradenin temsil makamıydı ve çok özel olmalıydı. Asalet ve liyakat göstergesiydi, icra makamıydı. Sözün ve gücün mecrasıydı. Taht; emir, irade, sevk ve işleyiş merkeziydi. Hüküm yeriydi. Oradan haşmet, oradan adalet, oradan sahavet ve hüküm icra edilirdi. Tahtını yitiren bir hükümdar her şeyini yitirmiş demekti. O sebeple Belkıs tahtını canı gibi aziz bilmiş ve korumaya almıştı. Himyeri hanedanlığının temsil makamı azametli ve görkemli olmalıydı ki etki gücü de yüksek gözükmeliydi. Zülezar'ın parçaladığı tahtının yerine daha görkemlisini yaptırmıştı. Som altından dört değerli sütun üzerine oturtulmuş dört ayağının her biri ayrı cevherdendi. Tahtın bir ayağı kırmızı yakuttan, diğeri yeşil yakuttan, bir diğeri yeşil zümrütten en sonuncu da sarı incidendi. Oldukça görkemli olan bu saltanat tahtı, otuz arşın genişliğinde ve otuz arşın yüksekliğindeydi. Tahtın göz alıcı yerleri kırmızı ve yeşil yakutlarla kaplanmıştı. Üstündeki nakışları da inci ve zümrütlerle kaplıydı. Sedef kakmaların arasına renkli zebercetler işlenmişti. Tahtın tamamı altın yaldızlar, göz alıcı taşlarla sıvalıyken oldukça görkemliydi. Kraliçe öyle bir taht işletmişti ki hangi yönden bakılsa farklı bir ihtişam ve cazibeye sahipti. Tahtın her köşesinde ay ve güneş figürleri işletmişti.

Kraliçe tahtına düşkündü. Bu temsil makamını gözü gibi koruyup gözetlediği için bir annenin evladına olan düşkünlüğüne yakın bir bağlılıktı onunki. Onca zulüm ve çileden sonra tahtını daha sıkı korumaya ahdetmişti. Uzun yolculuklara çıkacağı zaman ilk önce tahtını korumaya aldırır, sıkı sıkıya kilitletir, kapısına kuş uçurtmaz gözcüler dikerdi.

Yönetimine halel getirmeyecek, aksine onu daha da güçlendirecek tedbirlerdi bunlar. Belkıs'ın yönetimdeki erkeklerin örfi tepkisini azaltmak için aldığı bir tedbir daha vardı ki o da tahta çıktığı vakit erkek giysilerini andıran sade ve ciddi kıyafetler giymesiydi. Diğer ülke kralları o da gibi simli, sırmalı, işli, kaytanlı kaftanlar tercih ederek saltanatının haşmetini temsil ederken, aradaki cinsiyet farkını göz önüne sermek istemezdi. Bu delikten bir kez ısırıldığı için yeniden açılacak her deliği tıkıyordu. Öte yandan güzelliğinin ve kadınlığının gözler önüne serilmemesi adına tercih ettiği bir prensipti. Sarayının harem dairesinde ihtişamlı elbiseleri, takıları, bilezikleri kemerleriyle bir kuğu edasıyla süzülürken, hükümranlık tahtına ciddiyet dolu bir ihtişamla çıkması halkın hoşuna gidiyordu.

O güne dek birçok evlilik teklifi almıştı Melike. Uzak ülkelerin kral ve melikleri onun iki dudağı arasında çıkacak tek kelimeyi beklerken evliliği asla düşünmemişti. Erkek egemen bir toplumda evlendiği anda yönetimin eşine geçmesi içten bile değildi. Zaman içinde ailesi için alacağı sorumlulukların hakkını da verememekten korktuğu için bu işe sıcak bakmamıştı. Kendini bütünüyle halkına adamış olan Melike, bahtının tek kaderini de Sebe'nin ilerlemesinde görüyordu ve buna odaklanmıştı.

Büyük bir saygınlık ve hükümranlık makamındaydı Belkıs. Zulmü gören halk, ona eskisinden daha büyük bir saygı ve sevgiyle bağlanmıştı. Haftanın belli günlerinde halkının arasına karışarak onların dert ve taleplerini dinlediği anlarda kendisi istediği kişinin yüzüne bakar ama içlerinden hiçbiri Melikeye bakamazdı. Bunu saygısızlık addederlerdi. Onlardan bir kimse dilekte bulunacağı zaman huzurunda ayakta durur, başını da önüne eğer, Belkıs'ın yüzüne bakmadan dileği ne ise bildirirdi. O dilek sahibi daha sonra da Belkıs'a tazim olarak secdeye kapanır, izin verilinceye kadar başını secdeden kaldırmazdı. Belkıs, halkının ihtiyaçlarını görüp vereceği emri verdikten sonra tahttan iner ve haftanın aynı günü gelinceye kadar bir daha kimse Melike'yi görmezdi.

Melike her sabah gün doğmadan saray bahçesine çıkar, renk renk güllerin, şebboyların, kokulu karanfillerin arasında dolaşır, ülkesini daha bayındır kılmanın düşüncesi içinde ruhunu dinlendirirdi. Bu ferahlama anlarında derin sükutun içinde duyduğu kuş sesleri ona hayatın neşvesini aşılar, en sevdiği musiki yerine geçerdi. O seslerde farklı âlemler keşfeder, Kerman'ın ona çocukken anlattığı peri kızı masallarına giderdi. O anlarda kraliyetin ağır yükümlülüğü altında bunalan ruhu nefeslenir, güzel yüzünün çizgilerine anlamlı gülümsemeler yayılırdı. Onca işinin arasında kalbinin bir tarafını hayatın ahenkli akışıyla hemdem etmesi, iç ahengini diri tutmak adına önemliydi. Yakınında bulunan çocukları sever, onlarla küçük oyunlar oynardı.

Yağmurun yağışını seyrederdi çoğu kez. Şehrin kıyısına iner, parıldayıp sönen yakamozların seyrine doyamazdı. İnsan hayatı gibi bir parlayıp bir sönen ve sonra yerine bir yenisi gelen pırıltılarda hayatı okur, insan olmanın hazzını yaşardı. Yıldırım çakması, şimşek ve rüzgâr onun ruhuna mesajlar taşırdı. İnce bir ruh ayarında varlığın haşmetini ve gücün tanımsızlığını duyumsardı hep. Deniz kıyısında yürürken çıplak ayakları altında akıp giden kum tanelerinin her birinin varlığını hissederdi sanki tek tek. Öylesine duyarlı öylesine hassas bir yanı vardı Melikenin. Çevik hareketlerle tahtının basamaklarını çıkarken de nehrin kıyısında akşam güneşinin kızıl vedası altında süzülüp gezerken de hep aynı ilkeye sahipti; var olan her varlığa hürmet ve ihtiram... Sevgi ve merhametti istediği. Ona göre hayat çok renkli cevherlerin bir arada sunulduğu saklı bir hazineydi ve işlenmeye müsait bu cevherleri akıl ve kalp gözüyle arayıp bulmaktı aslolan. Onun peşindeydi, boş işlerle uğraşmak onun için abesle iştigaldi.

Çoğu kez küheylan atının sırtında, bazen Bahri Ahmer kıyısında kimi zaman Merib dağlarının en tepesinde, kimi zaman Arim barajının burçlarında ve nehrin kıyısında nefeslenirken hep o fikirlerle beslenirdi. Daha iyiye ve daha ileriye gitmek, halkının imbatını ötelere taşımaktı gayesi.

EMEKTAR DADI KERMAN

Dadı Kerman, Himyeri Hanedanının ser verip sır vermeyen, can verip cananı abad eden yaşlı ve sadık bir emektarıydı. Belkıs, annesinin ölümünden sonra her derdini onunla paylaşır olmuştu. Can sıkıntılarını, içini kemiren korkuları hatta çok önemli olmayan devlet sırlarını bile ona açarak rahatlardı.

Belkıs'ın sarayında kudretli erkekler cemiyetinin yanında bir de kadınlar heyeti vardı ki başta Şuuf, Dadı Kerman, Seha ve Lilinya olmak üzere çok güçlü şahsiyetlerden oluşmuştu. Kabiliyetli, ketum ve becerikli olanları yeteneklerine göre görevlendirmişti. Onlardan başka kimseye güvenmez, hiçbir işini kimseye teslim etmezdi. Onlardan başka ellerden yemek yemez, başka ellerden giysi giymez, su içmez başka yüreklere mahremini açmazdı. Kızların çoğu Himyeri Hanedanı mensubu olup Melikenin can yoldaşları, kız kardeş gibi yakın ve akrabası gibi candandılar. Onlardan başkasını yanına yaklaştırmazdı. Harem dairesinde Kraliçe'nin özel işlerini gören sadık hizmetkârlarıydı onlar. Zaman zaman onları sırasıyla gezip gözetirdi.

Başyaverin kız kardeşi Elbiha, saç tarayıcısı Lael, cilt bakımcısı Dimeh, masajcısı Azarel, tırnak törpüleyicisi Benaya, ayak bakımcısı Rahel, elbise giydiricisi Lulubar, takı işleyicisi Zineh, terzisi Barlika, aşçısı Lemis, sâkisi Binezza, tütsücüsü İbriza, yelpazecisi Heyya, gönül şenlendiricisi Seha ve diğer kızlar etrafında pervanelerdi.

Kızlar, çevresinde yedi renkli tüller, ziller ve güllerle döndükçe Kraliçe derdi tasayı unutur, hayata yeni bir şevkle başlardı. Kızların her biri diğerinden güzel ve alımlıydı. Tepelerinden eteklerine dek inen renk renk tüller, sırtlarında şatafatlı elbiseler, burunlarında hızmalar, gözlerinde sürmeler, ellerinde kınalar, ayaklarında işli takunyalarla sarayın özel bölmesinde ona en yakın olmakla görevliydiler. Hizmet görevlilerinin dışında Lili, Seha, Şuhuf, Benin ve Dadı Kerman, Melikenin her an yanı başındaydılar. Onu kendilerinden daha iyi tanıyacak kadar ona yakındılar. Yemesi, içmesi, uyumasını yakinen takip ederlerdi. Bir bakışı, bir kıpırdanışı, gülüşü ve göz kırpışından onun ruh halini anında anlarlardı ve ona göre muamele ederlerdi.

Lilinya, seher yeli gibi ferahlatıcı ve hızlıydı. Kraliçenin her ihtiyacını anında fark eder, diğer kızları çarçabuk istihdam ederdi. Dadı Kerman'dan sonra Melikenin en sadık yardımcısıydı. Hanedanın sadık emektarıydı. O da Dadı Kerman gibi ser verir, sır vermez can verip cananı abad ederdi. Kraliçe, annesinin ölümünden sonra onunla da dertlerini paylaşır olmuştu. Can sıkıntısının içini kemirdiği anlarda ona açılırdı.

Seha'nın ahlakı çok hoşuna giderdi Melikenin. Fedakâr ve sadık bir hizmetkârdı. Hayatının tamamını neredeyse Kraliçenin hizmetine adamış bu genç kızın zeytin yeşili gözleri vardı. Sonsuz sahralar kadar dingin ve huzur vericiydi bakışları. Kraliçe gönlünün bütün ufunetlerini ona dökerdi. Seha da Kraliçenin her derdini tek tek dinler, hiç ses çıkarmadan onu rahatlatmanın yollarını arardı.

Benin ise şen ve şakrak bir kadındı. Sarayın nereyse bütün muhafızlarını tek tek tanır adlarıyla bilirdi. Kraliçenin gözcü başıydı. Yetişmiş kızların ilkiydi o. Anka namına ulaştıktan sonra hayatının kısacık bir döneminde başından bir evlilik geçmiş ancak eşi vefat edince yine eski hayatına dönerek kendini Kraliçenin hizmetine adamıştı. O kadar acıya rağmen hâlâ başı dik gönlü şen olması Melikeye sağlam kalelerin burçlarını hatırlatırdı.

Kraliçenin büyüleyici güzelliğini görenler onun bir peri kızı olduğunu düşünür, söylentiler kulaktan kulağa yayılarak büyürdü. Kerman çoğu kez öğünerek biraz da hoşluk olsun diye, "Melikem! Senin için peri kızı diyenler var. Büyüleyici güzelliğiniz, aklınız ve ferasetinize akıl erdiremeyenler işin içinden böyle çıkıyorlar." derdi.

Melike ise "Bizim yolumuz arşa çıkar, dadı." derdi. "Ben güneşi önüme almışım. Bırak âlem ne derse desin. Yolumuz aydınlık olduktan sonra gölgemiz ardımızdan isterse gelmesin."

Himyeri kızlarının en seçkinleri, en güzelleri, en alımlıları ve en akıllıları saraydaydı. Sürmeli gözlerinden çöl ceylanları akıp giderdi pek çoğunun. Desen desen çizilmiş kınalı parmakları sanki çok kollu ırmaklara benzerdi. Derin anlamlı tebessümleri, nazik ve kibar sözleriyle iç açardı her biri. Renkli tülden örtüleri, nakışlı entarileri, boncuklu takunyalarıyla kraliçenin hizmetinde fır dönerlerdi.

Dadı Kerman onların başkanıydı. Kerman, Sebe Melikesinin Asiller Heyetindeki yaşlı ve güngörmüş, akıl danıştığı baş bilgelerdendi. Küçük yaşlardan beri onun karanfil kokulu ellerinde büyümüştü. Annesinin ölümünden sona kendine en yakın olan kişiydi Kerman. Kraliçeye hem en yakın yoldaş, sırdaş, arkadaş ve hem de güngörmüş bir aile büyüğü konumundaydı. Kraliçe de erişkin ve ülke yönetir konuma geldiğinde Kerman'a asla vefasızlık yapmamış, onu baş danışmanlarından biri yapmıştı. Onunla sık sık dertleşirdi.

"Konağın sarnıçları arasında buralara ait olmayan bir kuş görüyorum bugünlerde." dedi, Belkıs. "Tepesinde tüyden bir tacıyla kuşların şahı gibiydi. Öyle bir kuştu ki bakışları bakışlarımla buluştuğu anda bir insanla tanışmışım gibi ünsiyet peyda ettik."

"Garip!" dedi Kerman. "Sen öyle kuşla böcekle oyalanacak biri değildin."

"Garip ama gerçek! O kuşun anlamlı bakışını ömrüm boyunca unutmayacağım. Eğitimli bir hali vardı. Bakır renkli kanatları ve hiçbir yeşile benzemeyen tüylerine hayran kaldım."

Dadı fazla önemsemedi.

"Ne kuşmuş ama!" dedi. "Kızların talimi bitti mi?"

"Evet, çok güzel eğitildiler, iyi talim gördüler. Sonunda arzu ettiğim kıvama geldiler."

"Sevindim. Çok emek verdin."

"Kedi, köpek, kuş; kısacası hayvan bile eğitilince nasıl fark ediliyor bilirsin. Sen bir de insanda düşün."

"Yıllardır halkına hizmet edersin. Çok özel ordular kurdun. Kadını şefik ve refik erkeği ise rakik ve dakik yiğitler olan bir tebaanın yöneticisisin. Tembele gün doğmaz ya hani, tek bir gün dahi güneşi yatakta karşılamamış bir ülkenin çalışkan insanları ve Sebe tarihinin en güçlü ordusu senindir. Komutanlar, yiğitler ve sultanlar bile bir Belkıs olmak isterler. Sen Şurahbil kızı Belkıs ki ülke yönetiminde mahir, güzellikte zahirsin. Daha ne dertlenirsin?"

Belkıs'a göre insan eğitilmeye muhtaç bir varlıktı, kutluydu ve kıymetliydi. İncitmeden ve örselemeden kararınca verilen bir terkiple içindeki güç ortaya çıkardı. Kıvamı sevgi, kalitesi sağlamlık, karakteri asalet, kaidesi mantık olan bir çizgide çok şey elde edilebilirdi. Ufku sınırlanmış insan kendini keşfedemezdi. Kendini keşfedemeyen insan hiçbir zorluğu aşamazdı. Onu dar dairelere hapsetmek, mahiyetini çürütmek demekti. En kıymetli hasletler ondaydı.

Devam etti Belkıs: "Güzellik, zenginlik ve makam. İnsanın mutlu olacağını sandığı yem tuzaklarıdır. Aldanmamak gerek. Hepsine sahibim ama hiç birinde mutluluğu bulamadım. Huzur bulduğum tek nokta tekamül oldu. "

"O ne demek!"

"İlerlemek, hep ilerlemek... Öteye çok ötelere yürümek!"

"Bunu onlarla mı yapacaksın?"

"Baştan ayağa bir şaheserdir insan. Onu keşfetmek gerekiyor. Akıl denen hazineyi keşfetmek ise boyun borcumuz bizim. Kalp ince, ruh derin, akıl yücedir."

Dadı, onun fikir ve düşüncelerine hayran olduğundan ses çıkarmadan dinledi.

"His ve duygu keşif içindir. Değil mi ki insan hep güzel olandan hoşlanır, bu ruhun yüceliğidir. İyi şeyler duymak, olumlu şeyler yaşamak, güzel manzaralar görmek, iyi duygular hissetmek her ruhun arzusudur."

"Ruh nasıl şey, hiç anlamam." dedi Dadı.

"Ruh, derin bir muamma, muhteşem bir saray bana göre. Onun da kapıları, pencereleri var. Bazen ıssız denizlere benzetirim onu. Orada çok şey saklıdır. Bu ıssız ve karanlık bir deniz bazen yutar beni. Derin denizlerin dibinde ışıldayan cevherler vardır. Ruhunda öyle cevherler saklı hazineleri vardır ki ancak iyi bir eğitimle elde edilir. Eğitimsiz ruhların cevherleri yosun tutar ve gözükmez çoğu kez."

"Peki, nasıl olacak o iş?" dedi yaşlı Dadı.

Sebe Melikesi cevap verdi:

"Talim ve terbiye o cevheri ışıldatır, su yüzüne çıkarır. İhmal ve yeksenaklık ise yosun ve çamurlarla kaplar. Ucunu dahi göstermeden ışıktan ve ışıltıdan mahrum bırakır kişiyi. İşte bunun için ruhunu ayrık otlarından temizlemesi gerekir insanın. O makamın yüceliğine erişmek için bir azim tedrisatı gerekliydi. Onu gerçekleştirdik."

Boynunda asılı duran güneş figürlü sedef kolyeyi öperek, "Güneş tanrıçasına şükrolsun." dedi.

"Balkızım! dedi Dadı. Ona küçüklüğünden beri hep böyle derdi. "Sen hep böyle akıllıydın. Nasıl eğittin onca genç kızı ve genç delikanlıyı, nasıl hazırladın, hâlâ şaşarım!"

"Ruhu, kalbi ve aklı verimden düşüren ayrık otları vardır Dadı. Aşırı yeme içme sevgisi bunların başında gelir. Sonrasında rahata düşkünlük insanı dibe çeker."

"Sonrası da vardır elbet!" dedi Dadı.

Kerman'nın derin yüz hatlarına şiir okur gibi gülümsedi Belkıs.

"Sonrasını sen benden daha iyi bilirsin. Beni o masallarla büyüten sendin. Uyku sevgisi, benlik sevgisi, kibir, gösteriş, böbürlenme daha bir sürü engel ve tuzak."

"Nefsin hazları yani!" dedi yaşlı kadın.

"Evet, bunlar hep tuzaklar. Hayatın onca sırlı keşfi insanı beklerken dar dairelere sıkışıp kalması ve oradan çıkamaması ne tuhaftır. Hepsi tuzak bunların! O duyguları yok etmek değil, terbiye edebilmektir aslolan. Ömrümün son on yılını bu işe hasrettim."

"Çok emek verdin."

"Sabahlara dek süren iç sorgulamasında kararımı vermiştim. Kadının inceliğini keşfettiğim o gün kadın ruhunun asaletini, vefasını, fedakârlığını ve şefkatini keşfetmiştim."

Duyarlı bir kadındı Melike. İlmiyle ve önsezisiyle anlamıştı ki kadın kurtarılırsa toplum abad olurdu. O biliyordu ki bir kadın şefkati ve vefayı kuşanırsa yapamayacağı şey yoktu.

Dadı hâlâ şaşkındı. "Ömrüm seksene dayandı, böyle ahenk, böyle terbiye görmedim. Bu işe karar verdiğin o güne gitti aklım. "

Daha sonra yer yer gülerek devam etti:

"Nefsin tazyikinden azade olmayı başaranları seçmiştin. Soylu ve iyi aile çocuklarına odaklanmıştın. Hiç unutmam, saraya geldikleri ilk günlerde aç bırakmıştın onları. Daha sonra aç tuttuğun üç yüz kızın önüne hurma lokumu koydurtmuş ve 'Bu hurmaları yiyip yemekte serbestsiniz. Hemen yiyenlere bir şey yok ama az daha bekleyip belli bir süreyi doldurduktan sonra yiyenlere iki ödül var.' demiştin. Bu teklife karşı dayanamayıp hemen yemeye başlayan birkaç kızı diğerleri takip etmişti. Derken bir, üç, beş geriye sadece bir kaç kız kalmıştı. Bir tür irade terbiyesiydi bu ve bu terbiyeyi beklemeyi bilen kızlar kazanmıştı. Ve sonra sen, 'Beklemeyi bilenler iç daireye alınıp has sofralarıma konuk olsunlar!' diye emir vermiştin."

Kraliçe gülümsedi. O günleri yâd etmek ona da iyi gelmişti. Başarının başlangıç anlarını yâd ederken büyük bir huzur ve mutluluk duyanların keyfiyle neşelendi.

"Ben Şurahbil kızı Belkıs, Atam Yis'i Amara, Asur Kralı Sargon'a vergisi düzenli ödeyen adil bir kraldır. Ceddim Himyer, Arab'ın ata babasıdır. Babam Şurahbil'in şanı ve şerefi her yere yayılmıştır. Onların bana devrettiği saltanatı çok ötelere taşımak durumundayım Dadı. Bunu gaddarlık olarak algılama sakın. Sen de bilirsin ki insanoğlunun zaafları açlıkla ortaya çıkar. Açlık, susuzluk, acı ve zorluk, insanın altında var olan madeni kazıyıp ortaya çıkaran amillerdir. Bir insanı en çok açken tanırım ben. Ya da nefsani zaaflarının galeyanı anında. "

Dadı Kerman da Sebe halkı gibi hayrandı ona. Nadide bir çiçek gibi üzerine titreyerek büyüttüğü Kraliçeyi can kulağıyla dinliyordu.

"Daha bunun gibi birçok sebeple sınanmalıdır insan. Kişinin iradesi, dayanıklılığı, aklı, sabrı, inceliği, asaleti, dikkati ve vefası en zayıf anında ortaya çıkar. Açlık böyle bir sınavdır dadı. İşte bunun için ben sarayıma aldığım kızları birçok sınava tabi tuttum. Sabır ve zorluk sınavından geçen kızlar eleklerden geçerek süzüle süzüle has daireme kadar yükseldiler. Onlarla daha çok iş yapacağız."

Kraliçenin fikirleri dikkat çekiciydi. Nefsine ve zaafına yenik düşenin orada yeri yoktu.

"Güçlü kudretli erkekleri eğitimli neferler yapmanı anladım da zafiyet ve masumiyet içinde olan küçük kızları neden eğitmek için seçtiniz? Neticede evlenip gidecekler. Devlet yönetimine ne gibi katkıları olabilir ki!" dedi Kerman.

Derin ve anlamlı bakışlarını boşluğa dikerek devam etti Melike:

"Sen de çok iyi bilirsin ki kadın şefik bir varlıktır. Şefkat ki kadın yüreğinin işlenmemiş cevheridir. Ona en büyük özellik verilmiş. Tanrı ona insanı hediye etmiş. Güçsüz ve de zayıfsın dememiş. Erkeği de kadını da ilk ona teslim etmişken, insanlığın ilk öğreticisi seçmişken, ben de o yoldan gitmeliydim. Kadın eğitilirse erkek kazanılır. Gücünü zorbalıkta ve ihanette kullanan erkek ancak şefkatli ellerde şekillenirse toplumun baş belası değil baş tacı olur. O sebeple kadın çok önemli. Kadın uhdesinde var olan şefkat ve özveriyle insanı eğitirse, sonsuz saadeti yakalar."

Melike düşüncelerinde haklıydı. Bu sebeple gecesini gündüzüne katmış, bunun için sarayının has bahçesinde koca bir bölüm ayırmıştı.

"Anlıyorum." dedi Kerman. "Muhteşem ordunu o askerlerden kurdun. Üç yüz on iki seçkin komutanın her daim arkanda güçtür. Onlarla meşveret eder, onlarla hareket edersin."

"Bu üç yüz on iki komutanın her birinin emrindeki ayrı ayrı bin askerin her biri de ciddi eğitimlerden geçti. Ülkemin ve halkımın geleceği adına huzurluyum."

Nefer kızlar da ileri derece koşucu, binici ve okçuydular. Açlığa dayanıklı, sır tutan ve iş beceren olduklarından Kraliçenin en aziz neferleriydi.

"Zor iş!" dedi Dadı Kerman. "İnsan doğurduğu çocuğu bile eğitip yönetemiyor. Sen ise onca genç delikanlıyı ve onca genç kızı seçip eğittin."

"Sarayıma aldığım gençler kemale erdikten sonra onları tek tek yanıma çağırır, onlar farkına bile varmadan sınavlardan geçirim. İşte o an kendini ele verir birçoğu."

Bunlar çok özel sırlardı ve ilk kez bu denli detaylı açıklıyordu Belkıs. Büsbütün meraklanmıştı Dadı. "Mesela?" diye sordu.

"Mesela çok özel konulardan bahis açınca tek tek dökülürler. Yanında erkekten ve evlilikten bahsedilen genç kızın gözleri parıldıyorsa onun vakti gelmiş demektir. Kendi beğenip seçtiğim, eğitimine, sadakatine ve yiğitliğine güvendiğim aile çocuklarıyla bu kızları evlendiririm ve gözümün önünden ayırmam. Tez elden baş göz edip yuvasını kurarım. Ondan sonra da aldığı eğitimi iyi bir eş ve iyi bir anne olarak yuvasına hasreder."

"Bilirim." dedi Dadı. "Bu gençler kıymetlidir."

"Benim için halkımın mutluluğu her şeyden önde gelir. Himyeri Krallığının tüm iç inşasını ben onlarla omuzlarım. Sen de bilirsin ki Himyeri Krallığının güvenlik ve koruması erkekler, içsel donanım, ahenk, düzen ise kadın aklı ve zekâsı üzerine yürütülür."

"Kadını keşfetmişsin." dedi Dadı.

"Sen de bilirsin ki kadın mutlu olunca erkeğini mutlu eder ve o yuvalarda huzurlu evlatlar yetişir. O sebeple ben ülkemin bütün yuvalarının saadetle dolup taşmasını isterim."

Melike, fildişi uzun entarisinin içinde toplu saçları ve gölgeli gözleriyle bir peri masalı kızı gibi duruyordu. Yine ona uzun uzun bakmaktan kendini alamadı Kerman.

"Peki ya sen?" dedi. "Sen ne zaman mutlu bir yuva kuracaksın?"

Nazı sözü geçerdi Kraliçeye. Bunda yılların emeği ve güngörmüşlüğünün hatırı vardı. Dostane bir sırdaşlık varı aralarında. Başkalarının aklından dahi geçirmeye korktuğu bu soru karşısında Belkıs gülümsedi.

"Daha vakit gelmedi." dedi. "Tanrılardan bir iz, bir işaret bekliyorum."

"Artık kendini düşünmelisin" dedi yaşlı kadın. "Yıllar su gibi akıp gidiyor ve insan zamanın önüne katıp savurduğu bir avuç yaprak gibi oradan oraya savruluyor."

"Haklısın. Gelecek çağların insanlarına benden bir iz, bir mesaj aktarmak isterim. Mavi kubbe altında sadece merhametin ve sanatın iz bırakacağını bilsinler isterim. Gayrısı bir oyalanma ve eğlenmeden başka şey değil. "

"Ya güzelliğin?" dedi Dadı. "Hani diyorum ki heder olup gitmeden kitabeler yaptırsan. Taşlara kazınsa hünerin, sanatın ve güzelliğin! Gelecek çağlara bir şiir gibi geçse adın. İşleniverse o olağanüstü zarafetin ve asaletin. Ahu bakışların, anlamlı yüz ifaden, asil duruşun ve dünya yüzünde pek az insana bahşedilebilmiş güzelliğini, mermerlerin bağrına kazıtsan diyorum."

"Çare olacak mı?" dedi Belkıs, iliklerine dek ürperti dolu hisleri-ni ele vermeden.

"Ölüm ölmüyor ama biz ölüp gidiyoruz. En güzeli, gök kubbe altında hoş bir seda olabilmek."

"O sedayı yaptığın işlerle bırakacaksın sen." dedi Dadı. "Bana kalırsa şu harika yüzün ve bedenin de gök kubbe altında yaşanmış güzellikler tablosuna aktarılmalı."

"O dediğin etten kemikten bir yapı. Ama ya gerisindekiler, onu nasıl resmettireceğim? Devasa yalnızlığımı, ruhumun o hiçbir şeyle dolmayan boşluklarını, akıp giden şu hayat ve ölüm gerçeği karşısındaki şaşkınlığımı, korkularımı, ürpertilerimi kim bilecek? Aklımın yollarını, kalbimin nehirlerini, ruhumun dağlarını, vadilerini, kuyularını göklerini kim resmedebilir? O ressamı nereden bulacağım? Orada ucu bucağı olmayan sonsuz sahralar saklı. Gözükmeyen çöllerimde akisleşen feryatlarımın yankısını hangi ressam yansıtacak?"

Ondan ilk kez böyle sözler işitiyordu. Şaşırdı Dadı Kerman. Sorgulayıcı bakışlarla gözlerinin içine baktı Kraliçenin.

"Himyer Krallığının en şanlı kadınısın sen. Gelmiş geçmiş imparatorluklar içinde adın hep anılacak. Bu çaresiz kelamın beni ürkütüyor."

Kraliçe de şaşırmıştı bu haline. Ne dile gelmez itiraflardı bunlar? İlk kez yaşıyordu bunu.

Dadı devam etti: "Balkızım! Civar ülkelerin zenginlikleri Sebelilerin ellerine akıyor. Senin ülken yüksek katlı evleri ve köşkleriyle meşhurdur. Halkın tüm halklardan şanslıdır. Tanrının kendilerine bolca ihsan ettiği nimetler içinde yaşıyorlar. Şanslı bir lidersin sen. Bundan öte haz var mıdır?"

Kraliçenin akıl karışıklığı o mektupla başlamıştı. Yalnızlığını o gün anlamış, eksikliğini o gün fark etmişti. Hayatı sorgulaması, arayış içine girmesi, yeni işler ve yeni ufuklar ardına düşmesi hep o mühürlü mektupla başlamıştı. Kerman'la konuşurken, rüyasında gagasından su içtiği ve uyandıktan sonra da sarayının sarnıcında gördüğü o bakır renkli kuş geldi göz önüne. Anlamlı duruşu, sırlı bakışlarını anımsadı. Gözbebeklerinden ne çok mesaj almıştı! Hani insanın kendinden bile sakladığı sırlar vardı ya, sanki o sırların içine girmişti Belkıs. Netice de bir kuştu onu etkileyen. Onun anlamlı bakışlarından söz etse gülünç duruma düşeceğini iyi biliyordu. Ama içine düştüğü muammalı hali değil kimselere kendine bile anlatamıyordu. Bu, sırdan da öte bir sırdı.

Dadı Kerman, kısa süre önce sarayda olup bitenleri anımsadı. Saray görevlileri arasında kulaktan kulağa bir dedikodu yayılmıştı. Kral Süleyman hakkında birçok rivayet uydurmuşlardı. Dadı Kerman'ın kulağına kadar gelmişti söylenenler. Melikenin keyifsizliği onu tedirgin etmişti. Şurahbil'in kendi ellerine teslim ettiği Melike için endişeliydi. Ne yapabilir, onu nasıl teselli edebilir, nasıl rahatlatabilirdi?

Sabahın erken vakitlerinde Melikenin yanına vardı. Belkıs kabartılmış yatağından uyanır uyanmaz onu görünce sevgiyle kucakladı Kerman'ı. Anne kokuyordu. En çok da en yakınında olduğu halde çok soru sormayan, iğdiş etmeyen, o çok sevdiği tenhalığını sarsmayan haline hayrandı. Ne sadık bir yoldaştı. Gençken şuh ve havalı bir kadındı. Himyeri Hanedanının dadısı, kölesi, cariyesi olmak demek ülkenin kaderine bir parça da olsa hükmedebilmek demekti. Bastığı yeri titreten bir kadın olan Kerman zaman içinde yaşadığı kayıplarla dingin bir liman gibi durulmuştu. Orta yaştan sonra dibe doğru çöken telveli bir sükûnete bırakmıştı yerini.

"Bal renkli gözlerindeki boşluğun her gün biraz daha çoğaldığını görmekteyim. O kehribar yanış sönüşler yok artık. Bilmem ki neden?" diye sordu.

"Bir şeyler eksik duruyor."

Melikenin gül kokan saçlarına gömdü yüzünü Kerman.

"Lilith'im!" dedi. "Korkma! Korkma ve endişelenme. Her şey çok daha iyi olacak."

Melikenin bal renkli gözlerinde zaman zaman parlayıp sönüveren yıldızlara baktı. Süreyya mı yoksa Şira yıldızı mıydı?

Melike kendince içine doğru mırıldandı: "Süleyman asacak mı kesecek mi her birimizi, kim bilir? Bu dert öyle kanayan bir yaradır işte. Anlattıkça büyüyen, büyüdükçe eksilmeyen bir hikâye!"

Yaşlı kadın, anne yüzü gibi hüznünü göstermeden anlamak istedi meseleyi. Odaya derin bir sessizlik çökmüştü. Önemli işlerin çaresizliğinde en çok hissedilen şeydi. Yemen diyarının en canlı renkleriyle mamur saray odası loştu. Yarı açık pencereden içeriye belli belirsiz bir akşam güneşi sızıyor, yanardöner kumaştan oluşan perdelerin koyu yeşil ipeği yalazlandıkça odaya bir ışık gösterisi hâkim oluyordu.

"Melikem!" dedi Kerman. "Krallar gaddar olur. Korkarım ki bu Süleyman seni bizden alacak."

Gülümsedi Melike.

"Endişelenme." dedi. "Onun derdi ben değilim."

"Nedir peki!"

"Tanrılar!" dedi Melike. "Süleyman onlarla birlikte Sebe Sultanlığını da elimizden almak istiyor."

Odayı perdenin koyu yeşili gibi suskun ve derin bir sükût sardı.

HEYETTEKİLERİN HAYRETİ

Melike gece gündüz düşüncelerin ufuklarında yol alırken, kervan da çoktan Yeruşelim sınırlarına girmişti.

Cakalı bir yürüyüştü. Kendinden emin edalarla çölü geçmişlerdi. Belkıs'ın kırmızı kostümlü komutanları, alev renkli giysiler içindeki bilge heyeti, mor giysiler içindeki beş yüz kölesi güçlü ve görkemliydiler. Kervan yüklerindeki kıymetli mallar ve altınlarla yerleri titretircesine ilerlediler. Erkek kılığındaki ok ve silah kuşanmış kızlar ile renk renk ipeklerle bezenmiş erkekler, atlara bindirilmişti. Atlar renkli cevherler, altın eğerler ve renkli atlaslarla süslenmişti. Gurur, develeri sürenlerin söylediği şarkılara kadar sinmişti.

"Bineklerimizi tuttuğumuz ipler bile

İbrişimlerle örülüdür.

Bunca varlığa ihtişama ve görkeme

Kim ne yapabilir?

Mal cazibe ve ıtır bizdedir,

Kim dur diyebilir?"

Yürüdüler. Dar geçitler, geniş ovalar, viran dönemeçler, boz kıraç tepelerden sonra Süleyman'ın yurdu gözükmüştü. Gücü bitmiş dizlere fer, beti atmış benizlere renk gelmişti. Şevkle ve heyecanla yürüdüler. Kral Süleyman önemli hazırlıklar başlatmıştı. Belkıs'ın göndermekte olduğu tabakaların ebadındaki altın tabakalarla geniş bir sahayı döşetti ve çiftliğindeki evcil hayvanları altın tabakaların üzerine bağladı. O bu haliyle, "İşte, o çok değer verdiğiniz altınınız ve gümüşünüz benim için bu değerdedir. Takılıp kaldığınız ihtişamı ben böyle ayaklar altına alırım. Benim hayvanımın üzerini kirlettiği bir cisim asla kalbimi kirletemez ve orada yer etmez." diyordu.

Ve işte Yeruşelim... Turuncu renkli bir ikindi üzeri, yorgun develer aheste yürüyüşlerle, doru tayların alev renkli yelelerinden ter damlarken gururla, kibirle ve cakayla girdiler şehre. Artık Süleyman yurdundaydılar.

Onlar gururlu hareketlerle Süleyman'ın yurduna vardıklarında, Kralın adamları kervanı büyük bir misafirperverlikle karşıladılar. Süleyman ocağında sofralar kurulmuştu. Devasa kazanlarda pişen yemeklerle konuklar ve fakirler doyuruluyordu. O ne sahavetti! Geleni hoş karşılar, gideni memnun gönderirdi. İçme kapları hep altından ve gümüştendi. Kurulu sofralarda kuş sütü eksikti. Nar gibi kızarmış dana ve bıldırcın etleri, nar şurubu, zeytin çöreği, helvalar, hurma tatlıları, mor sarı üzümler, nebizler ve şuruplarla donatılmış sofraya oturdular birlikte. Sonra istirahata çekildiler.

Elçiler son hazırlıklarını yaparken, Kraliçenin bilirkişi heyetindeki kızlar etrafı kolaçan ettiler. Kral Süleyman hakkında var olan her bilgiyi didik didik ettiler. Kimdi, kimlerdendi, nasıl bir kişilikti, nasıl yaşıyordu, neler yapıyordu? Hüneri, marifeti, zaafları, muhabbeti, gücü, kudreti, nüfuzu, hâkimiyeti ve daha bir dolu soru yumağıyla gözlerini ve kulaklarını dört açtılar. Her söz, her duruş, her kelime ve her oluş önemliydi onlar için. Bu bir çeşit lojistik destekti ve ülkelerinin hayat memat savaşında önemli ipucu noktasıydı. Onun nasıl bir kumandan olduğunu bizatihi bilme azmiyle etrafı kolaçan ettiler.

Elçiler ancak dinlenip toparlandıktan sonra çevreyi incelediler. Fakat o da ne! Hiç ummadıkları bir görüntüyle karşılaştılar. Elçilerin hayreti Süleyman yurdunun heybetinden daha büyüktü. Tuhaf bir durumla karşı karşıya olduklarını hepsi anlamıştı. Sık sık hayret ve heyecanla göz göze geldiler. Yürüyüp geçtikleri yerler yekpare altınla kaplanmıştı. Altın tozuyla sıvanmış yapılar ışıl ışıldı. Renk renk kuşlar, atlar, eşekler, inekler, köpekler, kediler altın kaplı yerlerde yuvarlanıp yatıyorlardı. Belkıs'ın elçileri şaşkınlık içinde nereye bakacaklarını bilemediler. Yakutlarla kaplı köşkler, yüksek yapılar, altın tozlu yollar, billur çardaklar, yüksek duvarlar üzerinden sarkan meyve yüklü ağaçlar, türlü ses ve ahenkte ötüşen renk renk kuşlar, güler yüzlü hizmetliler, sofralar, dolu dolu ikramlar ve daha neler neler...

Böylesine bir saltanat sahibine ne vereceklerdi? Altınla kaplı yer üzerinde hayvanların tepinip eşelendiği bir memleketin, bir saltanat yöneticisinin huzuruna nasıl çıkacaklardı? Belkıs'ın bilge kızları o güne dek hiç görmedikleri bir saltanatın künhüne ermişlerdi. Kısacık zamanda o kadar çok şey görmüş ve öğrenmişlerdi ki bir an önce gidip Kraliçeye aktarmak istiyorlardı. Heyettekilerin hayreti gitgide artıyordu. Onların bin bir hayalle getirdikleri kıymetli hediyeleri ve altın tuğlalar, Sultan Süleyman'ın hayvanlarının yemlendikleri yerin zemininde seriliydi. Bunu görünce şaşkınlıktan dilleri lal kesildi ve ne yapacaklarını bilemediler.

Başelçi, bu duruma el koydu. Hayret ve şaşkınlıktan darmadağın olmuş elçileri bir araya topladı. "Toparlanın! Biz buraya önemli bir görev için geldik!" dedi.

Yıllarını kervan peşinde tüketmiş, saçı sakalı bembeyaz kesilmiş yaşlı Elçi Gubar ise "Beni dinleyin!" diye seslendi. "Geri dönelim, bu iş bize hayır getirmez."

Diğerleri de "Evet, kervanı geri döndürelim. Olmayacak bir iş yapmışız biz. Toprağı altın olan bir saltanata altın hediye etmek garabettir." dediler.

"O gösteriş içinde hazırladığımız som altın tabakaların burada hiçbir değeri yok! Ne diyeceğiz Süleyman'a? Ona altın hediye etmek çok utanç verici değil mi?"

Heyetten uğultulu sesler yükselmeye devam edince, "Olsun!" dedi Başelçi Sevban. "Melikenin kararını yerine getireceğiz. Emaneti sahibine teslim etmek boyun borcumuz."

Ardından ses tonunu daha bir sertleştirdi: "Vazgeçmek olmaz! Biz Sebe Devletinin güvenilir elçileriyiz. Biz, bize emanet edileni ulaştırmak için geldik. Buyruk verenin buyruğunu yerine getirmek mecburiyetindeyiz. Geri götürün derlerse yine fermana uyar, getirdiğimiz hediyeyi geri götürürüz!"

Hediyenin makbule geçmeyeceğini biliyorlardı ve utangaçlıkları onları gerisin geriye itmekteydi. Elçibaşının kararlı ses tonuyla toparlandılar.

"Unutmayın ki bizler emir kuluyuz. Makbule geçsin ya da geçmesin bu işe mecburuz."

Heyettekiler utana sıkıla Süleyman'ın adamlarından görüşme talep ettiler. İzin verildi.

BU HEDİYELERE ANCAK SİZ SEVİNİRSİNİZ

"(Elçi hediyelerle) Süleyman'a geldiği zaman: 'Sizler bana mal ile yardımda mı bulunmak istiyorsunuz? Allah'ın bana verdiği, size verdiğinden daha hayırlıdır. Hayır! Siz, hediyenizle sevinip öğünebilirsiniz.' dedi."

(Neml:36)

Akşama doğru Yeruşalim Kralı Süleyman'ın huzurundaydılar. Saltanatı muhteşemdi. Heyettekilerin o güne dek ilk kez gördüğü bir ihtişam ve etki alanı içindeydiler. Kral, som altından sütunlar üzerinde yükselen sedef bir taht üzerinde karşıladı onları. Ayaklarının altında dönerek yükselen altın merdivenler dairesel bir düzen içinde yükselirken iki aslan da ayaklarının dibinde emir bekliyordu. Tahtın hemen üstünde devasa kanatlarını sonuna dek açmış kartallar, akbabalar, martılar onu gölgelerken iki yanında iki tavus kuşu kuyruklarını açarak ihtişamına ihtişam katıyordu.

Heyettekilerin hayreti had safhadayken, Kral Süleyman'ın hali dikkatlerini çekmişti. Koca Kral, sonu gelmez bu saltanatın içinde son derece mütevazı ve mütebessimdi. Heybetli görüntüsünün ötesinde son derece merhametli, şefkatli ve güler yüzlü bir hali vardı.

Elçiler huzura girdikleri andan itibaren Melikenin tembihi üzere hediyeleri Kralın önüne bırakıp oturmadan ayakta beklediler. Zira kendilerine yapılan tembih bu yöndeydi. Erkek elbisesi giydirilmiş cariyeler ile kadın giysileri içinde, kolları altın bilezikler, boyunları altın kordonlar, kulakları, çeşitli cevherlerle süslenmiş salkım küpeler içindeki genç civanlar utançtan ve şaşkınlıktan ter içindeydi. Mor giysili beş yüz köle emre amade beklerken Süleyman kıpırtısız bir dinginlikle onlara baktı. Elçilerin oturmadığını görünce işin iç yüzünü anlamıştı.

"Yer ve gök Allah'a ait mülküdür." dedi. "O, semayı yükseltirken yeri alçaltıverdi. Şu an üzerinde bulunduğunuz yerler de O'ndan başkasının değildir. Mülk Rabbime aittir, Süleyman'ın değil. Dileyen ayakta durur, dileyen oturur."

Elçiler dingin bir rahatlık içine girdiler. Hakiki mülk sahibi Allah'ın mülkünde olduklarını hissederek oturdular. Belkıs adamlarına, "Süleyman sizi sert karşılarsa biliniz ki o peygamber değildir." demişti. Sultan Süleyman onları derin manalı bir tebessümle karşılamıştı. O güne dek kendi üstlerine kimseyi tanımayan bu insanlar, gördükleri mülk karşısında şaşkına dönmüş bir vaziyette renk vermeden beklediler.

Heyet sözcüsü, "Hükümdarım!" dedi. "Sebe Melikesi Belkıs'ın selamıyla geldik. O, bu hediyeleri size takdim etmemizi istedi."

Elçiler, Kraliçelerinin mesajını ilettikten sonra geri çekildiler. Sultan Süleyman halkını da oraya toplamıştı. Bu işin herkesin gözü önünde gerçekleşmesini istiyordu. Belkıs'ın elçilerinin kibir ve küstahlıklarını yok etmek istiyordu. Sebe Melikesine ve ülkenin önde gelenlerine, kendisi ve ordusu karşısındaki zayıflıklarını hatırlatacaktı. Bu yolla psikolojik bir harp başlatıp onları kendi yöntemleriyle yenmeyi planlamıştı. Savaş, saldırı, silah, kan, gözyaşı değil ilim, marifet ve medeniyet yoluydu ona cazip gelen.

Bu yolla ilerleyecekti ki onlar açıklamadan kendisi talep etti: "Boncuğunuz nerede?" dedi gülümseyerek. Getirin de ona iplik geçirelim."

Şaşkınlıkları artmıştı. Her ayrıntıdan haberdardı Süleyman. Mahcubiyet içinde Kral Süleyman'a yaklaşarak boncuğu uzattılar.

"Ulu Sultanımız, biz sadece aracıyız. Kraliçemiz bu boncuğu ne insan eli ne de bir alet dokunmadan delinmesini istedi." dediler.

Kral gülümsedi. Ardından minik bir ağaç kurduna emir verdi. Kurtçuk ipliği ağzına alıp bir taraftan girerek öteki taraftan çıktı.

Herkes derin bir şaşkınlık içinde olanları izlerken Kral Süleyman, elçilere "Delinecek taşı getirin!" dedi.

Getirdiler. Sultan Süleyman, tepesinde dönüp duran ağaçkakan kuşuna işaret etti. Kuş iki dakika içinde taşı delip içinden geçti. Cüretkâr bir sınamaydı onlarınki. Süleyman'ın yurduna gelinceye kadar bunu bilememişlerdi. Bunu fark ettiklerinde ise geldiklerine de yaptıklarına da pişman olmuşlardı ama iş işten geçmişti. Artık bütün sınamaları, denemeleri, oyunları hileleri ile Süleyman'ın huzurundaydılar. Çaresiz tek tek ortaya çıkan planlarının bozguna uğrayışını seyrettiler.

Kral Süleyman bu kez kız kılığına girmiş erkekler ile erkek kılığına girmiş kızlara seslendi:

"Şimdi siz birbirinizin eline su dökün ve yüzlerinizi yıkayın." dedi.

Kızlar ibriği sol el ile erkekler sağ el ile tuttukları için birbirinden ayırdı. Erkek kılığındaki kızları kadınlar, tarafına kız kılığına giren erkekleri ise erkekler tarafına ayırdı.

Başelçi, Krala boş bir kadehi uzattı: "Saygıdeğer Kral!" dedi. "Elçiye zeval olmaz. Kraliçemiz ister ki bu kadeh ne yerden, ne de gökten gelip akıcı olmayan çok özel bir suyla doldurulsun."

Sultan Süleyman emir verdi: "Arap atlarını koşturun!"

Atlar hazırlandı, koşturuldu, yoruldu ve terletildiler. Atların sırtlarından akan ter kadehlere doldurulup ortaya getirildi. Sultan Süleyman böylece hiç kızmadan, sinirlenmeden onların her arzularını tek tek gerçekleştirdi.

Elçiler utana sıkıla yüklerini açtılar. Som altından dökme kerpiçleri, gümüş topaklarını, kırmızı yakut çubukları, zümrüt ve zebercetle işli eşyaları, yük yük misk, amber ve utları çıkardılar. Ardından İpek kaftanları, renk renk kadifeleri, simli nakışlı kumaşları, nadide buhurları, miskleri, amberleri Kralın önüne döktüler. Onlar hediyeleri itinayla ortaya koydukça Süleyman peygamber buruk bir gülümsemeyle seyrediyordu. Bu gülümseme de derin manalar saklıydı ama çözemediler.

Ortaya tuhaf bir sessizlik hâkim olduğunda ise Kral Süleyman ilk kelamını etti: "Ben sizden hediye mi istedim!"

Heyettekiler bıçak kesse kan damlamaz bir sessizlikle kıpırdamadan onu dinlediler.

"Bu hediyelere ancak siz sevinirsiniz!" dedi Kral Süleyman.

Buz kestiler. Kimseden ses çıkmadı.

"Siz bana malla yardım etmeye mi çalışıyorsunuz? Allah'ın bana verdiği saltanat sizin verdiklerinizden hayırlıdır. Bana gayb âleminden eşi görülmedik hediyeler sunulmaktadır. Öyle hediyeler ki insan onları istemeye niyetlense aklına bile getiremez."

Suskunluk içinde eğiliverdi başlar. Kral Süleyman meselenin can alıcı noktasıyla devam etti: "Neye taparsınız?"

"Güneşe!" dedi Elçi, kibir ve benlik dolu bir ses tonuyla.

Süleyman devam etti: "Değeri yüce olan canınızı hor ve hakir ederek gökteki güneşe mi tapıyorsunuz? Güneş, Tanrı emriyle bizim aşçımızdır, çiğ olan meyveyi ve sebzeyi pişirir. Bizi ısıtır, bizi ışıtır. Güneş ve ay belli bir hesaba üzerine yaratılıp o hesap üzerine dönen iki hizmetkârdır. İnsana hizmetkâr kılınmış bu nesnelere mi secde ediyorsunuz? Siz, yeraltındaki madeni altın haline getiren bir yıldıza, güneşe mi tapıyorsunuz? Bunu bile bile ona nasıl Tanrı dersiniz? O yıldızı yaratana yönelin!"

Kelimeleri güçlü ve özlüydü Süleyman Peygamberin: "Peki, güneş tutulursa ne yaparsınız? Ondaki o karanlığı nasıl giderirsiniz? Nihayet yine o tanrı tapısına yüz vurup 'Ya Rabb!' der misiniz? 'O karaltıyı gider, yine ona nurunu ver!' mi dersiniz? Gece yarısı size saldırıp öldürmeye kalkışsalar ağlayıp yalvaracağınız, aman dileyeceğiniz güneş midir? Yerde hadiselerin çoğu geceleyin olur. Oysaki taptığınız tanrı gece ortada olmaz. Makul düşünün ve aklınızı başınıza alın. Arşın sonsuz ve hadsiz ışığına karşılık zerre kadar yer tutmayan güneşe mi taparsınız?"

Bu sözler karşısında elçiler şaşkın, çaresiz ve mecalsizdiler. Kral Süleyman bir durum beyanı yaptı: "Bu konu ciddidir! Mesele davet ve itaat meselesidir, alışveriş meselesi değil. Şimdiye kadar bunu anlamış olmanız gerekirdi!"

"Biz bunun için geldik." dedi sözcü Gubar. "Davetiniz üzere sizi bilip tanımak istedik. Bu hediyeleri de bunun için getirdik. Başka bir niyetimiz yoktu."

Kral Süleyman maksadının anlaşılmamış olmasından dolayı mahzundu. Sebe ülkesinin lüksü, şatafatı ve zenginliği Sultan Süleyman'ı hiç mi hiç ilgilendirmemişti. O sadece muazzam saltanatın sahibi olan ve onlara onca ikram eden Allah'a değil de ateşe secde ettiklerine şaşırmıştı. Güneşe tapınan bir kavim ile karşı karşıyaydı ve bu hal onu çok üzmüştü. Kararlıydı ve onlarla mücadele edecekti.

"Benim sizden mal istediğimi mi sanıyorsunuz?" dedi. Yoksa beni açgözlü zalim bir kral mı sandınız? Ben, bana hediye verin demedim, hediyeye layık olun dedim!"

Kızaran, terleyen, sararan, moraran yüzleri daha çok üzmek istemedi Süleyman Peygamber.

"Ey utanan elçiler! dedi. "Şimdi ülkenize dönün. Getirdiklerinizi de alın, geri götürün. Şunu da unutmayın ki dünya malı zayıf kuşların tuzağıdır. Ben ay ve güneşi bir kum tanesi kolaylığında var eden Allah'ın Peygamberi Süleyman'ım. Sizin mülkünüzü istemem."

Elçiler kıpkırmızı kesildiler.

"Utanmayın bu kadar." dedi Kral. "Şimdi altınlarınızı alın ve geri dönün. Onlar sizin olsun. Hatta isterseniz benim altınlarımı da alın, onlara ilave edin."

Sözcü mahcubiyetten iki büklüm, "Ey Kral, dedi. "Gelip gördük ki haşmetiniz saltanatınızı aşmıştır. Ancak getirdiklerimizi iade ederseniz Kraliçemiz incinip rencide olacaktır."

"Bu hediyeleri reddetmem, kabul etmemden yeğdir. Belkıs'ın yanına gidince gördüklerinizi rapor ediniz. Altın ovasını, gümüş tepeleri, yakuttan han duvarlarını ve at ahırlarını anlatınız. Ve ona, benim altına tamah etmediğimi, altını Yaratandan altın elde ettiğimi bildiriniz ve deyiniz ki 'O Allah öyle bir Allah'tır ki dilerse bütün yeryüzünü baştanbaşa altın ve değeri biçilmez incilerle döşer ve insan hayretinden secdelere kapanır.' Bu dediklerimi gidin ona aktarın belki o vakit bizi anlayacaktır."

Elçiler dikkat ve saygıyla onun konuşmasını dinlediler.

"Sebe Melikesine söyleyin ki bilsin, suyun ve toprağın dışında nice mülkler var! Gidin ona deyin ki senin taht dediğin şey, tahtadan yapılmış bir tuzaktır. Oturup kaldığın yeri başköşe sanmışken, asıl gerçeklerden mahrum kalmışsın! Gidin ona söyleyin, mülk ve saltanat bir tek Yaratıcı olan Allah'a aittir. O kendisine baş eğenlere bu topraktan yaratılan dünya şöyle dursun, yüzlerce mülk ve saltanat ihsan eder. Allah huzurunda bir secde, bana iki yüz devlet ve saltanattan daha hoş gelir. Mal, mülk, altın ve devlet, cana yoldaş olmaz.

Ona deyiniz ki, Ey Belkıs sen elinde ki şu altınları ver de görüşünün kuvvetlenmesi için gözüne sürme al ve çek. Belki o vakit şu âlemin dar bir kuyu olduğunu görürsün. Ey elçiler, gidin, Belkıs'a varın, onu bu dine inandırın! Şüphe yok ki Allah, sizi esenlik yurduna çağırmaktadır.

Ona deyiniz ki, kendine gel, aklını başına topla, sonra sonun fena olur. Askerin sana düşman kesilir, senden döner. Perdecin, perdeni yırtar. Canın, canına düşmanlık eder. Bir sınama sırrı olan güzelliğin, zenginliğin, ihtişamın, tahtın, tacın ve mülkün bir anda elinden uçar gider de hiçbir şeyi kurtarmaya canın yetmez. Ölüm gelir perde iner ve yaşanan her dem tarumar olur, uçar ve gider.

Gidin ve ona deyiniz ki, Ey Belkıs, cin ve şeytan askerlerini bir tarafa bırak, çünkü onlar, benim emrime canla başla uyarlar, benim hükmümle saflar yararlar! Çünkü beni buldun mu bütün devlet, mal ve mülk senin olur!

Ona deyiniz ki, Ey Sebe'yi mülk edinmiş bilge kadın! Bilgeliğin alameti özünü tanımaktır. Sen kendinden bihabersin. Sen sadece kendinin güzelisin, kendinin dilberisin, kendinin sarhoşusun! Kendinin kuşu, kendinin avı, kendinin tuzağısın! Kendinin başköşesi, kendinin döşemesi, kendinin damısın! Bu nasıl melikeliktir ki en büyük Maliki kendine dur eylemişsin!

Ey sözcüler, ey gözcüler, ey bilgeler, ey elçiler! Gidin ona deyiniz ki âlem bir testi, gönül ise ırmak suyuna benzer. Bu âlem odadır, gönülse görülmedik ve şaşılacak şeylerle dolu bir şehir! Sen başka şehirlerden başka ülkelerden ne kadar bihabersin!

Ey elçiler, ona deyiniz ki kalk ey Belkıs, üç günlük saltanat dumanını dağıt! Seher yeli gibi es, yağmur bulutu gibi yağ! Nakıs saltanatların kulu ve kölesi olma."

Ey elçiler! Şimdi ona geri dönün ve ona deyiniz ki şunu çok iyi bilsin, saltanat sahibinin yurdunda O'ndan gayrısına secde edenlere cidalimiz çetindir. Karşı koyulmaz ordularımızla gelip tacını da tahtını da Sebe saltanatını da tarumar ederiz. Hor ve hakir bir duruşla oradan çıkar gider."

Sultan Süleyman kararlıydı ve yoldan sapmış bu kavimle mücadele başlatacaktı. Elçiler titrediler. Telaş içinde hediyeleri toplarken Kral Süleyman onlara acıyarak baktı. Bu tür heveslere nasıl da gönül vermişlerdi. Gerçekte Yaratıcının mülkünde nazlı bir misafir olduklarını nasıl da unutmuşlardı. O'ndan başkasına secde etmeleri ve onu Rab olarak tanımaları ne kadar da tuhaftı.

Süleyman, "Şimdi ülkenize geri dönünüz." dedi. "Kraliçenize şu ahdimi iletiniz. Davetime uyarsanız, akılların alamayacağı bir devlete kavuşursunuz. Yok, eğer direnirseniz; akıllarınızın alamayacağı ordularla üzerlerine yürürüm. Onuru çiğnenmiş bir halde yurdunuzdan çıkarılmak istemiyorsanız davetime uyunuz."

Elçiler durumun vahametini anlamışlardı. "Emredersiniz." diyerek toparlandıklarında anlamışlardı ki bu bir güç ya da iktidar kavgası değildi. Para, makam, taht, şöhret tartışması olamazdı. Sadece ve sadece bir olan Allah'ı unutup güneşi ilah kabul etmiş bir kavme verilmiş bir peygamber bildirgesiydi.

Büyük bir hayal kırıklığı, gurur incinmişliği ve suskunluğu içinde dönüş yoluna koyuldular. Hediyelerin geri gönderilişine fena halde bozulmuşlardı. Onca malın basite alınmış olması, içinde bulundukları abesliğin ifadesiydi. Ama hiçbiri bunu dile getiremedi ve birbirlerine de itiraf edemediler. Tarumar olmuş gururları ve kırılmış kibirleriyle Sebe yoluna koyuldular. Gittikleri gibi altınlar, gümüşler, cariyeler ve dünyalıklarla geri döndüler.

Onlar gittikten sonra Kral Süleyman ordusunu topladı. Yeni bir duruma hazır olmalarını emretti. Hüdhüde emir verdi: "Şimdi Sebe'ye uç. Hâlâ Güneşe secde edip etmediklerini öğren. Olup bitenler hakkında yeni bilgiler topla!"

Hüdhüd, ipeksi kanatlarını sürüyerek veda selamı verdikten sonra Sebe göklerine doğru kanatlanırken Belkıs'ın kervanı; zilleri, püskülleri, kaftanları, altın, safir, gümüş, zebercet dolu yüklerle dönüş yoluna girmişti. Kervan taşıdığı yüklerden çok daha fazlasıyla dönüyordu. Birbirinden değerli mücevherler ve envai çeşit kıymetli hediyeler geri dönerken elçilerin zihninde, kalbinde ve ruhunda oluşmuş yepyeni yollar, fikirler, ufuklar, inanışlar ve bakış açıları vardı. Herkes şaşkın ve hepsi suskundu. Süleyman, o saltanat ve ihtişamın içinde onlara öyle bir insanlık dersi vermişti ki yol boyu konuşmadılar. Kimseden ses çıkmıyordu. Deve sürücüleri yılgın, kervan kılavuzları bezgin, öncü sözcüler suskun yola revan oldular.

Uzak göklerin altında haber bekleyeni vardı kervanın. Nazlı kır çiçeklerinin yağmur yüklü bulutlara boyun eğişi gibi bekledi yolları Belkıs. Ufku seyretti her gün. Ufuk, saf ve duru yüzü gibi pürüzsüz ve lekesizdi. Himyeri Krallığının ilelebet var olacağına olan inancı tamken, Süleyman'ın nasıl bir cevap verdiğini anlamak için zamanı iple çekiyordu. İş ki sabır en güzel yoldaştı.

Şehrin tarçın kokulu akşamlarından birinde bir haber geldi Kraliçeye: "Kral hediyeleri reddetti!"

Çölün yıkıntıları içinden çıkıp gelen haber herkesi tarumar etmişti. Kraliçe Belkıs sarsıldı. Asiller Heyet şaşkınlığa düştü. Sebelileri baştanbaşa bir telaş ve korku sardı. Kervan yolu gözleyenlerin yüreği yerinden çıkacakmış gibi oldu. Kalabalık lal kesti. Paragöz tüccarların gözü döndü. Hayat durdu, soluklar kesildi. Kadınların neşeli kahkahası dondu.

Mücevher çarşılarının pırıltıları söndü. Renkler grileşti. Ortalıktaki tek renk, boz bir duvar üzerinden ürkekçe onları seyreden hüdhüde aitti.

Kervan, erguvan renkli bir akşamüzeri Merib'e girdi. Merak içindeydi Melike. Günlerden beridir neredeyse göz kırptırmadan ufku gözetleyen gözcüler ona müjdeyi verdiler: "Elçilerimiz Süleyman yurdundan döndüler."

Kraliçeyi büyük bir heyecan dalgası sardı. Süleyman'ın tavrı ve cevabını sabırsızlıkla bekliyordu. Süleyman'a uzattığı zeytin dalından iyi haber almamıştı. Nihayet öncü haberciler gelip Kraliçenin huzuruna girmek için destur istediler. Belkıs onları kabul ederken kalbi yerinden fırlayacakmış gibiydi ancak bunu kimselere fark ettirmeden ülke liderlerine has vakar ve ciddiyetle başgözcü Sevban ile başvekil Amr'ı dinledi. Garip olan bir şey vardı ki başgözcü de en az Kraliçe kadar heyecanlıydı. Belkıs'ın tahtının önüne geçti. Önce güneşe sonra da ona doğru secde ettiler. Başgözcü Sevban, çöl cerenlerini kıskandıracak bir çabuklukla hemen yerine geçip gördüklerini ve öğrendiklerini anlatmaya başladı.

"Aziz Melikemiz!" dedi. "Tahmin edemeyeceğiniz haberlerle geldik. Sultan Süleyman hediyelerinizi geri iade etti ve size bir dolu mesaj gönderdi."

"Nasıl!"

"Hediyelerimiz, Sultan Süleyman'ın saltanatı yanında çok sönük kaldı. Ah Kraliçemiz, bir görseydiniz! Sizin bizatihi gidip o saltanatı yerinde görmeniz gerek. Bizim anlatmamız eksik kalır!"

Melike şaşırdı. Mahcubiyet dolu bir sesle, "Mal ve ikram karşısında hangi yürek bigâne kalabilir?" dedi. "Gayemiz Süleyman'a mal mülk göndermek değil, onun gönül kelamını anlamaktı, bilesiniz!"

Kime muhatap olduğunu anlamıştı Melike. Mahcubiyetini bildirmeden vakarın soğuk zırhına sığındı. Sözcüler, gözcüler, bilgeler ve elçiler tek tek selam ve secde ederek Kraliçenin huzuruna dizildiler.

Belkıs emir verdi: "Anlatın, durum nedir?"

Başvekil Münzir bin Amr sözü aldı.

"Ne yazık ki başarılı olamadık." dedi. "Sultan Süleyman kararlıdır. Eğer dediklerine uymazsak bizi ve ülkemizi yerle yeksan edecek."

"Peki, Kral hediyeleri sizce neden reddetti?"

"Onun öyle bir saltanatı var ki bizim götürdüklerimiz onun yanında devede kulak kalır. Değirmenciye un satmak gibi bir şeydi yaptığımız. Süleyman'ın bunların hiç birine ihtiyacı yok."

Süleyman'ın iade ettiği hediye yükleri bir bir indirilirken ordusu gibi Melike de çok şaşkındı. İçindeki sesler ona yeni şeyler söylüyordu.

"Para ve mücevherler kalplerde yer etti mi deniz dibindeki yosunlar gibi en evvel insanın gönlü bulanır ve sonra da tüm benliği. Demek ki Süleyman'ın gönlü arı duru bir denizmiş ve hiç bulanmamış."

Ardından da yolun, gecenin, gündüzün, kumun, güneşin yaktığı kervan yolcuları içinde saklı inciler gibi her olum ve ölümü sır gibi tutarak içlerine hapseden kızları çağırdı Belkıs.

"Kızlarım!" dedi. "Kabul edilmesi gereken bir gerçek var ki erkekler güçte, dayanıklılıkta ve kararlılıkta bizden ileridirler. Ama kadın nazarının dakikliği hiçbir yerde yoktur. Kadına en güzel özellikler bahşedilmiş, yekpare duyguyla donatılmış. Kadın kalbinin nahifliği hiç bir canlıda olmaz. Onun için ben önce sizi dinlemek isterim. Ancak ilk önce yol yorgunluğunuzu atmanız gerek."

Elçiler, gözcüler, yiğitler, kızlar ve komutanlar, kısacası attan deveye kervan yolu gütmüş herkes istirahata çekildi. Ülkeyi baştanbaşa bir dizi söz yangını sardı. Yaşlılar yiğitlendi, yiğitler celallendi. Şehrin çarşılarında renk renk baharatlar, kokular, renkler uçuşurken aslına mugayir olmayan rivayetler dolaştı. Meribli kadınların kınalı elleri nadide ipekleri, ibrişimleri, kadifeleri okşarken, "Davut oğlu Süleyman, Melike'nin güzelliğine âşıkmış. Ona mühürlü bir name göndermiş. Altına, mala değil, kraliçeye talip besbelli." diye fısıldaştılar.

"Süleyman'ın Himyeri saltanatında gözü var. Yoksa niye öyle yapsın?"

Başyaver Asfa'nın ise korkusu bambaşkaydı. Ona göre Yeruşelim Kralı Melikeye göz koymuştu ve onunla evlenmek için öyle yapıyordu. Ser verip sır vermeyen bu ketum adamın derin ama suskun duruşunun ardında çok şey gizliydi. Melike'nin kirpik teline bile zarar dokunsa Asfa'nın içi tutuşur ama kimselere bir şey belli etmeden kendi yangınına su taşırdı.

Aslına aykırı rivayetler dolaşadursun, Melike akıllıca tedbirlerini konuşturdu.

İkindi gölgelikleri uzayıp da sıcağın alevden yağmurları dindiği vakitte emir verdi yavere: "Asfa! Başyaver Asfa nerdesin! Yüce Divan kurulsun!"

Asfa harekete geçti. Dört yana haber saldı. Saatler akşama vardığında divan heyeti firesiz oradaydı. Vezirler, bilgeler, katipler, komutanlar sıra sıra dizildiler. Gözcüler, sözcüler, savaşçılar, bilgeler, yiğitler huzura vardıklarında Belkıs'ın üç yüz on kişilik heyeti tamamdı.

Melike önemli işlerin arefesinde topladığı Danışma Kuruluna seslendi: "Ey devletimin akilleri ve ileri gelenleri! Süleyman ikinci kez bizi Müslüman olmaya davet eder. Nedir bu işin ahvali? Gelin, hep birlikte bir sonuca varalım."

Komutan Sebbah celalliydi, "Neden çekiniyoruz?" diye sordu. "Biz kuvvet sahipleriyiz ve şiddetli bir harp ehliyiz. Emredin dövüşelim. Bu bir hakarettir ve biz bu rezilliği kabul edemeyiz!"

Gülümsedi kraliçe.

"Yanlış bir karar!" dedi. "Önce hasmı iyi tanımak gerek. Onun kudret sınırlarını bilmeden nasıl böyle bir işe girişebiliriz? Süleyman'ın şanını duydunuz, gördünüz ve bildiniz. Ant olsun ki o cehd etti mi taş üstünde taş bırakmaz. O bir tek sapan taşıyla Calut'u devirmiş Davut'un oğludur."

"Emir size aittir!" dedi başvezir. "Harp mi yaparsınız, yoksa sulh yoluna mı gidersiniz. Hüküm sizindir."

Belkıs tane tane konuştu.

"Bana kafa tutmayın!' diyor Süleyman. Bu itibarla harpten sakınmak ve devleti korumak durumundayız. Elçilerim gidip döndüler. Hediyelerimin hiç birini kabul etmeyip geri iade etmiş. Demek ki onun dünya malında gözü yok. Önce gözlemci kızları bir dinleyelim. Anlayalım bakalım Süleyman nasıl biridir. Gücünü nerden alır? Arkasında kimler var? Huylarını, ahlakını, zaaflarını tanıyalım ilk önce. Ona göre hareket edeceğim."

Kraliçenin sözü her zaman olduğu gibi yine makul karşılandı. Mantıklı bir çözümdü bu. Ardından bin bir emekle eğitip yetiştirdiği savaşçı kızlarına ve bilgelerine seslendi:

"Ey kraliyetimin bilge neferleri! Yürekli yiğitlerim, akil kızlarım! Elçileri dinledim, şimdi sıra sizde. Görüp gözetlediklerinizi benim için çok önemlidir. Bilgilerinizi bana aktarın. Bana Süleyman'ın mülkünü anlatın. Hiçbir detayı kaçırmadan, atlamadan ve tam olarak anlatın ki onunla nasıl mücadele edeceğimize karar vereyim."

Belkıs aklı selim hareket ederek her birine bir gece ayırdı. Heyetinin önünde bilge neferlerden her gece bir kişi kabul edecek ve derin bir araştırmaya girecekti.

Bir el çırpmasıyla cariyeler koşuverdi. Tefler çalındı, şarkılar, şiirler beyitlerle şenlik kuruldu. Dört koldan renkli pervaneler gibi döndü kızlar. Tüller, ziller, güller uçuşurken yeni bir seyir, yeni bir fikir ve yeni bir dinleme faslı başlıyordu. Ortalık huzur dolu bir sükûnete büründüğünde herkes yerli yerine oturdu ve ciddiyet meşheri kuruldu.

BÖLÜM 2

ANLATICILAR: KIRK AKIL SEKSEN FİKİR

"(Kraliçe Belkıs) şöyle dedi: Krallar bir memlekete girdi mi orayı harap ederler ve halkının ileri gelenlerini zelil hale getirirler. İşte onlar böyle yaparlar."

(Neml:34)

"Yarınki günle övünme; çünkü gün ne doğuracak bilmezsin."

(Hz. Süleyman)

BENAN

Belkıs görkemli tahtına kurulmuştu. Asiller heyeti yanı başındayken neferlerden ilkini çağırdı. Yaşı otuzu aşmış, sağlam yapılı bu genç kız, Benan'dı. Sert ve net bakışları deliciydi. Kararlı hareketlerle Kraliçenin önünde secde etti. Ardından büyük bir saygıyla doğruldu. Simsiyah kirpiklerinin gölgesi yanağına düşmüş beklerken, "Söz senindir." dedi Belkıs. "Anlat bakalım ne öğrendin? Kimmiş Süleyman?"

Benan, görüp öğrendiklerini sözcüklere yükleyerek anlatmaya başladı.

"Alerre'si velayn! Sözünüz yüce, emriniz baş göz üstünedir Kraliçem! Süleyman yurdundan derin bilgilerle geldim. Elde ettiğim bilgiler sahih ve önemlidir. Kral Süleyman'ın silsilesi, ateşlerin yakmadığı İbrahim Peygambere dayanıyor. Ondan sonra ise Yakup Peygamberin oğlu Yehuda soyundandır. Baba Davut son derece makul ve makbul bir şahsiyettir. İnce duygulu ve güçlü olduğunu söylerler. İyi yürekli bir adamdır. Gür ve güzel seslidir. Çok cesurmuş. Kuzuyu kurdun pençesinden çekip aldığı söylerler."

"Evlat, babanın en gizli yanıdır." dedi Belkıs. "Evlat babanın sırrıdır. Kökü ve nesebi ele verir. Bana Davut'u anlat!"

"Elçi Samuel bir rüya görmüştür, derler. Zalim komutan Calut'u yere serecek yiğidi aramaktadır. Yaşlı bir zat olan İşa'nın yanına gider ve der ki 'Duydum ki senin on iki oğlun varmış. Onları görmek isterim.' Yaşlı İşa gururla oğullarını toplayıp Elçi Samuel'in huzuruna getirir. Gençlerin her biri diğerinden güçlü, gösterişli ve yapılıdır. Elçi Samuel onları tek tek inceledikten sonra 'Aradığım izleri hiçbirinde bulamadım. Hem senin on iki oğlun vardı. Oysa burada on bir evladın var. Peki, öteki nerede?' diye sorar. 'Bir oğlum daha var. Adı Davut'tur. Ancak o işinize yaramaz.' der mahcup bir şekilde, yaşlı İşa. 'Neden?' diye sorar Elçi Samuel. 'Davut ufak tefek, biraz da çelimsizdir. Ağabeyleri gibi gösterişli değildir. Bu sebeple davarlarımı gütme işini ona verdim.' diye yanıtlar yaşlı adam. Elçi Samuel, 'Onu görmem lazım!' der ve hep birlikte dağın yolunu tutarlar. İşa'nın çelimsiz diye dağa sürdüğü oğlu koyunlarıyla meşguldür. Elçi Samuel dikkatle onu takip eder. Davut izlendiğinden habersiz, vadiyi geçemeyen koyunları tek tek kucağına alarak tehlikeli çukurlardan geçirmektedir. Onun bu hali Elçi Samuel'in çok hoşuna gider. 'İşte, aradığım genç budur. Bu genç, Calut'u yere serecektir!' der. Durumu Kral Talut'a bildirirler. Kral Davut'u huzuruna çağırır, 'Calut'u yenersen bu ülkenin kralı olursun ve kızımı sana veririm.' der. Emrine at, silah, asker verilir. Fakat Davut bunlardan çok daha önemli şeyler aradığı için hiç birine önem vermez. Talut ordusunun bir neferi olarak yola çıkar.

Yorgun develerin uyuklayarak geviş getirdiği bir ikindi üzerinde, sıcak sımsıcak bir havada yola çıkarlar. Cehennemi okların yere yağdığı kızgın güneşin altında yürürler. Talut'un askerlerinin sayısı fazladır. Fakat Talut kim sağlam kim değil bunu bilmek ister. Bu sebeple onları birtakım sınavlara tabi tutmaya niyetlenir. Askerler çok susamışlar. Tam o sırada Talut ordusuna seslenir, 'Beni dinleyin! Bundan sonra ki yolda önümüze bir ırmak çıkacaktır. Irmağın suyundan kana kana içecek olanlar benden değildir. Susuzluğunuzu gidermek için o sudan ancak bir avuç içebilirsiniz. Sözümü dinleyenler benimle gelsin' der.

Amacı çok açıktır. Onların sabrını ve sadakatini ölçmek ister. Ordu ırmağa yaklaşır. Ancak askerlerin çoğu susuzluğa dayanamayarak ırmağın suyundan kana kana içerler. Geride sadece Davut ve birkaç asker kalır. Onlar nehrin suyundan sadece bir avuç alarak susuzluklarını gidermeye çalışırlar. Tam o sırada sudan içenlerin gücü, dermanı kesiliverir. Dizlerinin bağı çözülür, yürüyecek halleri kalmaz. Sudan az içenlerin ise susuzlukları gitmiştir. Talut, askerlerine ırmağı geçmelerini emreder. Onun sözünü dinleyenler bir nefeste ırmağın karşı yakasına geçerler. Geride kalanlar ise ırmağın kenarında mecalsiz bir halde yatmakta ve şöyle demektedirler: 'Biz bu gün Calut'a karşı koyamayacağız. Buna ne halimiz ne de gücümüz var.'

Irmağı geçenler güçlü bir şekilde Calut'un ordusuna saldırırlar. Davut ise en önde, elinde sapanıyla düşman ordusuna doğru taş atmaktadır Bunu gören Calut kahkahalar atar, 'Yazık sana, beni bu sapanla mı yere yıkacaksın? Şuna da bakın!' der. Tam o sırada Davut tam isabetle attığı bir sapan taşıyla Calut'u yere serer ve Calut'un ordusu dağılır. Savaşı Talut'un ordusu kazanmıştır. Calut'un tüm zenginliği ve serveti Talut ordusunun olur. Talut bu büyük zaferi Davut sayesinde elde etmiş olduğu için sözünde durur, kızını ona verir. O günden sonra da ülke yönetimini ona teslim eder. Zamanla Davut güçlü kudretli bir devletin kralı olur. Parada, pulda, makamda gözü yoktur. Onun tek arzusu Rabbine sadık bir kul olmak ve halkın refahını sağlamaktır. Bu sebeple çok sevilir."

"İlginç." dedi Kraliçe. "Demek krallığa hak ederek gelmiş."

"Evet, dedi Benan. "Çok adil ve başarılı bir kral olduğu söyleniyor. Halkının durumunu ve devletin icraatını öğrenmek için kıyafet değiştirerek halkın arasına karışırmış."

"Halkın kendi hakkında ki düşünceleri neymiş. Bu konuda bir şey öğrendin mi?"

"Evet, Kraliçem. Halkın arasında dolaşan çok değişik rivayetler var. Oldukça ilginç bir olay yaşanmış, çok dikkatimi çekti."

"Anlat öyleyse!"

"Kral Davut bir gün tebdili kıyafet edip halkın arasına karıştığı bir sırada, insan suretine girmiş bir melek yanına yaklaşır, 'Ey Davut!' der. 'Yönetimin iyidir. Adaletin yerindedir. Halkın senden çok memnundur. Fakat ailenin geçimini neden devlet hazinesinden karşılarsın?' Kral Davut çok etkilenir. O günden sonra geçimini sağlayacak bir mesleğinin olmasını Allah'tan diler. Duası kabul edilir ve ona demiri işleme sanatı verilir. Demirden zırh yapıp giyen ilk kişi odur. O günden sonra kendi el emeğinden başka hiçbir şey yemez, içmez ve giymez."

"Bu özelliğini ilk kez duyuyorum."

"Daha neler öğrendiğimi bilseniz efendim." dedi Benan. "Çok ama çok farklı bilgilere ulaştım."

"Peki, Davut bir kral mıdır bir peygamber midir, öğrenebildin mi?"

"Kral Davut'a saltanatıyla birlikte peygamberlik de verilmiş, diyorlar. Buna rağmen geceler boyu ibadet edermiş. Sahip olduğu muhteşem saltanat onu değiştirmemiş. Her an her yerde Rabbini anar ve onun için secde edermiş. Çok ağlar çok yakarırmış. Gündüzleri oruç, geceleri namaz, saatler boyu dua ve zikirle dolu bir hayat yaşadığını söylediler. Kalbinde bir tek Allah'ı razı etme arzusu varmış. Gecenin ancak az bir kısmında uyurmuş. Kral Davut yılın çoğu oruçlu gezermiş. Bir gün oruç tutar, birinde yermiş. Ses ki insana verilmiş en büyük mucizeyken Kral Davut'a tam yetmiş ayrı tonda ses güzelliği bahşedilmiş derler."

"Nasıl bir sesmiş öyle!" dedi Kraliçe, hayretle.

"Mülkü geniş bir Kraliyetin tek hakimiydi, Davut. Sesinin ve sanatının güzelliğiyle tanınır. Yanık sesi ve nağmelerinin sıcaklığı hâlâ dillerdedir. Adını uzak diyarlara duyurmuş bu kral, kâmil bir insandır. Verdiği sözü yerine getiren, cesur, kahraman, sözünü eri biridir. Vadiler dolusu sürü, mal ve mülk Kral Davut'un gönlünü çelmemiştir. Aldığı görev ağırdır. Bu yüzden çoğu kez uykusu kaçarmış, derler. Mavi gözlerinden oluk oluk yaşlar akıtır, Allah aşkı ve Allah korkusundan titrermiş derler."

Davut'un sesi ve gözyaşları konusu Belkıs'ın ilgisini çekmişti. İki tutulamayan ama hissedilen nesne, ikisi de etkili, ikisi de ahenkli ve özel. Farklı âlemlerin izdüşümünü taşıyan, duygunun suya dönüştüğü tek nesneydi gözyaşı. O sebeple kıymetliydi. Demir her avuçta yumuşamazdı. İhtimal ki Davut'un aşkı demiri hamur kılmıştı. Davut'un aşkı ve kalp atışıyla alakalı bir şeydi bu.

Sessizce mırıldandı Belkıs: "Ne aşk, ne gidiştir! Nasıl iştir öyle!"

Benan devam etti: "En katı maddelerin bile elinde su olup akıverdiği o günlerde bir haber gelir Kral Davut'a. 'Bir oğlunuz oldu.' derler. Şükre durur Kral. Ardından koşarak yavruyu kucağına alır ve mavi gözleri gözyaşlarıyla dolup taşar. 'Şükür sana Rabbim!' der. 'Can ki en makul emanettir. Bunu bana bir kez daha verdin!' Kızıl saçlarını savurarak Gaze Nehri'nin kıyısına yürür. Zebur'dan ayetler okur. Akılların alamayacağı bir ses ve ahenkle Rabbine sena eder. Arşı ferşi titreten bir sesle şükreder. Sesi duyan herkes koşup gelir yanına. Oyunlarını kesip koşar çocuklar. Sesinin güzelliğine toplanıverir derler kuşlar, kurtlar, ağaçlar, hayvanlar. Ortada temiz yüzlü, ince sakallı bir adam, kucağında ay yüzlü bir bebek. Kral Davut mavi denizleri andıran gözleriyle bebeğine bakar, evladının adını kendi koyar ve 'Adını Süleyman koydum!' der. Selim ve selametli demektir manası. Kral Davut'un dilindeki muhteşem faslı hitap ve şükür bittikten sonra yavruyu itinayla kucaklayıp evine döner. Halk dağılmış, kuşlar uçmuş, hayvanlar oraya buraya sinivermişken kulaklarda hâlâ o sesin sımsıcak tınısı vardır. Bir tek ses güzelliği değildir ona verilen. Hali, tavrı sözü ve duruşu sesiyle mütenasip bir kraldır Davut. Günler geceleri sarmalayıp kucakladıkça küçük yavru, babasının davudi nağmeleri arasında zikir ve tegannilerle gelişip gümrahlaşır. Allah adı, Allah aşkı, Allah kelamıyla büyür ve olgunlaşır. Aklı selim bir çocuktur. Çok düşünüp az konuşan, her iyiliğe koşan, ince güzellikleri görüp fark edebilen bir yapısı vardır. Beyaz tenlidir ve sürekli beyaz elbise giyer. Gür saçları kulak memelerini örterken, iri gözleri ve iri cüssesiyle dikkat çeker. Kral Davut ise evladının aksine ufak yapılı ve nahif edalıdır. Dökülmüş saçları, derinlere kaçmış mavi gözleriyle oğlu Süleyman'dan ne kadar ayrıysa, ruhsal bütünlükteki ahenkleri o kadar aynıdır.

Davut'un yüreğinde Rabbi için kutsal bir mabet inşa etme arzusu vardır. Rüyasında ona, 'Madem benim adıma bir ev yapmayı yüreğine koydun, bu güzel niyetini gerçekleştir. Fakat bu evin temellerini sen atacaksın, sulbünden doğacak bir oğlun ise onu tamamlayacaktır.' Büyük umutla uykusundan uyanır Davut. Ve o günden sonra bakışları küçük oğlu Süleyman'ın üzerine yoğunlaşır."

Sözün burasında soluklandı bilge kız. Sakiler nar şurubu sunmak için dolaştıklarında Melike ve heyettekiler Davut diyarından gelen habere pürdikkat kesilmişlerdi.

Benan anlatmaya devam etti: "Yüce Melikem, derler ki Süleyman'a fehim verilmiştir. Farklı bir anlayışa ve çok boyutlu bir kavrayışa sahiptir. Daha on iki yaşındayken aklı kemale ermiştir Süleyman'ın. Davut'un gözünden kaçmaz bu. Baba gözü ki tez fark eder evladın halini. Süleyman'ın hallerini sır gibi saklar herkesten. Atası Yakup'tan korkmuştur zira. Evladının Yusuf gibi kıskanılmasından korkar. Fakat Süleyman da var olan yüce ahlak herkese aşikâr olunca gizleyemez hiçbir şeyi. Davut'un on dokuz oğlu vardır ve içlerinden en kavrayışlısı, en yakışıklısı, en uyumlusu ve en akıllısıdır o. Selim akıl, nezih fıtrat, nahif yaratılış, adil hüküm, sükûnet dolu tavırları ve huzur bahşeden gülüşleri vardır. Bir babayı evladını uyurken seyrettiren masumiyeti ve babayı evladına düşkün kılan bir sır taşıyan kıymeti vardır."

"Peki ya annesiyle ilişkisi nasıldır?"

"Süleyman'ın annesi Mikal de oğluna çok düşkündür. Onu en güzel bir şekilde eğitmek için elinden geleni yapmaktadır genç kadın. Yavrusunu ta bebekliğinden itibaren nefse haz ve keyif verici şeylerden uzak tutmaktadır. Mikal'e göre kişi nefsin hazlarını sınırladığı ölçüde insandır. Süleyman daha küçücük bir çocukken onu sık sık 'Süleyman, Rabbine sıkı yönel ve ona secde et. Sakın nefsinin ardına düşme!' diye tembih eder. Süleyman'ın annesi saliha bir kadındır. Ve o da eşi Davut gibi hep Rabbine duadadır; 'Ya Rabbi! Yeryüzündeki taş yürekli kalpleri yumuşat. Azgınları mülayim kıl. Yoksulları varsıl kıl. Zenginlere merhamet bahşeyle. Her bir kula yardım et ve şefkatin iksirini içir!' Ve evladına sık sık,'Süleyman'ım, geceleri az uyu! Çok uyuyanların kalbinde ıstırap dikenleri belirir.' der. Çocuk zihninde annesinin o sözleri yer eder: 'Süleyman'ım, geceleri az uyu! Çünkü gece çok uyumak kişiyi kıyamet gününde fakir bırakır.' Onun dikkatli bakışları ve birçok konuda fikir beyan edişi anne Mikal'i korkutmaktadır. Yavrusunun olgun haline şaşırır. Zaman zaman bu durumu efendisiyle de paylaşır. 'Süleyman'ın farklı bir bakışı ve sonu gelmeyen soruları var. Daha dün onu omzuna konan bir Hüdhüd kuşuyla konuşurken gördüm.'

Davut duru yüzüyle gülümser. 'Bu bir alışma devresidir. Benden sonra kutlu görevi o devralacak.' der.

'O sana çok düşkün.' der, Mikal. 'Bakışı ufukların ötesindedir Süleyman'ın. Ne olur ona dikkat et!'

'O sadece yolunu arayan bir akıldır!' der, Davut. 'Korkma Ey Mikal! Nebevi mirasımın varisi o olacak. Korkma!'

Süleyman'ın gözü ufkun ötesindedir. Babasına ilham olunan gerçekler ezberindedir. Kulaklarında Davut'un mezamirleri vardır. Dünyevi aşklar, lezzetler, tatlar ona zevk vermez. Süleyman'ın haline ve diline tek kelam yerleşir: Muhabbetullah… Allah aşkı, Allah sevgisi…

İçinin bütün ırmakları o denize doğru akmaktadır. Yol yol yaşlar akıtır gözlerinden. Öte tatlar, öte sesler, öte seyirler peşindedir Süleyman. Rabbinin ikramlarını tek tek bilmek ve tatmak ister. Akranları uçurtma uçururlar, çelik çomak oynarlar, güreşirler ama Süleyman atlarla yarışmaktadır. Taylarla kucaklaşır, kuşlarla konuşur. Onlar gibi zirvelerden âlemi görmek ister. Davut her şeyin farkındadır. O bir peygamberdir ve Rabbinin emirlerinden haberdardır. Oğlunun tüm arzularının ve tüm yangınlarının farkındadır. Davut memnun, Mikal mütehayyirdir.

Süleyman güzel bir çocuktur. Alnının orta yerinden dökülen kumral saçları aydınlık alnına dökülürken, yüzü bir bebeğinki kadar saf ve masumdur. Kimselerin kolay fark edemediği, fark edenlerin ise o derinliğe dalmaktan ürktüğü gözleri ise her şeyi içine çekmektedir sanki. Gözler ki ruhun penceresidir, derler ve her göz içindekileri yansıtır. Süleyman'ın su gibi berrak, su gibi derin, su gibi ferahlatıcı nefesi hep yakınındadır. Su gibi tarifsizdir bakışları. Uzun kirpiklerinin arasından hikmet sırları dökülürken Davut onu seyretmekten kendini alamaz. Dedesi Yusuf'un başına gelenlerden korkarak susar, ona olan farklı meylini gizli tutar diğer oğullarından. Her ne kadar gizlense de bu meyil ortaya çıkar sonunda. Tek yürek on dokuz evlat arasındaki o çok hassas muhabbet terazisini bozmadan tutmaya çalışırken anlar ki dünya yüzünde pahası en ağır iksir sevgidir. Bu fıtri meylin önüne geçmek ister. Uzletlerde görüşür oğluyla. Babasının tedrisinde büyür Süleyman. Onun dersi, onun sesi, onun talimiyle dantel zarafetinde işlenir aklı ve duyguları. Sabahın pembe tüllerinin asıldığı her seher vakti yanında bulur ay yüzlü, su bakışlı oğlunu. Birlikte çıkarlar dağlara. Kuşların, kelebeklerin, karıncaların ve dahi yaratılmışların duyulmayan seslerine ortak olurlar. Dünya sabahlarının gülpembesi tülleri altında zikre durur, secde ederler birlikte. Bir tek babasıyla olduğu vakitler ve Rahmanın zikriyle ayaktadır Süleyman.

O davudi ses, ahenk ve zikirdir onu doyuran. Ne süslü giysiler, ne dolu sofralar ve ne de çevresindeki emre amade bakışlar ona haz vermez. Öyle ki o doygunluk bedenine de sirayet etmiştir, hiçbir dünyevi hazza kapılıp gitmemiştir Süleyman. Çocukluğu böyle geçer. Vakit su gibi akıp geçtikçe Süleyman, bıyıklarının terleme vaktinde Rabbinin sanat eserlerinin muhteşemliğine hayran kalır. Kuşların, kumruların çöplerle ördüğü yuvalarını inceler. Örme sanatını bir de babasında görmüştür. Baba Davut, Krallık gelirini hazineye bağışlamıştır ve elinin emeğiyle geçinmektedir. Onun gibi Süleyman da daha o yaşlarda birçok sanatın yanında örme sanatını öğrenir. Bir dakika boş durmaz, sürekli yeni şeyler öğrenir, yeni sanatlar keşfeder. Nehir kıyısındaki sazlardan zembil örer ve satar. Baba ocağında binlerce aç doyurulurken Süleyman onların rızkından yemez. Sazlardan zembil örerek kazandığı paralarla satın aldığı arpa ekmeğiyle karnını doyurmaktadır.

Babasına sık sık sorular sorar: 'Peygamberin görevi nedir baba?'

'İnsanlığı hayvani mertebeden beşeri makamlara yüceltmektir.' der Davut.

'Nasıl yani?'

'Hayat sadece yemek içmek değildir ki oğlum. Hayat eğlenmek de değildir. Hayat gezmek gülmek, sürekli keyif almak, ölçüsüzce yaşamak asla değildir. Hayvandan farklı boyutlara geçmektir.'

Davut ile Süleyman, iki kutlu insan ve iki övülmüş elçidir, derler. Onların muhabbeti hiç bitmez. Zikirde, fikirde ve şükürde ortaktırlar. Yetmiş mezamir, yetmiş ayrı ton, yetmiş ayrı etki, yetmiş ayrı makam, yetmiş ayrı perdeden yankı yankı yükselirmiş sesi. Bir peygamberlik mucizesi olarak Davut'un sesindeki etki gücü hiç kimsede yoktur. Derler ki yüksek yerlere çıkıp Zebur okuduğunda sesinin nağmesinden dağlar akislenirdi, derler. Davut Peygamberin sesinden insanlar mest olur, kuşlar ürperir, kımıldayan her canlı o ahenkten titrermiş. Kuşlar havadan ağaçlara iner, okunan ayetleri tekrar ederlermiş. O Rabbini zikre durdu mu lerzeye gelirmiş âlem. Dağ titrer, taş yuvarlanır, toprak lime lime olur erirmiş."

Benan'ın ses tonu bir anda değişiverdi: "Haa, ona bir de kuşdili öğretilmiş, diyorlar. Onlarla haberleşir ve dertleşirmiş. Kartallar, leylekler, bülbüllerle hasbıhal edermiş. Davut zikre durdu mu vahşi hayvanlar dahi munisleşerek yanına gelir, evcil hayvanlar susar onu dinlermiş. Zikri göz yaşartırmış Davut Peygamberin. Virdi kalp ısıtırmış. Şükrü ruhlara inermiş fevc fevc."

"Nasıl bir etkiymiş bu! Halkıyla diyalogu nasıldır?"

"Ona faslı hitap verilmiş, derler. Çok güzel konuşurmuş. Nazik ve anlayışlı bir lidermiş. Adaletli ve hakperest oluşuyla en zor ve içinden çıkılmaz davaları kolaylıkla çözümlermiş. O sebeple halkı onu çok severmiş."

"Kibirli midir?"

"Çok mütevazı olduğunu öğrendim. Muhteşem saltanatı onu şımartmamış. Kıymetli hazinelerin, altın gümüş denklerinin, sürü sürü develerin, safkan doru atların, güçlü orduların ve kudretli bir krallığın sahibi olduğu halde oldukça mütevazı ve yumuşak huyluymuş. Dillerini bilip anlaştığı her cinsten hayvanlarla tanışıkmış."

"El emeğiyle geçinmesi nasıl iştir?"

"Davut sanatçı bir kralmış. İlmi, inceliği, feraseti ve anlayışı sanata da yansırmış. Bakır işçiliği yaparmış. Rabbi ona öyle bir mucize vermiş ki demiri ateşe sokmadan ve dövmeden hamur gibi yoğurup şekillendirirmiş. Bakır madeni onun elinde musluklardan su gibi akıp şekil alma özelliği kazanırmış. Demiri dantel gibi işlermiş. Elinden çıkan işler sanat işçiliği yüksek ve çok değerliymiş. Sağlam dokumalı zırhlar, korunaklı miğferler, keskin işlemeli kılıçlar ve sedef kakmalı kamalar, her şekil ve desenden dövme kalkanlarla sanat harikası eserler üretirmiş."

Belkıs, bilge neferini can kulağıyla dinliyordu. Böyle bir saltanattan haberdar olduğuna sevindi. Güneşin üzerine doğduğu her kadından daha güçlü, her komutandan daha etkili hissetti kendini. Benan'ın son sözü onu yeniden derin bir deryaya itmişti.

"İşte böyle Kraliçem! Sultan Süleyman, Mısır'dan Fırat'a kadar uzanan muhteşem bir krallığın çocuğudur. O böyle bir babanın çocuğu, şanlı bir beytin evladıdır."

Bilge Benan sözünü bitirdiğinde Belkıs tebaasına emir verdi: "Şimdilik bu kadarı yeterli... Bu öyküleri bundan böyle her akşam birinizden dinlemek isterim. Hepinize iyi dinlenmeler."

Belkıs'ın bilge neferleri ve akiller heyeti taht mahallini terk ettiklerinde Kraliçenin ıtırcısı Safir şen bir kahkaha attı. "Anlaşılan o ki Sultan Süleyman, Melikeye âşıktır. O sebeple bu kadar ısrarcıdır. Yoksa ne diye onca hediyeyi reddetsin!" dedi.

Bu söz Dadı Kerman'ın hoşuna gitmedi. Bu kadar ciddi bir meseleyi dolandırmanın anlamı yoktu. Safir anlamıştı, anında sustu. Tek tek odalarına çekildiler. Belkıs da derin bir suskunluğun koynunda, farklı düşüncelere gömüldü. İçinde bir dolu soru birikmişken daha çok bilgilenmek, daha çok araştırmak ve daha çok fikir yürütmek için neferlerin tamamını dinlemeye karar verdi. Fikri dağıldıkça yeniden toparlandı. Kararlıydı. Meseleyi daha iyi anlamak için olayın üstüne gidecekti. Gece içine çekiverdi tüm varlığı ve koynunda uyutuverdi.

LENA

"Çabuk öfkelenme. Çünkü öfke akılsızların bağrında barınır."

(Hz. Süleyman)

Dadı Kerman, Belkıs'ın siyah dalgalı saçlarına kokulu karanfiller takmıştı. Belkıs uzun beyaz kaftanıyla tahtına çıkarken, göz ucuyla heyetin tamam olup olmadığını yokladı. Heyet tamamdı ve herkes yerli yerindeydi. Basamaklarına kırmızı güller serpilmiş tahtına çıktığında neferleri dinlemek için sabırsızlandığı belliydi. Zümrüt küpelerinin aksi gözlerinin ışıltısıyla titreşirken, en güçlü ok atıcılarından olan Lena'yı huzura çağırdı.

"Anlat bakalım!" dedi. "Neler gördün. Neler işittin. Süleyman saltanatını ne şekilde koyacaksın önümüze?"

Lena, zekâ fışkıran gözlerini Kraliçenin ayakucuna dikmiş öyle duruyordu. Emri aldığı anda başladı anlatmaya.

"Yüce Kraliçem!" dedi. "Ben Sultan Süleyman'ın onca gücü ve haşmet karşısında elden bırakmadığı tevazusunu ve çok gizemli yönlerini keşfettim. İzninizle onu anlatayım. Siz bize 'Çocukluk, nar fidesidir. O fide nasıl aşılanırsa öyle kök tutar ve neşvüneva bulur.' demiştiniz. İşte ben de bu sebeple o kökün nasıl göverdiğini bilip öğrenmek istedim."

Kraliçe kendi nar tanesi çocukluğunu hatırladı. Nar tanesi gibi tatlı, leziz ve güzel günlerde ne çok şey bırakmıştı. Yalnız, yapayalnız bir yönetici olarak yoluna devam ettiği günlerde yanında bir tek dadısı vardı.

"Evet, çocukluk nar meyvesi gibidir." dedi Belkıs. "Dışı sıradan, içi cıvıl cıvıl neşe doludur. En zor şartta dahi renkli ve ahenklidir. Bereketlidir de... Bir ömrün tohumlarını içinde saklar. Bakalım Süleyman'ın narı nasıl göğermiş?"

Gülümsedi Kraliçe. Göz kapaklarını yere indirdiğinde Lena onun dinlemek için sabırsızlandığını anlamıştı.

"Muhteşem bir saltanatın diyarına geliyoruz, efendim. Aklın hayalin almadığı bir ihtişam ve düzen kurmuşlar. Derler ki, Süleyman çok küçük yaşlardan itibaren babasının hüküm meclislerinde büyümüş."

"Erken olgunlaşmış olmalı!" diye geçirdi içinden Kraliçe. "Babanın kemal sahibi oluşu onu erken büyütmüş olmalı."

"Kral Davut çok planlı yaşarmış." dedi Lena. "Bir gününü ibadete, bir gününü toplumsal adalete, bir gününü peygamberliğin icabı olan vaaz ve nasihatlere, ilahi emir ve yasakları bildirmeye, bir günü de kendi özel işlerine ayırırmış. Kral Davut'un yana yakıla okuduğu o dillerden düşmeyen mezamirleri insanda ne dert bırakırmış ne de tasa. Süleyman o mezamirlerin tamamını hıfzederek büyümüş."

"Bu sözü dün de duydum." dedi Melike. "Mezamir nedir, Lena?"

"Kral Davut'a indirilen kutsal kitabın ayetleridir efendim. Oldukça etkili ve hoş anlamı olan sözlerdir."

"Umarım ezberine almışsındır?" dedi Kraliçe.

Lena, hafızasına aldığı kadarını başladı okumaya.

"Ne mutlu o insana ki, kötülerin öğüdüyle yürümez, günahkârların yolunda durmaz, alaycıların arasında oturmaz. Bunlar Zebur ayetleridir efendim."

"Devam et." dedi Belkıs.

"Kral Davut ağlayarak yalvarmaktadır. Sözlerime kulak ver, ya Rab, iniltilerimi işit. Feryadımı dinle, duam sanadır. Sabah sesimi duyarsın, ya Rab!"

Lena hafızasındakileri zikrettikçe, Kraliçe farklı bir lezzet duydu. Lena bunun da farkındayken devam etti.

"Her sabah sana duamı sunar, umutla beklerim. Çünkü sen kötülükten hoşlanan Tanrı değilsin."

Genç kız ayetleri tane tane okuyordu.

"Kötülük senin yanında barınmaz.
Böbürlenenler önünde duramaz.
Bütün suç işleyenlerden nefret duyar,
Yalan söyleyenleri yok edersin.
Ya Rab, sen eli kanlılardan,
Aldatıcılardan tiksinirsin.
Bense bol sevgin sayesinde,
Kutsal tapınağına gireceğim,
Oraya doğru saygıyla eğileceğim.

Yol göster bana doğruluğunla ya Rab!
Düşmanlarıma karşı
Yolunu önümde düzle.
Sevinsin sana sığınan herkes,
Sevinç çığlıkları atsın sürekli.
Kanat ger üzerlerine,
Sevinçle coşsun adını sevenler.
Çünkü sen doğru kişiyi kutsarsın, ya Rab!
Çevresini kalkan gibi lütfunla sararsın."

"Nasıl ifadeler bunlar!" dedi Belkıs. "Hiç duymadığım kavramlar. Devam et Lena, her şeyi anlat!"

"Derler ki; Kral Davut'tan sonra da dağlar, sular, kuşlar ve onun mezamirini taşırlar hâlâ. Bülbül, tevhit nidasını ondan devralmıştır. Suların çağıldayışı, rüzgârın uğuldayışı, göklerin yağmur haykırışına karışırmış onun sesi. Dağlar dile gelir, onun sözlerini tekrar edermiş. Demir içindeki zerreler dahi tespihteymiş. Kuşlar zikirde, karıncalar secdede, kelebekler rükûdaymış. Kral Davut'un tespihiyle irkilirlermiş. Ya Allah! Ya Hayy! Ya Hennan! Ya Mennan!

Davut gerçek bir devlet başkanı ve ehliyetli bir yöneticidir. Kudüs'ü başşehir yapmak suretiyle iktidarı merkezileştirmiş, askeri teşkilâtını geliştirmiştir. Devleti yönetirken kutsal mescidin inşasını başlatır. Güzel yüzlü çocuk Süleyman da hep babasının yanındadır. Mescidin bitmesini dört gözle beklerler. Ancak bu iş öyle kolay değildir."

Lena'nın gözlemleri çok etkiliydi. Çıt çıkmıyordu kimseden. Heyet hayretli, dinleyiciler şaşkın ve Kraliçe de dikkatle onu dinlerken ortalıkta bir tek Lena'nın sesi vardı.

"Süleyman daha küçük yaşında babasının meclisinde hüküm verirken oldukça doğru ve adil kararlar verirmiş. O sebeple babasının gözü hep onun üzerindeydi, diyorlar. Dadısının anlattığına göre Süleyman, Davut'un on dokuz oğul içinde babasına en düşkün olanıymış. Küçük yaşından beri ilme meraklıymış. Sürekli yeni şeyler öğrenmek ve yeni şeyler keşfetmek peşindeymiş. Kral Davut'a göre en önemli nimet, ilim nimetiymiş. Zebur'un bölümlerini yanık bir sesle okumayı öğretmesi, çevresini kuşatan kâinatın Davut'un sesini yankılaması ve ona eşlik etmesi, yanık sesi, nağmesinin sıcaklığı, Rabbine bütün varlığı ile yönelmesi, ona verilmiş nimetlerdendi, derler. Süleyman o küçük yaşında şöyle dermiş sık sık, 'Allahım ne olur, benim kalbimi de babamınki gibi Sana karşı korku, haşyet ve muhabbetle doldur!' diye dua edermiş. Süleyman'a fehim verilmişti, diyorlar. Babasının dahi bazen kavrayamadığı meseleleri o çok kolay çözermiş."

"Bu konuda bir şey öğrendin mi?" diye sordu Kraliçe.

"Evet, yüce Kraliçem! Bir gün mal sahibi bir mağdur adam Kral Davut'a koşar, 'Hünkârım! Aylardır ekip suladığım ve göğertip yeşerttiğim buğday başaklarının, nazlı güzeller gibi bir baştan diğerine raks ederek yüzen ekinimin biçme vaktinde bu adamın koyunları ekinimi mahvetti. Ondan şikâyetçiyim!' diyerek şikâyette bulunur. Kral Davut her ikisini de dinler ve hükmünü şöyle icra eder: 'Koyun sahibinin tüm koyunları senindir. Ekin sahibinin tüm mahvolmuş tarlası da koyunların sahibine düşer.' Fazla sert bir hüküm müydü? Süleyman o günlerde on bir yaşındadır. 'Babacığım, yerinizde olsaydım böyle bir karar vermezdim.' der. 'Nasıl bir hüküm verirdin?' der babası. Süleyman, 'Mal değişimi kararınız güzeldir. Ancak davalının varı yoğu bu koyun sürüsüdür. Tamamını vermiş olsa mahrum kalacak. Bana kalırsa mal her ikisinde belli bir sürede kalmalı. Koyunlar yavru verinceye, buğdaylar da yeniden başağa duruncaya dek beklenmeli. Sonuçta da yeni ekinlerle dolu ürün tarla sahibine, yeni kuzularla dolu sürü de koyun sahibine iade edilmeli. Böylece her iki tarafın da gönlü kalmamış olur ve yekdiğerinin malını daha iyi gözetmeyi öğrenirler.' Kral Davut, oğlunun gözlerinden öper ve bu adil kararından dolayı ona ikramda bulunur.

SAFİR

"Alçak gönüllü olmanın ve Rab korkusunun sonu,
servet, izzet ve hayattır.

Sapık adamın yolunda dikenler ve kementler vardır;
canını koruyan onlardan uzak kalır."
(Hz. Süleyman)

Anka kız Safir, Melikenin önünde saygıyla eğildikten sonra, "Kraliçem!" dedi. "Ben, Süleyman'ın hüküm ve adaleti ile ilgili bilgiler deruhte ettim. Elde ettiğim bilgilerde iki kadının öyküsü hayrete muciptir."

"Hemen anlat!" der gibi baktı Kraliçe. Genç kız mesajı almıştı.

"Yüce Kraliçem! Siz de bilirsiniz ve ülke yönetiminde pek dikkatle üzerinde durursunuz ki adalet sisteminin başarıyla yürütülmesi için her şeyden önce adil yöneticilere ihtiyaç vardır. Ben gözlemlerimde anladım ki Süleyman bunu çok erken yaşlarda başarmış."

"Buna örnek olarak ne anlatacaksın?"

"Sahrada yolculuk yapan iki göçebe kadın doğum yaparlar. Gecenin karanlığında insan kokusuna gelen bir kurt, bebeklerden birini kapıp götürür. Sabah olunca durum fark edilir. Hayatta kalan bebeği paylaşamazlar. Yavrusunu kurt kapan kadın ağlar, bağırır ve hayatta kalan bebeği sahiplenir. Diğeri mazlumdur. Bebeğini alan kadınla baş edemez. İş içinden çıkılamaz bir hal alınca birlikte Kral Davut'a giderler. Bebeği alan kadın feryat figan ağlar. 'Ey Kral Davut!' der. 'Sahrada yolculuk yaparken aç bir kurdun hışmına uğradık. Gecenin bir yarısında bu kadının çocuğunu kurt kaptı. Şimdi ise kalkmış benim çocuğumu sahipleniyor. Ne olur siz girin araya. Ben çocuğumu ona vermem.'

Kadının ağlaması, feryadı figanı neredeyse Kralı ikna etmek üzeredir. Diğer kadın ise sadece sessizce gözyaşı dökmektedir. Kral diğer kadından yana hükmünü verecekken Süleyman işi fehmetmiştir. Müdahale eder.

'Müsaadenizle babacığım.' der. 'Bir kılıç istiyorum!'

'Ne yapacaksın kılıcı?' der Kral Davut.

'Onunla bu çocuğu ortadan ikiye böleceğim. Böylelikle yarısını birine, öte yarısını da diğerine vereceğim.' der Süleyman.

Kral, oğlunun zekice bir çözüm arayışı içinde olduğunu anlamıştır. İşaret eder. Keskin bir kılıç getirirler. Ve Süleyman, eline aldığı kılıçla çocuğa yaklaşır. Kadınlardan feryat edeni susar, ses çıkarmaz. Sessiz kalanı ise feryat figan ortaya atılır. 'Kurbanınız olayım!' der. 'Onu bana bağışlayın. Beni öldürün ama ona dokunmayın. Davadan vazgeçiyorum. Çocuk onda kalsın. Yeter ki öldürmeyin onu.'

Süleyman'ın bu tavrıyla gerçek annenin kim olduğu ortaya çıkmıştır. Biri susarken diğeri canını ortaya koymuştur. Böylelikle çocuğu gerçek annesine verirler. Diğer kadın ise yalan, iftira ve gasp suçundan dolayı hak ettiği cezayı alır. Bu adil karar baba Davut'un çok hoşuna gider ve oğluna yargıçlık görevi verir. Hükmü ve adaleti eşsizdir. Süleyman, sahip olduğu saltanatı bir böbürlenme ve imrendirme aracı olarak kullanmıyor."

Kraliçe gülümsedi.

"Zekice gerçekten." dedi. "Annelik hakikatine dair çok güzel bir formül bulmuş. Demek Süleyman zeki ve öngörülü biriymiş."

DERMAN

"Davud'a Süleyman'ı bağışladık. O ne güzel kuldu!

Şüphesiz o, Allah'a çok yönelen bir kimse idi."

(Sad:30)

Derman, Melikenin has adamıydı. Uzak diyarlara gönderdiği sözcülerdendi. Onu da kendi eğitiminde ve gözetiminde yetiştirmişti. Onun ağzında çıkan her kelama yürekten inanırdı. Derman, selam ve saygı faslından sonra sözü aldı.

"Süleyman çok iyi eğitilmiş bir evlattır. Malumatım odur ki yüce Kraliçem, Süleyman dini bütün bir ortamda yetişmiştir. Baba Davut ona çok ihtimam gösterir. Nereye gitse yanında götürür. Bildiği tüm virdleri ve duaları ilk önce ona öğretmiştir, derler."

Melike merak ettiği bir konuda aydınlanmak istedi.

"İnandıkları ve arzuladıkları şey nedir, öğrenebildin mi ey Derman?"

"Virdi ve duası insani ağırlıklıdır." dedi, Derman. "Bir olan Allah'ın tek ve yek olduğuna inanırlar. Başka tanrılar başka inanışlar yoktur onların sisteminde. Doğrudan doğruya Allah'a yönelirler. Onun ilginizi çekeceğini umduğum bir duasını aktarayım size.

Allah'ım! Sen ki bana kalbimin üzerindeki zardan daha yakınsın. Sırlarımı bilen, dile getiremediğim dillerimi işitensin. Korktuklarıma uğratma beni ne olur!

Allah'ım, Senden dört şey isterim: Doğru söyleyen bir dil; Seni çok seven ve Senden korkan bir kalp; sabreden bir beden; dünya ve ahiret işlerinde bana yardımcı olacak bir eş...

Şu dört şeyden de sana sığınırım: Başıma efendi olacak çocuktan; yaşlanmadan beni ihtiyarlatan eşten; ölümden sonra başkalarını doyuracak ve benim kabirde hesabını ödeyeceğim maldan; iyiyi görüp gizleyen, kötüyü görüp de ifşa eden kötü komşudan...

Ömrünün son günlerine yakın Davut'a göklerden vahiy gelir. Yaratıcı ona şöyle demektedir: 'Ya Davud! Senden sonra Süleyman'ı memur kıldığımı ona beyan et!'

Kral Davut niyaz eder: 'Ey Allah'ım! Bana lütfettiğin gibi Süleyman'a da lütufkâr ol.'

Bunun üzerine Yaratıcı şöyle vahyeder: 'Süleyman'a de ki: O bana senin kul olduğun gibi kul olsun, ben ona sana olduğum gibi ona da lütufkâr olayım.'

Artık son günleridir Kral Davut'un. Rabbine kavuşma heyecanıyla sevinçlidir. Ancak vakti çok kısadır. Dostlarıyla vedalaşmak için zamanı kalmamıştır. Bütün oğullarını başına toplar. Kral Davut, vefatına yakın günlerde oğulları arasında bir sınav yapmış, sorular sormuş ve bir tek Süleyman doğru cevabı vermiş. O sebeple onu tahtının varisi yapmış. Kardeşleri onun bunu hak ettiğini düşündükleri için razı olmuş. İçlerinden sadece biri itiraz edecek olmuş, o da daha sonra bu işi ondan başka kimsenin başaramayacağını düşünerek vazgeçer. Davut her biriyle helalleşir ve Süleyman'a uymaları için vasiyet eder. Süleyman o günlerde on üç yaşlarında, oldukça akıllı ve olgun bir çocuktur. Babası ona yarım bıraktığı işleri devreder.

Davut Peygamber, Rabbine kavuşur. Süleyman, babasını kendi elleriyle yıkar, kefenler ve defneder. Bir yandan da kuşlara emir verir: 'Babamın üzerini örtün!'

Bütün kuşlar yanındadır baba ve oğlun. Defin işi bitene dek Davut'un üzerini örterler. O günden sonra kuşlar bir gün dahi Süleyman'ı yalnız bırakmazlar."

Bilge nefer Derman'ın anlatacakları çoktu. Ancak ona ayrılan süre dolmuştu. Saygıyla geriye çekildiğinde Kraliçe derin bir âlemdeydi. Gözlemcilerin anlattıklarına bakılırsa Süleyman çok farklı biriydi. Kuşlarla arkadaş ve sırdaş olan birine muhataptı. Acaba o sabah gördüğü hüdhüd onun kuşu muydu? Mektubu onunla mı göndermişti? O bu düşünceler içindeyken sıradaki gözlemci yerini almıştı.

NEVVARE

"Sevgi olan yerde sebze yemeği,
düşmanlıkla yenilen besili öküzden iyidir."
(Hz. Süleyman)

Nevvare anlatmaya başladı.

"Kral Davut vefat ettikten sonra Süleyman'a, 'Hacetini Benden dile!' diye vahyedilir. O da 'Ey Allah'ım!' der. 'Kalbim sana karşı haşyet ve muhabbetle doldur. Tıpkı babam gibi sana karşı doğru ve salih bir kul olayım.'

Derler ki Süleyman'ın duası kabul oldu. Zaten çok imanlı ve mükemmel bir insan olan Süleyman, bu duadan sonra bambaşka bir insan oldu. Olduğundan daha müşfik, daha muhabbetli, daha gayretli ve daha selimdi. Tevazusu iki kat arttı. Miskinlerle oturup kalktı. Sürekli ibadet halindedir. Harama nazar etmez. Her ayın başında altı gün, ortasında üç gün ve sonunda üç gün olmak üzere oruç tutar ve Allah'ın kelamını bilmeyenlere ulaştırmak için yaşar."

Melike Belkıs heyecanlandı. Heyettekilerle göz göze geldiler. Yekrub söz istedi.

"Demek bize de bu niyetle yönelmiş!" dedi.

"Sonuca varmak için henüz çok erken." dedi Melike Belkıs. "Elçilerin tamamını dinlemeden, ölçüp tartmadan bir karara varamayız."

Yekrub sustu, Nevvare devam etti.

"Gördük ki Süleyman onca devletin ve azametin içinde devlet hazinesinden tek lokma dahi yemez. Bizlere altın tabaklar içinde akıl almaz ikramlarda bulunduklarında Kralın arpa ekmeği ve zeytinyağıyla iktifa ettiğini gördük. Hurma yapraklarından ve sazlardan yapıp ördüğü zembilleri satar, kendi el emeğiyle geçinir. Çoluk çocuğunun rızkını da öyle temin eder."

Kızlar anlattıkça merakı artıyordu Kraliçenin.

"Koskoca Sultan Süleyman zembil örerek mi geçiniyor?" dedi gülümseyen bir çehreyle. "İlginç! Babası savaş zırhları, oğlu ise zembil örerek geçinir. Onca imkân ve varlığın içinde şaşılacak şey doğrusu. Halkın emeğiyle değil, kendi alın terleriyle yol almış olmaları ilginç gerçekten."

"Süleyman'ın daha şaşılacak birçok şeyine vakıf oldum. Tahta çıktığında halkına şu sözlerle seslenmesi dikkat çekicidir: 'Ey halkım! Biz yaşamın sert olanını da yumuşak olanını da tattık. Ama her ikisinden de aşağı olanını yeterli bulduk. İnsanlara verilmeyen ilimler bize verildi. Şu üç kelimeden başka şeyde huzur bulamadık.'"

Herkes heyecanla beklerken Nevvare huzurun kelimelerini açıkladı:

"Öfke ve sükûnet halinde hilm ve usluluktan, yoksulluk ve bolluk halinde tutumlu olmaktan, gizlide ve açıkta Allah korkusundan daha öte güzellik bulamadık."

Kraliçenin gece karası gözleri iri iri açılmıştı.

"Çok anlamlı." dedi. "Her bir cümle bile tek başına insanı sonuca götürür."

Kraliçe o gece Süleyman'ın çocukluğu hakkında bir hayli bilgi sahibi olmuştu. Görüş ve anlayışlarına güvendiği her bir gözlemcinin sözleri aklındayken bir hüküm oluşmuştu.

"Süleyman böylesine güçlü bir çocukluk dönemi geçirmiş ki neticede âleme sultan olmuş. Sebe Krallığına meydan okuyacak kadar gözü kara ve net. Demek ki bir insan çocuklukta neyse büyükken de o minval üzere şekil alıp yeşeriyor. Saltanatımda çocukluktan başlattığım eğitim seferberliğinin ne kadar isabetli olduğunu bir kez daha anladım. Demek çocukluk insanın en nahif fidesiymiş. Aşısı kaim olursa meyvesi de kaim ve daim olur."

Sıra Sebe Kraliçesinin gözde kızlarından bir diğeri olan Balteka'ya gelmişti. Melike huzuruna çağırdı Balteka'yı, "Ey kudretli devletimin Anka neferleri!" dedi. "Ey bilge gözcülerim, kadim sözcülerim kelamınız nedir anlatın da bileyim. Öyle anlatın ki kalbimle ve aklımla tam kanaat getireyim. Süleyman saltanatının bir masal ya da uydurma olmadığına emin olayım."

Üç yüz on kişilik heyet ve Süleyman yurduna gidip dönen elçilerin tamamını bir heyecan kapladı. İşin ne kadar ciddi ve önemli olduğunu bir kez daha kavradılar. Vakit kaybetmeden sıraya dizildiler. Melikenin yüreğini daha fazla bekletmeden söze başladı Balteka.

"Kraliçem!" dedi. "Ben size Süleyman mührü hakkında bilgilerle geldim."

Mühür denince Melike'nin ilgisi iki kat artmıştı. Neredeyse nefesini tutarak dinledi bilge kızı. Balteka kendinden emin devam etti.

"Edindiğim bilgilere göre Kral Davut'un yeşil zümrütten bir yüzüğü vardır. Bu yüzüğü Melek Cebrail ona cennetten getirmiş, Âdem'in cennette taktığı yüzükmüş, derler."

"Sıradan bir yüzük mü bu, yoksa simgesel bir mühür mü peki?"

"Çok özel sırlara haiz bir yüzüktür bu, Kraliçem. Kral Davut onu mühür olarak kullanırmış. Taşında sırasıyla üç kelam yazılıymış."

"Neymiş, öğrenebildin mi peki?"

"Bismillah, Mülküllah ve bir de Lâ ilâhe illâllah Muhammedün Rasûlullah" yazılıymış."

"Anlamı nedir bu sözlerin?"

"Bir ve Tek Olan Allah'ın Adıyla, demekmiş ilki."

Melike iliklerine kadar ürperdiğini hissetti. Bu kelam, Süleyman mektubunda gördüğü kelamın aynısı, günlerce etkisinden kurtulamadığı o sırdı. Hislerini teskin ederek Balteka'yı dinlemeye koyuldu.

"Mülk Allah'ındır demekmiş ikincisi. Devamındaki ise Allah Birdir Tektir ve Muhammed O'nun Resulüdür, anlamındaymış. Hiçlik makamına eremeyenler onu taşıyamazmış. Öylesine sırlı ve tılsımlarla nakışlı bir yüzükmüş ki bu, künhüne ancak derin ilim sahipleri vakıf olurmuş. İns ve cinin bilemediği, keşfedemediği tılsımlar işliymiş üzerinde. Mana sırlarına ehil olanlar bu tılsımı çok iyi bilmekteymiş. Derler ki; Cebrail bu yüzüğü Davut'a uzatırken, 'Ey Davut! Yüce Yaratıcıdan sana bir yüzük ve on soru getirdim. Allahu Teala buyurdu ki: Evlatlarını toplayıp bu on soruyu onlara sor. Kim doğru cevap verirse senin yerine o geçecek. Cinleri, perileri, Âdemoğullarını, yelleri, kuşları, canavarları, dünyada ne varsa hepsini buyruğuna baş eğdireyim, saltanatını haşmetli ve itaatli kılayım. Bütün dünyaya padişah olsun. Ve namını ilelebet sürdüreyim,' demiş."

"Hiçlik makamı" ruhuna işledi Melikenin. Böyle bir makam var mıydı? Yok olma, benlikten geçme, Rabbini seçme ve özünden çok sevme makamı olmalıydı. Eğer öyleyse, gerçekten huzur verici olmalıydı. Nefer kız anlattıkça yeni dünyalar keşfetti Belkıs.

“Emaneti alan kral, mührü yanında hiç ayırmaz. Herkesin gözü yüzükteyken ölmeden önce onu dünya gözüyle layık olana teslim etmek ister. Bu vesile ile vezirlerini ve oğullarını yanına çağırır ve büyük bir heyetin huzurunda Cebrail'in kendine tevdi ettiği on soruyu her birine tek tek sorar. Gariptir ki on sekiz kardeşin hiç biri cevabı veremez. En sona en küçük olan kalmıştır. Sıra on dokuzuncu evlat Süleyman'a gelince ayağa kalkar, 'Babacığım, izin verirseniz sorularınıza cevap vereyim!' der. Kral Davut'un minik mavi gözlerinde yakamozlar ışıldar. Ondan sonra da baba oğul arasında bir muhavere başlar.

'Söyle bana!' der Davut. 'Dünyanın en kem, en kötü şeyi nedir ki insanı fenalığa sürükler?'

Süleyman cevap verir: 'İnsanoğlunun nefsinden daha kötüsü yoktur. O daima fenalığa meyleder.'

'Dünya yüzünde en has, en güzel, en üstün şey nedir?'

“En has, en güzel ve ondan üstün olmayan nimet akıldır babacığım.' der Süleyman.

Kral memnun olur ve devam eder.

'O nedir ki ondan daha çirkini yoktur?'

'Kötü sözden ve küfürden daha çirkini yoktur.'

'En kaba şey nedir?'

'Katı ve kaba kadından daha kabası yoktur.'

'İnsan en çok neye yakındır?'

'İnsanoğlu'na ahretten yakın şey yoktur. İnsanlar akın akın oraya sevk edilirler.'

'İnsana en uzak olan nedir?'

'İnsana dünyadan daha uzak şey yoktur. İnsanoğlundan her an uzaklaşmaktadır ama insanlardan pek azı bunun farkındadır.'

Geriye iki sorusu kalmıştır Kral Davut'un, sorar:

'İnsanda en elim ve kederli şey nedir?'

'İnsanda kaygı verici şey, ruhun bedenden ayrılmasıdır babacığım. Ruhun bedenden ayrılması çok zordur.'

Son sorudadır sıra.

'Peki, en sevinçli ve şad edici şey nedir?'

'Gayet şad edici, sevinçli olan şey de yine ruhtur. İnsanoğlunda bulununca bu sevinci duyar, Rabbine kavuşunca yeniden doğar.'

Bu soruya da cevap vermeden önce tıpkı öncekilere de cevap verirken yaptığı gibi hafifçe gülümsemiştir Süleyman.

Kral Davut, 'Soruları doğru cevapladın ama bu yüce heyetin huzurunda neden adaba aykırı olarak sorulara gülerek cevap verdin? Ciddiyetini koruman gerekmez miydi?' diye sorar.

Süleyman cevap verir: 'Bağışlayın Babacığım.' der. 'İlim meclisinde ciddiyet iyidir. Ancak siz her soruyu sordukça cevabı bir karınca bana söylüyordu, bende size cevap veriyordum. Karıncaya gülümsüyordum.'

O zaman Kral Davut, oğlunun gözlerinden öper. 'Sırlar âleminin yolunu bulmuşsun sen!' der. 'Kalbinin üzerindeki zar öylesine incelmiş ki bir karıncanın sesini işitir hale gelmişsin. Bu da ancak Rabbinin zikriyle olur. Varlıkla yokluk arasındaki o ince sıratı yakaladıktan sonra her yol Allah'a çıkar. Amaç Allah'a ulaşmak olduktan sonra vasıta isterse bir karınca olsun, önemli değildir.'

Kral Davut yüzüğü Süleyman'a hediye eder. Derler ki Süleyman cennet yakutu üzerine 'Lâ ilâhe illâllah Muhammedur Rasûlullah' yazılı olan bu yüzüğü kutsal bir emanet gibi korur, gözetir. Abdestsiz anlarda onu parmağına takmaz. Mülk ve saltanata kavuşunca da onu parmağından çıkarmaz."

Balteka sözü bitirdiğinde Melike pek çok ipucu yakalamıştı ama en son cümle aklını zorladı.

"Karıncayı mı duymuş?" dedi. "Masal mı bu? Rüya mı anlatıyorsun sen bana Balteka!"

Halinden sinirlendiği seziliyordu. Sesinin tonunda öfke vardı. O sırada Lilinya devreye girdi.

"İkisi de değil yüce Kraliçem!" dedi. "Duyduklarınız ve duyacaklarınız baştan sonra gerçektir. Süleyman küçük yaştan itibaren babasıyla birlikte hayvanların dilini bilir, onlarla konuşur olduğunu öğrendik. Yüksek talimatınızla bizler her şeyi yerinde gördük, inceledik, gözlemledik ve gördük ki Sultan Süleyman her varlıkla ilişkili bir kumandandır. Bu konuda aktaracağımız çok bilgi var. Bu konu hakkında İrminya'nın anlatacakları da ilginizi çekebilir. Bu konuda geniş malumat sahibidir. O, sizi aydınlatacaktır Kraliçem."

Bir çocuğun elinden alınan oyuncağının ardından hırçınlık yapması ve elde edince yeniden rahatlaması gibi bir rahatlıkla yarım kalan merakı yeniden yerine geldi Melikenin.

İRMİNYA

"Andolsun, Biz Süleyman'ı imtihan ettik, tahtının üstünde bir ceset bıraktık. Sonra (eski durumuna) döndü. Dedi ki: 'Rabbim, beni bağışla ve benden sonra hiç kimseye nasip olmayan bir mülkü bana armağan et. Şüphesiz Sen, karşılıksız armağan edensin."

(Sad:34-35)

O âna kadar edindiği bilgiler muhatabı hakkında olumlu bir kanaate yönelik olsa da zihni karmakarışıktı ve içinden çıkamadığı soruları vardı Melike'nin. Süleyman, onun zihninde bir Zümrüd-ü Anka'ydı şimdi. Erişilmez, ulaşılmaz, anlaşılmaz bir bilgelik makamının en zirvesindeydi. Ama o makama götüren yolların şifreleri ve umdelerinin peşindeydi genç kadın. Bir değil bin can ile dinlemeye koyuldu bilge civanını. Saatler süren bu sorguda bir anını dahi ziyan etmek istemiyordu.

"Anlat İrminya." dedi. "Anlat, ne gördün, ne işittin, ne öğrendin. Ayrıntıları atlamadan anlat. Süleyman'ı böylesine ulaşılmaz ve erişilmez kılan sır nedir, çözmek istiyorum."

İrminya, Kraliçeyi bekletmeden girdi konuya.

"Anlatacaklarım çok ince ipuçlarına haizdir, efendim." dedi. "Süleyman tahta geçtikten sonra çetin bir sınavdan geçti, derler. Sınav ki her kulun dünyadaki kurulu sıratıdır. Elmas, yakut, altın, gümüş ya da bakır gibi farklı sınav mihenkleri vardır kulun. Süleyman tahta çıktıktan sonra değişik haller yaşamış. Krallığın güçlü hükümranlığı elinin altında ve bütün hüküm ondayken ruhu bedenini çatlayacak gibi sıkar ve güçsüz düşürür. Şiddetli bir hastalığa yakalanmıştır. Günden güne zayıflar ve adeta kuru kemik haline döner. Devasa cüssesi eriyip bitmiştir. Bu bir saltanat sınavıdır, derler. Sultan, tahtına her oturduğunda tutuk bir hal yaşar ve kıpırdayamaz olur. Parmağını dahi oynatamaz. Öyle ki tahtın üstünde bir kuru ceset gibi kalakalır. Onun bu halini fırsat bilen emrindeki insanlar ve şeytanlar, Süleyman'a karşı ayaklanırlar. Kral hiçlik makamındadır. Âleminde yıldırımlar çakar, şimşekler düşer, gökler gürülder, yeni haller yaşar ve sesler duyar.

'Sen bir hiçsin!' der o ses. 'Sen bir bekçisin. Sen bir emanetçisin. Sen aciz bir beşersin. Sen bir cesetsin.'

Süleyman, hiçliğini ve makamsızlığı iliklerine dek hissettikten sonra açar ellerini, Rabbine yakarır: 'Rabbim!' der. 'Bu kulun aciz ve mahzundur. Sen dilemesen ben bu hale gelmezdim. Mal verdin, saltanat verdin, taht verdin, itibar verdin. Ama anladım ki asıl güç ve kudret Sendedir. Havl sana aittir. Anladım ki Senin izzetin ve Senin ikramın olmasa ben bu taht üzerinde sadece etten kemikten ibaret kalacağım. Seni bilmeyen bir kul nasıl saltanat kurabilir? Senden uzak kalmış bir kalp nasıl huzuru tadabilir? Varlığından habersiz bir kul nasıl abad olabilir? Abad eden de berbat eden de sensin. Beni bağışla.'

Süleyman, tahtının üstünde manevi âlemlere açıldı, diyorlar. Bu yolculuğu onu bambaşka âlemlere götürmüş, geri döndüğünde ise kendi tacının ve tahtının, Rabbinin azameti karşısında bir hiç olduğunu fark etmiştir. Ruhsal olarak çıktığı bu mana yolculuğundan döndükten sonra gezip gördüğü yerlerin ihtişamı karşısında haşyetten ve hayretten dona kalmıştır. Altın tahtının üstünde bir ceset gibi kaldıktan sonra tam olarak anlar ki saltanat bir tek Rabbine mahsustur. Tövbe eder, silkinir. Zikir ve tevhitle kendine gelir. O günden sonra da tam bir kalp ve akılla Rabbinin saltanatına rücu eder. Mührünü eline alır ve onun rahmet hazinelerini âleme ilan eder."

O güne dek Belkıs'ın hiç duymadığı tabirlerdi bunlar. Maiyetinin bu yolculuktan çok şey öğrenmiş olduğunu düşünerek memnun oldu. İrminya'nın son sözleri bir hayli dikkatini çekmişti.

"Peki, o halden nasıl kurtulmuş?"

"Zor bir imtihandadır. O halde bile Rabbini unutmamıştır. Nimete şükretmeyi, güzel ameller işlemeyi, iyi kullar arasına girmeyi, bağışlanmayı, Rabbinin kelamını duyurmak için mülk ve saltanat sahibi olmayı arzu eder. Derler ki Süleyman o şiddetli hastalığında naz makamındadır ve Rabbine şöyle niyaz eder: 'Rabbiğfirlî ve heblî mülkellâ yembeğî li ehadimmin ba'dî inneke entel vehhâb.' Ey Rabbim! Beni bağışla ve bana benden sonra kimseye lâyık olmayacak bir mülk/hükümranlık bahşet. Şüphesiz, Sen çok bahşedicisin." (Sâd:35)

Ve duası kabul olur. O günden sonra Süleyman kimselerin akıl sır erdiremediği bir saltanata kavuşur. Yüce Yaratıcı rüzgârları emrine verir ve cinleri ona boyun eğdirir. İstediği her şey ona verilir. Ama o dünyada arzu edilecek ve sahip olunacak şeylerin ölümlü olduğunu ve o sebeple bir oyalanma ve aldanma vesilesi olduğunu düşünür. Ona göre tek gerçek Allahın hükümranlığı ve O'nun kanunlarıdır. Bu dünyada ordular fetheden bir komutan olsa da ölümlü olduktan sonra hiçbir şeyin hükmü yoktur, der ve Mâlik-i Hakiki'nin dergâhında aciz bir hizmetçi olarak görürmüş kendini."

Melike irkildi. İliklerine kadar yayılan bir gerçekliğin içinde buldu kendini. Ne kadar doğru sözlerdi bunlar. Fikir beyan etmeden dinlemeye devam etti.

"O günden sonra Süleyman'ın var olan saltanatı misliyle çoğalır. Hükümranlığı artar. Kimseye nasip olmayan bir saltanat ona verilir. Bencil bir istek değilmiş onunki. Mucize şeklinde gerçekleşecek bir nimet istemiş Rabbinden. Arzusunun nitelikli olduğu aşikârdır, nicelikli değil. Sultan bu dua ile belli bir özelliği olan ve kendisinden sonra gelecek olan tüm iktidarlardan farklı bir hâkimiyet istemiştir. Bu hâkimiyetin belirlenmiş bir karakteri vardır. İnsanların tanımadığı, görmediği, alışmadığı bu hâkimiyet arzusu anlamlıdır. 'Bana öyle şanlı bir mülk ver ki ben ona kavuşup öldükten sonra 'Dünya mülkünün vefası olsaydı, Süleyman'a olurdu!' denilsin de kimsenin dünya saltanatına hırs ve rağbeti kalmasın.' manasında bir istektir bu. Derler ki o bir peygamberdir, ona verilen ilim kimseye verilmedi. Ona verilen hüküm kimseye nasip olmadı. Onun saltanatına hiç kimse erişemedi."

"O bir peygambermiş demek!" dedi Belkıs.

Zihinlerde çok farklı algılar oluşmuştu. Gecenin gizemli koylarında dinlenmeye çekildi herkes. Melikenin gözlerinin derinliklerinde farklı bir ışık parıldıyordu. Yüreğinde başka bir kıpırtı duydu: "Süleyman peygamberdir. İbrahim gibi, Yakup gibi, Musa gibi bir peygamber..."

İçini kaplayan heyecan gitgide büyüdü. Bir peygamberle muhataptı ve onu halkına tanıtmakla yükümlü olduğunu hissetti. Yorgun kafasını yastığa koyduğu anda ise çok farklı bir rüya âleminde buldu kendini. Derin bir karanlığın koynunda bir ışık seli altındaydı Melike Belkıs. Yanında Kerman ve Lulu vardı. Ayaklarının altında camdan bir nehir aktığı halde ıslanmıyordu. Ve Belkıs suyun üzerinde yürüdüğünü gördü. Attığı her adımda başka bir âlem açılıyordu önüne. O güzellik halesi içinde bir serzeniş ve iç çekişle şöyle diyordu: "Söyle bana diyordu. Süleyman'ın Rabbi beni bilecek mi? Gerçeğin ardına düşenlerden sayacak mı? Kutsal Kitabının satırları arasından doğruluk mücadelesi vermiş ve Süleyman'ın davetine muhatap olmuş bir Melikeden söz edecek mi? Söyle bana Kerman! Süleyman'ın Rabbi beni bağışlayacak mı? Yargılarını, yanılgılarını ve yanlışlarını örtüp Belkıs'ı da sevdiği kullar arasına katacak mı? Söyle bana Kerman, diyordu. Bu yola varmak için daha çok çile çekecek miyim?"

SEHA

Ertesi günün akşamını dört gözle bekledi Melike. Onunla birlikte heyeti de meraktaydı. Yeni bilgiler, yeni açılımlar yakalamak üzere yerlerini almış yeni anlatıcıyı dinliyorlardı.

Anlatıcı Seha'ydı bu kez. Heyecanlı ve atak bir kişiliği vardı Seha'nın. Gözlemleri güçlüydü. Tahtında hiç kıpırdamadan duran Kraliçeyi selamlayıp eteklerini öperek başladı anlatmaya.

"Süleyman diyarından selamla geldik Kraliçem." dedi. "Bir şehr-i müzeyyenden geliriz ki akıl sır ermez. Vahanın ötesinden bambaşka haberlerle geldik. Bırakın dalları, gövdesinden bile pembe güllerin fışkırdığı ağaçlar, bereketli topraklar diyarıdır orası. Bereket yurdudur. Zeytini hoş kokulu, hurması enfes, narı bereketli bir yerdir Yeruşalim. Yeşili tam yeşil, moru mosmor, alı kan kırmızısı çiçeklerin yurdundan geliyoruz. Ben Süleyman'ın tüm çiçeklerin ve bitkilerin dilini bildiğini öğrendim. El-mecnune ağacından nar renkli erguvanlara, her derde deva olan çiçeklerle konuşurmuş.

Dertlere deva bulan Hekim-i Lokman, Kral Davut'un kadim dostuymuş, derler. Makamına çok sık uğrarmış. Onun derin bilgi birikimine hayran olan Kral Davut, oğlu Süleyman'ı onun eğitimine bırakmış. Lokman'ın evladına verdiği öğütler, Süleyman'ın ruhunun en derinlerine güçlü tohumlar olarak serpilmiş. Kral Davut bu dünyadan gidince Lokman, Süleyman'ın makamına sık sık gelir bir baba dostu nezaketiyle ona nasihatte bulunurmuş. 'Bu makam destur makamıdır, evlat" dermiş. 'Bastığın yerden kork. Verdiğin hükümden titre. Doğru bildiğin tek hakikat üzere hayatını bina et.'

Süleyman ezelden tedrisli bir kul olarak ona gelen her fikre önem verirmiş. Tevazu sahibiymiş çünkü. İlme, ümrana ve âlime değer verirmiş. Büyük bir hürmet ve saygıyla dinlermiş onu. Lokman Hekim'in sözlerinden inciler dizilirmiş hayata dair.

Lokman, 'Akıl çarşısı türlü seyranlar açar Ey Süleyman!' dermiş. 'Sen elmasa talip ol. Ezeli çürümeyen, solmayan, bitmeyen ve sönmeyen güzele ayine ol. Ölmeyecek olanın ardına düş!'

Sınava tabi tutulduğu günlerde Lokman hep yanı başındadır. 'Mevkiin ve makamın yüce, sınavın ise çetindir oğul!' der. 'Sınavını şükürle ver ki kazancın kayıp olmasın.'

Kral iyileşip sağlığına kavuştuktan sonra da sık sık uyarırmış onu. 'Halkın arasına karış!' demiş. 'Sen ki yeryüzünün kurtları, göklerin kuşları ve ateş diyarının cinleriyle konuşansın. Sakın bunu kendin için bir ayrıcalık sayma. Bilesin ki bütün bunlar Rabbinin sana ikramı ve onun ihsanıyladır. İyi yönetici ve adil Kral, halkıyla arasına duvarlar örmeyendir.'

İktidar, servet ve ihtişam Süleyman'ı Allah'ı anmaktan alıkoymadı, derler. Kalp ibresi hep Allah'tan yanadır. Mal, mülk, servet ve ihtişam onun istikametini bozmaz. Saltanat cazibesinin ayartıcı etkisine kapılmadan Rabbine olan yönelişini sonuna kadar sürdürür. Âleme nam salmış bir saltanatın idaresine hâkim olmayı başarmıştır. Çünkü o malı ve makamı din uğruna sarf etmek için istemiştir. Şan şöhret için değildir talep ettiği. Onca zenginlik, makam ve saltanat içinde kalbi hep Rabbine dönüktür. O'nun varlığı O'nun birliği ve O'nun hükümranlığının, O'nun yolunun sevdalısıdır. Sürmeli ceylanları, kınalı keklikleri, doru tayları ve atlarını o niyetle sever.

Sipahi ordularını, yorulmaz süvarilerini, som altından tahtını Rabbi yoluna sarf eder. Canlı bir ceset gibi tahtı üzerinde yığılıp kaldığı o günlerden de anlar ki ne mal ne de saltanat insana yoldaş değildir, bir tek duadır imdada yetişecek olan. Ona sarılır. 'Mal ve mülk, dünyaya ait süsler, O'nun yoluna harcanırsa anlamlıydı. Gayrısı bir avuç toz ve kül.' der."

"Bu nasıl bir adanıştır?" dedi Melike. "İnancını hayatının her alanına taşımış olması ilginçtir."

Seha anlatmaya devam etti.

"Süleyman sadece zorluk anlarında değil, herhangi bir başarı ya da zafer anında da aynı ahlakı gösterir, derler. Her defasında şu ifadeyi kullanır: 'Bu Rabbimin ikramıdır. İnsanlara verilmeyen şeyler bize verildi. İnsanlara verilmeyen ilimler bize verildi. Fakat öfke ve sükûnet halinde yumuşaklık, darlık ve bollukta kanaatten, gizlide ve açıkta Allah korkusundan daha üstün bir şey bulamadık.'

Derler ki, Sultan Süleyman yaşamış olduğu sınavdan geçtikten sonra ilk işi kendisine karşı olanları etkisiz hale getirmek olur. Güvendiği kişilere askeri, idari ve dini görevleri verir. Yanındakiler, Allah'ın kendilerine verdiği büyük mülkü taşımaya lâyık ve ehil kimselerdir. Süleyman, kendisine nimet olarak bahşedilen bu büyük zenginliği yine yalnızca Allah'ı razı etmek ve insanların kalbini dine ısındırmak için kullanır.

Mülk kulun en yumuşak yanı, makam en hassas ibresiyken nasıl sarf edilmesi gerektiğine talip olur. İnsan sahip olduklarına körü körüne bağlıyken bir tek elinden çıkınca intibaha gelirdi. O vakitte pek bir anlamı kalmazdı rüku ve rücu edişin. İşte Süleyman bunun için Rabbinden saltanat talep etti, derler. İnsanlara malın ve mülkün ne için istenebileceğini anlatmak istiyordu. Rabbi ise onun niyetini çok iyi bildiği için istediğini ona vermişti. O şimdi bir tek Rabbi yolunda sarf edecekti saltanatı. Ve Besmelenin şanını her yere işittirecekti. 'Rabbim, adını duyup işitmeyen hiçbir kulak sahibi kalmasın yeryüzünde!' der. Besmeleyle yürür, Besmeleyle yer, Besmeleyle seyreder âlemi. Her hayrın başıdır o kelam. Ve Süleyman her güzel işin mebdesi ve zübdesi olarak görür onu. Âlem o şifreyle ayaktadır. Bismillah, Süleyman'ın dilinden hiç düşmeyen bir sırlı kelamdır."

Kraliçe, günlerdir merak ettiği o kelamın anlamıyla doğruldu. Süleyman'da daha ne sırlar saklıydı kim bilir. Heyettekiler de bir sonraki günün konusunun merakı içinde ayrıldılar saraydan.

RİNAS

Çölün derin dinginliğinde aniden gözüküp kaybolan bir ahu ceylandı günler. Zaman su gibi akıp geçerken yine uykusuzdu Belkıs. Hayat bir başka boyutta akıyordu şimdi. İliklerine kadar merak içindeydi. Nasıl bir yerdi orası? Kimdi Süleyman? Nasıl bir saltanattı, böylesine görkemli? Ardına düştüğü, hayatını bütünüyle peşinde geçirdiği sevda nasıl bir aşktı? Artık sürekli düşündüğü tek nokta, tek kelamdı Süleyman. Onu düşününce kaynağından kopup gelen deli nehirler yürüyordu yüreğine. Hiçbir yerde duymadığı o kelamla gönlünde fideler yeşeriyordu. İçinde yeşeren o bahçelerden de haberli miydi Süleyman? Nebevi nazarıyla oradaki renkleri görmüş, kokuları hissetmiş miydi? Aşikâr etmek için imtina ettiği gerçekler vardı. Belli ki Süleyman'ın Tanrısı çok büyük, çok yüceydi. Ama kendi taptıklarına, halkına, kavmine kısacası Sebe'ye bunu nasıl anlatacaktı. Atalarına ihanet edemezdi. Zihninde ki muhavereler çetindi. Hayal mi rüya mı kendi de bilemediği âlemler yaşıyordu. Güneş tepedeyken aniden küçülmüş, un ufak olmuşken; ışıklar arasından, beyaz giysiler içinde aydınlık yüzlü bir adam gibi ona gülümsüyordu Süleyman. Onu göklerin ötesine, çok ötesine çağırdıkça Belkıs da dönüp güneşe bakıyor ve gidip gitmemekte tereddüt ediyordu. Bu kaçış serencamında Sultanla aralarında ilginç bir muhavere başlamıştı.

Sordu Belkıs. Çekinmeden, içinde ki tüm yargıları ve yangınları gizlemeden sordu: "Davet mektubunuzda ki o mührü hâlâ çözebilmiş değilim. Bana o izi anlat Ey Sultan! O sırlı kelam neyin nesidir?"

Derin bakışlarında gece yıldızları titreşen Kral, ufkun öte yakasından seslendi: "Var edicinin kudret mührüdür o, Ey Kraliçe. Yıldızdan kum tanesine dek var olmuş her cismin üzerindedir. Parmak ucundan saç teline dek her zerre üzerinde o mühür saklıdır."

Melike pürdikkat kesilmişti.

"Anlamı nedir?"

"Bismillah, arşın altında asılı duran hazinedir. Arşın mücevheri. Arzın yekta kelamıdır."

Kraliçe bu tabirleri ilk kez duyuyordu. Daha iyi anlamak için tekrar etti: "Bismillah, saklı hazinedir. Arşın mücevheri. Arzın yekta kelamıdır."

Süleyman Nebi hiç durmadan Besmeleyi anlattı: "Bismillah, varlığın virdi zebanı. Kâinat simasında, arz simasında, insan simasında iç içe geçmiş olan muhteşem gergefin mihrak noktası. Var olmuş her zerrede o imza dürülüdür."

Kelam kifayetsizdi. Ama Besmeleyi ancak o bu kadar güzel tarif edebilirdi.

"Bismillah, dedi Süleyman. Benim Allah'ım vardır ve tektir, demek. Er-Rahman; Allah vardır ve çok vericidir manasını hatırlatır. Sonsuz var edicinin isimlerinin sembolüdür. Er- Rahim ise O'nun çok verici ve çok sevici olduğunun işaretidir. O'nun vericiliğinin hadsiz ve hesapsız olduğunu bize gösterir. Karıncadan böceğe insandan meleğe her varlığına ayrı lütfedendir. Ve âlemin saltanatı bir tek O'nun elindedir."

Tırnak uçlarına dek ürpermişti Melike. Bu güzel sohbet hiç bitmesin istedi. Kral devam etti:

"Besmele var oluşun virdidir. Hayata yeni doğmuş bir bebeğin tebessümünde o sır gizlidir. Ayın nurlu yüzünde, Güneşin şavkında, yıldızların sükunetli titreşiminde o sır saklıdır. "

"Daha!"

"Bismillah var edicinin şanını bize bildiren şifredir. Tavusun kuyruğundaki ahenk, yılanın sırtındaki nakış, kelebeğin kanadındaki sim, gülün kalbinde ki sır. Bismillah, gündüzün ışığında, gecenin gizeminde saklı nurudur. Besmele var oluş kelamı, Kudretin nurlu kalemidir Ey Belkıs!"

Melikenin kalbi üzerinde parlak kırmızı gelincikler göğerdi. Âleminde yeni sürgünler boy verdi. Sultanı tunçtan bir anıt gibi karşısında bulmuşken, Melike son derece saf ve samimi yakardı: "Bana O'nu anlat Ey Kral! Görünmeyen Tanrını tanıt."

"Yeryüzü çiçekli bir sofra, varlık ise müşteridir. Güneşi döndüren, mevsimleri çeviren, geceyi gündüzü çeviren O'dur. Göğü yıldızlarla, yerleri çiçeklerle tezyin edip donatan Rabbim insana aklı bahşedendir. Her varlığa değişik libas giydiren, yediren, doyurandır. Yok olup gidiciler mahlûktur ve asla Rab olamazlar."

"Yani?"

"Güneşi her sabah kudretiyle doğuran ve her akşam hikmetiyle batıran O'dur. Yağmur damlasının yeryüzüne yumuşacık inişini ne ile ölçebilirsin? Ulu saltanatın namını başka hangi kelam ile izah edebilirsin. Âlemin güzelliği ve zarafeti içinde Rabbine secde edene ne mutlu!"

Melike, farklı bir ışık ve cezbe içinde kendine gelmişti. Neydi bu yaşadığı? Güneş kutsaldı onun için, neden küçücük olmuştu? Ve Kral neden onu un-ufak göstermişti. İrkildi. Toparlamaya çalıştı. Kerman, Kraliçenin sıkıntılı olduğunu fark ettiğinde anne sıcaklığıyla yaklaştı yanına Melikenin. Karanfil kokulu saçlarını okşadı.

"Belkıs'ım!" dedi müşfik bir ses tonuyla. "Günlerdir uykusuzsun. Biraz uyu toparlan. Bu gidişle hasta olacaksın."

"Rakibimin ne kadar güçlü olduğunun farkında değil misin?" dedi Belkıs. "Ülkemin ikbali söz konusuyken uyku bana haramdır."

"Endişelenme bu kadar. Bu işin de üstesinden geleceğine inanıyorum."

"Bu seferki o kadar kolay değil!"

"Akıl, zekâ ve güzellik bir kadında birleşmişse eğer o kadın çok özel bir kadındır. Ve sen Sebe ikbalini atalarından binlerce fersah öteye götürebildiysen bu senin asaletini gösterir. Bunu da başaracaksın, merak etme!"

Dadının ardı ardına dizdiği methiyeleri umursamadı Belkıs. Övgülerin hiçbirini önemsemedi. Zihni sadece ufuklar ötesindeki saltanatın gücüne ve azametine kilitlenmişti. Gün boyu rutin işlerle ilgilendi. Ülke meseleleriyle geçirdiği her anın gerisinde Süleyman diyarı vardı. Onu düşündü, onu merak etti. Gün akşama meylettiğinde tatlı bir heyecan sarmıştı içini. Heyet toplanacak, neferler dizilecek, bilgeler anlatacaktı yine. Yeni ufukları, yeni fikirleri, yeni keşifleri kır çiçekleri gibi toplayıp koklayacaktı Belkıs. Hizmetlileri istemedi yanına. Kendisiyle baş başa kalmak istediği anlarda böyle yapardı. Hızla hazırlandı. Gülsuyu banyosundan sonra uzun beyaz elbisesini giyindi. Saçlarını topladı. Yanından hiç ayırmadığı altın kemerini aldı eline. Yumuşak altından inceltilerek elde edilerek dokunmuş bu kemer onun gizli silahıydı. Zülezar günlerinden kalma bu kemerin tokasında ki ejderhanın ağzında öldürücü bir zehir saklıydı. Hasmının hinin ve kinin anlayıp tehlikeye düştüğü anlarda o altın kırbacı bir kez dokundurması kafiydi. Sert bir darbeyle ağzında ki zehri dışarı akıtacak olan ejderha zahirde gösterişli bir kemer olsa da melikenin gizli silahıydı. Pek az kişinin bildiği bu obje, Melikenin en zarif silahıydı. Ceylan derisinden yapılma sandaletini geçirdi ayağına. Güneş figürleriyle işli yakut tacını taktı. Kırmızı kaftanını sırtına alarak tahtına yürüdü Melike.

Heyet hazırdı ve anlatıcı bu kez Rinas'tı. Kraliçenin özenle eğitip büyüttüğü zeki gençlerden biriydi. Sadık ve sevecen bakışlarını Melikenin ayakuçlarına dikmiş beklerken, Belkıs anlatmasını istedi. Anlaşılan o ki bu heyecanı ve merakı yaşayan bir tek Belkıs değildi. Heyettekiler de aynı sabırsızlık içindeydi.

"Yüce Kraliçem!" diye söze başladı Rinas. Yeryuşelim Kralı Süleyman'ın anlamlı ve derin bir ruh haline sahip olduğunu öğrendim. Bakışları keskin ve sezgilidir. Dilinde gizli bir nida vardır. Ona göre, biz duymasak da her varlığın kendine has bir dili varmış. Her bir varlık o gizli dille Yaratıcıyı tespih edermiş. Çörekotu tanesinden gökteki yıldızlara dek her zerrenin zikri var imiş."

Gün batımı ile buğulanmış gözlerini Rinas'a dikmişti genç Kraliçe.

"Ne anlamına geliyormuş bu?"

"Tanrıyı kutsamak için sarf edilen ince sözler, Kraliçem! Methiye, tezkiye, teşekkür... Onlarla doluymuş her varlık."

"Sultan'ın şekli şemaili nedir?"

Bu soruyla rüyasındaki kişinin o olup olmadığını anlamaya çalıştı.

"İri cüsseli ve uzun boyludur Süleyman. Teni ak, gözleri iri ve kara, sakalı gür, saçı kıvırcıktır. Duruşu heybetlidir. Bakışları diri ve duru, sözleri etkilidir. Sevgi dolu bakar ve içinin tüm nehirleri sanki doğruluk üzerine akar. Ne yergiden elem duyar, ne de övgüden hoşlanır. Tek hat gibi düz ve doğru kişiliği, riyakârları sevmez. O sebeple insanların iç hallerine girmeden, sınırlı ve mesafeli dostluklarla ilişkilerini sürdürür. Aydınlık yüzü mütebessimdir. Süleyman sürekli beyaz giyer."

Rüyasındaki adamın Süleyman olduğunu anlamıştı Belkıs. İçsel bir sezgiyle sordu: "Huyu suyu nicedir. Ahlakı nasıldır, öğrenebildiniz mi?"

"Saltanat ve azameti onu cebbar, zorba biri kılmamıştır. Son derece yumuşak huylu, nazik ve barışsever birisi... Çok edepli ve alçak gönüllüdür. Miskin ve fakirlerle oturur, kalkar, 'Miskinin miskinlerle oturması uygundur.' dermiş. Halkı tarafından sevilir. Kimse onun sözlerine itiraz etmez, emri dışına çıkmaz. 'Ey Allah'ım!' dermiş sık sık. 'Beni düşmanlarımdan, fesat işleyenlerden, bana karşı ayaklanmalardan emin kıl. Ve beni azat et!'

AMBER

"Kazancı çoğaltmak için fakiri ezen ve zengine veren, ancak yoksulluğa düşer."

(Hz. Süleyman)

Gözlemlerini anlatma sırası Amber'e gelmişti. Kraliçe, Süleyman'a verilen saltanatın sınırlarını bilmek istedi. Heyettekilerin neredeyse soluk seslerinin duyulacağı bir sessizlikte Melikenin merak dolu sesi yükseldi. "Amber!" dedi. "Süleyman'ın saltanatını anlat bana. Tahtını, tacını ve ihtişamıyla ilgili neler gördün?"

Amber, Kraliçenin ipek eteklerine kapandıktan sonra almış olduğu görevi yerine getirdi.

"Bizler ki Sebe Kraliyetinin bekasına adanmış neferleriyiz!" dedi. "Ahtımız bahtınıza fedadır yüce Melikem. Sizi bilgilendirmek bizim için yüce bir şereftir. Sultan Süleyman'ın diyarında akıl sır ermez işler gördük. Yakın çevresinden deruhte ettiğimiz bilgilere göre Süleyman saltanatı haşmetlidir. Nil kıyısından Fırat kıvrımlarına uzanmış bir saltanattı zahirde fakat batında bilmediğimiz, sırlarına eremediğimiz hudutların padişahıdır. Görünür ve görünmez ordular onun emrinde. Ve Süleyman bu haşmetli orduların kumandanıdır. Cinler, insanlar, kuşlar, hayvanlar emrine amadedir. Cinleri gizli işlerinde, insanları ülke savunmasında, kuşları haberleşmede, hayvanları gündelik işlerinde istihdam eder. Emrinde türlü mahlûk vardır. Vahşi hayvanlar ona munis bir arkadaştır. Bal arısından karıncaya dek her mahlûkat emrine amade kılınmıştır. Akıl almaz bir ihtişamı var. Dikkatimi çeken, onca güç ve imkâna rağmen halinde tevazu dolu bir duruş var. İlimle sanatın iç içe girdiği imar ile inşaanın el ele şekillendiği bir saltanatın kralı çok mütevazıdır. Derler ki, Süleyman sürekli yeni işler peşindedir. İbadet etmek için mabetler inşa etmek ister. Çeşmeler, imarethaneler, su kanalları yaptırır. Köprüler, barajlar ve muhteşem evler inşa eder. Bir tek gayesi vardır onun. Rabbinin kudret ve saltanatını her ortamda ve her insana göstermek! Evrenin sahibi yanında dünya padişahlarının bir gurur ve övünç meselesi olmadığının örneğini sunmak arzusundadır. Kendi gibi kral ve meliklerin O'nun tevhit sancağı altında toplanması ve boyun eğmesi için çırpınır. Tüm iktidarların elinde olduğu bir yönetici gaddar ve kibirli olur. Bu hali onda görmedim. Mülk ve ihtişamı nimet ve emanet olarak görür. Kanaatim odur ki Süleyman'ın hükümranlığı arttıkça zahitliği de artmış. Elindekileri birer imtihan vesilesi olarak görür. Allah'a olan saygı ve sevgisinden dolayı geceler boyu ağlar yakarır, derler."

"Süleyman'ın geleceği hakkında yorumun nedir?"

"Bana kalırsa Melikem, gelecek çağların insanları ondan hürmetle bahsedecek. Sultanın gücü, kudreti, huyu, heybeti, cesareti, hükümranlık ve yönetimi dilere destan olacak. Çağlar onu merakla anacak ve hayretle yad edecek. Ve Süleyman insanlığa ilmin son hududunu gösterecek."

Kraliçenin derin, anlamlı bakışları ürperdi. Uzun ve diri kirpiklerini birkaç kez kırpıştırdı. Zihni meşgul olduğu anlarda böyle yapardı. O güne dek hiç duymadığı, görmediği, kavramadığı tespitler işitmişti. Daha fazla dayanamadı.

"Abartı iyi değildir, Amber!" dedi. "Sen de bilirsin ki her insan ölümlüdür. Bunca güç ve ihtişam, ölümlü bir varlıkta olamaz!"

Amber bu sözlere karşılık sustu, hiçbir şey demedi. Görmeyenlerin sadece masallarda ve rüyalarda kavrayabileceği bu tespitleri, Melike'nin abartılı bulmasına şaşırmadı. Görmediği sürece öyle hissetmesini normal karşılamış olacak ki aynı heyecan ve aynı tempoda devam etti.

"Süleyman'a göre can gözü ile görebilmek, bilgi kudretinin bir mülk olduğunu kavramakla ilgilidir. Ona göre akıl, zeka, beceri, marifet de mal ve mülk gibi emanettir. Sahibine rücu etmedikçe anlamsız ve değersizdir. Ona göre can gözü açık olanlar eninde sonunda o manayı bulanlardır. Mala mülke değer verenler gerçek mutluluktan mahrum olanlardır."

Belkıs'ın içine o anda bir sızı, hem de fena bir sızı düştü. İçi yakan ve kalp sızlatan bir cümleyi anımsadı. "Bu hediyelere sizler sevinirsiniz!" demişti Süleyman. "Onlara ancak siz sevinirsiniz."

Küçümseyici, aşağılayıcı, kahredici bir sözdü. Kraliçenin gururunu tarumar etmişti. O güne dek yapıp etiği ve sahibi olduğu koca kraliyet bir saman çöpü kadar ufaldı ve yok olup gitti gözü önünde. Esasında Süleyman bu sözleri Kraliçenin şahsına münhasır bir aşağılama olarak değil, dünyaya meyletmenin ne derece alçaltıcı ve aldatıcı olduğunu nazara vermek için söylemişti. Fakat Melikenin hassas kalbi bunu kahredici bir aşağılama olarak algılamıştı.

"Ey kudretli Azizemiz!" dedi Amber. "Siz ki bizi her zorluğa dayanıklı, her hale mukavemetli yetiştirdiniz. Ama Süleyman mülkü karşısında biçare kaldık. Bağışlayınız. Gördüklerimiz ufkun ötesindedir yüce Kraliçem. Bunların yanı sıra Süleyman mülkünde muhteşem bir istihbarat ağı keşfettim. Karıncadan kartala, insandan cinlere, rüzgârdan deryalara her varlık onun önünde baş eğiyor. Süleyman saltanatı Fırat'tan Nil'e oradan Sina Çölü'ne dek uzanır. Onu gören hayvanlar konuşur, vahşi hayvan evcilleşir, ot ve nebat dile gelir. Yüksek bir idrak ve his gücüne sahip olduğunu bildirmek isterim."

Bilgisine çok güvenen Melike şaşkındı. O güne dek tahayyül edemediği bir gerçekle yüz yüzeydi. İçine yangınlar düştü. İssiz alevsiz yangınlar içini kasıp kavurdu ama kimselere bir şey diyemedi. Gözlemcilerin tamamını dinlemedikçe bir karara varamazdı. Sabırla dinledi Amber'in anlattıklarını.

"Çok güçlü deniz filoları olduğunu keşfettim. Önünde durulamaz süvari birlikleri mevcut. Kızıldeniz ve Umman Denizinde ticari filoları emrindedir. Kazancının tamamını ülke imarına yatırır. Şahsı adına mal biriktirmez. Onun içindir ki Süleyman'ın yurdunda pek az fakir vardır. Yeruşalim'de Kral Süleyman'ın keşfine vakıf olamadığım çok gizli defineleri var. Tanrı'dan, kendisinden sonra kimseye nasip olmayacak bir mülk ve saltanat istediği ve bu kabul olunduğu için kalbi ilim ve şükür doludur. Süleyman'ın dilinde gizli aşikar hiç yitmeyen bir duası varmış, 'Bizi, mümin kullarının çoğundan üstün kılan Allah'a hamdolsun.' dermiş. Ancak bu saltanat ve hâkimiyetine rağmen Kral Süleyman dünya işlerine dair şöyle dermiş: 'Her şey sözcüklerle anlatılamayacak kadar yorucu. Göz görmekle doymuyor, kulak işitmekle dolmuyor.' Kral Süleyman'ın mala mülke tamahı yok. Emrinde köleler dizi dizi. Kuşlar tepesinde, vahşi hayvanlar yanında dolaşır. Yerleri altın, yapıları cevherle süslü olan bir saltanat sahibine altınlar ve yakutlar götürmek abestir."

Engel olamadığı bir öfkeyle bir anda ayağa kalktı ve meclisi dağıttı Belkıs. Daha fazlasına tahammülü yoktu. Muhatabının akıl almaz saltanatına tepkiliydi. O gücü ve cesareti nereden almıştı? Kimeydi bu meydan okuyuş? Neydi onu diğer padişahlardan farklı kılan sır? Nedendi onca kıymetli hediyeye hiç bakmadan reddedişi?

Oturumu kapattı ve heyeti erkenden gönderdi. Kızlar, delikanlılar, köleler, cariyeler, bilgeler, hizmetliler çekilmişti bir anda. Melike de odasına çekildi. İşin içinden çıkamıyordu.

Dayanılmaz bir merak içini yedi kemirdi. Kırılmış örselenmiş gururu, merakı ve heyecanıyla toparlanmaya çalıştı. Farklı gerçeklerle yüz yüzeydi. Zıtlıklar, tezatlar zihnini karıştırmıştı. Karmaşık bir duygu seliydi hışmına uğradığı. Doğmakla ölmek, geceyle gündüz, varlıkla yokluk arası bir haldi yaşadığı. Bir türlü tanımlayamıyordu. Ucunu yakaladığı farklı gerçeklerin içinde, aralarındaki o çok önemli ayrıntıyı fark etmişti Melike. Süleyman güneşe değil, güneşi ve ayı bir sapan taşı gibi kudret elinde döndürene iman ediyordu.

Belkıs ise her sabah göz alıcı ışıklarıyla doğup âlemi ışıtan güneşe meftundu. Belkıs nimeti verene değil nimete, yani güneşe teşekkür ediyordu. Süleyman ise nimetin mecrasını bulmuştu ve ona âşıktı.

Gece boyu düşündü. Sevdaydı, huzurdu gece. Saatler boyu süren sorgulamalarına ancak gecenin dinginliği dayanabilirdi.

SEYBAN

"Salihlerin düşünceleri haktır; fakat kötülerin öğütleri hiledir.

Kötüler yıkılır ve yok olurlar; fakat salihlerin evi durur.

Salihlere hiç zarar değmez; fakat kötüler şerle dolar."

(Hz. Süleyman)

Seyban, sarayın emir eriydi. Bilgeliği ve marifetlerinin yanı sıra Melikenin özel işlerine kendi koşardı. Çalışkanlığı ve dürüstlüğüyle kendini sevdirmiş bu nefer de Yeruşelim gözlemcilerindendi.

Seyban, "Süleyman, sahip olduğu her nimet karşısında 'Elhamdulillahhazaminfadlirabbi' der ve kendisine verilen her nimete karşı sık sık şükreder." diyerek sözlerine başladı.

Kraliçe araya girdi, "Şükür dediğin secde midir Ey Seyban?" diye sordu.

"Evet, Melikem!" dedi Seyban. "Şükrün bedene yansımış hali secdedir. Süleyman bunu sık sık yapar. Tanrı, Süleyman'a bilgelik, derin bir sezgi, kıyılarda serili kum yığınları kadar anlayış vermiş. Allah yoluna binlerce özdeyişi ve ezgisi olduğu söyleniyor. Lübnan sedir ağacından duvarlarda biten mercan köşkü otuna kadar her ağaç ve bitki hakkında bir sözü varmış."

"Peki, onun sözleri hakkında birkaç kelam öğrenebildin mi? Fikirleri ve hayata dair görüşü bizim için önemlidir?"

"Güneşin altında yapılan bütün işleri gördüm; hepsi boştur, rüzgârı kovalamaya kalkışmaktır, der Kral. İnsanlar, Allah'ı sevmenin ve ona kulluk etmenin ne denli mutluluk verici olduğunu bilselerdi bir an bile durmaz ona koşarlardı."

Kraliçe Belkıs yine iliklerine kadar titrediğini hissetti. Bu kelamları da ilk kez duyuyordu. Onca ihtişam ve saltanatın içinde zevk, sefa, keyif sürecekken nasıl bu noktaya gelmişti? Oradaki herkes Kraliçe gibi, Seyban'ı büyük bir dikkatle dinlemeye devam etti.

"Bunlar Yeruşalim'de krallık yapan Davut oğlunun sözleridir. Süleyman, 'Her şey boş, bomboş, bomboş!' diyor. 'Ne kazancı var insanın, güneşin altında harcadığı onca emekten başka? Kuşaklar gelir, kuşaklar geçer ama dünya sonsuza dek kalır. Güneş doğar, güneş batar, hep doğduğu yere koşar. Rüzgâr güneye gider, kuzeye döner, döne döne eserek hep aynı yolu izler. Her şey yorucu, sözcüklerle anlatılamayacak kadar. Göz görmekle doymuyor, kulak işitmekle dolmuyor. Önce ne olduysa, yine olacak. Önce ne yapıldıysa, yine yapılacak. Güneşin altında yeni bir şey yok. Var mı kimsenin 'bak bu yeni' diyebileceği bir şey? Her şey çoktan beri ve bizden yıllar önce de vardı. Geçmiş kuşaklar anımsanmıyor, gelecek kuşaklar da kendilerinden sonra gelenlerce anımsanmayacak.

Ben Yeruşalim'de İsrail kralıyken kendimi göklerin altında yapılan her şeyi bilgece araştırıp incelemeye adadım. Güneşin altında yapılan bütün işleri gördüm; hepsi boştur, rüzgârı kovalamaya kalkışmaktır! Bu yüzden zor günler gelmeden, 'zevk almıyorum' diyeceğin yıllar yaklaşmadan, güneş, ışık, ay, yıldızlar kararmadan ve yağmurdan sonra bulutlar geri dönmeden, gençlik günlerinde seni yaratanı anımsa. O gün, evi bekleyenler titreyecek, güçlüler eğilecek, öğütücüler azaldığı için duracak, pencereden bakanlar kararacak, badem ağacı çiçek açacak, çekirge ağırlaşacak, tutku zayıflayacak. Çünkü insan sonsuzluk evine gidecek.

Salihlerin ışığı sevinçli yanar, fakat kötülerin çerağı söner. Kibirden ancak kavga çıkar; fakat iyi öğüdü dinleyenin yanında hikmet vardır. Güneş doğar, güneş batar, hep doğduğu yere koşar. Rüzgâr güneye gider, kuzeye döner, döne döne eserek hep aynı yolu izler. Bütün ırmaklar denize akar, yine de deniz dolmaz. Irmaklar hep çıktıkları yere döner."

İliklerine dek buz kesmiş gibiydi herkes. Güneş yoktu ortada. Gün yoktu. Atalar yoktu, izler yoktu. Sığınacak hiç kimse yoktu. Gece onları yutacak gibi sarmasa kime koşacaklarını bilemezlerdi. Ona sığındılar. Sebeliler gecenin koyu kucağında uykunun çaresizliğine koşarken Melike ancak düş âleminde gördüğü Süleyman'la derin hasbıhale girdi.

"Ey Kral Süleyman, dedi. Bana Besmeleyi anlat."

Kral lahuti âlemlerden sesleniyordu: "Ey Kraliçe! Benim Rabbim yarattıklarına karşı çok şefkatlidir. O, var ettiği her şeyi tek tek nakşedendir. Besmele bunun şifresidir. Bu kelamda üç iz, üç mühür saklıdır. İç içe geçmiş şu muhteşem gergefte Allah'ın mührünü görürsün. O mühür Besmeledir."

Telaş içinde uyandı Melike. Yabanıl bir ürkeklik içinde hissetti kendini. Gece karası kirpiklerini hedefini bulmaya çalışan oklar hızla kırpıp açtı. İyi hissetmişti ya kendini, korkmadı. Kendi kalbine fısıldadı: "Bismillah! Bu ne sırlı bir kelamdır!"

Heyecanlıydı. Sedef kutunun içinde saklı duran mektubu aldı eline. Besmeleye baktı. Ne hoş ne yüce bir mühürdü. Okşarcasına avuçladı. Âlemi kuşatan sarmalın simgesi miydi? Âlemi resmeden yüce bir imza! Belkıs Bismillah'a baktı, Bismillah ise Belkıs'a. Zerre ile küreyi bir arada omuz omuza tutan sırrın ucu onda mı saklıydı? Mutlak hâkimiyetinin intihap noktası mıydı?

"Muhteşem bir gerçekliksin." dedi usulca. "Secde ettiğim güneşten daha parlak bir mühür olduğun muhakkak. Seni kendime ve halkıma tanıtacağım."

Zarf ile mazruf, tohum ile meyve, can ile beden yakınlığı kadar sırlı bu yakınlaşma içini ısıtıverdi.

"Bismillah..."

Bu cazibeli kelamda âlem dürülü gibi... Yıldızların, güneşlerin, zerrelerin şifresi miydi acaba? İnsana bakıcılık yapan yer kürenin anlamı mı? Yeşilin göz bebeği çiçeklerde, meyvenin kalbi tohumlarda, kalbin en ince zarında o iz dolanıyor gibi. Arşın, arzın ve dahi insanın simasında o mühür saklı mıdır? Biri diğeri gibi ayrı ayrı yüzler, iç içe girmiş ömürler. Kayıtsız zamanlarda yaşayıp göçmüş insanların her biri aynı donatıda ama ayrı açılımda. Bu kelamda ince bir terbiyenin ucu mu var? Âlem kemali bulmak için bir terbiye süzgecinden geçerken ona mı muhtaç. Her var edilmişte aynı sır. Tedbir, terbiye, tenasüp, intizam iç içe. Bu kelimede Melikeyi çeken bir sır vardı ki aklı almıyordu ve çözemiyordu. Sustu, dudağını ısırdı. Tuhaf bir olayla karşılaşan insanların o kendine has müphem duruşuyla kendi içine çekildi Belkıs. Uzunca bir müddet mührü ve mektubu seyretti. Besmelenin B'sinde ve B'nin de noktasında yeni âlemler keşfetmişti. Âlem bütün şaşaasıyla beraber o noktaya sığmıştı sanki. Medcezirler yaşıyordu genç kadın ve bağlı bulunduğu alışkanlıklardan kopamıyordu.

Buna rağmen hislerini bir tek kendine fısıldadı: "Bismillahirrahman..."

İnsicamı ve lütfu bol bir yüce makamın şifresidir. Bu Mühr-ü Kübra'ya sığınmak gerek. Varlık, ırmak üzerinde parıldayıp sönen yakamozlar gibi akisli bezenişlerle süslüyken o Rahmandan müjdeler geliyor kulağıma: "Korkma! Varlık üzerindeki tüm cazibe ve şaşaa gibi senin güzelliğin de solmayacak. Çünkü yok olmayan bir varlığın eserisin ve O seni yok etmeyecek."

Gecenin sükûnetinde Besmelenin dinginliğine sığındı Belkıs. Yüreğine doğan güneşler taptığından çok daha mükemmeldi.

SERFÜRÜ

Belkıs'ın değişik ağızlardan dinlemesi malûmatın sağlamlığı açısından isabetliydi. Otuz elçinin hepsi de aynı görüş ve isabeti yakalarsa, kanaati tam oluşacaktı. O sebeple sarayın gözüpek bilgelerinden Serfürü'yü çağırdı bu kez.

"Anlat!" dedi. "Yeruşelim Kralının hali nedir? Böylesine korkusuzca karşımıza dikilen bu sultanın iç ahengi nicedir? Bu da en çok yakın çevresiyle belli olur. Ey Serfürü söyle bana, eşi evladı var mıdır bu Kralın? Yoksa kadın düşmanı biri midir?"

"Size meydan okuyuşundan biz de baştan öyle sandık yüce Kraliçem! "dedi Serfürü. "Fakat gidip gördük ki son derece nahif ve yumuşak tabiatlıdır. Eşleri, çocukları, düzenli bir aile hayatı vardır. Saltanat sarhoşluğu içinde hiçbirini ihmal etmez. Onun her zaman iyi bir eş, iyi bir baba, iyi bir sultan olduğunu gördük."

"Bu kanaate nasıl erdiniz?" dedi Melike. "Sonuçta kısa bir sürede gidip geldiniz. Süleyman'ın aile ilişkilerini öğrenecek kadar yakınlık kurabildiniz mi?"

"Süleyman sarayının akilleri, bilgeleri, köleleri ve cariyelerinden yeterli bilgileri deruhte ettik, Kraliçem. Eşleriyle istişare eder. Yuvasıyla ilgilidir. Payitaht idaresi onu hususi dünyasında nakıs bırakmaz. Bunu oğluna ettiği nasihatlerden anlamak mümkündür."

"Ne gibi mesela?"

"Oğlum, dermiş. Eğer senin yüreğin hikmetli ise, benim yüreğim de sevinir. Dudakların doğru şeyler söylediği zaman, benim gönlüm de sevinçle coşar. Yüreğin günahkârlara imrenmesin. Bütün gün Rab korkusunda ol; çünkü gerçekten bir son vardır ve ümidin boşa çıkmayacaktır. Oğlum, dinle ve hikmetli ol ve yolda yüreğini doğrult. Babanı dinle, ihtiyar olduğu zaman ananı hor görme."

Melikenin çok hoşuna gitmişti bu sözler. Heyettekiler de dikkat kesildiler.

"Kötü adamlara imrenme. Daima hakikati satın al ve onu satma. Hikmeti, terbiyeyi ve anlayışı da...' En çok da şu sözleri dikkatimi çekti: 'Evladım! Sağlıklı öğüde, sağgörüye sarıl, kaçmasın bunlar dikkatinden. Ruhuna canlılık sağlayacaktır onlar, boynunu da süsleyecek. Bunu yaptığında yolunu güvenlikte sürdüreceksin, ayağın da kösteklenmeyecek. Yatağa uzanınca korkmayacaksın, uyuduğunda uykun tatlı olacak. Akılsızları ansızın bastıran ürküntüden ve kötülerden gelen beladan yılma. Çünkü Rabbindir sana güven veren.'

Sık sık tembih eder, eşlerine ve evlatlarına şöyle dermiş: 'Oğlum unutma, Rab korkusu hikmetin başlangıcıdır. Ve Kuddûsü tanımak, anlayıştır. Çünkü günlerin benim vasıtamla çoğalacak ve ömrünün yılları artacak. Eğer hikmetliysen, kendin için hikmetlisin ve eğer istihza edersen, onu yalnız sen yüklenirsin. Oğlum, günahkârlar seni ayartırlarsa, razı olma. Babanın öğüdünü dinle ve ananın öğrettiğini bırakma; çünkü onlar senin başına sevimli bir çelenk ve boynuna gerdanlık olacaklar. Bütün yüreğinle Rabbine güven ve sakın kendi anlayışına dayanma. Hidayete erdikten sonra dalâlete düşmek ne kötüdür! Kişinin Rabbine dua edip dururken ibadeti bırakması ise bundan daha da kötüdür!"

Serfürü, gecenin ilerleyen saatlerine dek gördüklerini, işittiklerini ve hissettiklerini aktardı Melikeye. Herkes mecalsizdi ve kimsenin diyecek tek sözü yoktu.

YEMLİHA

"Ey Süleyman, Mescid-i Aksa'yı yap, Belkıs'ın kavmi namaza geldi! Süleyman, mescidi yapmaya başlayınca cin ve insan, hepsi işe koyuldu. Bir bölüğü aşkla istekle, bir bölüğü istemeyerek işe girişti. Tıpkı kulların Allah buyruğuna uymaları, ibadet etmeleri gibi!"

(Mevlana)

Yemliha da aldığı görevi harfiyen yerine getiren neferlerindendi. O kadar çok şey görmüş, o kadar çok şey öğrenmişti ki tamamını aktarması imkânsızdı. Melikeye öz bilgileri aktarmak için sözü aldığında hali, dibi gözüken ırmaklar gibi net ve duruydu

"Süleyman tapınağına dair bilgilerle geldim Kraliçem!" dedi. "Süleyman sürekli babasıyla birlikteydi. Seher vakitlerinde dağlarda, ikindi vakitlerinde bağ gölgeliklerinde, akşamın kızılca sönüşünde nehir kıyılarında olurlar. Mavi gözlü adam gür sesiyle mezamir okumaktadır ve oğul yeni ufuklara açılırken, yeni feyizlerle dolmaktadır. Koca Kral, maişetini temin vakitlerinde demir dövüp kılıç kalkan zırh örerken o hep yanındadır. Anlar ki vakti gelmiş, 'Oğul!' der Davut. 'Rabbini hakkıyla an, ibadetinde kavi ol. Gayreti kuşan ve himmeti elden bırakma. Artık tüm bilgilerimi sana aktaracağım.'

Süleyman, 'Kabe'yi de anlatacak mısın babacığım?' diye sorar.

Hüzün çöker Davut'a, 'Orası İbrahim'le İsmail'den sonra kendini mamur edecek temiz ve günahsız bir el bekler.' der.

'Sen üzülme babacığım.' der Süleyman. 'Beytüllahı tamir edecek, üzerine de atlas örtüler sereceğim.'

'Devletler kurdum, ülkeler feth ettim ama hâlâ Ahit Sandığı için bir mescit yapamadım.' der Kral Davut, kederle.

'Merak etme!' der Süleyman. 'Oğul İsmail nasıl atamız İbrahim'e yardım ederek Allah'ın beytini inşa etiyse, ben de sana yardım edeceğim.'

Davut'un mavi gözleri yakamozlar gibi parıldar, oğlunu kucaklar ve ona dua eder: 'Bu öyle bir devrandır ki adananı abad, aldananı berbat eder.'

Malûmatım odur ki Musa Nebi'den Kral Davut'a devredilen Ahit Sandığı elindedir. İçinde mukaddes emanetler vardır ve Kral bu kutsal sandığı saklamak için muhteşem bir tapınak yapmak ister.

Şehr-i Kuddüs, temiz kent. Şam toprakları olarak geçer adı. Seçilmişler beldesidir. Göklere en yakın mekândır. Semaları, en seçilmişin arşa rücu edeceği yer olacağı söylenir. Adem'in hamurunun o topraklarla karıldığı söylenir. Gelmiş geçmiş bütün peygamberlerin uğrak yeridir. Yusuf'un atıldığı kuyu oradadır. Server-i enbiyanın arşa yükselmesine dek her mühim nokta orada oluşmuştur. Yeruşalim'in diğer adı Kudüs'tür. Bütün gözlerin üzerinde olduğu güzeller güzeli bir genç kız gibi saf ve masumdur. Kâhinler daha pek çok peygamberin o topraklarda zuhur edeceğini söylerken, küçük masum bir kızın da o topraklarda Rabbe adanacağından bahsederler. Eyüp Nebi'nin sabrının denendiği, İbrahim'in bereketli sofralarının kurulduğu, meleklerin karşılandığı, Sare'nin meleklerin müjdesine güldüğü mekandır.

İbrahim peygamber ve İsmail gibi Davut ve Süleyman da kolları sıvarlar. Musa Nebi'nin çadırını kurduğu tepede mescidin temellerini atarlar. Altmış arşın uzunluğunda, yirmi arşın genişliğinde olan mabedin inşası uzun yıllar sürer. Anlatılan o ki Süleyman çocukluğundan beri o inşayla büyümüş ve kutsal mabedin biteceği günü dört gözle beklemiştir. Kral Davut, ülke meselelerinden ve yeni fetihler yapmaktan fırsat bulup mescidi bir türlü tamamlayamaz. Devletler kurmuş, ülkeler fethetmiş Kral mahzundur.

Süleyman, babasının hüznünü anlar. Baba oğul mescit inşaatında çalışırlarken Davut hastalanır. Kendini iyi hissedince adamlarını toplar ve mescide götürür. Orada Adem Nebi'den beri olup bitenleri anlatır. Musa Nebi'nin yaşadığı zulümleri ve çekilenleri özetler. Tebaasını bilgilendirdikten sonra Kralın ömrü yetmez. Mescid-i Aksa'yı tamamlamak artık ona çok uzaktır. Zaten Mescid-i Aksa'nın bir anlamı da 'uzak olan'dır. Son olarak Süleyman'a vasiyet eder, 'Oğlum!' der. 'Beyt-i Makdis'in temellerini ben bulup çıkardım ama onu tamamlayamadan göçüyorum. Nasipte yokmuş meğer. Ama onu sen tamamlayacaksın.'

Oğul, kadim bir emanet devralmıştır. Canla başla işe soyunur ve sahip olduğu her imkânı ortaya koyar. Çağların, nesillerin ve yeryüzünün bağrına Rabbinin adını yazmak ister. Ve işe o kelamla başlar: 'Bismillahirrahmanirrahim.' Her taşı, her harcı ve her ağacı o kelam ile yerleştirir. Ona göre varlığın bağrında yazılıdır bu isim. Kimselerin anlayamadığı ve bilmediği bir kolaylıkla inşaatı yürütür. İlya Mescidi yapacaktı. İlya demek Süleyman mülkünde 'Yüceler Mescidi' demektir. Gelmiş geçmiş nice yüce insanlar, evliyalar, enbiyalar ve ebrarlar orada toplanmış olduğu için bu ad ile nam bulur. Malûmatıma göre, mescidin her bir yanını cevherlerle döşetmeyi düşünür."

Belkıs, sözün burasında dayanamaz ve sorar: "Cevhere değer vermeyen, gönderdiğimiz onca kızıl cevheri aynıyla geri iade eden birinin, mescidini cevherle inşa etmesi de nedir?"

İşin bu kısmında anlatıcı Yemliha ile arkadaşı Cenub göz göze geldiler. O da aynı soruyu sormuş ve karşılığında anlamlı bir cevap almıştı. Cenub, Kraliçeden izin istedi ve sözü o devraldı.

CENUB

"Size verilen her şey, yalnızca dünya hayatının eşyası ve süsüdür. Allah katında olan ise, daha hayırlı ve daha süreklidir."

(Kasas:60)

Cenub anlatmaya başladı.

"Derler ki Süleyman mülkünde zenginlik çoktur ve tükenmezdir. Ve o sahip olduğu her şeyi son damlasına kadar Rabbi için sarf etmek ister. Babasının o sözü hep kulağındadır: 'Malınla ve canınla Allah yoluna adan oğul. Bu öyle bir devrandır ki adananı abad, aldananı berbat eder.'

Süleyman, babasının vasiyeti üzerine Kudüs şehrinin çevresine beyaz taşlarla bir hisar ördürdü. Hükümdarlığının dördüncü yılında işleri yoluna koyup hastalık günlerinden kurtulunca Beytül Makdis'in inşasına devam etti. Yüce Allah tarafından kutsal kılınan bu mekan çok boyutludur. Süleyman oraya yapılacak mescidin çok güzel olmasını ister. Bu iş için riayetindekilere emir verir. İnsanlar, cinler, kuşlar, filler, atlar bu iş için istihdam edilir. Yer altından altın, gümüş ve yakut, deniz dibinden, inci, mercan ve sedef çıkarırlar. Derler ki cevherlerin dili vardır. Çağlar ve çağlar boyu hayır iman ubudiyet edeceklere saygı ve hürmet göstergesi olarak bir nişan bir iz bırakmak ister Süleyman. Ve cevherlerin hal diliyle mesaj bırakır, gelecek nesillere."

"İlginç!" der Belkıs. "Nasıl bir mesajdır bu?"

"Altının dili, dayanıklılığın sembolüdür, derler. Ateşlere atılır, dövülür, ezilir ama yine de aslını bozmaz. Bununla inanç sahiplerinin dayanıklılığını temsil eder. Süleyman mülkünde imana ermişlerin yüreğini altına benzetirler."

"Peki ya yakut! Onun dili nedir?"

"Yakutun dili sevdadır, derler. Yekpare aşk ve adanmışlıktır. İnancı uğruna serden geçenlerin halidir. Allah aşkına kanını damla damla akıtanların rengidir. Derler ki; o uğurda akıtılan her kan damlası toprağa karışır ve yakut taşının kalbinde birikirmiş."

Duydukları ilginçti Melikenin. Kadınlar heyetinden hafifçe sesler duyuldu. Bu cevher hikâyesi ilgilerini çekmiş, zümrütü merak etmişlerdi.

"Zümrütü nasıl bilirler?"

"Zümrüt, Allaha gönül vermişlerin rengidir. Merhametin ve şefkatin rengidir, derler. Şefkati kuşananların gönlündeki kıvılcımlar, zümrüt ışıltılara benzetilir."

"Elmasın dili nedir?"

"Yeryüzünde var olan her cevherin dili vardır. Elmas, Allah inancının temsilcisidir, inançlı insanla inançsız arasındaki ayardır, derler. Müminin yürüdüğü yol, elmas gibi ışıltılıdır. Billur bir yürüyüştür. İmandır, teslimiyettir ve yeryüzünün en saf maddesidir elmas. Kömürü elmasa dönüştüren sır işte o ince bağda saklıdır, derler. O da imandır ve elmas iman sembolüdür."

"Peki, ya inci?"

"İnci, dünya yüzünde sırf Allah aşkıyla yananların akıtıp durduğu gözyaşlarıdır, derler. Saf, masum bir birikim…"

"Mantıklı bir sembol yakıştırması." dedi içinden Melike.

Elçi açıklamasını bitirdiğinde sözü öze bağladı.

"İşte bunun için Süleyman diyarında cevher, bir pahadan çok semboldür. Bu sebeple çağlar ve çağlar boyu sürecek iz bırakmak ister. Dünya metaları içinde en sağlam nesnelerle donatır kutsal evi. Altınla kaplatır her yeri. Müminin yüreği altından değerlidir. Elmas gibi duru ve net, zümrüt gibi şefkatli, yakut gibi ışıltılıdır. Allaha adananlar dayanıklı olmalıydı. Hüzünde çöküp sevinçte şımarmalıydı. Zümrüt gibi olmalıydı mümin, onun gibi sağlam ve hayrı aksettirici. Dini uğruna candan ve serden geçenlerin kanı yakutla anlatılmalıydı."

Bu tarif çok hoşuna gitmişti Melikenin. Süleyman'a karşı içinde gitgide büyüyen bir saygı sarmalının içinde buldu kendini. Onun için çok cevherli bir taç yaptırmak istedi. Altın tacı zümrüt, yakut ve elmas kabartmalarla işletecekti. Ve ona götürerek, "İşte geldim Ey Kral!" diyecekti. "Bilirim ki bunlar sizin gönlünüzde yer edici değil. Ama ben altın taçla imanınızı, zümrüt taşlarla adanmışlığınızı, yakut ışıltılarla aşkınızı, inci damlalarıyla gözyaşlarınızı, tacın ortasındaki elmas taşla da yolunuzun sağlamlığını anlatmak için yaptırdım bu tacı. Alınız ve kabul ediniz."

İş ki vakit az, durum yamandı. O sebeple gecede birkaç gözcü dinlemek zorundaydılar. Saatler boyu süren inceleme ve araştırmalar sonucunda bedenlerden çok akıllar hareketliydi. Gece bitmiş, pembeden beyaza renk renk yüklerin atıldığı tazecik bir şafak vaktinde Belkıs ve heyeti, zihinlerinde yeni fikirlerle dağılmışlardı.

YEŞRAH

"Ulular, nice mescitler yaptılar.
Fakat hiçbirinin adı Mescid-i Aksa değildi.

Her an şerefi artan Kâbe'nin yüceliği, İbrahim'in ihlâslarındandı!
Süleyman gibi vesvesesiz,
hilesiz ol da cin ile dev senin de buyruğuna uysun!"

(Mevlana)

Dolunaylı bir geceydi ve şeb-i yelda vakitleriydi. Adhana Irmağı'nın munis şırıltıları, ay ışığının gümüş yansımaları, rüzgârın tatlı esintileriyle bir Merib akşamında daha bir araya geldiler. Yüce Divan sorgulamadayken Melike dikkatli, heyet meraklıydı. Yeşrah anlatmaya başladığında yine nefesler tutulmuştu.

"Süleyman, tahta çıktıktan ve büyük sınavdan geçtikten sonra büyük bir ihtimam ve titizlikle inşaatı devam ettirir. Babasından ona kalan bütün altını ve gümüşü mescit inşası için bir araya getirir. Sanat sırlarını ve ilmin en ince ayrıntılarını bilen yardımcılarını toplar. İlimde ve mimaride iki güvenilir adamı vardır. Biri Başvezir Asaf diğeri ise Başmimar Hiram... Bütün güçleriyle ona yardım ederler. Mabedin asıl mimarı Süleyman'dır. Mahiyetindekilere iş tanzimi yapar. İnşa işinde insanlarla birlikte cinler de görev alırlar. Hiram Usta tapınağın duvarlarını itinayla örerken bir sanat harikası ortaya çıkarır. Temelinden damına dek testere ile kesilmiş gibi düz ve yontulmuş taşlar kullanır. Erguvanî, kırmızı, gök mavisi, yeşil, pembe, sarı, beyaz, lacivert taşları ince sanat sırlarıyla yerleştirdi. Mescidin sağlam kalması için altın, gümüş, tunç, demir sütunlar dikti. Kralın gözetimindeki zanaatkârlar altın, gümüş, abanoz üzerine sanat harikaları resmettiler. Erz, selvi ve sandal ağaçlarından türlü nakışlar resmettiler. Renkli mermerden sütunlar diktiler. Gücün ve asaletin sembolü aslan başları, hâkimiyet timsali kartallar, yücelik ve azamet sembolü ay, güneş, iç içe geçmiş yıldızlar ve anlamlı figürler yonttular. Mahir yüzücüler derin denizlerden inci, mercan ve değerli taşlar çıkarıp getirdiler. Mescidin iç duvarları halis Parvaim altınıyla kaplandı. İşçilik mükemmeldi."

"Anlattıklarına bakılırsa çok zarif bir işçilik olmalı." dedi Belkıs.

"Evet, Kraliçem!" dedi Yeşrah. "Çok şık ve çok zarif... Tavan kenarlıklarında saf altın üzerine kabartılmış hurma ağaçları, nar motifleri ve ince zincirler var. Duvarlar da kerubiler, mor, kırmızı perdeler, ipek örtüler ve atlas perdelerle süslüdür. Çok kollu altın kandiller iç ve dış mekânı aydınlatır. Mescidin tabanı ise firuze taşlarıyla döşelidir. O ihtişama ve işçiliğe akıl sır ermez. İnce detaylarla süslenmiştir her yer. Ahşap üzerine ince plaka altınla kaplanmış duvarlar da tonlarca akik, amatis, zebercet taşlarıyla işlidir. Mabet pırıl pırıl parlamaktadır. Saf billurdan direkler nasıl yapılmış, akıl sır almaz. Tavan ve kubbeleri inci yakut ile süslüdür. Tabanı firuze, safir, zebercet döşelidir. Gecenin karanlığında bile dolunay gibi parıldar her yer."

Heyettekiler, kızın anlattıklarına kenetlenmiş bir halde su içer gibi içtiler geceyi. Melike, "Köknar ve sedir ağaçlarıyla donatılmış bir mabet, altın kaplama duvarlar, değerli taşlarla sıvalı nakışlar, sanat, işçilik ve ahenk, nasıldır acaba?" diye geçirdi içinden. "Kaç kapısı vardır bu tapınağın?" diye sordu.

"Kapıların tamamını saymadım." dedi genç kız, mahcup bir tavırla. "Ama yüce Melikem, tapınağın kapıları som altındandır. Süleyman mescidi öyle bir şaheserdir ki; sanat, estetik, incelik ve ihtişam iç içedir. Mescidin hazine dairesinde yüzlerce altın teşt, billur sürahi, parlak tunçtan yapılmış dev kazanlar, altın fitilli maşalar, çanaklar, tabaklar, buhurdanlar vardır. İçi dışı ışıl ışıldır. Benzersiz bir estetik anlayışı ve göz alıcı bir ihtişam var. Yeryüzünde o mabetten daha süslüsünü, daha güzelini ve daha parlağını görmedim. Süleyman mabedi muhteşemdir. Derler ki; bütün adanmışların zikri oraya düşecektir. Harcı takva, tuğlası ihlas, işçiliği rıza ve hoşnutlukla örülmüştür. Allah yoluna adanmış küçücük yavrular orada meyveye duracaktır. Melekler oraya inecektir fevc fevc! O kutlu adanmışlara gök meyveleri sunulacaktır. Saklı mucizelere mesken olacaktır o mekan. Ve Süleyman mabedi çağlar boyu her kralın göz koyacağı, çekip almak isteyeceği bir mekan olsa da Yaratıcı buna izin vermeyecektir."

Belkıs, Sebe'deki güneş tapınakları düşündü. Böylesine süslü gösterişli bir ahenkle yaptırmamıştı belki ama o da heyettekiler de gözlemci Yeşrah'ın bu özentisinden hoşnut kalmamışlardı. Genç kız bunu fark ettiğinde konuyu farklı bir mecraya çekmek zorunda kaldı.

"Bu İlya Mescidini uzak yerlerden görmeye gelenler vardır. Mekân görenlerde büyük hayranlıklar uyanır. İsrailoğulları her zaman olduğu gibi ona nankörlük ederler. Süleyman'ın öylesine görkemli bir mescit inşa etmesi üzerine onun büyücü olduğu söylentilerini yayarlar. Bunun üzerine Rabbi, Süleyman'ın yaptığının büyü olmadığını ispatlamak için Babil halkına Harut ve Marut adında iki melek gönderir. Harut ve Marut, Süleyman'a verilen mucizeler ile büyü arasındaki farkı ortaya koyarak, büyü ilmini insanlara tanıtmışlar. Bu konuda birçok olay yaşandı, derler. Halk sonunda anlar ki Süleyman büyücü değildir. O bir peygamberdir. Rabbinin emrine verdiği güç ve kuvvetle onun adını duyurmakla görevlidir. Ve yüce Kraliçem, ışıktan tüllerin renk renk atıldığı bir sabah vaktinde Süleyman mabedini ibadete açar. Derler ki; Mescidi Aksa'nın bittiği gün Süleyman'ın en mesut günüydü. O günü bayram ilan eder. Kurbanlar keser, halkını sevindirir. En evvel kendisi orada namaz kılar ve şöyle dua eder: 'Elhamdulillahhazaminfadlirabbi! Ey Rabbim! Bu mülkü ve bu saltanatı Sen bana verdin. Üzerimdeki bu ihsan Sana aittir. Sen beni yeryüzüne sözcü-elçi kıldın. Hamd Sana, şükrüm Sanadır.' Ardından da Rabbinden üç istekte bulunur: 'Rabbim!' der. 'Bu mescide gelip iki rekat namaz kılan her kimse, Sen onu anasından doğduğu ilk gün gibi arındır, temizle ve pakla. Bu mescide hasta gelen şifa bulsun. Fakir ve yoksul gelen zengin olsun.'"

KUUD

Belkıs o beldeyi çok merak etmişti. İçini yiyip kemiren bir merak duygusu kaplamıştı. Neydi, nasıl bir yerdi, her şeyi sorup öğrenmek istedi. Bilge elçilerinin içinde en kudretli ve zeki olanıydı Kuud. İri cüsseli yapısı ve şahin bakışlarıyla dikkat çekerdi. Bu kez ona yöneldi.

"Anlat Ey Kuud!" dedi Belkıs. "Bu mabet, Süleyman için neden bu kadar önemlidir?"

"Derler ki o belde gelmiş geçmiş bütün peygamberlerin toprağına ayak bastığı yerdir, Melikem." diyerek sözlerine başladı Kuud. "Rivayet olunur ki Tanrı, Âdem'in toprağına Yeruşalim'den de katmış. O sebeple bolluk bereketlik bir yerdir. Yusuf'un atıldığı kuyu orada, Yakub'un yüreğine Yusuf'un kokusunu taşıyan yel oradadır. Musa Peygamberin göçüp geldiği beldedir. İbrahim Peygamberin mekânı, İsa nebinin yurdudur. Dünyanın o bölgesine, Beytül Makdis'e, diğer adıyla Yeruşelim'e farklı bir tecelli inmiş.

Zümrüt yeşili hurmalıkların, salkımlı üzüm bağlarının ve yeşil zeytinliklerin vadilerini, dağlarını derelerini süslediği beldenin kralıdır Süleyman. Ne var ki Mülk-ü Süleyman'ı anlatmak için gidip görmek, gezip ermek gerek. Söz ve nefes tükenir de anlatamaz kalırız ey Melikemiz!

Sınırları Fırat Nehri'nden Sina Çölü'ne kadar uzanan bir saltanatla birlikte kutsal bir emaneti devralmışken teenniyle yürüyordu Süleyman. Rabbini incitmemek ve memnun etmek için en ufak bir adımda dahi titriyormuş. 'Gel ey dünya, seril önüme! Seni kendim için değil Rabbim için adayacağım. Ey güç, ey saltanat ve ey aldatıcı makam! Bilirim herkese göz kırpar ama kimseye yar olmazsın. Ben seni Rabbimin rızası için kullanacağım. Onun dışında bir kez size yürek gözüyle bakıcı ve kalp çeperimle tutunucu değilim. Ben malı ancak Rabbimi takdis etmek için isterim!' dermiş.

Sahip olduğu her şeyi ortaya koymuş. Mescidin çevresine medreseler yaptırmış. Orada çocuklar, kadınlar, yetişkinler ve erkekler ilmi konularda ders alır. Süleyman mabedinde ilim ile ibadet, ibadet ile normal hayat bir arada ve iç içe. Rabbinin adını yüceltmek, O'nun verdiklerini yine O'nun yolunda harcamak ister. Başka hiçbir şeyde gözü yok. Garip olan şudur ki; Süleyman tamahını kestikçe dünya bütün ihtişamıyla ayakları altına serilmiş."

Belkıs, mal ve saltanatı nefsi içinde değil Rabbi için isteyen ve işleyen birini ilk kez duyuyordu. Dudaklarına yine o müstehzi tebessüm yerleştiğinde Süleyman'ın ne demek istediğini şimdi daha iyi anlıyordu: "Bu hediyelerle ancak siz sevinirsiniz!"

Uzunca bir suskunluktan sonra anlatmaya devam etti Kuud.

"Yüce Kraliçem! Naçizane kanaatim şudur ki; o mescidin fazileti ne toprağındandır, ne de taşından. O'nun yapıcısında ne hırs var, ne de savaş arzusu. Selimdir Süleyman, barış yanlısıdır. O'nun ne kitapları başkalarının kitaplarına benzer, ne de hitabı. O'nun ne mescidi başkalarının mescidine benzer, ne alışverişi, ne malı mülkü ne de saltanatı. O güçlü bir kuvvete dayanmıştır ki hikmetine ne akıl erebilir, ne de sır."

Kimseden ses çıkmadı. Bu suskunluk ikrardan mıydı, bunu bilemedi Kuud.

AHMER

Ahmer, Yemen'in güney bölgelerinden gelmişti. Harikulâde hafızası ve sanatsal becerilerini fark edince ailesi onu getirip kendi elleriyle Melikeye teslim etmişti. Bronz teni, sıcak bakışları ve anlamlı yüz ifadesiyle sevilen bir kızdı. Kraliçenin altın bezemeli kıyafetlerini o işlerdi. Bütün bunların yanı sıra çok iyi at biner, kilim dokurdu. Dokuduğu halılar, kilimler, eğerler, yemeniler sarayın dışında bir yerde bulunmazdı. Onun sanat anlayışını beğenirdi Melike. Süleyman'ın tahtının durumunu ondan dinlemek istedi. O kadar detaylı anlatımdan sonra Süleyman'ın tahtını merak etmişti en çok. O'nun için taht güç ve kudretin sembolüydü.

"Süleyman'ın tahtı nasıldır?" diye sordu Belkıs.

Anlamlı bakışlarını yerden kaldırmadan anlatmaya başladı Ahmer.

"Süleyman mülkünde hüküm makamının haşmeti büyüktür. Ona göre bu makam heybetli ve haşmetli olursa suçlular korkar ve titrerler. Bir çeşit ruhsal etkidir bu. O gücün ve ihtişamın karşısında ezilir ve suçlarını itiraf ederler. Yalancı şahitler ya da haksız yere hak iddia edenlere karşı bu adaletin güç göstergesidir.

Sultanın muhteşem bir tahtı var ki akıl almaz güzelliktedir. Fildişi bir işçilik üzerine som altınla kaplıdır. Altı basamağı ve arka kısmında yuvarlak bir başlığı var. Her kolun yanında birer aslan heykeli bulunuyor. Altı basamağın iki yanında on iki aslan heykeli gördüm ki Kraliçem, hiçbir krallıkta böylesi yapılmamıştır."

"Nakşında ne yazar, ne resmedilir?"

Semboller önemliydi Melike için. Kendi tahtını güneş figürüyle donatmışken Süleyman'ın sırlarını ancak tahttaki semboller ve figürlerle çözebileceğini düşündü.

Ahmer, "Fildişi zemin üzerine som altın kaplı tahtın tamamında yaldızlı harfler ve değişik şekiller gördüm." dedi. "Saf incilerle süslü nakışlar, yakut işli çiçekler, zümrüt dallar ve yapraklarla bezelidir. Cevherlerin maliyetinden çok işçilik harikadır. Âlemdeki sanat ve inceliğin yanında altın, yakut ve zebercetin hiç olduğunu görürsünüz. İnsan aklının ve zekâsının ne yüce bir sanatla donatılmış olduğunu o tahtı görünce anlarsınız."

"Başka?"

"Tahtın üzerine, Süleyman'ın isteği üzerine dört altın hurma ağacı sarkıtılmış. Ağacın dalları kırmızı yakut, yaprakları yeşil zümrüttendir. Öndeki ağaçların tepesine iki altın tavus kondurulmuş. Diğer ikisinin üzerinde de birbirlerine karşı oturtulmuş iki kartal duruyor. Kürsünün yanlarında iki altın aslan ve billur direkler var. Hurma ağaçlarının salkımları kırmızı yakuttandır. Bu dallar tahtı ve hurma ağaçlarını gölgeliyor. Süleyman kürsüye çıkmak istediğinde ayağını ilk basamağa koyar koymaz kürsü ve ona bağlı aksam süratli bir değirmen gibi döner. Bu esnada tavus ve kartallar kanatlarını açıp kapar, aslanlar ön ayaklarıyla yere yapışır, kuyruklarını kaldırıp indirirler. Göklerin renkli kuşları şakıyıp gelir, üzerine kanat gererler. Süleyman her basamağa adım atışında bu ihtişam sürer. Bu hal o kadar gariptir ki Sultan kürsüye çıkıp oturduğunda hurma ağaçlarının tepesine oturtulmuş kartallar tacını yerden alır ve başına koyarlar. Bu ihtişam gösterisi tavuslar, kartallar, aslanlarla birlikte döner. Ayrıca yanında aslanları vardır Süleyman'ın. Kürsüye her oturuşunda başlarını Süleyman'a doğru eğerler ve bu sırada gövdelerinden mevcut misk-i amber kokulu rayihayı çevreye saçarlar. Kürsünün üzerindeki cevher direklerde kutsal kitap asılı durur. Süleyman hüküm vereceği zaman bir ak güvercin itinayla kutsal kitabı alır ve ona verir. Süleyman onunla insanları muhakeme eder. Çevresinde seçkin tavuslar kuyruklarını açıp kapayarak onu yelpazelerler. Ordu komutanları Süleyman'ın sağında duran cevherlerle süslü altın koltuklara otururlar ki, bunların sayısı bine yakındır. Süleyman'ın solunda bulunan ve sayıları yine bin olan gümüş koltuklar görünürde boştur. Malumatıma göre onlara cin taifesinin ileri gelenleri oturmaktadır. Bu sırada da insanlar muhakeme için huzura çıkarılır. Şahitler şahadet için ilerlediğinde, kürsü ve muhteviyatı değirmen hızıyla döner, aslanlar ön ayaklarını yere serip kuyruklarını yere vurdukça, kartallar ve tavuslar kanatlarını açtıkça, kuşlar şakıdıkça manzarayı gören suçlular, masumlar, mazlumlar ve şahitler büyük bir etki altında irkilir ve sadece doğruyu söylemek zorunda kalırlar."

Ahmer'in sözü bittiğinde Belkıs ve heyeti derin bir rüyadan ayılmış gibiydiler. Bütün bu anlatılanlar hayal mi, masal mı, rüya mı, yoksa gerçek miydi? Yeni meraklar ve yeni âlemler içinde dağıldılar.

RUMMAN

"O ne güzel kuldu. Çünkü o, (daima Allah'a) yönelen biriydi."
(Sad:30)

Melikenin beğenip güvendiği kızlarından biriydi Rumman. Süleyman'ın nasıl bir insan olduğunu şimdi o anlatacaktı.

"Süleyman diyarından çok farklı fikirlerle geldim." diye sözlerine başladı Rumman. "Şöhretli bir kralın oğlu olan Süleyman asla kibirlenmez, büyüklük taslamaz. Edepli, nazik ve ince bir sultandır. Üstelik alçak gönüllülüğü onun en yüksek şanıdır. Miskin ve fakirlerle oturur, fakirlerle dolaşır, düşkünlerle arkadaştır. Bu sebeple herkes tarafından sevilir ve söylediklerine kimse itiraz etmez. Süleyman'a göre dünya yüzünde var edilmiş her nesne, evrene serpiştirilmiş muhteşem ayetleridir. İnsan o ayetleri okumakla mükelleftir. Bir papatya çiçeğinden kar tanesine kadar her varlık mesaj yüklüdür. O mesajları okumayan akıl perişan ve göremeyen göz kördür.

Mülk O'nundur. Kral Süleyman ise o mülkte memurdur. Aldığı saltanatın hakkını verebilme sevdasındadır. Yaşadığı hayatı hayat kılana meftundur. Çok konuşmaz. Az yer, az uyur. Az gülen çok ağlayan bir zattır. Nefes alıp verişi sayısınca şükürleri vardır. Ona verilenler kimsede olmadığı halde asla şımarıklık ve taşkınlık yapmaz. Alabildiğine mahcup ve olabildiğince tevazu sahibidir. Rabbi ona gaybın anahtarlarını gösterdikçe hayreti, şükrü, secdeleri artar. Azametli bir şan ve saltanatın sahibi olduğu halde acziyet ve fakr makamındadır. Kibir ve gururdan azade gördüm onu. Koca saltanatın sahibiyken bir yoksul gibi soluk gülümsemeler dağıtır etrafına.

Fakirlerle arkadaş, yoksullara yoldaştır. Yemeğini şükür için yer. Rabbinin huzurunda hisseder kendini her an. Bunun için ben onu çokça mahzun ve hüzünlü gördüm. Yeri geldiğinde bastığı yeri Allah adıyla titreten şahenşah bir komutan kesilir. Yeri geldiğinde de Rabbi huzurunda mahcubiyetten iki büklüm bir aciz.

Derler ki Süleyman malı, Rabbinin hazinelerini tanımak ve tartmak için istemiştir. Mal onun için ayartıcı olmamıştır. Mala bakışı ne gurur ne de kayıp endişesi taşır. Ve asla sahiplenmez. Kendini sadece Rabbinin hazinelerinin geçici bir bekçisi olarak görür. Sahip olduklarıyla öğünüp gururlanmaz."

Gururlu bir yöneticiydi Belkıs. İzzeti nefsine düşkündü. İçinde o sızıyı hissetmişti yine. Gitgide büyüyen ve her akiste yeni halelerle belirginleşen o cümle, o ağır dokunaklı kelime, tüm ezberlerini kökünden söküp atmıştı: "Bu hediyelerle ancak siz sevinirsiniz!"

Bismillah... O sırlı kelam, Belkıs'ın boynunda bir gerdanlık gibi asılıydı sanki. O ne güçtü!

Nasıl meydan okuyuştu böyle, nasıl gözü tokluktu? Şaşkındı Melike.

Rumman anlatmaya devam etti.

"Süleyman adaletli, tevazulu, ihlaslı, akıllı, tedbirli, sabırlı ve kararlıdır. Güzel ahlakı onu büyük başarılara ve zaferlere götürür. Orada kaldığım günlerde su sesi gibiydi hayat. Çağıltılı ve gürül gürül, su köpüğü gibi ak ve berrak. Sultan Süleyman yurdu, selamet yurduydu. Her yerde bir huzur vardı.

Derler ki onun tek bir odak noktası vardır. Rabbini bilme ve birleme davasına adanmıştır. Sultan Süleyman diğer ülke krallarına da haber göndermiş, bir olan Allah'ın dinine ve birliğine ram olunuz ve secde ediniz, diye. Birçok ülke yöneticisi bu davete uymuş, din değiştirmiş olarak halkının bahtını değiştirmiş."

Son cümle Melikenin dikkatini çekmişti. Çöl gecelerine doğan rahşan yıldızlar gibi bir yanıp bir sönen yıldızlar üşüştü gözlerine. Sustu ve vaktin sakin kollarında geceye teslim oldu. Asiller Meclisi dağılırken Melikenin de Süleyman hakkındaki tüm ezberleri bozulmuştu. Odasına çekildiğinde sedef kutu içinde saklı duran mührü yokladı yine: "Bismillahirrahmanirrahim."

Ne tecelliydi! Etki gücünden kurtulamadığı yüce kelam kalbinin içindeydi. Yatağına geçtiğinde o kelamı tekrar ede ede uyuya kalmıştı. Sebe Melikesi Belkıs bir uyur bir uyanık, farklı bir âlemdeydi. Gökte yıldız, yerde çiçek, deniz dibinde inci, yedi kat semada seyahat. Süleyman'ın Rabbinin açık kanunlarından o da nasibini almıştı. Göklerde uçuyordu. Göklerde uçarken yerlerde olan biten her şeyi görüp işitiyordu. Bir yerlerde yeni doğmuş bir bebeğin hayat çığlıkları duyuluyordu. Ötelerde bir karınca sırtında iri bir buğday tanesini bin bir güçlükle taşırken beride bir kumru, yavrusunu kusmuğuyla besliyordu. Az ötede bir yaşlı kadın son nefesini verirken, dünya yüzüne yeni yüzler doğuyordu. Hayat bin bir hengame içinde akıp giderken her canlının dilinde hep o kelime vardı: "Bismillahirrahmanirrahim"

Orkide çiçeklerinin geceye kattığı büyülü koku, hoş ve ferahlatıcıydı. Belkıs kaz tüyüyle kabartılmış yüksek yatağında bir ölü gibi uzanmış yatarken, günlerden beri süren muhasebesi daha bitmemişti. Kulaklarında Süleyman ile Karun kıyası vardı. İkisi de mülk sahibiydi. Rabbinden bilince kul, sahiplenince köle oluyor. Süleyman'ı göklere çıkarırken Karun'u yerin dibine batırıyor. O gücü nereden alır Süleyman? Bu meydan okuyuş, bu güçlü güven, bu tenezzül etmeyiş de neyin nesi?

Utandı, ufaldı Belkıs. Bitsin istedi bu iç karmaşa ama bitmiyor, yitmiyor, gitmiyordu. Âlem insan, insan Süleyman mıydı? Hiç durmadan anlatsın istiyordu.

"Saltanat şerik istemez. Benim Rabbimin saltanatı karşısında Süleyman mülkü kum tanesinden ufaktır." diyordu Süleyman, hal diliyle. "Ey Belkıs!" diyordu. "Bu çarşıda dizili güzel mallar aldatıcıdır. Aldanma!"

Onca servet ve saltanat onu şaşırtmamışken, "Ancak siz sevinirsiniz" "demesini şimdi anlıyordu Belkıs. Evet, ancak bizim gibi dünyaya tek cepheden bakanlar sevinirmiş meğer. Altın, gümüş, elmas ve zebercet, dünyanın çerçöpü arasında bir çöp bile değil. Onlara değer veren bizleriz ve zavallı inanışlarımız. Ufaldığını hissetti bir kez daha.

"Senin değer verdiğin altını ve cevheri ben ancak hayvanlarımın ayakları altına sererim. O altından ve mücevherden çok daha değerli şeyler vardır ki o da; Allah'a inanmak ve ona secde etmektir."

Belkıs yakarıyor: "Süleyman!" diyor. "Var olmanın tanımsızlığında tanıdım seni. Ruhumun gri tozları nefesinle uçup gidiyor. Anlat hep anlat."

"Eğer bu gök gürlemesi gibi sedayı susturabilirsen ve güneşin ışığı gibi parlak o ziyayı söndürebilirsen, Allah'ı unut! Yoksa aklını başına al, ey Melike!" diyor Süleyman. "Zerrelerin içinde gir ve gez. Sera'dan Süreyya'ya seyrü aleme çık. Ben de dahil bütün peygamberlerin söylemiş olduğu en faziletli sözü söyle: Lâ ilâhe illallâhu vahdehû lâ şerike leh. Allah`tan başka mabud yoktur. Allah birdir;

O'nun ortağı yoktur! Merhamet, şefkat, sabır, doğruluk erdemleriyle yüklü yüreğinle bir sır tut. Sadakat ve cömertliğinle Rabbine dön ve şükret. Batıl aynalardan vazgeç. Tapınıp durduklarından, Şira yıldızından, ay, güneş ve ateşten vazgeç. Onları var edene ram ol."

RUBAYŞ

Ertesi gün Rubayş anlatmaya başladı.

"Yüce Melikem!" dedi. "Süleyman saltanatı bir barış ve selamet hükümranlığıdır. İlim ile sanatın iç içe beslendiği, imar ile inşaanın el ele işlendiği bir saltanatın sultanı olarak gördüm onu. Akla gelen her konuda ilim ve marifeti var. Muhteşem bir mabet inşa etmiş. Çeşmeler, imarethaneler, su kanalları yaptırmış. Köprüler, barajlar ve muhteşem yapılar, saraylar, köşkler, bahçelerle süslüdür ülkesi. Süleyman mülkünün bahtını bilgiden maruf gördüm. Gördüm ki bilgi kudreti tüm saltanatların üstünde bir mülktür. Bilgi olmazsa âlem kuru bir cesetten ibaret kalır. Cesede hayat verenin can, canı canlandıranın ise bilgi olduğunu bildim. Süleyman ilim ile âleme sultan olmuş. İnsanlara yol açmış, hayvanlar arasındaki düşmanlığı kaldırmış, tüm kuşlar arasında bir birlik kurabilmiştir. Bu da âlemdeki ilmin sırlarını keşfetmekle mümkündür. Çağdaşı melikler ona gıpta edermiş, derler.

Onun yüreğinde aşkın çeşmesi vardır. Rabbine âşıktır ve o aşk ile hükmeder. Rabbi ona deniz kıyısındaki kum taneleri kadar geniş bir anlayış ve yürek zenginliği vermiştir. Kelimeleri mana yüklüdür. İlahileri ruhu titretir. Erz ağacından duvarda biten zufa otuna kadar ağaçlar hakkında söz sahibidir. Hayvanlar, kuşlar, sürünen varlıklar ve balıklar hakkında bilgilidir. Ve Süleyman'ın sohbetini dinlemek için bütün dünya krallarından adamlar gelir. Şehirlerin kurulması, yeryüzünün imarı, yeşillendirilmesi, fen ve sanatta ilerlemesi için ilme ihtiyaç vardır. Süleyman o ilimlerle kuşatılmıştır."

"Bu gücün kaynağı nedir?"

"Süleyman'ın elindeki görülmez bir hazineden bahsettiler bana. İlimlerin kaynağı ve keşşafı orada saklıymış. Adına İsm-i Azam derler. Mahlûkatın dili ve ilimlerin sırlarını onunla keşfedermiş."

"Hayat hali nedir peki?"

"Sultan Süleyman, varlığı can gözüyle görmektedir. Can gözünü açmak ise canı terbiye etmekle mümkündür. Kraliçem, sizin terbiye sisteminizi ona çok yakın gördüm. Süleyman dünyaya ait her şeyi bir buğday tanesi gibi görür. Ardına düşenler için dünya zor ve zahmetlidir. Yolu tuzaklarla doludur. Hırs, şehvet, caydırıcı ve azdırıcı tüm etkilere can gözünü kapatır."

Sakiler taslar içinde içecekleri sunduklarında heyetten farklı sesler yükseldi:

"Peki, bizden ne ister?"

"Sadece bizimle değildir davası. Yaratıcısının kudret ve saltanatını dünyanın her köşesine duyurmak istermiş. Gece gündüz bunun için çalışır, dünya padişahlığının bir övünç meselesi olmadığını söyler. Hiçbir krallıkta gözü yoktur, derler. Kendi gibi kralları ve melikleri tevhit sancağı altında toplamak arzusundadır."

"İlm-i enaniyeti var mıdır?"

"Ona göre insana verilmiş en güzel ve tatlı nimet ilim nimetidir. İlmin Allah'ın bir bağışı olduğunu söyler. Her ilim sahibine yakışan tutumun o ilmin kaynağını bilmesi, verilen bilgiye karşı Allah'a övgüde bulunarak O'na yönelmesi, bu ilmi bağışlayıp veren Allah'a hoşnut edecek biçimde onu kullanması gerektiği belirtiliyor. Onu bilmeyen, kaynağından kopmuş, yönünü şaşırmış ve Allah'a giden yoldan sapmıştır. Ona göre tüm ilimler O'ndandır. Yepyeni ilimlere ve ufuklara koşmalı insan. Bir saniyesini bile boşa harcamadan ilimle meşgul olduğunu gördüm. Kıl kadar kibre rastlamadım halinde."

Melike günlerden beridir içini kemiren o soruyu sordu.

"Peki, hediyelerimizi neden geri gönderdi? 'Onlarla ancak siz öğünürsünüz.' ne demek?"

"Bunu biz de merak ettik ve saray müşavirlerine sorduk, Kraliçem. Muhatabını aşağılamak ve küçük görmekten öte maddi değerlere önem vermeyişini anlatmak için öyle dedi, derler. Dünyaya ait şeyler beni mutlu etmez anlamındaymış bu davranış. Ölüm ötesinde benimle gelmeyen şeylerden hayır yoktur, ona ancak bu tür şeylere kalbini bağlanmış olanlar sevinir, demekmiş."

Kraliçe sustu. Bu açıklama çok mantıklıydı. Hiçbir şey demeden bekledi. Bakışlarını diktiği noktadan üzerine doğru çevirince genç kız devam etti.

"Otoriter bir devlet başkanı olup ağırlığını koyamayan, sözünü dinletemeyen bir yöneticinin başarabileceği hiç bir şey yoktur. Yönetici dengeli olmalı. Merhameti saltanata, saltanatı merhamete kurban etmemelidir."

"Hafıza kudreti nasıldır?" diye sordu Belkıs. Bir siyaset dehasıydı ve bu soruyla hasmının zaaflarını anlamaya çalışıyordu.

"Yeryüzünde yaşayan her varlığın dilini bilir. İnsanların, cinlerin, hayvan ve kuşların, başka milletlerin dillerini ana dili gibi bilip konuşur. Savaş alanında Farsça, saltanat tahtına oturduğunda Rumca, hüküm ve kazavet kürsüsüne oturup da melik ve padişahlarla mülakat ettiğinde İbranice, eşleri ile münasebette Süryanice, mihrabında ibadet ettiğinde ise Yüce Rabbi ile Arapça konuşup münacaat eder."

"Bunca dil ve ilim sahibi biri nasıl olur da kibirlenmez?"

"Bu ilmi kendisine Allah'ın öğrettiğini özellikle belirtir. Bu ilmin kendisine ait bir özellik olmadığını ve insanın sadece Allah'ın öğretmesiyle böyle bir ilme sahip olabileceğini vurgular. Her an ve her vakitte Allah'ın rahmetine muhtaç olduğunu ve ona teslim bir kul olduğunu açıklar. Tespitlerimiz arasında onun bu hali de hayretamiz bir haldir. Ki sizi tenzih ederiz, diğer ülke padişahları bu kadar güçlü olunca her şeyi kendinden bilir ve herkese meydan okurlar.

Benim dikkatimi çeken şudur ki; onca şan, şöhret, güç ve azamete rağmen Süleyman'ın alabildiğince mütevazı ve merhametli oluşudur. Yüce Kraliçem, benim tespitlerim bundan ibarettir."

Melike kimselerin bilemediği medcezirler yaşıyordu. Heyet dağılıp gittikten sonra dışarıya, seyir mahfiline attı kendini. Ay tapınağında yanıp sönen binlerce alevin cılız ışığını seyretti. Çocukluğu orada geçmişti. Gençlik yıllarının o tazecik büyülü güzelliği gün gün solup gitmişti. Güneşin doğuşunu beklerken ettiği duaları hatırladı. Sarayın her bir penceresinden gözüken güneşe adadığı kurbanlar. Nar tanesi gibi dağılıp kaybolan sevinçler.

Bir keresinde, "Tanrım!" demişti küçük Melike. "Nar tanesi olayım. Kabuğun içinde ki öz olayım. Hoş, tatlı ve güzel!" Kalbi küçük, duası büyük bu çocuğun duasına hayret etti. Deve sütü kaymağını balla karıştırıp cildine sürdüğü günleri hatırladı. Hep güzel, daha güzel, nar tanesi gibi güzel olmak istediği çocukluk anıları... Bahri Ahmer sahilinde yürürken ve koşarken ayaklarının altında ki ince kumları tek tek hissedişini. Yağan yağmurun tanelerini... Gözle görünmeyen incecik damlalar yanaklarına değerken uçsuz bucaksız ovalara koştuğunu. Nar tanesi gibi ıslak ve sevimli halini özledi Melike. Özünü aramayı bu kadar fark etmediği günlerdi.

ŞİMAL

O gün erkenden toplandılar. Henüz bir karara varamamış olmaları ve sorunu çözememiş olmaları kaygı vericiydi ve tebaası Kraliçe adına endişeliydi. Belkıs bu endişeyi çoktan fark etmiş olacak ki onlar söylemeden birkaç kelam edip onları rahatlatmak istedi.

"Bilgelerim, komutanlarım ve neferlerim!" dedi. "Bilirsiniz ki başımızda büyük bir iş var. Bu iş için yola çıktık. Hasmımız güçlü ve kudretlidir. Onu çok iyi tanıyıp bundan sonraki adımımızı belirlemek durumundayız. Merak etmeyin, biz bir kere kara gün gördük, bir daha görmeyeceğiz. Sebe Krallığının muhkem sınırlarını kontrolde tutmak için krallara, zalimlere, sultanlara yem olmayacağız. Bunun için de bu bilgilere ihtiyacımız var."

"Zor ve tehlikeli bir nehirde kürek çekiyoruz!" dedi, yaşlı vezir Sahar. "Biz onunla baş edemeyiz."

"Yüzücü, köpekbalığından korksa inciye elini süremez." dedi Belkıs, sert ve kararlı bir ses tonuyla. "Süleyman'dan korksaydık tebaamızı bu yola seferber etmezdik. Bizimkisi sadece bir anlama ve kavrama yolculuğudur."

Saraydakiler pürdikkat dinlerken, akıllardaki soruları tek tek cevaplamak istedi.

"Dikkatle dinlerseniz çok şey bulacaksınız. Az kaldı, sabırlı olun."

Ardından da sıradaki elçiye işaret etti.

"Anlat Şimal! Ne gördün, neler öğrendin?"

İri yapılı, güçlü kuvvetli bir kızdı Şimal. Yalansız ve bir o kadar da derin gözlem sahibi olduğundan Kraliçe onun görüş ve fikirlerine değer verirdi. Şimal, siyah gözlerini Melikenin ayakucundan ayırmadan anlatmaya başladı.

"Yüce Kraliçem!" dedi. "Öğrendiğim en önemli gerçeği size aktarmak isterim ki o da Sultan Süleyman'ın peygamber olduğudur. Babası Davut'dan sonra peygamberlik bizatihi ona iner. İffeti, ismeti ve masumluğuyla Rabbin elçisidir. Yaşadığı onca hal, peygamberlik mucizesidir, derler."

"Çok önemli bir bilgi bu!" dedi Kraliçe. Heyecanlanmıştı.

"Demek o gerçekten de bir peygamberdir!"

"Evet, Melikem." dedi Şimal. "Süleyman'ın dili şükür, kalbi tövbe doludur. İbadete çok düşkündür. O anlarda zamanı unutur, günlerce hücresinden çıkmazmış. İbadet ederken yanında ağaç güverir, otlar bitkiler bitermiş de Rabbine olan taziminden dolayı fark etmezmiş Süleyman. Lokman Hekim gibi o da ağaç ve bitkilerin dilini bilir, zikrini işitir ve onlarla konuşurmuş. 'Burada işin ne senin?' dermiş mesela. 'Şu derdin devasıyım ey hükümdar!' dermiş ağaç ve bitkiler. Derler ki; yeryüzüne dağılan tüm bitkisel şifalı sırlar, menkıbesini Süleyman'dan almıştır.

Kral Süleyman yemez yedirir, giymez giydirir. Mutfağında türlü çeşit yemek pişer. Gelen gidene ikram edilir, fakir fukara doyurulur. Ama o az bir katıkla arpa ekmeğinden vazgeçmez. İbadet onun gıdası ve gücüdür. O sebeple ne dünyaya ve ne de içindekilere nefsi adına dönüp bakmaz."

Melikenin içini kasıp kavuran, "Bu hediyelerle ancak siz sevinirsiniz." sözü kısmen cevabını bulmuştu.

"Demek dünya ötesi zamanlara hazırlanır Süleyman. Ötesiz sermayelerin sığ ve sıkıntılı çukurlarına düşmüyor." dedi Belkıs.

"Evet, Melikem." dedi Şimal. "Yakınındaki cariyelerden aldığım bilgiye göre, 'Kefenimin kumaşı kim bilir hangi tezgahta dokunurken benim dünyayla işim olmaz.' der, her ayın başında altı, ortasında üç, sonunda üç gün oruç tutar. O da babası Davut gibi gece boyu ağlar, titrer ve 'Rabbim seni incitmeyeyim!' diye dua eder."

Şimal'in son sözü Kraliçenin kulağına bir çift inci küpe gibi asılı kaldı. Ruhunda çınlayan akisler ise bambaşkaydı. "Rabbini incitenler, ruhuna ihanet edenlerdir."

HAZRA

Uzun beyaz elbisesinin içinde yine bir rüya kızı gibiydi Belkıs. Dalgalı saçlarını tepeden toplamıştı. İnce zarif takılarında güneş mabedinin sembolleri vardı. O güzelliğin ve zarafetin aksine alabildiğine tok ve sert bir ses tonuyla seslendi tebaasına: "Vezirlerim, komutanlarım iyi dinleyiniz! Süleyman mülkünden bize gönderilmiş birçok incelik var. Şu nalı sökülmüş dünyaya iyi bir derstir duyduklarınız. Yiyip içtiğin senin, ilmin ve fehmin bizim olsun. Anlat bize Ey Hazra!"

Hazra anlatmaya başladı.

"Alerre'sivelayn! Emriniz başım üzerinedir Kraliçem!" dedi Hazra. "Ben Süleyman'ın her işine duayla başladığını öğrendim. O, sahip olduğu nimetlere şükredebilmeyi nasip etmesini Tanrı'dan diler. Salih amel işleyebilmeyi, iyiler arasına dâhil edilmeyi diler. Bağışlanmak için çokça yakarır. İnsanın içinde var olan o doymak bilmeyen duygunun bir tek Allah aşkıyla tatmin olabileceğini söyler.

Süleyman bir gün tebaasından bir grupla yağmur duasına çıkar. Yolda, sırt üstü yere yatıp ayaklarını göğe kaldırmış bir karıncaya rastlarlar. Karınca, 'Ya Rabbi, Bizler de Senin mahlûkunuz. Sana el açıp, sana gönül bağladık. Rızkına ve rahmetine muhtacız. Ya yağmur yağdırır bizi sularsın veya yağdırmaz helak edersin!' diye yakarmaktadır.

Süleyman bu içli duadan çok etkilenmiştir. Yanındakilere dönerek yerdeki karıncayı gösterir, 'Haydi, dönüyoruz!' der. 'Sizin dışınızdakilerin duası ile yağmura kavuştunuz.' Sonrasında günlerce yağmur yağar. Karıncanın duası hürmetine herkes huzura kavuşur.

Cariyelerden işittim ki bir gün bir melek elinde bir bardak su ile gelerek, 'Ey insanların ve diğer canlıların sultanı, şu elimdeki suya ab-ı hayat derler. Eğer ondan içersen çok uzun ömürlü olacak, asırlarca yaşam imkanına kavuşacaksın. Nice kavimler ölecek, yerlerine yenileri gelecek ama sen hepsinin zamanında da ömür sürecek, saltanatta olacaksın. Yeter ki bu sudan iç!' der.

Kral düşünmeye başlar. 'Kuşlarımla bir istişare edeyim de sonra kararımı bildireyim.' der. Sonra kuşlarını toplar. 'Melek, bana ab-ı hayatı sundu.' der. 'Eğer içersem çok uzun yaşayacak, asırlarca saltanat sürecekmişim. Siz bu işe ne dersiniz?' diye sorar.

Kuşlar sevinçle cıvıldaşırlar. 'İçiniz efendim! İçiniz de asırlarca muammer olunuz!' derler.

Ancak o sırada Hüdhüd kuşu yoktur. Müzakere bittikten sonra uçarak gelip dağılmak üzere olan kuşların arasına karışır. Onun gelişini gören Süleyman, 'Bakınız, bir kardeşiniz istişarede yokmuş. Bir de onun fikrini soralım, belki ufkumuzu genişletecek bir görüş ileri sürebilir.' der. Durumu ona da anlatır.

Hüdhüd yavaş yavaş konuşmasıyla bilinirken bu kez heyecanla ve aceleyle, 'İçmeyiniz efendim!' der. 'O suyu içmeyiniz!'

'Neden?' diye sorar Süleyman.

'Siz bu sudan içecek olursanız çağlar ve asırlar boyu hep yaşayacaksınız. Oysa sizin emsal ve akranlarınız çoktan ölmüş olacak. Sevdiğiniz ve sevmediğiniz herkesin ölüm acısını tadacaksınız. Ayrılık ıstırabını duyacaksınız. Sonra yeniden dost ve emsaller edineceksiniz. Onlar da ölümü tadacak. Ve siz, onların da ölümlerinden acı duyacak, üzüntü hissedeceksiniz. İçiniz yanacak sürekli. Öyle bir hayat çekilir mi? Durmadan ölüp gidenlerin ardından siz hiç durmadan acı çekeceksiniz. Buna var mısınız?' der hüdhüd.

Süleyman bu görüşün doğru olduğuna inanır ve Allah'tan af diler. Bu andan sonra da ömürden çok saltanat duası yapar. 'Yarabbi, bana öyle bir mülk ve yönetim gücü ver ki ben onu sadece Senin yolunda kullanayım.' der. 'Benden sonra gelen insanlar 'bakınız, dünya malının ve saltanatının bir vefası ve kalıcılığı olsaydı, bu önce Süleyman'a nasip olurdu. Dünya mülkü Süleyman'a bile yar olmadığına göre kimseye yar olamaz' deyip dünya zenginliğine, mülküne, saltanatına güvenip tutunmasınlar. Ve Seni unutmasınlar.'

Süleyman'ın asıl amacı, geçici dünya mülküne ve saltanatına sahip olmak değil, ahiretteki sonsuz mülkü ve saadeti istemektir. Bunun için çalışır çabalar ve çırpınır. Rabbi ona her nimet verişinde tevazu içinde şükreder. O şükrettikçe nimet artar ve devamı gelir derler. Şükrü yine aynı kelamdır: Elhamdulillahhazaminfadlirabbi!"

LEVNİZ

"Ey insanlar, bize kuşların konuşma dili öğretildi ve bize her şeyden (bol bir nimet) verildi. Gerçekten bu, apaçık bir üstünlüktür."

(Neml:16)

Süleyman diyarından kılı kırk yarıp da bilgi toplayan, saklı gizli devlet sırlarını Kraliçe için derleyen elçiler heyecan içindelerdi. Belkıs her biriyle tek tek ilgileniyor anlatılan her bilgiyi kayıt altına aldırıyordu. Süleyman yurdundan gelen her bilgi, her kelime çok önemliydi onun için. Hasmını iyi tanımak bir savaş taktiği ise Melike bu soğuk savaştan mağlup çıkmamak istiyordu. Süleyman'ın savaş açabilme ihtimaline karşı onu her noktadan iyi tanımalıydı. Onu kumpasa düşürmek, çelme takmak ya da oyalamak fikrinde asla değildi. Net ve sağlam kararlar alması için buna ihtiyacı vardı. Hususi bir görüşmeydi bu. Vezirleri, ordu kumandanları, harem görevlileri ve bir de otuz Anka kızla otuz Anka gençten başka kimseyi almadı odaya.

Sakin duruşu ve ölçülü ses tonuyla, "Fikir ve görüşlerinizin tamamını bilmek istiyorum." dedi. "Hiçbir ayrıntıyı atlamadan anlatın şimdi. Süleyman'ın diyarında ne gördünüz, ne işittiniz, ne öğrendiniz?"

"Bugüne dek böylesini ne gördük ne de işittik!" dedi Levniz, şaşkın bir yüz ifadesiyle. "Kral Davut'un oğlu dünya yüzünde hiçbir saltanata verilmemiş güçlere sahiptir. Mal, mülk, şan, şöhret akıl almaz derecededir. Cinler, insanlar, hayvanlar emrine amadedir. Kuşlarla konuşur, hayvanlarla şakalaşır, rüzgârla yarışır ve daha nice sırları vardır ki tek tek size dermeyan edeceğiz."

"Ne cins bir ilimdir bu? Rüzgârla kim yarışabilir ki? Kuşlarla konuşmak nedir? Kuşlarla ne konuşur, nasıl konuşur? Anlat, nasıl iştir bu?"

"O iş derin sırdır Kraliçem!" dedi Levniz, anlamlı bakışlarını yere dikerek. "Süleyman'a kuşdili öğretilmiş. Kuşlarla konuşup sohbet ediyor. Yerde kımıldayan her hayvandan haberdardır. Kuşlardan oluşan güçlü bir ordusu var. Ona kuşların mantığı kavratılmış. Onların yaşayış diline hâkimdir. Süleyman tahtında oturunca kartallar, leylekler, hüdhüdler üzerini gölgeliyorlar. Göz alıcı renkli kuşlar en tatlı sesleriyle ıslık ıslığa koşup gelirler yanına. Tavuslar süslü parlak kuyruklarıyla ona yelpaze olur, bülbüller ötüşür, kanaryalar söyleşir."

Göktaşı gibi iri gözleri sonuna dek açılmıştı Melike'nin. Levniz, anlatmaya devam etti.

"Süleyman, Davut'un yerine geçince, 'Ey insanlar, bize kuşdili öğretildi ve her şey bol bol verildi, kuşku yok ki bu apaçık bir lütuftur.' demiş. Baba oğul ikisine de mantık-ul tayr ilmi verilmiş. En önemli müşahedem de şudur ki Süleyman onca saltanattan ve ihtişamdan bir kez dahi söz etmez. O sürekli ilimden söz eder. Çünkü hükümdarlık bu alanda kendisinden söz edilebilecek kadar büyük bir nimet değildir. Allah'ın nimetinden söz ediyor ve lütfunu açığa çıkarıyor. Onu bir böbürlenme ve imrendirme aracı olarak kullanmıyor. İnsanlar ondan sık sık şu kelamı duyarlar: 'Elhamdulillahhazaminfadlirabbi' Kuşku yok ki bu apaçık bir lütuftur.

Kaynağını açıklayan ve sahibini gösteren Allah'ın lütfünü sık sık yâd eder. O benim gibi hayretli bakış sergileyenlere bu tavrıyla der ki 'Allah'ın dışında hiç kimse insanlara kuş mantığını öğretemez. Aynı şekilde hiç kimse bir insana bu kadar geniş imkân sağlayamaz.' Bunun bir peygamberlik mucizesi olduğunu söyleyenler var."

Dili tutuldu Kraliçenin. Güneş ikonlu kolyesini öpüp alnına koydu. Olağanüstü hal ve olaylar karşısında böyle yapardı.

"Benim duyduklarımı siz de duydunuz değil mi?"

Evet anlamına baş eğdi heyettekiler. Genç kız devam etti:

"Süleyman kuşlara bir ıslık çalınca bütün gök kuşları toplanıp yanına gelir. Nereye gitse onlarla iş görür. Şu an Süleyman burada olsa ve bir ıslık çalsa Sebe'deki tüm kuşları buraya toplar. Kontrolü dışında tek kuş uçamaz. Emre amadedir hepsi. Uzak ülkelerde olup bitenleri bu kuşlar ona haber verir."

Son cümlede ürpermişti Belkıs. Süleyman'ın sarayının en mahrem köşesine nasıl nüfuz ettiğine dair ipuçları edinmişti. Heyecanlandı.

"Onun habercisi hangi kuştur?"

"Kuşlar ordusundan hüdhüd, seferlerde öncüdür. Çok özel bir kuş olduğunu öğrendik. Davut Peygamberin mezamirlerini ezbere bildiğini söylediler. Süleyman ordusunun su ihtiyacı onun keskin görüşüyle keşfedilirmiş. Hüdhüd gagasını toprağa yatırarak yeraltındaki su kaynaklarını tespit eder. Metrelerce toprağın altındaki taneyi bile görebilecek hünerdeymiş meğer."

"Gün geceye sermayedir, Levniz!" dedi Belkıs. "Dikkatle yürümek, hazerle basmak vaktidir. Yeni gün kadar taze zekânla neler gördün neler öğrendin. Hüdhüdü bana tarif et!"

"Hüdhüdün namı, Mürg-i Süleyman'dır. Bakır renkli tüyleri parlaktır. Tepesinde gök mavisi tüylerden oluşmuş bir taç taşır. Alımlı, çalımlı ve vakurdur. Dikkatli, uyanık bir kuştur. Süleyman'ın ordularına su ararken 'hüd hüd' diye öter. Yani 'orada orada' diyerek suyu haber verir. Hüdhüd çok hızlı uçar, hiçbir kuş ona yetişemez. Bir anda kaybolup geldiğini görürsünüz. Bu güne dek bir kuşun öylesine şuurlu ve hızlı olabileceğini hiç düşünmemiştim."

"Bu özelliklileri sayesinde Süleyman onu seçti demek!"

Sırrı ifşa olmuştu Kraliçenin. Günlerdir gördüğü o kuşun nereye ait olduğunu kimseye söylememişken ve tam da şimdi Süleyman mektubunun postacısı görünmüşken, bunu bilmeden yapmıştı. Levniz devam etti.

"Süleyman, kuşların dillerindeki sırrı anlar, Melikem. Bir gün çadırını kuşların çok olduğu bir yere kurar. Bülbül, papağan, tavus, hüma, doğan, keklik, baykuş aklınıza gelen tüm kuşları yanına çağırır. Kuşlar gelip hünerlerini sayıp dökmeye başlarlar. Sıra hüdhüde gelir. 'Ey ulu padişahımız!' der. 'Ben size küçük bir hünerimi bildirmek isterim, belki işinize yarar.'

Kral Süleyman, 'Buyur söyle.' der. Hüdhüd, 'Ben göğün mavi derinliklerinde uçarken yerin derinliklerindeki suyu görürüm. O suyun derinliğinin, renginin ve kokusunun topraktan mı yoksa taştan mı kaynadığını bilirim. Sefere gideceğiniz zaman size konaklayacağınız yer konusunda faydalı olabilirim.' der.

Kral Süleyman, 'Ey güzel arkadaş! Uçsuz bucaksız çöllerde susuz kaldığımızda sen bize arkadaş olursun!' der ve onu ordusuna almaya karar verir.

Bunu duyan karga kıskanır. 'Kralım siz ona inanmayın!' der. 'Madem böyle bir hüneri var, neden yerdeki tuzağa yakalanır? Besbelli yalan söylüyor.'

Kral Süleyman, hüdhüde döner, 'Huzurumda yalan mı söyledin?' diye sorar.

Hüdhüd, 'Ey yüce padişahım!' der. 'Karganın sözlerine inanmayın. Ben yalan söylemem. Dediklerim doğrudur. Benim tuzağı görmeyişimin sebebi kaza ve kaderin gözümü kapatmış olup, aklımı bağlamasındandır. Yoksa elbette ki yerin üstündeki tuzağı görürüm. Fakat ne yazık ki kaza gelince bilgi uykuya dalar, ay tutulur, gün kararır.'

Anlamlı bir cevap alan Kral Süleyman, kargaya itibar etmez. O günden sonra hüdhüdü keşif sözcüsü yapar."

Anlamlıydı anlatılanlar. Belkıs bu kuş bahsinden bir hayli etkilenmişti. Genç kız anlatmaya devam etti.

"Sabah daha gün ışımadan, horozlar ötmeden, yalancı fecir kaybolmadan evvel hüdhüd tüm kuşlardan önce uyanır. Süleyman ordusunda keşif birliği komutanıdır. Sıradan bir kuş değildir o. Sırtında haşmet elbisesi, başında da hakikat tacı vardır. Gagası uzun, kuyruğu da kare şeklindedir. Keskin bir bakışı vardır. Yerin altındaki tohumu ve taneyi bile görür. Zorluklara karşı dayanıklıdır, direnir, sabreder. Yanındakilere umut telkin edip şevk aşılar. Derler ki; secdeye âşık bir kuştur o. Gagasını yere koyar, suyun nerede olduğunu anlar. Hatta kendisi ile suyun arasında kaç fersah ve kaç boy olduğunu bile keşfeder. Eşine çok bağlıdır, eşi ölünce yeni bir eş aramaz. Anne babasına karşı çok hürmetkârdır, yaşlandıklarında yiyeceklerini temin eder. Annesi öldüğünde uygun bir yer buluncaya kadar onu başında taşıdığı için mükâfat olarak güzel bir taçla süslenmiştir."

Belkıs, huzurundakilere doğru dönerek, "Ben ki Yemen Hükümdarı Tubba'nın torunu, şerefli Şurahbil kızıyım. Sebe saltanatının dillere destan şanında böyle bir şey işitmedim. Nasıl bir etki gücüdür bu, açıklayın bana!"

Kimseden ses çıkmadı. Levniz devam etti.

"Uçan cinsinin seslerini çok ustaca kullanır, diyorlar. Beşer işitmesinden öte bir sistemleri varmış. Duymadığımız sesler ve titreşimlerle konuşurlarmış. Bilgi ağları güçlü ve çok hızlı iş görürlermiş. Bunu da ancak peygamberler bilebilirmiş. Zannediyorum Süleyman'ın saltanatı da beşer gücünü aşmış. Kuşlar arasındaki gönül işlerinden bile haberdardır."

Gülümsedi Melike, "Nasıl iştir bu!" diyebildi şaşkınlıkla.

Heyet dağılıp bilgeler tek tek odalarına çekildiler. Belkıs'ın sarayı derin bir sessizliğe çekilmişti. Kendisiyle baş başaydı Melike. Günlerdir duyup öğrendikleri onu büsbütün germişti. Uykunun derin kollarına yürümek zihnini toparlamak istiyordu ancak yastığa başını koyduğu anda aklındaki soruların bahar kuşları gibi cıvıldadığını hissetti. Yumdu gözlerini sımsıkı. Dış dünyayla olan tüm bağlarını kesmek istediyse de başaramadı. Rüya ile uyanıklık arasında ki o dünyaya girmekten kendini alamadı.

Yakaza âlemindeydi ve Yeruşelim Kralı Süleyman yanı başındaydı yine. Bitkindi Melike. Zihnini işgal eden tüm sorulardan kurtulmak istiyordu.

"Nedir bunlar ey Kral! Elçilerim günlerdir senin şanını öve öve bitiremediler. Nasıl bir saltanat kurmuşsun öyle. Duyduklarım doğru mu?"

"Mülk ve saltanat bize ait değildir, dedi Kral. Duydukların doğrudur ancak tamamı Yüce Rabbimin sonsuz saltanatının yansımalarıdır."

O arada içinden çıkamadığı en akıl almaz soru geldi aklına: "Peki ya kuşlar?" dedi Belkıs, net bir sesle. "Onlardan müteşekkil bir ordu kurduğun, konuşup, dertleştiğin doğru mudur?"

Gülümsedi Süleyman.

"Neden şaşırdınız bu kadar. Tuyur cinsi yani kuşlar Rabbimin tantanalı bir mucizesi değil midir?"

"O ne demek!"

"Kuşların rengindeki cazibeyi ve türlerinde ki zenginliği görmez misin ey Kraliçe! O renklerdeki güzelliği ve canlılığı gören, Rabbimin kudreti ve cemali önünde elbette Subhanallah diyecektir."

İbrişim yatağında sağdan sola döndü Belkıs. Kendini bir yandan öte yana attı. Cibinliğin tülleri dalgalandı. Sıcak buğular uçuştu. Ter içindeydi ve sürekli sorgudaydı. Hüdhüd de oradaydı. Onun harikulade renklerini seyretti. Süleyman hiç durmadan ona yaratılmışların çeşitliliğini ve muhteşemliğini anlattıkça yeni âlemler keşfediyordu Melike. Sarayının bahçesinde beslediği papağan, atmaca, kartalın farklılıklarını düşündü. Ne kadar zengin bir tasarımdı. Onları var eden el ne kadar mahir ve ne kadar sanatlıydı.

"O kuşların halleri, renkleri ve dilleri insana, 'Subhane men tahayyere fi sunihil ukul.' dedirtiyor," dediğinde Melike yeniden sordu.

"O ne demek?"

"Sanatıyla akıllara durgunluk veren, onları şaşırtan Allah'ı noksanlardan, eksiklerden tenzih ederim."

Noksanlıktan tenzih, müthiş bir kelimeydi. Gülümsedi Kraliçe.

"Her sabah tanrımı kuş sesleri eşliğinde tazim ederim. Bin bir ıslık ve güzellik içinde ötüşleriyle tanrıya neler anlattıklarını merak etmişimdir hep. Hayatın sırlarını müjdeliyorlar sanki. Peki, siz onlarla nasıl konuşursunuz ve kuşların dilinden nasıl anlarsınız?"

Kral cevap verdi: "Rabbim bu mucizeyi bana ve babama ikram etti. Bize kuşların dilini öğretti. Gökte uçmaları, cılız kanatlarının gücüyle uzak iklimlere gitmeleri, karda, buzda soğukta bile uçmaları ibret verici değil midir?"

"Hayret vericidir de!"

Hüdhüd anlamlı bakışlarını Melikenin üzerine dikmiş öylece bakarken Kral devam etti: "Peki ya çeşmeler, çaylar, ırmaklar, denizler, okyanuslar içlerindeki cevherlerle beraber Rabbimin hazinesi değil midir? Yerden, dağlardan kaynamaları tesadüf müdür?"

Şaşkındı. Gürül gürül çeşmeler çağıldadı Belkıs'ın yüreğinde. İçinin tüm korkuları ve sorguları yok olup gitmişken onu dinledi.

"Çiçeklere, meyvelere bak Belkıs! Tatları, kokuları, nakışları seyret. Her şeyi bilip yapan bir Var edicinin eseridir bunlar."

Melike, yakaza âleminde yeni bir uyanış içindeydi. Her söz bir farklı âlemin penceresiydi onun için.

"Kuşlara bak!" diyordu Süleyman. "İyi dinle. Onların söyleşmeleri, cıvıldaşmaları, hayret verir bir tarzda birbirlerine seslenmeleri Rabbimin ilminden değil midir?"

"Hiçbiri boşa değil." dedi Melike.

"Bulutlara bak!" dedi Kral. "Yağmur damlalarının sesi anlamsız mıdır? Şimşekler ve gök gürlemeleri boş bir gürültü olabilir mi? Onlara kulak ver Ey Belkıs."

Melike hiç duymadığı ve bilmediği kavramlarla sarsılıyordu.

"Göğe bak! Gök içinde Ay'ı izle! Onun hareketi bir Yaratıcının emriyle değil midir? İyi düşün!"

Hızla fırladı yatağından. Ve bu çok anlamlı rüya da neydi? Neydi bu yaşadığı? Süleyman'la yaptığı bu hasbıhal, anlamlı sohbet, duydukları neydi? O güne dek sıradan bir akış içinde görüp yaşadığı her şeyin bir anlamı olabilir miydi? Tek tek toparlamaya çalıştı kelimeleri. Bütün bunlar Süleyman'ın noksanlıktan tenzih edilmiş Rabbine mi aitti?

Hüdhüdün derin bakışları hâlâ üzerinde hissederken mırıldandı: "Benim Tanrım noksanlıktan münezzeh midir? Eğer öyleyse neden şimdi yanımda değil."

Gecenin kara örtüsü içinde tanrısının kendinden çok uzaklarda olduğunu düşündü. İçinin tüm dertlerini sunmak için sabah olmasını bekleyecekti. Ona ulaşamıyordu. Ürperti içinde güneşin doğuş anını bekledi.

ELBİHA

Dolunayın sim sırma huzmeleri geceye dökülürken, Sebe Melikesinin sarayında derin sorgulamalar vardı. Elbiha dikkatli ve duyarlı bir kızdı. Ondaki ince anlayışa hayrandı Melike. Süleyman'n beşeri duygulardan haberli olup olmadığını merak etmişti. Bu sorunun cevabını ondan dinlemek istedi.

Gözlerinde uzak yıldızların ışığı titreşirken, "Söyle Elbiha!" dedi. "Aşktan ve sevdadan haberli midir?"

"Aşkın bir köprü olduğuna inandığını söylerler."

"Peki, sen bu kanaate nasıl vardın?"

"Sultan Süleyman'ın aşka âşık bir hükümdar olduğuna kanaatim tamdır. Bunu saray hizmetlisinin lisanından bir olayla aktarayım isterseniz."

"Aktar bakalım." dedi Belkıs, olanca merakıyla.

"Süleyman bir gün tahtında oturmuşken önünden iki minik serçe geçer. Serçelerden erkek olan dişisine, 'Seni öyle çok seviyorum ki senin için Sultan Süleyman'ın tahtını bile yerle bir ederim.' demiş.

Kral bunu duymuş ve minik serçeyi huzuruna çağırmış. 'Sen sarayımı yıkacağını mı söyledin yoksa ben mi yanlış duydum?' demiş.

Minik serçe âşık edasıyla, 'Hayır, yanlış duymadınız.' demiş. 'Ona o kadar âşığım ki elimden gelseydi bunu yapardım.'

Sultan Süleyman, 'Seni devlet malına ihanetten cezalandıracağım. Şimdi kendi cezanı kendin seç.' demiş.

'İster kafamı kopar, ister canımı al ama ben ahdimden dönmem. Varsın aşk yolunda başım gitmiş olsun!' demiş minik serçe.

Onun aşka olan bu cüreti karşısında Süleyman gülümseyerek: 'Haydi, git o zaman, affedildin!' demiş."

Hayret, hayranlık ve şaşkınlık içindeydi tüm heyet. Kraliçe ise hayranlığını ve şaşkınlığını gizleyerek dinlemeye koyuldu. O güne dek hiç duymadığı, dinlemediği ve hiç düşünmediği gerçeklerle yüz yüzeydi. Ağzı yalansız ve kale gibi sağlam adamlarından duymasa, bütün bunların uydurma hikâyeler olduğuna inanabilirdi. Ama elçileri o güne dek onu hiç yanıltmamıştı. Bilge kız devam etti.

"Süleyman yurdunda bülbül mersiye okur, sülün ilahi besteler, kumrular zikirle hemhaldır. Süleyman saltanatı anlatmakla bitmez. Yedi gün yedi gece söylense tükenmez."

"Anlat sen!"

"Sultan Süleyman'a göre bedensel hazlar insani arşa çıkmak için birer basamaktır. Onları kökten tahrip edip öldürmek yerine terbiye edip inkişaf ettirmektir aslolan. Onları zapturapt altına alıp da yaratılışa derc edilmiş manevi duyuşların emrine vermedikçe kemale erişilmez. Her varlık için geçerli bir yaratılış sırrıdır bu. Hayvan insan fark etmez. Terbiye sürecinden geçen her varlık mükemmeli bulur. Nefsin arzularını ruhun arzularına kurban etmekle başlar bu iş."

"Bu sonuca nasıl vardın?"

Bu cevabı Bahta vermek istiyordu. Sık sık araya girip meraklı ilaveler yapmasından bunu anlamıştı Melike. Ona doğru döndü ve "Onu da senden dinleyelim Ey Bahta!" dedi.

BAHTA

Genç nefer Bahta, Melikenin önünde saygıyla eğildikten sonra Elbiha'nın bıraktığı yerden devam etti.

"Süleyman saltanatında eğitime önem verilir. Süleyman'ın terbiye sistemi ilk önce kuşlar ordusu üzerinde denenir. Eğitilmiş, terbiye edilmiş kuşları vardır onun. Yetenek ve anlayışları diğer kuşlara göre kat kat fazla gelişmiştir bu kuşların."

Belkıs, Sultan Süleyman'la aynı noktayı yakaladığını düşündü. Yıllar yılı çok özel eğitimlerden geçirerek yetiştirdiği neferlerini süzdü tek tek. Onunla aralarında ilk kez bir benzerlik bulmuştu.

"Eğitilmişlerle eğleşmek ahsendir." dedi Melike. Bahta devam etti.

"Kuşların padişahı ve talimcisidir Süleyman. Denilen o ki; bildikleri ve gördüklerinden hâsıl olan fehm ve ilmi onlara kavratmak istemiş. Can taşıyan her varlık bunu bilmeliymiş, edebin ve gayretin insanı hayvanı olmazmış. Onları bir can eğitimine tabi tutmuş. Ona göre bütün lezzetlerin mahzeni nefistir. Simurga ulaşanlar, his ve heves oyunlarına gelmezler. Nefsin kölesi olmak yerine, nefsi kendilerine köle ederler."

Tebaasını o sistemle eğitmişti Belkıs. İlgiyle dinledi.

"Gece gündüz demeden, ekmek su demeden kanat çırpmış tüm kuşlar. Oraya varmak için çaba sarf etmişler. Hız ister, nefes ister, güç ister, bilgi, sabır, dayanıklılık ister. Oraya varmak her kuşun harcı değil. Yolu yarılamadan nefesi kesilenler, hızını yitirenler ve sonra da tek tek geri düşer olmuşlar. Süleyman'ın kuşları yedi varta, yedi veda ve yedi vadiden geçerler. Her biri çileli ve zorludur bu vadilerin, aşmak kolay olmaz. Ancak kalp sırrına erenler onu aşabilirler ki fenafillâh makamıdır bu. Nefse tamah edenler aşamazlar. Geri dönüşler yapanlar yeme, içme, eğlenme, gezme, oturma, uyuma gibi vartalarda kaybolmuşlardır. Yola devam edenler ise tek başına hiçbir yere varılamayacağını bildikleri için güç birliği yaparlar."

"Bu yedi vadi nedir Bahta, anlayabildin mi?"

"Vadiden maksat çaba ve emektir, efendim. Arzu Vadisini geçenler, his ve arzularını gemleyebilenlerdir. Aşk Vadisine ulaşanlar, aşkın uğruna canını ortaya koyanlardır. Marifet Vadisine varanlar, var oluş ilmini kavrayanlardır. Hayret Vadisine uçanlar, hayatın hay huyunu ibretle seyredenlerdir. Tevhit Vadisinde gezenler, her şeyin birden gelip bire döneceğine inananlardır. Yokluk Vadisini aşanlar, kendini külliyen unutup aşka uçanlardır. Esasında Simurg 'otuz kuş' demektir. O gücü elde edebilen, o beceriye ulaşabilen, o sabrı gösterebilmiş Simurg. Sonunda Simurg'da yok olurlar, yani gölge güneşte kaybolur ve fenafillâha ulaşırlar. Ondan sonrasında da sonsuzluğa ulaşırlar."

Sebe Kraliçesi Belkıs görkemli tahtının üstünde olanca dikkati ve heybetiyle Bahta'yı dinlerken bakışları tek noktaya kenetlenmişti. Şimdi Süleyman bir Simurg'tu onun için. Yanı başında ferah esintiler veren yelpazeci kızı tek eliyle durdurdu. Ne ses, ne nefes ne kokuydu istediği. Sadece ve sadece Süleyman mührünün içinde saklı olan o sırrın ardındaydı.

"Peki, Simurg'a ulaşabilmişler mi?"

"Bu iş öyle kolay değilmiş, derler. İlk pişmanlığı bülbül yaşamış Melikem. Bakmış bu işe ne gücü yetecek ne de nefesi, sürmeli bakışları kederlenmiş. Sevgilisi gül gelmiş aklına. Gülü düşününce de vazgeçmiş kararından. Canına mal olmadan geri dönmüş kendi sınırlarına. Güle olan aşkı ağır basmıştır zira.

Ardında papağan pike yapmış. O güzelim renkli tüyleri yüzünden kafeslere kapatılma uğruna vazgeçmemiş hayattan. 'Kafeste bile olsa yaşamak güzel.' demiş. 'Kaç fersah göklere varınca ne canım kalır ne güzelliğim. Uçsuz bucaksız göklerde ölüp gideceğim. Benden geriye yeryüzüne birkaç renkli kanat ya düşer ya da düşmez. İyisi mi ben de döneyim.' demiş.

Derken baykuşun da gücü tükenmiş. Geride bıraktığı harabeleri özlemiş. Onlarda yaktığı ağıtları hatırlamış. Acıkmış, yorulmuş ve susamış. Daha fazla tükenmeden o da geri dönmüş.

Kuşlar kralı kartal, 'Benim eriştiğim yücelere kimse erişemez. Ne Kaf dağına varmaya ne de Anka kuşunu görmeye ihtiyacım yok.' demiş ve daha fazla yükselmeden geri dönmüş.

Balıkçıl kuşuna sıra gelince, 'Eyvah başıma gelenler!' demiş. 'Balçık dolu bataklığımda leziz solucanlar, kurbağalar, böcek ziyafetleri varken ne işim var burada. Yemim yemeğim bataklıkta hazır beni beklerken neme lazım bu yollar, bu çabalar!' demiş ve bataklığına geri dönmüş.

Yolu bırakanların çoğu, arzu vadisinde renklere takılmış olanlar ve kör bir sineğin vızıltısına takılanların elleri bomboşmuş. Aşk Vadisindekiler şehvetin çamuruna belenip çıkamamışlar. Marifet Vadisine erenler kibir tuzağına düşmüşler. İstiğna Vadisindekiler gurura kapılmışlar ve yarım kanat daha vuramadan öyle kalmışlar, ötelere varamamışlar.

Kuşlar içinde bir kuş varmış ki azimli ve öngörülüymüş. Hep en önde ve zirvelerde uçtuğu halde yorulmazmış. Aşka talipmiş çünkü. Simurg'a sevdalıymış. Arzu Vadisini iradesiyle aşmış. Aşk Vadisinde cazibeyi keşfetmiş ama takılmamış. Marifet Vadisinde ilmin eşsizliğine hayran kalmış ve hamd etmiş. İstiğna Vadisinde tevazu kanatlarını açmış, uçmuş, uçmuş. Tevhit Vadisine geldiğinde bir olanın zenginliğini görmüş. Hayret Vadisinde sonsuz nimetleri derk edip şükretmiş. Fakra Fena Vadisine vardığında nefes namına hiçbir arzusunun kalmadığını hissetmiş. Yokoluş Vadisine erdiklerinde artık sonsuzun ötelerini seyre dalmışlar. Artık orada ne Simurg ne de Kaf Dağıymış düşleri. Sadece ve sadece bir olana adanmışlar.

Tıpkı bunlar gibi üç yüz kuş türü içinden geriye sadece otuzu kalmış. Onlar da Sultan Süleyman'ın gözdesi olmuş. Sultan onları bir güzel eğitmiş. Kuşların öncüsü ise hüdhüd kuşu seçilmiş. O sebeptendir ki yüce Kraliçem, Süleyman nereye giderse gitsin hüdhüd kuşu kuşların kumandanıdır."

Anlatımı bitmişti. Belkıs ikinci bir benzeyiş gördü kendiyle Süleyman arasında. Müthişti bu. O nasıl sarayının kabul dairesine aldıklarını birçok elemelerden, tuzaklardan, engellerden, tedrislerden geçirerek süzmüşse, Sultanın kuşları da öyleydi demek.

"Liderin düşmanı çoktur!" diye geçirdi içinden. "Liderin yakınındaki kişilerin sağlam, dayanıklı, kararlı ve gerçekçi bakış açısına sahip olması gereklidir. Yönetim için bu gerekli bir metottur."

Başvezir hayretini gizleyemedi, "Kuşlar üzerinde bunu denemesi ilginçmiş!" dedi.

"Her canlı nefis taşır." dedi Bahta. "Süleyman terbiyesinde terbiye edilmemiş her nefis ölçüyü aşar. Haz tuzağına düşer ve kendi sonunu hazırlar. O tuzağa takılıp kalmayanlar ise çabuk arınırlar. Arınmışlar ise huzura ermişlerdir. Marifet göklerinde uçarken tene ve taneye takılmazlar. Benlik dağlarını aşarak aşka ulaşırlar. İzzet ve azamete ulaşmak için bu gereklidir."

Genç kız bu açıklamayı yaptıktan sonra bıraktığı yerden devam etti.

"Hüdhüd, Sultan Süleyman'a çok uzak yerlerden haber ulaştırır. Süleyman'ın haber kuşudur. Birçok badirelerden geçerek o makama ulaşmıştır ve Kral onu çok iyi eğitmiştir."

Kraliçe günlerden beri ilk kez gülümsedi. O öğlen sıcağında dalıp gittiği uykudan onu uyandıran, göğsüne bırakılan o mektubun minik sanığını yakalamıştı. Parlak bakır renkli tüylerine hayran kaldığı, tepesi taçlı, alımlı ve çalımlı o minik kuş olmalıydı hüdhüd.

Anlamlı gözleriyle, "Onu gördüm!" der gibi baktı. Bahta, görevini iyi yapmıştı. Belkıs, memnuniyet ifadeli bir bakışla ona teşekkür etti. Genç kız yüzünde tebessümle yerine çekildi. Sonrasında bakışları Alyida'ya yöneldi. Bir emir telakkisi almış gibi yerini aldı genç kız.

ALYİDA

"Süleyman kuş dilin bilir dediler. Süleyman var, Süleyman'dan içeru."
(Yunus Emre)

Melike görkemli bir ipek kaftan giyinmişti. Yemen yakutlarıyla işli kaftanın kol ve etek uçlarına altın yıldızlar takılmıştı. Yaka kısmında ki güneş figürleri dikkat çekiciydi. Saf elmas üzerine oturtulmuş zümrüt tacıyla masum yüzü pırıl pırıl ortaya çıkmıştı. Kandillerin yanan alevinde yalazlanan taşlar Kraliçeyi "Güneşin Kızı" namına layık kılmıştı. Aslında sade ve şatafatsız giysiler tercih ederdi fakat bu kez öyle giyinmemişti. Hayretini, şaşkınlığını, endişesini ve korkularının anlaşılmaması adına özellikle tercih ettiği bir tasarımdı bu. Elçileri dinlerken çok işine yaramıştı bu hal. Gözü yoktu hiçbir şeyde. Sultan Süleyman'la ilgili anlatılanları dinledikten sonra dillere destan tahtının da tacının da bir kıymeti olmadığını anladı. Sultan Süleyman'ı tanımak ve anlamak istiyordu. Artık daha az uyuyup daha az yemek yer olmuştu. Ülkesinin en mühim devlet meselesini halletmedikçe rahat yüzü görmeyecekti Melike. Süleyman hükümranlığının sırlarını çözmek istiyordu. Bunun için de ayrıntılı anlatımdan yanaydı. Belkıs biliyordu ki en mühim ipuçları ayrıntılarda gizliydi. Değişik ağızlardan değişik görüşler almak önemliydi onun için.

Göz kapaklarının ahenkli dansıyla elçiler yer değişmişti. Sırada Alyida vardı. Anlatmaya başladı.

"Divan vaktiydi. Seherin en erken ışıltısında ayaktaydı genç Kral. Yeryüzünü seraba sarmış bir zikir halkasının içinde gördüm onu. Yer gök lerzeye gelmiş, ilahi bir musikinin ahengiyle coşmuştu. Kuşlar, ah, kuşlar! Kiraz kuşları, papağanlar, nar kuşları, kanaryalar, bülbüller, hüdhüdler… Renk renk, şekil şekildi her biri. Renkleri ayrı, yapıları farklı olsa da zikirleri tekti. 'Sanatından akılların hayrette kaldığı Rab ne yücedir!' diyordu her biri. Kral, minik bir serçe kuşuyla sohbet ediyordu. O yanındakilere, yanındakiler de bana anlattılar olanları.

Serçe ona, 'İstersem senin saltanatını alaşağı eder, yıkarım.' diyordu.

Süleyman sordu, 'Bunu nasıl yapacaksın?'

Serçe, 'Çok kolay.' dedi. 'Gider bir vakıf arazisine konar ve kendimi vakıf arazisinin toprağına iyice bularım. Sonra gelir senin özel mülküne konar ve kendimi silkelerim. Garip gurebanın, yetimin ve düşkünün malı olan o haram lokma senin saltanatını yerle bir eder.' dedi.

Tam o sırada Süleyman ciddileşti. Beti benzi kaçmıştı. Garibin gurebanın hakkını yemeye sözle dahi tahammülü yoktu. 'Haklısın.' dedi. 'Eğer sen bunu yaparsan kul hakkına girmiş olurum ve saltanatım alaşağı olur.'

Onun için garip gurebanın hakkı kıymetliydi. Ve bir serçenin kanadıyla bile olsa tükenmesine izni yoktu."

Derin mevzuydu bu. Melike heyettekilere doğru baktı. Hikâye çok hoşlarına gitmişti. Süleyman'a ders veren serçe hikâyesi ilginçti. Belkıs bu hikâyeden yine derin anlamlar çıkardı.

MERNUŞ

"İnsanın basireti, öfkesini geciktirir
ve suç bağışlamak onun güzelliğidir."

(Hz. Süleyman)

Çok kollu şamdanlardan çevreye ışık demeti yağarken usulca yürüdü Belkıs. Deniz yeşili bir elbise giyinmişti. İbrişim eteklerinin türlü cevherle işlendiği olağanüstü görkemli elbisesi, altın pulları olan uzun tüller gerisindeki uzun saçları ve narin endamını nazarlardan saklamak istiyordu. Mutat âdeti üzere hızla hazırlandı. Hüküm kaftanını giyindi, saçlarını topladı ve tahtına yürüdü. Dikkat, heyecan ve merakla elçilerin anlatacaklarını bekliyordu.

Bu kez anlatıcı, çöl gecelerinin korkusuz aslanı Mernuş'tu.

"Şanlı Melikemiz!" dedi Mernuş. "Ben Süleyman diyarından alın terinin altın değerinde olduğunu öğrenerek geldim. Adamlarının bana aktardığına göre Süleyman açar ellerini ve dua eder, 'Allah'ım!' der. 'Bilirim ki Sen fakir ama iyi kullarını çok seversin. Kim bilir onlara ötelerde neler ikram edeceksin. Ne olur onlardan birini bana göster. Onlar kimdir ve cennetteki arkadaşlarım kimlerdir. Bana bildir ne olur!'

Nida gelir göklerden: 'Ey Süleyman! O kullarım ki çok çalışıp çok didinirler ama hallerinden asla şikâyet etmezler. Bilesin ki onları cennette peygamberlerime arkadaş yapacağım. Onlarla gezip, onlarla oturup kalkacaklar. Senin arkadaşını da sana bildireceğim.'

'Nasıl Yarabbi?' diye sorar Süleyman.

Göklerden yine nida gelir: 'Öğleden sonra şehrin kuzey tarafına git; orada ahret yoldaşına rastlarsın.'

Süleyman ikindi vakti şehrin kuzeyine doğru gider ve bekler. Az sonra sırtında bir yük odunla titreye titreye gelen soluk benizli bir adamla karşılaşır. Yılların yorgunluğu, yüzünde çizilmedik hiçbir yer bırakmamıştır. Elleri nasırlı, ceketi yamalı, ayakkabısı eski adamın yanına gider, kendini tanıtır.

'Görüyorum ki ekmeğini alın teriyle yiyenlerdensin.'

Adam son derece huzurlu ve sakindir. Sultan karşısında ne titrer ne de heyecanlanır.

'Evet.' der. 'Her ağaç kendi cinsinden meyve verir. Dikenli çırpıdan nar toplanmaz. Çalı çırpıdan üzüm devşirilmez. Alın terimin meyvesini yemekten memnunum.'

'Zahmetsiz bir hayata kavuşmak ister misin?'

'Sulak yerde ot biter mi ey Sultan!' der fakir adam. 'Bilmez misin ne çorakta ne de çamurda ot bitmez. Alın teri ikisinin ortasıdır. Ben gönlünde İbrahim'in gülistanını yeşertenlerdenim.'

Sultan çok etkilenmiştir.

'Gel benimle.' der. 'Saltanatıma ortak ol. Bilgeliğinden ve kanaatinden yararlansın insanlar.'

Soluk benizli adam, 'Ey ulu sultan!' der. 'Yüce Allah sana saltanat vermiş. Zor bir makamdır bu. Hak geçirmemek için çalışıp didinirsin. Bana ise çoluk çocuğumun rızkı uğruna çalışıp didinmek nasip etmiş. Senin hükümranlığın sana, benim odunlarım da bana kalsın.'

Sultan Süleyman bu tok gözlü adamı memnun etmek ister.

'Hiç olmazsa sana ufak bir maaş bağlayayım. Çoluk çocuğuna yeni elbiseler giydireyim.' der.

Adam gülümseyerek cevap verir: 'Elim ayağım tutuyor. Çalışıp çocuklarıma bakabiliyorum. Bana yapacağın yardımı eli ayağı tutmayan ihtiyaç sahiplerine ver.'

Sultan adamın kanaatine hayran kalmıştır. Dayanamaz, ona müjdeyi verir.

'Hayrın bol olsun.' der. 'Burada birlikte olmayı reddettin ama ahirette seninle komşu olacağız. Bir kez daha anladım ki kanaat tükenmez bir hazinedir."

EZFER

"Yumuşak cevap gazabı yatıştırır fakat sert söz öfkeyi kışkırtır. Söze dikkat eden iyilik bulur ve Rabbe güvenen mutlu olur."

(Hz. Süleyman)

O vakte kadar gerek Melikenin gerekse tebaasının en çözemedikleri olay Süleyman'ın kuşlarla konuşmasıydı. Akılları almıyordu bunu. Kuşlar konuşur muydu? Ya da onların aklı var mıydı ki koskoca kral onları muhatap alıyordu. Bu konu üzerinde yoğunlaşmıştı herkes.

Melike, ordu komutanlarından Ezfer'e söz verdi bu kez. Onun bilgi birikimine güvenirdi ve düşüncelerinin kesinliğinden emindi.

"Bu kuş işi kafa karıştırıcı." dedi Belkıs. "İşin iç yüzü nedir, nasıl gerçekleşir? Bu konuda şahit olduğun bir olay var mıdır? Bunu bir kez de senden dinlemek isteriz."

Ezfer sakindi. Vakur duruşunu bozmadan gülümsedi.

"O akıl sır almaz işlerin merkezinden geldik, Kraliçem." dedi. "Bu iş özel bir armağandır. Süleyman, kuşların mantığını çözmüş, derler. Her kuşun ne demek istediğini bilir ve anlar."

"Bu konuda delil sunabilir misin?"

"Renkleriyle kalpleri mest eden peçeli bir baykuşun uçarak geldiğini gördüm. Kral Süleyman'a selam verdi, Süleyman selamı aldı ve aralarında farklı bir diyalog başladı.

'Ey baykuş! Merak ederim, sen neden topraktan biten tanelerden yemezsin?' diye sordu Süleyman.

Baykuş, 'Âdem topraktan biten buğday sebebiyle cennetten çıkarıldı.' der.

'Niçin su içmezsin?'

'Çünkü Nuh'un kavmi suda boğuldu.'

Cevapları ilginçti. Baykuş her olaydan haberdardı. Daha sonra yine sordu Kral:

'Peki, neden imar edilmiş güzel yerleri bırakıp harabeleri mesken tutarsın?'

'Harabeler Allah'ın mirasıdır, ben de Allah'ın mirasında otururum.'

Sultan Süleyman'ın merakı büsbütün arttı.

'Peki, harabe üstüne konduğunda niçin öyle içli figan edersin?'

'Bu iş gariptir.' dedi baykuş. 'İbretlerle dolu âlemi seyrederken içime hüzün çöker. Bir zamanlar orayı mamur kılanların haline ağlarım. Bir karış toprak için dökülen kanlar, tutulan kinler, sonu gelmez kırgınlıkların ne kadar boş olduğuna şaşarım. Hiç ölmeyecek gibi yaşayanların sonu gelir gözümün önüne. 'O gururlu, övünüp geçinenler, hani nerdesiniz? Ey dünya hayatını zevk ve keyiften ibaret sayıp gününü gün edenler, neredesiniz? Yiğitler küheylanlar, neredesiniz? Nereye kayboldunuz güzeller, sultanlar ve dilberler?' der, feryat ederim.'

'Ya imar edilmiş yer üzerinden geçsen ne dersin?'

'Yazık Âdemoğluna ki önünde nice güçlükler varken nasıl rahat uyumaktadır?' derim.'

'Peki, sen gündüzleri neden dışarı çıkmazsın?'

'Âdemoğlunun kendisine ettiği zulme dayanamadığım için.'

Kral her sorusuna anlamlı bir cevap alınca devam eder:

'Peki, görüyorum ki sen öterken sürekli nasihat vermektesin. Derdin nedir senin, ne dersin böyle?'

'Sen de bilirsin ki yol uzundur ey Kral. İnsanlara acır ve seslenirim, 'Ey gafil, ahiret yolculuğun için azık hazırla!' derim ve 'Subhane hâlikun nur" diye zikrederim.'

Bunun üzerine Kral, 'Kuşlar içinde insanoğluna bu kadar güzel nasihat eden ve bundan daha şefkatli olanı yoktur. Cahillerin ondan nefret etmeleri, onu uğursuz saymaları ne acayip şeydir!"

Herkes duygulanmıştı. Baykuşun ötüşünü uğursuz sayanlar ve Melike şaşkındı. "Bu kuş cinsi acayip bir mahlûkmuş." diye mırıldandı.

"Sultanın ordusunda lir kuşları denen bir cins vardır ki ötüşüyle insanı mest eder ve bambaşka diyarlara götürür." dedi Ezfer.

"Diğer kuşlarla da sohbeti var mıdır?"

Ezfer devam etti.

"Bu ona verilmiş bir mucizedir elbet. Kuş mantığını çözmüş biri pekâlâ başarabilir. Malumatım odur ki adamın biri güzeller güzeli kuşunu Sultan Süleyman'a şikâyet eder. 'Sultanım.' der. 'Yüklüce bir para karşılığında güzel bir bülbül satın aldım. Şen şakrak ötüşüyle evimi şenlendirdi. Fakat ne sebeptendir bilmiyorum susuverdi, artık ötmüyor.'

'Onu getir göreyim.' der Kral. Adam kuşu kafesiyle birlikte alıp getirir.

Süleyman ona, 'Ey güzel bülbül.' der. 'Sahibinin senin üzerinde hakkı vardır. Seni yüksek paraya satın almış. Neden sustun? Niçin ötmezsin?'

Kuş derdini anlatır. Uzun bir diyalogdan sonra Sultan Süleyman kuşun sahibine açıklama yapar.

'Kuş diyor ki, sahibime söyle benden ümidini kessin. Benim ötüşüm, feryat ve figanım vatan ve evlat hasretindendi. Kuşun biri bana, 'Sen böyle güzel öttüğün için seni kafesin içinde hapsediyorlar. Ötme, sus! Eğer böyle devam edersen kurtulursun.' dedi. Ben de vatanıma ve evladıma kavuşmak için sustum. Artık ötmeyeceğim.' diyor der.

Bunun üzerine adam merhamete gelir, 'Ey Allah'ın Peygamberi!' der. 'O halde onu bırak gitsin. Ötmeyen kuşu ne yapayım!'

Kral, adama bin dirhem verip kuşu satın alır ve ardından onu özgürlüğüne kavuşturur. Kuş kafesten kurtulup havalandığında ötmektedir.

Sorarlar Süleyman'a ne diyor, diye. Gülümseyerek cevap verir:

'Beni tasvir edip bana bu güzel şekli veren, beni havada uçuran, bu büyüleyici sesi bahşeden ve kafesteki günlerimde bana sabır veren Allah sübhandır. Noksan sıfatlardan münezzehtir. Onu tespih ederim!' diyor.

Sonra yanındakilere dönerek, 'Biliyor musunuz?' der. 'Eğer bu kuş kafeste ötmeye devam etseydi oradan kurtulamazdı. Sabretti, kurtuldu."

Kraliçe bu öyküden çok etkilenmişti.

"Suskunluğun, sabrın ve şikâyetsizliğin hal dili ne yücedir!" dedi. "Aşkın dili suskunluktur. Dilin süsü suskunluktur. Kalbin cilası suskunluktur. Susmayı bilen özü bulandır."

Bülbül sesini severdi Belkıs. O billur seste var oluşun muştusunu yakalardı. Ayakları yere sağlam basan bir kadın, mantıklı bir kraliçeydi fakat nedense kafeste kapalı kalan bülbülün hali onu duygulandırmıştı. Oldum olası kuş cinsine hayrandı. Özgürlükleri, kayıtsızlıkları ve ufuklarına erişemediği bu varlıklardan bahsedilince babasını hatırlardı hep. "Sen bülbülü çok severdin babacığım." dedi içinden. Ezfer anlatırken o da babasıyla birlikte sarayının bahçesinde cıvıldaşan sabah bülbüller eşliğinde ettiği kahvaltı sohbetlerini hatırladı. Hiçbir ötüşün anlamsız ve manasız olmadığı kanaatiyle derinleşti. Yüzünde anlamlı bir gülümse vardı.

BEHRE

"Kibirden ancak kavga çıkar fakat iyi öğüdü dinleyenin yanında hikmet vardır."

(Hz. Süleyman)

Kuşların hasbıhali ilginç gelmişti herkese. Melike ve heyeti günlerdir meşgul olan zihinlerini biraz rahatlatmak istediler. Belkıs bu sebeple sordu:

"Bu konuda başka gözlemi olan var mı?"

Değişik seslerden değişik manalar yakalıyor ve çok sesli bir düşünce sarmalının içinde akıl yordamıyla yol arıyordu. Bu kez Behre yürüdü tahtın kabul dairesine. Selamlama faslından sonra kimsenin beklemeye tahammülü olmadığını bildiği için anlatmaya koyuldu.

"Bu konuda benim de malumatlarım var." dedi. "Tespitlerim arasında bir bilgiye vakıf oldum ki hem eğlendirir, hem güldürür, hem de düşündürür. Ondan da ötesi Sultan Süleyman'ın gönül rengini ele verir."

"Anlat o halde." dedi Melike. İlgiyle dinlemeye başladılar.

"Kral Süleyman bir gün bir çift serçeyle karşılaşır. Erkek serçe eşine şöyle demektedir: 'Ben seni çok seviyorum, her istediğini yaparım. Seninle birlikte zenginliği, şanı, şöhreti de seviyorum. Sen iste, Sultan Süleyman'ın saray kubbelerini gagamla alır denize fırlatırım. Neden bana itaat etmiyor ve isteklerimi yerine getirmiyorsun?'

Kral bu hale şaşırır ve onları yanına çağırır.

'Ey cüretkâr kuş!' der. 'Neden yapamayacağın bir sözü verdin?'

Serçe bir süre susar ve sonunda cevap verir.

'Ey güçlü Kral!' der. 'Sen de bilirsin ki ben böyle bir şeyi yapamam. Ama erkek bazen eşinin karşısında övünmek, kendisini büyük ve güçlü göstermek ister.'

Ardından da küstah bir tavırla, 'Üstelik bir âşığı, söz ve tavırlarından dolayı kınamamak gerekir.' diye ekler.

Kral Süleyman bir de dişi serçeye sorar, 'Ey dişi Serçe!' der. 'Neden kocana itaat etmiyorsun? Bak o seni ne kadar çok seviyor.'

Dişi serçe acı bir gülümsemeyle cevap verir:

'Ey Allah'ın elçisi! O beni gerçekten sevmiyor!'

Kral şaşırır.

'Nasıl öyle dersin!' der. 'Seni memnun etmek için onca vaatte bulundu.'

Dişi serçe cevap verir.

'Eğer o beni gerçekten sevmiş olsaydı, benden başka sevgileri kalbine koymazdı. Oysa gerçek aşk bütünüyle örtücüdür. Aşk kuşatıcıdır. Aşk kaplayıcıdır. Maşuku kaplar ve başka sevgileri görmez ve izin vermez.'

Serçenin bu sözü Sultan Süleyman'ı öylesine etkiler ki ağlamaya başlar. Uzunca bir süre mabedine çekilir. Saltanatından uzaklaşarak yüce Allah'tan, başkalarının sevgisini kalbinden çıkarıp sadece kendi sevgisini kalbine yerleştirmesini ister."

Anlatıcılar dağılıp heyet gittikten sonra Belkıs odasına çekildi. Fakat aklı hâlâ oradaydı. Kraliçe bu öyküden sonra ona bir adım daha yaklaştığını hissetti. Muhatabı Süleyman bir baykuştan, bir serçeden bile ders alıp kendini düzeltmekteydi. Onca azamete karşı Süleyman'ın içinde kelebek kadar zarif ve duygulu bir yürek taşıdığını fark etti. O nahif yüreğini yüreğinde hissetmişti Belkıs. Uyumuyordu artık. Gözüne bir damla uyku girmiyordu. Bir iki saatlik uykuyla yetinip sürekli bu konuyu düşünmek istiyordu. Farklı bir boyuttaydı sanki. Gecesi gündüzü, sözü hecesi Süleyman olmuştu. Onu düşünüyor, onu düşlüyor her an onu duymak istiyordu. Hiç görmediği birine duyduğu bu aşırı tutku da neyin nesiydi?

Sonunda dayanamadı ve en mahrem anlarını paylaştığı dadısına döküverdi içini.

"Günlerdir başım yastığa düşmedi Kerman." dedi. "Gözlerimin ta derinlerinde o var. Aklımın kıvrımlarında, sinemin ortasında, ruhumun merkezinde hep o var. Nerden okudum o mektubu! Efsun mu yaptılar bana dadı, nasıl şeydir bu!"

Dadı o güne dek Kraliçeyi ilk kez öyle görüyordu.

"Kızım!" dedi, anne duyarlılığıyla. "Süleyman'a âşık mı oldun yoksa?"

Belkıs'ın iri gözleri sonuna dek açıldı. O güne dek her sırrını paylaştığı dadısına sitem etti.

"O nasıl söz!" dedi. "Bugüne dek bu gönül kimseye kapı açmadı da şimdi yüzünü bile görmediğim birine mi kapılacak? Benim derdim çok başka. Sen ne diyorsun!"

Dadı işi şakaya vurdu.

"Ancak âşıklar gece uyumaz!" dedi. "Başka bir açıklaması var mı?"

Belkıs ondan ilk kez öyle sözler duyuyordu.

"Aşkla aramda seradan süreyyaya bir geçit var. Aşk benden çok çok uzak... Bilirsin; babam Şurahbil'e söz verdim ben. Himyeri namını yere düşürmeyeceğim. Böyle saçma saplantılara sokma beni! Abuk sabuk işler bunlar. Benim aklım Süleyman'ın onca haşmete nasıl erdiğidir. Yoksa aşk nerde, ben nerdeyim!"

Dadı, Kraliçenin gözlerinin içine baktı. Derinlerde, çok uzaklarda yanan bir alev vardı. Aşikâre çıkmamış bir alevdi bu. Daha fazla üstüne varmadan konuyu kapattı. O günden sonra da bu konuya onu yaklaştırmak için yeni yollar aradı. Melikenin yalnız kalmasından ve yeni bir zulme uğramasından korkuyordu. O sebeple Süleyman'la evlenmesinin uygun olacağını düşünüyordu. Hazır onunla bu kadar hemhal olmuşken aklına sokmak istedi. Bazen o uyurken, yatağının başında uzun saçlarını okşarken, kimi zaman tarayıp ördüğü saçlarına inciler ve elmaslar yerleştirirken genç Melikenin ruhuna girmeye çalıştı. "Sen bana Şurahbil'in emanetisin." diyordu. Âşık olmak ayıp değildir. İnsanoğlunun en yalın gerçeğidir bu. Bugüne dek büsbütün kilitlediğin kalbini artık dışarıya açmalısın. Açmalısın ki içine ışık girsin."

Melike yarı uyur yarı uyanık bir halde ona teslim olurdu. Dadının sözleri kulağına tatlı bir ninni ferahlığı taşırken, Sultan Süleyman'a karşı sevgiden ve aşktan öte büyük çok büyük bir merak çöl kasırgaları gibi içini kasıp kavururken o gizemli kelimeyi çözmeye çalışırdı.

"Aşk nedir?"

"Aşk büyük bir sırdır Balkızım. Sırrına erilmemiş kocaman bir sır."

"O sır kimlere ayan olur?"

"Bence Sultan Süleyman'a ayandır ceylanım. O bu sırrı çözmüştür bana göre."

"O halde bu sırrı çözmeden uyku haramdır bize. Süleyman mülkünün künhüne varmadan kuş tüyü yastıklar haramdır yüzüme. Halkımın ikbalini şerefli bir şana kavuşturmadan gülmek ayıptır bana. Şurahbil kızı Belkıs o yolda yürümek için ölüme bile yürür, dadı!"

Dadı Kerman ikisi arasında saklanmış o en mahrem anlarda yüreklendirirdi onu.

"Zamanlar içinde hep var olan en asil duygudur aşk. O yolda yürümeyi bilenler kimseyi incitmezler. Varlık sırrına erenlerdir onlar. Aşk, ten davası değil, aşk ben davası değil, aşk sen davası hiç değildir kızım."

Tam o sırada hiç olmadığı kadar çocuklaşırdı Belkıs. İçinde bulunduğu garip halden kurtulmak isterdi.

"Ten, can, sen, ben davası olamaz elbet. Başka, büyük çok büyük bir derya olmalı. Oraya varabilmek için çokça yolu olmalı insanın. Bir yanı vaha, öte yanı sarp yokuş sanki."

"İnsan olabilmenin erdemini bilenler o vahaya tez ulaşırlar." derdi Kerman. "Şerha şerha kurumuş yürekler bereketli yağmurlarla yeşerecektir elbet. Merak etme. Sabret ve ilerle."

Kraliçenin ruhunda kelebekler uçuştu. Babası Şurahbil'in sözlerini hatırladı o an.

"Ahkâm bütündür." demişti Kral. "Dil susar, kalp konuşur, ruh dinler ve akıl karar verir. Kalbin ahkâmını dinlersen, tek kanatlı kuş gibi uçamazsın. Ruhun ahkâmı yücedir ona dayanamazsın. Aklın ahkâmı çetindir, yorulursun. Vicdanın ahkâmı acımasızdır, tükenirsin. Ama bu dört kumandanın ortaklığıyla iş yaparsan hiçbir zaman yorulmaz, bükülmez ve yıkılmazsın. Aşk böyle bir kanundur işte."

MÜNYE

Tane arayana tane tuzaktır. Ancak Süleyman arayan hem Süleyman'ı bulur, hem taneyi elde eder.

(Mesnevi 2.cilt 3705)

Divan kurulmuştu. Heyet yerli yerinde, Melike de tahtındaydı. Münye ağır başlı bir gençti. Sözü öz ve kısa tutar fazla uzatmazdı. Selamlama faslında sonra sözlerine başladı.

"Mülk-ü Süleyman'dan malumatım odur ki Kraliçem, Süleyman'a görünen varlıklar gibi görünmez varlıklar da emrine amade kılınmıştır. Kral Süleyman, Tanrı'nın seçip güçlendirdiği bir ailenin adaletle hükmeden oğludur. İsrailoğullarının güçlü kralıdır. Bizim görme ve işitme sahamızın dışındaki birçok görünmez varlık üzerinde hâkimiyeti vardır. O her halde ve her durumda şükreden biridir. Darlıkta ve bollukta Allah'a yönelir. Çokça dua eder. Yaratıcıdan o büyük zenginlik ve saltanatı istediğinde, 'Ey ikram etmeyi seven Allah'ım! Seni daha iyi tanımak ve verdiklerine şükretmek için mal ve saltanat istiyorum." demiş. Duası kabul olmuştur. Yaratıcı ona kimseye vermediği bir zenginliği ve gücü verir. Safkan doru atlar, sürmeli develer, iyi cins koyunlar, davarlar ve daha neler neler. Saraylar, köşkler, bağlar, bahçeler hep ona aitken o hepsini Allah yolunda hizmete açmış.

Köşkleri, kaleleri ve kuleleriyle muhteşem bir şehir kurmuş. Benzersiz güzellikte bahçelerle bezeli bir şehir, dünya yüzünde kimseye nasip olmamış bir medeniyet kurmuş ama şımarmamış.

Onun şöyle dediğini işittim: 'İyi isim büyük zenginlikten, lütuf bulmak da gümüş ve altından üstün tutulmalıdır. Alçakgönüllü olmanın ve Rab korkusunun sonu servet, izzet ve hayattır. Sapık adamın yolunda dikenler ve kementler vardır.'

Ve cin taifesine de hükmeder. Bölük bölük gelip Süleyman Peygamberin emrine dizilirler. Cinlerin esrarengiz yetileriyle devasa sanat eserleri inşa edilir. Erimiş bakırdan hem dekorasyon, hem de kullanım amaçlı geniş çanaklar, kazanlar ve heykeller, havuz büyüklüğünde yerinden kalkmaz çömlekler, tencereler, kazanlar Süleyman ocağının mülküdür. Tonlarca yemek pişer. Kurulan muazzam sofralarda halk ağırlanır. Fakirlere sofralar açılır, açlar doyurulur.

Süleyman güzelliğe âşık bir hükümdardır. Sanata düşkündür. Yaptığı her işi sanatlı ve güzel yapmayı sever. Usta yüzücülerin çıkardığı malzemelerden takılar ve akla gelmeyecek bin bir güzel sanat yaptırır. Dünyayı imar ederken güzelliği ve adaleti elden bırakmaz.

Cinler Süleyman için dilediği biçimde kaleler, nakışlı heykeller, figürler, havuzlar, çanaklar ve sabit kazanlar yapmışlar. Derler ki; deniz cevherlerinin en ulaşılmasını yüzücüler onun için çıkarır. Işıklı mercanlar, renkli inciler, kıymetli taşlar ve sedefler onun için çıkarılır. Ve Süleyman nefsi namına onlardan hiç birine zerre miskal el sürmez. Onca değerli cevheri Rabbi yoluna bağışlamıştır."

Cinlerin bile emrinde olduğunu düşünmek kimi yüreklere korku, kimisine de dehşet düşürmüştü. Belkıs yutkundu. "Bu nasıl bir etkidir!" diye geçirdi içinden. O güne dek imgesine aldığı ezberlerin dirhem dirhem çözüldüğünü hissetti.

CERADE

Sıcak kerkedeh çayının tüten buharında kaybolup gitmişti Melike. Anlatıcı yerini aldığında dalıp gittiği düşüncelerden sıyrılmaya çalıştı. Ancak heyette bir dalgalanma hissetmişti. Sezgisi güçlü Belkıs bunun sebebini sordu.

"Değerli Şura Heyetim!" dedi. "Halinizden değişik bir durum sezmekteyim. Bir sıkıntı mı var?"

"Sezginiz doğrudur!" dedi Başkomutan Ahnes.

"Nedir durum?"

"Yüce Kraliçem, günlerdir elçileri dinlemekteyiz. Her anlatıcı bir diğerinden farklı bir âleme götürdü bizi. Doğrusu biz hayretler içindeyiz ve çok üzgünüz. Hale bakılırsa biz mahvolup gitmişiz. Fazla vakit kaybetmeyelim. Emredin de saldıralım. Öleceksek bari savaşırken ölelim."

Melike memnun kalmamıştı bu sözlerden.

"Noktada tıkanıp damlada boğulanlardan olmadık hiçbir zaman!" dedi. "İğne deliği ufuklardan âlemi seyretme maharetine erişemeyenlerin bu mecliste işi yoktur!"

Ortalık buz kesmişti. Ancak Ahnes bu sözleri üzerine alınmadı.

"Savaşmaktan başka çaremiz yoktur." dedi tekrar.

Melike merhametliydi. Ülkesinde kimsenin burnunun kanamasına izin vermezdi.

"Merhamet, bulunmaz nimettir." dedi. "Ülkemde tek kişinin canı yanar, burnu kanarsa bu taht bana diken olur. Merhameti yitirirsek hiçbir şeyimiz kalmaz. Güç, kuvvet ve saltanat eğer merhamet olmazsa sahra canavarları gibi önüne gelen her şeyi yutan bir ejderhaya dönüşür insan. Ben öyle bir saltanattan korkarım."

Ahnes'in yüzü kızardı ve sustu. Bağışlayınız, der gibi ayakuçlarına baktı. Cerade'nin anlatacakları tam da bu noktada imdada yetişmişti. Melike söz hakkı verdiğinde Cerade beklemeden anlatmaya koyuldu.

"Yüce Melikem ve Sebe Sultanlığının değerli heyeti! Ben, Süleyman diyarında kanadı kırık bir kuşla karşılaştım. Sultanın huzuruna gelmişti. Konuşup halleştiler. Kendisini bir dervişin o hale getirdiğini söyledi. Süleyman sinirlenmişti. Hemen dervişi çağırarak sorgulamaya başladı.

'Onu neden bu hale getirdin?' dedi. 'Allah'ın yarattığı bu cana acımadın mı hiç?'

Derviş, 'Sultanım!' dedi. 'Allah bu kuşları insanın emrine vermemiş mi? Ben de onu avlamak istedim. Bu işi yaparken de ona kaçma fırsatı verdim fakat o kaçmadı. Ben de bunu fırsat bilerek üzerine atladım. Tam yakalayacakken, debelendi ve kaçmaya çalıştı. O sırada kanadı kırıldı.'

Süleyman bunun üzerine kuşa döndü, 'Neden kaçmadın?' diye sordu.

Kuş öyle bir cevap verdi ki hepimiz hayretler içinde kaldık.

'Efendim!' dedi. 'Eğer onu avcı kıyafetinde görseydim elbette ki kaçardım. Fakat ben onu derviş kıyafetinde gördüm. Ondan canıma zarar gelmeyeceğini düşündüm ve ona güvendim. Böylesine aldanacağımı nerden bileyim!'

Süleyman kuşu haklı bulmuştu. Kısas emri verdi.

'Bu mülkte kuzu postuna bürülü canavarlara yer yoktur. Bülbül kisvesindeki kargalar her zaman göz oyarlar. Madem o derviş, Yaradanın var ettiği minnacık bir serçe kuşuna acımadan bu hale getirdi, onun da kolunun kırılması haktır. Böylece anlasın bu işin ne kadar acı olduğunu ve diğer dervişlere ders olsun.'

Kuş, 'Hayır Sultanım!' dedi. 'Ben ona daha büyük bir ceza vermenizi isterim. Eğer onun kolunu kırarsanız, kolu iyileştikten sonra yine aynı şeyi yapar. İyisi mi siz onu derviş kıyafetinden sıyırın ve ona bu kıyafeti yasaklayın. Belki o zaman diğer kuşlar ve canlılar benim aldandığım gibi aldanmaz.'

Görüş isabetliydi. Kral emri verdi. Merhametten yoksun olan ve mevkisinin hakkını veremeyen bu dervişin cübbesini çıkardılar. Süleyman bu tavrıyla yeryüzünde adaletin bir kuş kanadının üzerinde icra edildiğini göstermişti."

Hikâye çok ibret vericiydi. Heyet şaşkın, Ahnes mahcuptu. Melike zulme izin vermeyen böylesine adil bir padişahla muhatap olduğu için şükretti. Ahnes ve onun gibiler ne derse desin kararlıydı, anlayıp dinlemeden karar vermeyecekti. Ayrıntıda umut kıvılcımları yakalamıştı. Bu yüzden sevinçliydi.

AYDA

"Hani ona akşamüstü bir ayağını tırnağı üstüne dikip üç ayağının üzerinde duran çalımlı ve soylu atlar sunulmuştu."

(Sad:31)

"Süleyman, 'Gerçekten ben malı, Rabbimi anmamı sağladığından dolayı çok severim.' dedi. Nihayet gözden kaybolup gittikleri zaman, 'Onları bana geri getirin.' dedi. (Atlar gelince de) bacaklarını ve boyunlarını okşamaya başladı."

(Sad:32,33)

Merak etmişti Melike. Onca varlığın içinde hiç mi zayıf bir tarafı yoktu Süleyman'ın? Netice de o da bir beşerdi ve beşer şaşardı. Bu merakını da güzelliğiyle Merib gençleri arasında kendine anlı şanlı bir yer edinmiş bilge kız Ayda'nın gözlemleri giderdi.

Ayda, "Ömrüm ömrünüze fedadır yüce Melikem!" diyerek başladı sözlerine. Kraliçenin karşısında durup ona durum beyanı yapmak kolay iş değildi. Hafif pembeleşmiş yanakları ve ışıldayan gözleriyle sözlerine devam etti.

"Bir diyar görüp geldik ki eşi benzeri görülmüş değildir. İbrahim, Yakup, Yusuf, Eyyüb nebiler o topraklarda yaşamış derler. Lut, Salih, Ad, Semud tufanı o bölgede zuhur etmiş. Urşelim yani Yeruşelim ise selamet yurdudur. Bir diğer adı Beyt-ül Makdis'tir. Mukaddes Belde derler oraya. Bir garip diyardır ki sırrına ne akıl erer ne de sır. Bu işin künhüne ancak ay ışığı kadar berrak zekânız kadem basar."

"Ne gördün, ne duydun anlat. Anlat ki artık yolumuzu görelim."

"Süleyman mülkünde alev yeleli atlar gördüm, Kraliçem. Asil ve tımarlı yüzlerce, binlerce atı ve savaş arabası vardı onun. Alev bakışlı, çalımlı, doru tayları şimşekten hızlı gördüm. Hallerine hayran kalmamak mümkün değil. Geyik kırı, çil yeşili, al beniz, pekmezköpüğü, hurma dorusu çil çil atlar insanı meftun eder. Gür yeleleri saba yelinde dalgalandıkça en sarp, en dik yokuşları uçarak tırmanırlar. Sanki görünmez kanatları var gibi. Her biri asil, güçlü ve gösterişlidirler. Dünyanın en uzak bölgelerinden cins atlar satın aldığını söylerler. Onun cenk arabalarını çeken on binlerce at gördüm.

Süleyman atlara çok düşkündür. At sevgisi onda ta çocukluğundan varmış, derler. Son derece alımlı atlarıyla yakından ilgilenir ve onları kendi eğitir. Onun atlarla ilişkisini benim yetersiz bilgim tarif edemez. Soluk soluğa koşan atları vardı Süleyman'ın. Tozu dumana katıp koştukça gümüş toynaklarından kıvılcım saçan bu atlarına düşkündür.

Melikenin de atlara özel bir ilgisi olduğu için can kulağıyla dinledi.

"At sevgisi başka bir aşktır. Onlar insana en çok benzeyen mahlûklardır. Atlar da insan gibi sevinir, coşar, bağlanır, hüzünlenir ve ağlar. Bir nefes, bir bakış, bir dokunuş, atın içine işler. Sadık bir arkadaş gibi sahibinin kalbini dinlerler. Süleyman'ın at sevgisi çok farklı. O atları kendi için değil Yaratıcısı namına severmiş. Sultanla atları arasında duygusal bağ olduğunu gördüm. Atların boynuna elini değdirir değdirmez merhamet duygusunu hisseder ve şaha kalkarlar. Bir tek atlar değildir onunla gönül bağı kuran. Yabani hayvanlar, kuşlar, sülünler, ceylanlar, karacalar, kaplanlar emrinde masum ve mutidirler. Süleyman şeriatında at beslemek iyidir, hoştur, ahsendir, derler."

"Peki, onları nasıl eğitir, öğrenebildin mi?"

"Atları da süvarilerini de kendi eğitir. Onca atı cihat için besler ve tımarlar."

"Cinsleri nedir?"

"Onun atları 'Safinat-ül ciyad' cinsindendir. Yani durduklarında çok sakin, koştuklarında çok hızlı ve çeviktirler. Safinât özelliği taşırlar. Üç ayaklarını yere basıp, birinin tırnağını üzerine dikilebilecek kadar dakik ve çevik atlardır bunlar. Ciyad, koşuda hızlı olan atlar anlamına gelir. Safinât atın duruştaki güzelliğini, ciyad ise koşuştaki güzelliğini ifade eder. Kral onları seyrettikçe şükrü artar. Eğerli ve zincirli olmadıkları halde garip bir bağla Süleyman'a bağlı olduklarını gördüm. Sevgi dilidir dilleri, halleri ve ilişkileri. Kral da onlara çok şefkatlidir."

"Demek hayvanlara karşı sevgisi ve merhameti var. Hayvanata karşı merhamet besleyenler insanın kılına dokunamazlar. Bu iyi haber..."

"Evet." dedi Ayda. "Rabbinin özenle yarattığı canlıların tek damla gözyaşına kıyamaz. Telef olmalarına izin vermez. Atların asil duruşlarına, yemlenişlerine, su içişlerine ve koşuşlarına hayrandır. Onlar için özel vakit ayırır, gördüm. Gür yelelerini savurur, zarif bacaklarını ve boyunlarını okşar, erguvani kâküllerini tarar, kulaklarına güzel sözler söyler o atların. Tek tek tımarlar. Onlar dörtnala koştukça, Allah'ın ne kadar güzel eserler yarattığını seyreder. Soylu atlar, dünyanın cazibesini temsil ederler, cenk meydanlarının vazgeçilmez sembolüdür onlar. Bakışı vakur, duruşu asil bu soylu varlıkları seyretmek ona Rabbinin haşmetini ve haşyetini yad ettirir, derler. Onları tefekkür etmeye hayrandır."

"Bu kadar ince ayrıntıyı nasıl fark ettin?"

Gülümsedi Ayda. Aynı heyecan ve coşkuyla devam etti.

"Yeruşalim'e vardığımız günden itibaren dört bir yandan Süleyman saltanatını keşfe dağıldık. İkindi güneşinin turuncu ışıkları altında onu atların yanında gördük. Onların gür yelelerini parmaklarıyla taramaktadır. Koca Kralın bu merhamet dolu tavrı etkileyicidir. Tek tek gönüllerini alır, boyunlarını öperken de kulaklarına şöyle der o atların, 'Ben sizi Rabbim için seviyorum. Sizinle Rabbimin adını dünyanın dört bir yanına duyuracağım.'"

Melike gibi heyettekiler de irkildiler. Demek Süleyman bu işte kararlıydı ve güçlü ordulara sahipti. Onca gücün ve haşmetin içinde o kadar nahif ve duyarlı olmasına şaşırdılar.

"Ondaki bu at sevgisi nedendir?"

"O aslında ata değil, Allah'ın yaratma sanatına hayrandır. Ondaki kusursuzluğa meftundur. Atlara bakarken gönlü Allah'ladır. Kıyamete kadar sürecek bir sevdadır onunki. Ona göre atın alın saçında bile nice hayırlar saklıdır da kimse haberli değil."

"At sevgisi bir vergidir." dedi Melike. "Herkeste olmaz."

"Atlarım da saltanatım da Rabbime aittir, ben sadece onların başını bekleyen bir bekçiyim.' der. Aşk derecesinde bir sevgi, tutku derecesinde bir bağlılıktır onunki."

"O halde atları da Süleyman'a düşkün olmalılar. Çünkü at sadık bir sevgilidir."

"Görüp işittiklerimi ah bir görseydiniz. Bir görseydiniz Melikem. Süleyman'ın atları onu görünce coşkuyla kişnerler. Neşeyle hareketlenirler. Tek tırnakları üzerinde şaha kalkarlar. Güneşin kızılca alevleri içinde, sırtlarında süvarileriyle dörtnala koşarlar. Atlar tozu dumana katıp bir sis bulutunun ardına gizlenip kaybolurlar. Süleyman arkalarından zevkle bakakalır."

Çok güzel bir manzara olmalıydı. Ayda o anı anlatırken yanakları al al kesilmişti. Gözleri de neşeli ve ışıltılıydı.

"Safinat atın duruş güzelliği, ciyad ise o duruş güzelliğini bozmadan gidişine denirmiş ya, işte bu iki güzellik arasındadır Kral. Ay bakışlı, alev yeleli atlarının tek ayaklarını kaldırarak üç ayak üzerindeki dönüşlerini seyreder. Ah bir görseydiniz, o anın hazzını hiçbir şeye değişmezdiniz Kraliçem!"

Herkes heyecanlıydı. At sevgisi yüreklerinde dalgalanarak dinlediler.

"İkindi güneşinin altın renkli ışıkları içinde boz, siyah, beyaz, kır atlar şaha kalkmış bir halde koşarken bir toz perdesinin arkasında kaybolurlar. Bu muhteşem bir tablodur. Bakanın gönlüne şevk, heyecan coşku verecek olan bir manzaradır. Süleyman da bu sanat şaheserini seyretmeye doyamaz ve 'Getirin onları bana!' der. İkindi güneşinin bakır renkli ışıkları arasında alev yeleli atları getirirler. Süleyman onları hayranlıkla seyreder. Ayaklarını ve boyunlarını sığar. Rabbinin yarattıklarının azameti ve haşmeti onu öylesine etkilemişti ki zamanın su gibi akıp gittiğinin farkına bile varmaz. At sevgisi onu ikindi namazından alıkoymuştur. Güneş ufka doğru meylettiğinde namazı kaçırmıştır. Rabbine karşı mahcuptur. Derler ki Süleyman tövbekâr olur ve o andan sonra at ordusunun tamamını Allah rızası için muhtaçlara hibe eder. Rabbiyle arasına giren at sevgisinden meylini kesmiştir artık. Onları yine sever okşar, eğitip yemler ama asla ibadetlerine engel olmasına izin vermez. Onun at tutkusunu böylelikle yendiğini söylerler. Cihada gideceği zaman atlarını teftiş eder, okşar, yüreklendirirmiş. Peygamberler temiz ve masum kişilerdir, derler. Onlara zulmedilmesine asla izin vermezmiş."

"Anlaşıldı!" dedi Melike. "Süleyman, Allah'a âşık bir kul! Rabbiyle arasına başka sevgilerin girmesine izin vermiyor. Kalbine hükmeden her şeyi anında terk edebiliyor."

Anlatacakları çoktu nefer kızın ama vakit bir hayli ilerlemişti. Ne onun ne de oradakilerin dinlemeye mecali vardı. Son bir cümleyle sözü bağladı.

"Evet, Melikem! Derler ki; Davut yargı, Süleyman ise çalımlı atlarla imtihan edildi. İkisi de bu sınav karşısında sabrederek, imtihan sırasında yaptıkları hatadan dolayı Allah'tan bağışlanma dilemiş ve şükre ermişler. Süleyman dini bütün bir kuldur. Malumatım odur ki Süleyman nefis ve hevasını tam anlamı ile terk ettiği için ona hem nebilik ve meliklik verilmiştir."

Önüne baktı Belkıs. Namaz ne demekti bilmek istedi. Sonra kendi secdesine benzer bir ibadet olduğu kanaatine vardı. Sükûtunu tarumar eden o kelime zihninde yine yankılandı: "Bu hediyelerle ancak siz sevinirsiniz! Yakası yırtık, kulpu kırık bir testidir bu dünya. Siz ona ne çok tamah edersiniz!"

SAMYELİ

"Biz de rüzgârı onun buyruğuna verdik. Rüzgâr, onun emriyle dilediği yere hafif hafif eserdi."

(Sad:36)

"Süleyman için de sabah gidişi bir ay, akşam dönüşü bir ay olan rüzgâra (boyun eğdirdik)... "

(Sebe:12)

Sarayın gözde bilgelerindendi Samyeli. Melike onun da çok ince noktalar yakalayarak döndüğünden emindi. Söz uzun, zaman azdı. Samyeli, Belkıs'ı ve heyeti fazla bekletmeden sözlerine başladı.

"Süleyman yurdunda bir garip halle karşılaştık ki yüce Kraliçem, söylesem akıl almaz sussam ahdim bozulur. İş ki ahdimin gereğini yerine getirmektir. Ancak anlatacaklarımdan ötürü beni mazur görünüz."

Gülümsedi Melike.

"Sizler Sebe'nin güçlü kudretli savaşçılarısınız. Bileğiniz gibi aklınız da güçlüdür sizin. Bizimse her ufka açık olduğumuzu bilirsiniz. Endişeye mahal yok!"

Belkıs'ın sonsuz vahalara açılan göz kapakları Samyeli için kalktı. Genç kız şevkle anlattı.

"Süleyman, atlara olan aşırı düşkünlüğünü Rabbi için terk ettikten sonra çok daha büyük nimetlere kavuştu, derler. Süleyman'ın bilge kişilerince bize aktarılan odur ki, yumuşak ve mülayim esen rüzgâr, Süleyman'ın emrine verilmiş. İstediği anda onu alır uçurur, dünyanın en uzak kara parçalarını dolaştırıp geri getirir. Süleyman göklerde seyahat ederken sürekli zikreder. Edebinden ve utancından başını göklere kaldırmaz. Vadilerden geçerken kuşların, kelebeklerin, karıncaların sesini işittikçe önüne bakıp şükredermiş."

Heyettekilerin şaşkın bakışları Samyeli'nin üzerindeyken Melike'nin hayreti de iki katına çıkmıştı.

"Nasıl iştir bu?"

"Anlamakta zorlandığımız bir iş!" dedi Samyeli, içten tebessümüyle. "Atlar, kuşlar, cinler, hayvanlar, insanlardan sonra rüzgâra da hükmetmiş. Göklerde seyahat etmeden önce Besmele çeker Süleyman. Ardından tatlı bir rüzgâr eser, derler. Öyle bir rüzgârdır ki bu ne üşütür, ne yakar, ne de bunaltır. Hoş, tatlı, ferahlatıcı bir esintidir. Onu yerden alır ve bulutların ötesine dek yükselterek istediği yere götürür. Ne sesi, ne gürültüsü, ne de sarsıntısı vardır. Zahmetsiz ve endişesiz dünyanın her yanını dolaşır gelir, derler."

Belkıs'ın sanki kır çiçekleri dolu gözleri kocaman açılmıştı. Kızların her birinin aklına, fikrine, eğitimine ve ufkuna güvendiği için bu olağanüstü anlatımları sabırla dinlemeye kararlıydı. Hayretinin doruk noktaya çıktığı anlarda ufak müdahalelerle meseleyi kavramaya çalışıyordu. Ama olanları bizatihi görmeden bunu kavramak kolay gözükmüyordu.

Heyetten art arda sesler yükseldi:

"Sizi kandırmışlar! Bu bir büyü olmalı! Böyle şey olamaz! Bu nasıl bir şeydir böyle!"

Sebe Kraliçesi Belkıs suskundu. Kadın kalbindeki en nahif inceliklerle, erkek aklındaki müstakim ciddiyeti kullanarak ülkesini mamur etmiş kadın lal kesildi. Diyecek kelamı yoktu. Halkının medarı iftiharı olmuş Melike aklı ve zekâsıyla kıraç toprakları mamur etmişken şimdi işin içinden çıkamıyordu. Ortalığın iyice karışmasına izin vermeden işaretini verdi, sustular. Ve yeniden dinlemeye koyuldular.

"Bunun ona Rabbi tarafından musahhar kılınan bir özellik olduğunu söylerler. Ayrıca Kral Süleyman uzak sahillere deniz seferleri düzenler. Kızıldeniz kıyısında çok güçlü ticaret filoları vardır. Rüzgâr onun gemileri için istediği yönde eser. Yaruşelim'de de Süleyman rüzgârları eser. Üşütmez ve içini serinletir insanın. Alıp savuruverir havaya tüm dertlerinizi. Bütün bunlara sahipken Süleyman'da en ufak bir kibir izi görmedim. Bir nimete kavuştuğunda dilinde farklı bir zikir ve şükür vardır."

"Nedir o?"

"Subhane men teheyyere fi suihil ukul." der sık sık. Sanatından akıların hayrete düştüğü Rab ne yücedir, anlamı gelen bir ifade. Gök kubbeye doğru yükselen Sultan, Rabbini tespih ve zikirle meşguldür. Yükseldikçe iki büklüm olarak zikrini artırır. Tam o sırada bir ses duyulur bilinmezlerden: 'Bunca nüfuz, emir, hüküm, hizmet bolluğu sebebiyle sizin hükümranınız ve Nebiniz olan Süleyman'ın kalbine bu hal sebebiyle zerre kadar kibir gelseydi; saltanat tahtı yeryüzünden göklere doğru ne kadar yükseldiyse, yerin dibine o kadar hızla indirilirdi."

O âna kadar malları, güçleri ve kudretleriyle övünen heyet üyeleri şaşkın şaşkın birbirlerine baktılar. Melike iki kat heyecanlandı.

"Savaşta durumu nedir peki?"

"Durum değişmez." dedi Samyeli. "Öyle anlarda Kral, ordusunu ve savaş gereçlerini, mesela atlara koştuğu arabaları da dâhil her şeyi yere dizilen keresteler veya tahtadan yaygı üzerine çıkarır. Sonra rüzgâra verdiği emirle gideceği mesafeye kısa sürede varır. Istahr'dan Şam'a bir günde gider döner. Büyük ahşaptan bir çardağı vardır. Adına 'bisat' derler. Süleyman uzak bir yere gideceği zaman atları ve onları koştuğu arabalarını, askerlerini ve ordularını bu çardağın içine alır. Kuşlar ise bisatın üzerine ordular halinde üşüşür ve Süleyman'a gölge yapar, derler."

"Sizi aldatmışlar!" dedi Başkomutan Ahnes. "Böyle bir şey ancak masallarda olur. İnanmamızı beklemeyin!"

Gülümsedi nefer kız, "Gidip görseydiniz böyle demezdiniz." dedi.

Melike, o hali gözlerinin önünde canlandırdı. Gökyüzünde bir insan ordusu, tepesinde gölgeleyen kuşlar, düşmeden ve yorulmadan bir seyahat! Aklı almadı. Daha derinlere gidemedi ve derhal aynı heyecanla Samyeli'nin anlattıklarına dikkat kesildi.

"Bu rüzgâr seyahatine seher yeliyle başlar, akşamüzeri geri döner. Sabahtan öğlene, öğlenden akşama dek bir aylık mesafeleri dolaşır, dünyayı müşahade eder. Süleyman, Allah'ın emriyle hareket ediyor. Sabahleyin, Istahr´dan hareket eder. Akşam vakti Şam´da geceler, Irak'tan Merv´e, oradan Belh´e birkaç saat içinde gidip geri döner. Belh´den Türk beldelerine uğrar, oradan, Çin'e Maçin'e, sonra da doğudan deniz sahili istikametinden Kandahar´a gelir, derler. Oradan Keşker´e derken Arabistan'a, Şam´a ve Tedmür'e mevki olan kendi vatan topraklarına iner. Dünyanın birçok beldesine birkaç saat içinde gider geri döner."

"O halde buraya gelmesi de an meselesidir." dedi Komutan Nevvar, yarı alay, yarısı merak dolu bir ifadeyle. "Öyleyse ne bekliyoruz, bir çaresine bakalım!"

Heyetten yine uğultulu sesler yükseldi. Melike müdahale etmek zorundaydı.

"Daha sabırlı, daha müstakim kararlar vermek zorundayız. Sakin olunuz." dedi.

Ortalığı derin bir sükût sarmıştı ki heyetten Cessam dayanamadı.

"Anlaşıldı!" dedi. "Süleyman bizi devirecek. Sessiz sedasız teslim olmaktan başka yolumuz yok."

Melikenin ses tonu sertleşti.

"Bu iş öyle kolay değil!" dedi. "Siz çok iyi bilirsiniz ki ben akıl ve mantığımın kabul demediği hiçbir şeye evet diyemem. Yorumlarınıza evet ama karar için çok erken. Son gözlemciye kadar dinlemeden bir sonuca varmayacağım. Bu çözümsüzlüğe net bir cevap bulmadan kimseye inkıyat etmeyiz. "

"Bu iş uzun iş!" sesleri yükseldi. "Rüzgâr işi kafa karıştırıcıdır. Bu konuda anlatacakları olan var mı?"

İri cüsseli, keskin bakışlı, siyahî bir genç kız birkaç adım öne çıktı. Kraliçe'nin onay vermesiyle bildiklerini anlatmak için hazırlık yaptı.

HAYRÜLSEHA

Hayrülseha, kendinden emin ve dik duruşlu bir kızdı. O güne dek çok sınavlardan geçmiş, ince kavrayışı ve zekâsıyla üzerine düşen tüm görevleri hakkıyla yerine getirmişti. Ortamı yumuşatmak için konuşmaya başladı.

"Samyeli'nin anlattıkları akıl zorlayıcı bir hal olsa da her harfiyle doğrudur değerli heyet üyeleri!" dedi. "Ilık meltemler gibi zorlu fırtınalar da emrine verilmiş Süleyman'ın. Serin meltemler ve esip kavuran kasırgalar emrine amadedir. Adamlarının dediğine bakılırsa bu bir peygamber mucizesidir ve Kral bunun şükründedir.

Rüzgâra binip göklerde teyeran etti mi yeryüzünü seyeran eyler. Yüce dağlardaki mahlûkatın halini bilir. Deniz dibindeki canlıların sedasını iştir. Rüzgâr onun emrinde uysal bir at gibidir. Onun emriyle, dilediği yere, hiçbir şeyi sarsmadan ve yıkmadan akıp gider. Bir kelam işittim ondan ki adı Bismillah'tır. Yaptığı her hayırlı işte dilinin duası odur Süleyman'ın."

Melike yine heyecanlandı. Bu ibareyi göğsüne bırakılan mektupta okumuştu. O şanlı mühür, o gizli sır ve çekim alanı güçlü kelam içini ısıtıverdi.

"Peki, göklerde dolaşırken ne yapar?"

"Rabbinin nakışlarını seyreder. Sanatın ve azametin muhteşem güzelliğine hayran kalır. Pembeden beyaza dek ışıklı tüllerin renk renk atıldığı bir sabah vaktinde yeryüzünün en genç, en güçlü, en ihtişamlı kralı ordusunu teftiş eder, nizama koyar. O ki; etten, kemikten, oddan, nurdan, kanatlı kanatsız varlıklardan kurulmuş eşsiz bir orduya sahiptir. Yaradanın krallık ile bilgeliği birlikte sunduğu biridir. Zenginlik içinde bilgelik, bilgelik içinde incelik içindedir."

"Ne yapar, neyin peşindedir?"

"Süleyman semalardan aşkı seyreder, derler. Rabbinin sanatını, aşkını temaşa eder. Tavus kuşunun sırtındaki renklerde, kelebeğin ipeksi tozlarında, gülün kadife teninde, suyun tarifsiz lezzetinde aşkı seyreder. Tonlarca su yüklü bulutların tane tane yağmur olup akışında rahmeti izler. Rızık peşinde koşan mahlûkatın halini incelermiş. Göklerin sonsuz mavisinde Rabbine niyaz eder.

Süleyman, aşk makamındadır. Rüzgâra binip havalandığı anda âlemi tefekkür eder. Arzın lekesiz yüzünden Arşın Sahibine seslenir: 'Ya Hay! Ya Kayyum! Güzelliklerin özünü aç bana!'

Tefekkür, tezekkür ve teşekkür içinde bir yolculuktur onunki. Yeryüzünde terk edilmiş burçlar vardır. Sağlam kalelere oyulmuş yapılar, nakış nakış işlenmiş kentler, bentler, yollar harabeye dönmüştür. Geçmiş kavimlerin öykülerini yâd eder.

Mallar, mülkler, paralar, altınlar ve mücevherleriyle birlikte gömülmüşleri seyreyler. Dünya saltanatı uğruna adanmış tahtlar, bahtlar, hırslar, hasetler, canlar, kanlar yitip gitmiştir. Taçlar, tahtlar uğruna heder edilmiş hayatlar, boş avuntulara mezar olmuştur. Baki kalan gök kubbede bir tek gerçek vardır ki onu da ancak ince kalpler ile güçlü akıllar bulabilmiştir."

"İbretlik bir sahne olmalı!" diye içinden geçirdi Melike.

"Süleyman göklerde yaptığı yolculuklardan Rabbi'nin büyüklüğünü fehmeder. Anlar ki; ineğe, sineğe, keçiye, deveye, file, insana, balığa ve tüm mahlûkata aynı anda sofralar kurulur. Kelebek, pire, kuş, tırtıl hepsi ama hepsi ayrı sofralarda ağırlanırlar. Yedi kat bulut üzerinde seyahat ederken koca mükevvenatı seyreder ve yedi kat bulut üstünde Rabbine secde eder. Bir tek arzusu vardır ki o da Rabbinin hoşnutluğunu bulmaktır. Tacını, tahtını, atını, altınını O'nun yolunda kurban etmek ister. Süleyman, yağmur yüklü bulutların içinden geçerken onların zikrini işitir, derler."

Sessiz sakin rüzgârların ahenkli zikrini ancak âşık bir kalp duyabilir, derler. Süleyman da Rabbine âşık bir kuldur. O'nu çok sevmekle gerçekleşir tüm seyirleri. Havanın nimet olduğunu bilir. O hava ki ne gözle görünür ne de elle tutulur. Tırnak kadar bir hava zerresinde ne hünerler gizlidir, derler ama kimse bilemez. O sırlar bir tek Süleyman'a açılmıştır. Süleyman gibi hevasına uymayan bir kuluna her şeyin olduğu gibi havanın sırları da malum olduğu bir saltanatta elbette her şey vaki ve mümkündür."

"İnsan nedir peki?"

"Ona göre hayat bir çarşı, insan ise o çarşının müşterisidir. Âlemin perdesi ince sırlarla kaplıdır ve her şey ayarlıdır. Baş döndürücü bir incelik, göz kamaştırıcı bir nizamdan söz ederler. Gökleri yıldızlarla, yerleri çiçeklerle bezemiş bir yaratıcıdan söz ederler. Ve derler ki; âlemde görünen güzellikler öyle bir Güzel'den gelir ki her an değişir ve tazelenir. Yeryüzündeki tüm güzellikler O'nun güzelliğinden süzülmüş yetmiş kat gölgedir."

Kraliçe ilk kez duyduğu bu ifadelerle sarsıldı. O güne dek hiç duymadığı düşünmediği gerçeklerle yüz yüzeydi.

"Onun bu hallerine halkının tepkisi nedir?"

"Malumatlarıma göre Süleyman, gök seyahatlerinden birinde tarla süren iki çiftçinin tarlası üzerinden geçmektedir. Adamlar onu görünce çok özenirler, 'Sürün bakalım şu dünyanın sefasını!' derler. 'Şu Davut hanedanına dünyanın mülkü ve saltanatı verilmiş. Kim onlar gibi olabilir ki!'

Süleyman metrelerce yüksekten bu sözleri işitir. Bir kıskançlık, bir haset kokusu sezmiştir. Hemen yere iner ve onların yanına gider. 'Bu sözlerinizden dolayı sizin fitneye düşmenizden endişe ediyorum.' der. 'Size ufak bir hatırlatmada bulunmak için geldim.'

Adamlar şaşkınlık içindeyken o devam eder: 'Şunu sakın unutmayın.' der. 'Bu dünyada canı gönülden bir kere 'Sübhânallah' demenin sevabı, kıyamet gününde Allah katında Davut Hanedanına verilen saltanattan çok daha iyidir.'

Adamlar hayret içinde kalırlar. Süleyman, 'Allah'a yemin ederim ki sizin canı gönülden bir kez 'Lailaheilallah' demeniz, benim tüm saltanatıma bedeldir. O kelamdan ayrılmayınız!'

Çiftçiler sevinirler. 'Ey ulu Sultan!' derler. 'Sen bizim kederimizi giderdin, Allah da senin sıkıntını gidersin!"

Çöl geceleri kadar ıssız yüreğine ışıklar serpildi Melikenin. Birçok ipucu yakalamıştı. Âlemine yeni güneşler doğarken susmayı yeğledi. El ayak çekilip yatağına gittiğinde zihninde bir muhavere başladı Melikenin. Rüya gibi ama gerçeği çok yakın bir seyir âleminde gece boyu Sultan Süleyman'a sorular sordu.

"Bu rüzgâr işi nedir? Adamlarım senin rüzgâra binip göklerde gezdiğini söylediler. Bu işin hakikati nedir?"

Gülümsedi Sultan.

"Rabbim bana peygamberlik lütfetti, dedi. Her peygamberin bir mucizesi vardır. Rabbim insanlığa o mucizelerle yol gösterir ve der ki; Siz insanlara bu yol açıktır. Havaya böyle bir özellik verdim. Bu yol sana da açıktır. Bu dereceye ulaş!"

"İlginç!" dedi Kraliçe. "Herkese açık demek?"

"Rabbimiz bu hadiseyle der ki; Ey insan! Sevdiğim bir kulum benim için nefsinin hevasını terk etti. Ben ise onu havaya bindirdim. Siz de nefsin tembelliğini bırakınız. Eşyanın içinde sakladığım gizli şifrelerimi çözünüz. Araştırınız, bulunuz. Ben de size ikram edeyim."

"Önemli ipuçları bunlar!"

"Rüzgâr da Rabbimin görevli bir memurudur. Emri aldığı anda koşarak, dalgalanarak gelir. Çıkardığı sesler ise o emirden aldığı haz ve mutluluktur."

Karanlık çöllerine ay doğmuştu Melikenin. Kuytu vahalarda dolaşırken hiç duymadığı yankılardı bunlar.

"Rabbimin büyüklüğünü anlamak için göğe çıkmak gerekmez. Onun rahmet yüklü bulutları yerle gök arasında bekletirken rahmetini müjdeler: Elestübirabbikum. Ben sizin Rabbiniz değil miyim? 'Kalübela' nidasına yetişir rahmet. Ve benim Rabbim ey Belkıs, kendi rızası için hevasını terk eden bir kulunu havaya bindirir ve göklerde gezdirir. Bu sır her varlık üzerinde O'nu görmek ve O'nu işitme güzelliğinde saklıdır. O Rab ki bir damla sudan gül yapar, inci yapar ve insanı halk eder."

Melikenin halden hale giren ruh hali üzerine devam etti Süleyman.

"Dünya, içi boş bir kuyu; ahiret, sonsuz güzelliklere açık bir zirvedir. Dünya, kimseye yar olmamış bir genç kız; ahiret, iri gözlü hurilerin mekanıdır. Dünya bir ayağı kabirde aciz bir yaşlı kadın, ahiret sonsuz güzelliklere açılan bir ışıklı kapıdır. Kim hangisine talipse onu bulur."

ZÜMRA

Ertesi gün Anka kızlardan Zümra anlatmaya başladı.

Deniz mavisi gözlerinin kıyısında farklı heyecanlar titreşirken, "Yüce Kraliçem!" diye başladı sözlerine. "Biz ki Sebe Krallığının neferleri olarak güçlü ve iradeli bir terbiyeden geçtik. Ordular, denizler, yokuşlar aşmışken Süleyman Krallığının haşmeti altında şaşkın kalanlarız. Beşer takatini aşan bu etkileşimde bizi mazur görünüz."

Kraliçe gerçekle hayal arasında gidip geldikçe vakur yaradılışlı Zümra'nın sözleri karşısında şaşkındı.

"Anlatacağınız her kelam bizim için kıymetlidir." dedi. "Bu bir acizlik değildir. Gerçek güzellik karşısında etkilenmez, hissetmez, duyumsamaz olsaydınız işte o zaman korkardım. Bu demektir ki Sebe Krallığı akılda, güçte, ferasette ileri; neferleri de katı ve duyarsız değildir. Kalpleri ölmemiş, hisleri perdelenmemiştir."

İz sürdüğü saltanatın gücü ve önemi hakkında önemli bir ipuçları yakalamışken sonuna dek yürümeliydi Belkıs.

"Anlat Zümra, seni dinlemekteyiz."

"Gezip gördüğüm krallıkta sivrisineğin dahi hakkının gözetildiğini gördüm. Adaletiyle meşhur Kral Süleyman'ın bir sivrisinekle olan sohbeti derin ve anlamlıydı."

Sivrisinek ile Süleyman! Heyettekiler dikkat kesildi. Belkıs heyecanlıydı. Zümra anlattı:

"Derler ki; Süleyman yurdunda bir sivrisinek, Kralın huzuruna gelip rüzgârı şikâyet eder. 'Ey Kral Süleyman!' der. 'Yedi cihana hükmettin, adaletinden mahrum kalan kimse yok. Bize de insaf et, hakkımızı al. Lütfedip bizi de gamdan kurtar!'

Hz. Süleyman, 'Ey hak isteyen!' der. 'Kimden şikâyetçisin, söyle! Sana zulmeden zalim kim? Allah bize padişahlığı halk göklere el açıp ağlamasın diye verdi. Kimse perişan olmasın diye saltanat ihsan etti.'

Sivrisinek, 'Kuşun da balığın da hakkını arayansın. Sinek taifesi olarak perişanız!' der. 'Ne gül bahçesinde nasibimiz kaldı, ne bağda. Ne üzüm şırasında nasibimiz kaldı ne bal denizinde. Feryadımız rüzgâr elindendir, onun zulmünden kan kusuyoruz.'

Süleyman bunun üzerine, 'Ey Sinekçik! Hasmın hazır olmadıkça şikâyetini dinleyemem. İki taraf da hazır olmazsa hâkim kimin haklı olduğunu anlayamaz. Hadi git, hasmını al, öyle gel!' der.

Sinek, 'Ey padişah, sözün doğru fakat düşmanım rüzgâr da senin emrindedir." diye cevap verir.

Bunun üzerine Kral, 'Ey rüzgâr!' der. 'Sivrisinek zulmünden şikâyetçidir. Gel de ona cevap ver.'

Rüzgâr emri alınca eserek gelir. Sivrisinek anında hemen kanatlanıp uçmaya başlar. 'Ey sinek!' der Süleyman. 'Nereye gidiyorsun böyle? Gel de aranızda hüküm vereyim.'

'Padişahım!' der sinek. 'Benim ölümüm onun varlığındandır. O gelince ben nasıl durabilirim?'

Heyettekiler şaşkın düşünceler içinde dağıldılar. Gece boyu akıllarda Süleyman'ın şanlı saltanatı, gökteki yıldızlar gibi hoş ve parlak nişanlar olarak kalacaktı.

ZÜRARE

Melikenin saray muhafızının oğluydu Zürare. İri kıyım yapısı, derin bakışlarıyla bilinirdi. İnce, dakik bir anlayışa sahipti. Süleyman diyarına gidip çok şey görmüştü ancak duyduğu bir olay Süleyman hakkında ki tüm önyargılarını tarumar etmişti. O güne dek ecelin insanın kendi kaderini belirlediğini düşünmüştü hep. Ancak Süleyman diyarından çok şey öğrenerek dönmüştü.

"Orada olduğum sürece çok şey öğrendim, Efendim." dedi. Ben orada insanın ecelinin nerede olursa olsun onu bulabileceğine inandım."

"Lafı dolandırma da anlat bir an önce," der gibi baktı ona Belkıs. Zürare hemen söze girdi:

"Adamın biri bir kuşluk vaktinde Süleyman'ın huzuruna girer. Yüzü sararmış, dudakları morarmış, tir tir titremektedir.

Sultan sorar, 'Hayrola ne var? Derdin nedir, söyle bana!'

Adam telaş içinde, 'Bu sabah ölüm meleğiyle karşılaştım. Bana hışımla baktı ve yanımdan uzaklaştı. Anladım ki o benim canımı almaya kararlı.' der.

'Ecelden kuruluş yok ki!' der Süleyman. 'Ne yapmamı istersin?'

Adam yalvarır: 'Ey canlar koruyucusu, mazlumlar sığınağı Süleyman! Bilirim ki sen her şeye muktedirsin. Kurt, kuş, dağ, taş senin emrinde. Rüzgârına emret de beni buradan alsın ta Hindistan'a bıraksın. Belki o zaman beni bulamaz. Böylece canımı kurtarmış olurum. Medet sendendir!'

Süleyman, adamın haline acır ve rüzgâra emreder: 'Bu adamı hemen al, Hindistan'a bırak!'

Rüzgârdır bu! Eser savurur ve adamcağızı alıp Hindistan'da çok uzak bir adaya bırakır. Öğleye doğru Sultan Süleyman, divanı toplayarak gelenlerle görüşmeye başlar. Bir de ne görsün? Ölüm meleği Azrail, insan kılığında o topluluğun içinde oturmakta! Kimseye belli etmeden konuşmaya başlarlar.

'Bu sabah o zavallıyı korkutmuşsun,' der Süleyman.

Azrail cevap verir: 'Ey dünyanın haşmetli Sultanı! Ben, o adama öfkeyle, hışımla bakmadım. Hayretle baktım. O yanlış anladı. Vehme kapıldı. Onu burada görünce şaşırdım. Çünkü Allah bana 'Haydi git, bu akşam o adamın canını Hindistan'da al!' diye emretmişti. Ben de bu adamın yüz kanadı olsa bu akşam Hindistan'da olamaz, bu nasıl iştir, diye hayretlere düştüm. İşte ona bakışımın sebebi bu idi. Bu akılların ermediği çok acayip bir iştir.'

'Nedir o ilginç olan?'

'Yüce Rabbim benden onun canını Hindistan'da almamı istedi. Burada görünce şaşırmıştım. Kimse Allah'ın ecelinden kurtulamıyor.'

Süleyman Peygamber derin bir tevekkülle teslim olur ve hiç bir şey diyemez."

Susmuştu herkes. Bakışlar derin, dudaklar lal kesikti. Melike ise bin bir düşünce sarmalı içinden sıyrılarak toparlandı, "Evet." dedi. Bu işe şimdi ben de inandım!"

RİNDA

Divan saati gelmeden kapısı usulca tıklandı Melikenin. Zihninde yığınla soru yumağı varken Rinda'yı görünce sevindi. Güzel yüzündeki huzur verici dinginlikle bilirdi onu. Ama bu kez iş farklıydı. Bir hal vardı nefer kızın üzerinde. Rinda, Kraliçenin en seçkin kızıydı. Vakur ve alımlıydı. İffeti, terbiyesi ve zekâsıyla bilinirdi. Ama bu kez Kraliçenin dikkatini çeken bir tutukluk, bir çekingenlik hâli vardı onda. Süleyman yurduna gidip geldikten sonra mahcup bir hale bürünmüştü. Anne tebessümü gibi sıcacık bir bakışla onu süzdü Belkıs.

"Anlat Rinda'm!" dedi. "Gördüklerin, bildiklerin, hissettiklerin nedir? Çekinme benden, anlat!"

Rinda'nın mahcup tavrı, derin deryaların kıpırtısız yansıması gibiydi. Anlatması zor olsa da anlatacaktı.

"Halimi mazur görün Kraliçem." dedi. "Aşkın da ecel gibi vakit vade tanımadan gelip kişiyi bulduğuna şahit oldum. Bu gerçeği heyetin huzurunda itiraf etmektense yüksek anlayışınıza sığınarak huzurunuza geldim."

Kraliçe meraklanmıştı. Bu kadar net ve duru oluşu hoşuna gitmişti ama neydi derdi Rinda'nın? Yanaklarında utangaç yalazlanmalar gezinirken anlattı:

"Sultan Süleyman bir yüce hünkârdır ki akıl almaz hayal ermez saltanattadır. Her yerden haberlidir o. Ben emriniz üzerine erkek kılığına girmiş kız neferlerdendim. Sultan haricinde kimse tanımadı, bilmedi. Ancak oradayken öyle bir maraza uğradım ki kurtulamadım."

Melike yılların tecrübesi ve güçlü sezgileriyle anlamıştı olayı.

"Hayat denen meşherde her şey olur ve yaşanır. Lafı dolandırma da anlat."

Cesaretlenmişti Rinda.

"Bu bir itiraftır efendim. Bilesiniz ki ben orada bir gönül derdine uğradım."

"Kimdir bu?"

"Süleyman'ın başvezirlerinden biridir efendim. İşin garibi bu aşkın merkez noktası başvezirin alımlı, çalımlı duruşu değil sadece ve sadece haşmet dolu vakarıdır beni etki altına alan. Dünyalara meydan okur gibi cesametli ama bir o kadar nahif bir yürekle karşılaştım. Ve seraba çorak kum olan gönül kıyılarımda kum çiçekleri açtı. Şimdi akzambaklar var orada!"

"Anlaşılan o ki başvezir bugüne dek kimselerin giremediği kalp çeperlerini yerinden söküp atmış Rinda'mın."

Ağlıyordu Rinda, "Nasıl olduğunu anlamadan bir sevda ağının içine düşmüş bulunmaktayım. Beni affediniz." dedi.

Saygı duydu Melike, "Gönlün desturu yoktur. Üzülme bu kadar." dedi.

Onun gibi bir kız böyle bir tutkuya kapıldıysa, etki sahasına girdiği adamın halindeki tavır ve mana çok başka olmalıydı. Rinda rahatlamıştı.

Rinda, "Ben ki aşka inanmaz, boyun eğmez biriyim. Bu hal nedir ne iştir bilemedim. Süleyman'ın ecelini geciktiren konuğu gibi ben de aşktan kaçtım ve onu erteledim. Tüm kapılarımı kapamışken o beni binlerce fersah uzaklıkta yakalayıp kendine esir etti."

Ağladı genç kız. İçinden çıkamadığı bir ruh haliyle, "Nasıl böyle bir şeyin içine düştüm?" dedi. "Bağışlayın beni. Şaşkınım ve hiçbir şeyi anlatamıyorum."

"Aşkın tasviri yoktur Rinda'm!" dedi Melike. Olağanüstü bir anlayış ve olgunluk içinde genç kızı rahatlatmaya çalıştı.

"Sevda bir gönül akımıdır. Coşkuyla akıp giden selin önünü kim kesebilir ki? Zira aşk da o denli büyüktür. Hem o kadar büyüktür ki, cüzi yönelişlere tahammülü yoktur. Bedensel hazlar zihinsel tutkular, yanında devede kulak kalır."

Rinda iri güzel gözlerini silerken sordu: "Çarem nedir?"

"Okyanustan bir damladır aşk. Aşk küldür. Aşk parçalanamaz ve bölünemez. Aşk hayatı kaplamış bir sarmaldır. Ona inanmadan ve yaşamadan biz hayatı hissedemeyiz. Aşkın kelamı vardır. Aşkın devasa dalgalarına karşı kapılıp gitmemek için kendinden menkul nehirlerinde yüzeriz biz. Orada külli aşkı keşfederiz. Bütün mesele, damlayı denize boca etmektedir. Bunu başarabilirsen aşkı yakalayacaksın sen."

"Neden beni buldu?"

"Ecel gibi aşk da sessiz sedasız dolaşır!" dedi Melike. "Merak etme, her iş olacağına varır. Aşk bir hayat çekirdeğidir. Mavi kubbe altında nice aşklar kabuğunda saklı kalırken çok az kısmı göverir. Yaşlı dünya içinde nice sevdalar barındırır da kimi çiçek, kimi tomurcuk, kimisi ise meyveye dururken çürüyen hiçbir aşk yoktur. Aşk çürümez bitmez ve yitmez. Aşkın aşamaları vardır. Tohumdan filize, filizden çiçeğe, çiçekten meyveye geçen bu süreçte kimi tohum ancak çatlamakla kalır daha filizini bile sürmeden toprağın altında kapanıp gider. Sonsuz bir âleme hazırlanır belki. Sırrını oraya devşirir. Ama şunu bil ki yeryüzünde hiç bitmeyen tek duygudur aşk. Senin sevdan da elbet bir sonuca varır."

Tarçın renkli bir hüzün vardı yüreğinde Rinda'nın. Sevda damıtılmış yanaklarını gizlemek isterken iki kat pembeleşti.

"Ecel gibi aşk da gizlidir Melikem!" dedi. "Kum çiçekleri gibi en umulmaz anlarda gelir ve bulur bizi. Bu gizemli akışa akıl sır ermez."

Kraliçeye mantıklı gelmişti bu sözler.

"Dileğimiz güzel yazılar, hayırlı bahtlar içindir Rinda." dedi. İşi şakaya vurarak gülümsedi.

"Görünen o ki doru tayların da kervandan ayrılma vakti yakındır."

Ana sütü kadar ak bir seher vaktiydi. Kraliçe erkenden uyanmış ve boz atına binmişti. Bahr-i Ahmer'in beyaz sahiline indiğinde Başyaver Asfa ile yakın korumaları onu uzaktan takibe almışlardı. İçinden çıkamadığı olaylar sırasında zihnini rahatlatmak, sükuna kavuşmak için zaman zaman o saklı sahile inerdi.

Alev renkli şifon elbisesi rüzgârda uçuşunca Süleyman rüzgârını hatırladı. Ejderha başlı kamçısını beline ve atını da ılgın ağacının dallarına bağladı. Bahardı ve ağaç toz pembe çiçeklerini Melikeye uzatmıştı. Renkler, sesler, temiz hava ona iyi gelmişti. Fakat hâlâ ne olduğunu anlayamamıştı. Neydi, ne oluyordu böyle, duydukları gerçek miydi? Kestiremiyordu. Müthiş bir iç sorgulaması içinde daha çok ve daha ayrıntılı malumata ihtiyacı vardı. Zihnindeki görüntüleri tam manasıyla yerine oturtamıyordu. Durmadan dinlenmeden her şeyi dinleyip anlamak ve olayın üzerine gitmek istiyordu. Günlerdir süren bu iç sorgulamasından bir an önce kurtulmak ve rahatlamak, istediği tek şeydi. Günlerdir uykusuz, yorgun ve karmaşık bir zihinle elçileri dinlemekten bitaptı. Ancak artık sona yaklaşmışlardı. Kırk gözlemcinin neredeyse tamamına yakınını tek tek dinlemişti. Artık karar vaktiydi.

Ses çıkarmadan yürüdü. Islak kumda Belkıs'ın narin ayak izleri ve bir de kızıl dalgalara takılı kalmış derin gözleri vardı. Alev renkli yakamozların kucağında yanıp sönen binlerce yansıma, yüzlerce kızıl güneşin anlık varoluşlarını insan hayatına benzetiverdi Belkıs. Aklındaki ülke meseleleri, ayaklarının altında akıp giden kumlar kadar ıslak ve sıcaktı. Uzağa, en uzak ufuklara diktiği bakışlarını oradan yere çevirdi. Gri kumların üzerinde ışıldayan kum kristalleri çarptı gözlerine.

"Her şeyde bir yansıma, bir güzellik izi var. Siz beni ölümsüzlüğe mi çağırırsınız?" diye mırıldandı.

Bilge neferlerin anlattıkları her an aklındaydı. Süleyman'ın saray aşçısı Henna'nın süse düşkün kızına söylediği sözler çok anlamlıydı.

"İnsan saçaklı saraylar, çiçekli köşkler, sırmalı libaslar, nadide mücevherler içinde yaşasa da Rabbini tanımadıktan sonra boş ve beyhudedir."

Bir başka anlatıcının, "Şunu bilmelisin ki en safi sürur ve en tatlı sevinç Allah'ı sevmek ve kendini ona adamak güzelliğinde saklıdır." cümlesi aklına geldi.

Hayata bakışı mı değişmişti ne? Hiç âdeti olmadığı üzere yakamozları seyretti. Sonsuz olanı düşündü. O var ediciyi tanımak istedi. Mavi gökler, mavi deniz, sonsuza açılmış bir âlem gibi onu içine çekiyordu sanki. Rahatlamıştı. İçindeki ufunetler dağılıp kaybolmuştu. Atladı atının sırtına. Nar çiçeği şifonu rüzgârda uçuşurken dörtnala gidiyordu. Yosun kokusu ve ferah esintisiyle mavi dalgaların kıyısına sığındı. Zamanla yarıştığının her an farkındaydı ve akşamı beklemeden heyeti topladı. Duyacak düşünecek çok meselesi vardı ve bir an bile kaybedecek vakti yoktu Melikenin.

NİLEYN

"Ve ben gördüm, derin düşündüm; baktım, ibret aldım."
(Hz. Süleyman)

Elçiler birbiri ardınca kalkıp oturdukça ve hiç bilmedikleri gerçekler gündemlerine girdikçe heyecan doruktaydı. Bu durum ülkenin kader meselesiydi ve meseleyi kökünden halletmek adına buna mecburlardı.

Belkıs ve heyet, Nileyn'in anlatacaklarını dinlemeye başladılar.

"Yüce Kraliçem!" diye sözlerine başladı Nileyn. "Ben haberlerimi Süleyman'ın dadısı Ehrima'dan aldım. Sultan Süleyman, İlya Mescidini tamamlar tamamlamaz şükrünü eda etmek ister. O daha küçük bir çocukken babası ona uzak çöllerin ötesindeki kutsal evden söz etmiş, 'Orası, atamız Âdem'le İbrahim'in ve oğul İsmail'in imar ettikleri kutsal evdir. Orası en kutlu belde ve Rabbimin evidir.' demiştir.

Ta küçüklüğünden beri ince bir terbiyeyle büyüyen Süleyman dur durak demeden koşar. Annesinin kadife sesi her dem dilindedir: 'Çok uyuma Süleyman'ım. Çok uyumak fakirlik getirir.'

Süleyman için gece sermayedir. Az uyur, az yer, az konuşur ama çok araştırır, çok öğrenir ve Rabbine çokça secde eder. Babasına söz vermiştir Süleyman. O kutsal evi ziyaret etmek ister. Askerlerini, vezirlerini, ailesini, dadısını, atlarını, kurbanlarını tek tek Bisat'a yerleştirir ve usulca havalanır. Tihâme Çölleri'ne doğru giderler. Sarı sahralara uzanır. Nakap çöllerini aşar, Lut Gölü'nü geçer, bereketli topraklara doğru yol alırlar. Mavi kubbe altında Süleyman'ın zikri vardır. Rabbini zikrederken beraberindekiler de onunla birlikte bu zikirdedir. Kuşlar ordusu tam tekmil en önde gitmektedir. Kutsal bir yolculuktur bu ve herkes heyecanlıdır.

Mukaddes beldenin göklerine ilk olarak hüdhüd ulaştı, derler. Mavi tavanın bağrında bakır renkli kanatlarını açıp kapadıkça selam ve saygı dolu kafasını eğerek, 'Ya Hay, Ya Kayyum!' deyiverir. Yedi kat maviliklere süzülür hüdhüd. Ardından devasa kanatlarını bütün görkemiyle açmış kartal girer o gök sahasına. Sonra akbaba ve diğer kuşlar. Saygı ve edep içinde tavaf ederler Beytullahı. Allah'ın Peygamberi Süleyman işareti almıştır. Bisat'ı yavaşlatır. Rüzgâr, kucağındakileri sarsmadan ve incitmeden indirir yeryüzüne. Arş ile ferşin orta yerindeki nurdan sütunun toprağına ayak basarlar. Hepsi çok heyecanlıdır. Gökte kuşlar, yerde insanlar ve cinler döne döne Kâbe'yi tavaf ederler. Arabistan bölgesinin sarp dağlarının bağrında kutlu bir hazine gibi saklı tutulan yeryüzünün en mutena, en ulaşılmaz, en seçkin beldesine misafir olurlar. Süleyman kurbanlarını keser ve Kâbe'nin üzerini maafir kumaşından yaptırdığı özel bir örtüyle kaplar. Bu arada Rabbine bolca şükreder ve secde eder. Yedi gün yedi gece orada kalır ibadet ederler. Daha sonra vazifesini yapmış olmanın huzuruyla Sa'na'ya doğru ilerlerler. Yesrib'e varınca yeniden mola verirler. Havası serin suyu tatlı bir beldedir orası. Yesrib Vadisi'ne indiklerinde Süleyman çok heyecanlıdır. Yanındakilere henüz kimsenin bilmediği saklı bir müjde verir. Yardımcıları onu hiç o kadar heyecanlı görmemişlerdir ve merak içindedirler.

'Vezirlerim, askerlerim!' der. 'Bir ağacın çekirdek halinden filize, filizden dallara, yapraklara, çiçeğe ve meyveye durma aşaması gibidir peygamberlik. Bilirsiniz ki benden önce birçok peygamber geldi ve benden sonra da birçok peygamberler gelecek. Son peygamberle de her şey kemale erecek. İşte siz şimdi onun beldesindesiniz. Burası ahir zaman peygamberinin göç edeceği yerdir. O dosdoğru bir kul ve en son peygamberdir. Yüce Allah ona bütün âleme karşı nusret verecek ki onun heybetinden bir aylık uzaklıktaki insan titrer. Uzak yakın her kalp ona meyleder. O, kınayıcıların kınamasından asla korkmaz. Dini haniftir onun. Benimle onun arasında bin yıl vardır. Ona ulaşanlara ve erişenlere müjdeler olsun. O Nebiler Serverine selam olsun. Ne mutlu ona tâbi olanlara!'

Maiyetindekiler çok etkilenmişlerdir. O en son peygamberi görenlere, ona ulaşanlara, ona tabi olanları merak ederler. Son peygambere ermeden ona selam gönderirler. Sonra da Yesrib topraklarında dua edip yollarına devam ederler."

Nileyn'in anlattıkları çok ilginçti. Belkıs ve heyettekiler şaşkın haldelerdi. Beklenen o son peygamber kimdi? Bütün peygamberlere önder olacak olan nasıl biriydi? Farklı bir merak sardı Belkıs'ın içini. Onu görmek, ona ermek arzusu kasıp kavurdu kalbini. Ama bu iş için ne zaman, ne de zemin müsait değildi. Yürüyecek daha çok yolu vardı ve mahzundu Kraliçe. Herkes susup dağıldığında uyumayan bir tek oydu. Yorgun ama mutlu hissetti kendini. Muhteşem bir muhatabının olduğunu düşündü. Simsiyah saçlarını geceye çözerken yüreğinde yepyeni yıldızların ve güneşlerin parıltısıyla mutlu hissetti.

YEMLİHA

"Sonunda Karınca Vadisi'ne geldikleri zaman bir karınca, 'Ey karıncalar! Evlerinize girin, Süleyman ve orduları bilinçsizce sizi kırıp geçirmesin!' dedi. Sonra da Süleyman, dişi karıncanın sözünden/kararından dolayı gülerek tebessüm etti. Ve 'Rabbim! Bana, anne-babama lütfettiğin nimetinin karşılığını ödememi, hoşnut olacağın sâlihi işlememi gönlüme getir ve rahmetinle beni sâlih kullarının içine kat!' dedi."

(Neml:18-19)

Ertesi gün Yemliha anlatmaya başlamıştı.

"Neml Vadisi, Şam ile Taif arasında karıncası çok bir dereydi. Yeşilliği bol, havası serin, suyu tatlıydı. Tefekkür kuşağındaydı Süleyman. Yerdeki karıncadan, gökteki kuşa dek her varlık Rabbini bilip O'na rücu ederken, sadece insan olup bitenden habersizdi. Oysa nankörlük en büyük fenalıktı. İnsan, ikram edene teşekkür etmeyi bildikçe değerliydi. Sulh için bu çok önemliydi. Süleyman, Rabbini anmak konusunda öylesine ilerlemiş, öylesine incelmişti ki gözü, kulağı, gönlü en ince sesleri duyabilecek hale gelmişti. Rabbini tazim ettikçe keşfi açılıyor, duyulması imkânsız sesleri işitiyor ve görüyordu.

Yeryüzünde var olan her varlığın ayrı bir dili ayrı bir tarzı varken Rabbini razı edenlere o yollar açıktı. Keşfetmişti Süleyman. Göz; Rabbi namına baktıkça ışıklanır, görünmez incelikleri ayırt ederdi. Kulak; Rabbi hesabına duydukça işittiğinin ötesine geçer, âlemdeki en uzak sesleri duyardı. Kalp; payitahtına Rabbin sevgisini koyduysa ötelere yelken açar, âlem bir kitap olur okurdu. Süleyman bir kul olarak o makama ermişti ve şimdi garip bir olay yaşıyordu. Bisat'ın üzerinde hızla ilerliyordu. Karınca Vadisine gelince ikindi vaktinin girdiğini anladı. Güzel ve yeşil bir vadide namaz kılmak istedi. Rüzgâr onu usulca Neml Vadisine doğru indirirken inceden bir ses işitti Süleyman. Nahif ve zarif bir sesti bu ama telaşlı ve gayretli çıkıyordu.

'Ey karıncalar! Toplanın, koşun!'

Etrafına bakındı Süleyman ama kimseyi göremedi. Bu nahif ve çok zarif sesin sahibi kimdi?

Dikkat kesildiğinde bunun minik bir dişi karınca olduğunu fark etti.

'Ey karıncalar! Yuvalarınıza giriniz! Sultan Süleyman ile ordusu bilmeden sizi ezebilir!' diye sesleniyordu.

Gülümsedi Süleyman. Hayretle tebessüm etti. Bu çok ince bir lütuftu. Kâinatın deveranı içinde onca sayısız ses karmaşasında bir tek karıncanın sesini bile kulağına işittiren Rabbine şükretti. Sırlar içinde giz, gizler içinde güzellik ve güzellik içinde şükür ne güzeldi!

Mahcubiyetinden iki büklüm hamd etti: 'Elhamdulillahhazaminfadlirabbi! Ey Rabbim! Bana, ana ve babama lütfettiğin nimetine şükretmemi ve geri kalan ömrüm içinde Senin razı olacağın iyi işler yapmamı bana ilham et! Rahmetinle beni de salih kullarının arasına kat!'

Yere indiler. Süleyman minik karıncanın yanına gitti. Muhteşem bir güç ahlakıydı bu. Minik bir karıncanın ayağına giden ve hakkını gözeten Kral seslendi:

'Sen niçin o kadar telaşlandın? Yoksa benim zalim bir yönetici olduğumu mu sandın? Adaletli bir peygamber olduğumu bilmez misin? Can yakıcı olduğuma nasıl kanaat getirdin?'

Karınca, 'Ey Allah´ın Peygamberi!' dedi. 'Onlar bilmeden ezebilirler, demiştim. İşitmediniz mi? Can yakma sözümden maksat; senin bir şey vermeni temenni ederek fitneye düşmelerinden korktum. Sana bakmakla meşgul olup Allah´ı tespih etmekten geri kalırlar diye endişelendim!'

'Bana ne söylemek istersin?

'Babana Davut isminin niçin konulduğunu biliyor musun?'

'Hayır, bilmiyorum.'

'O isim ona, kalp yaralarını tedavi etsin diye verildi. Peki, sana Süleyman isminin ne için konulduğunu biliyor musun?'

'Senden dinlemek isterim.'

'Göğsüne selâmet verilinceye kadar dayanasın ve baban Davut'a erişmeye müstahak olasın diye!'

Sultan Süleyman büyük bir tevazu içinde karıncanın nasihatini dinlemeye devam etti.

Karınca bu defa, 'Yüce Allah'ın sana rüzgârı niçin uysal kıldığını biliyor musun?' diye sordu.

"Hayır, bilmiyorum."

'Dünya ve içindekilerin esen bir yelden ibaret olduğunu bildirmek için! Dışı süs, içi boş bir avunmanın kime ne hayrı olmuş? Bak, benim gibi minicik bir varlığın bile sesini duyuyorsun. Bu, yüce Yaratıcının seçkin kullarına ikram ettiği bir inceliktir. Kulak güzel kelamlara âşık olunca kâinattan gelen manevî nidaları işitir, zikirleri duyar, taşın içindeki zerrelerin tespihatını anlar.'

Kral Süleyman, karıncanın her sözünde Rabbine şükrediyordu. O minicik varlık bile ne sırlarla doluydu.

'Sende çok sır varmış!' dedi Süleyman. 'Anlat ki bilelim.'

'Biz karıncalar, Allah'ın iyi kullarına gece gündüz dua ederiz. O'nun vekillerine hürmet, peygamberlerine selam ederiz. O âlimler ve o salihler de Allah'ın adını anar, ona kulluk ederler. Onların duası hürmetine rahmet iner ve biz de nimete kavuşuruz.'

Karıncanın her bir sözü anlamlı ve güzeldi.

'Ey Kral Süleyman! Siz insanlar iman nurunu keşfedince ne sırlara erer, ne âlemler keşfedersiniz de kimse haberli değildir. Rüzgârların terennümünü duyarsınız. Bulutların naralarını işitirsiniz. Denizin nağmelerini hissedersiniz. Kar, yağmur ve dolu tanelerinin zikrine vakıf olursunuz. O Rabbani tespihlerle âlem, ilahî bir musiki dairesi olur. Hayatın her türlü gamına ve kederine meydan okursunuz.'

Karınca, koca Kralın karşısında diz çöktüğünü görünce mahcup devam etti:

'Gözün ışığı imanla kavileşirse âlem; gül ve reyhanlar ile müzeyyen bir cennete döner. Gözün gözbebeği, bal arısı gibi, bütün kâinat safhalarında gül ve çiçeklerden aldığı zikirler, fikirler ve şıralarla tatlı iman balları yapar. Ne mutlu size ki insansınız. Âleminiz her yere açıktır.'

Tam o sırada kuşlar ülkesinin andelibi zişan-ı bülbül teganni etti: 'Ya Celil! Ya Kadir-i Zülcelâl!'

Ardından kuddüs kuşu seslendi: 'Ya Kuddüs! Ya Kuddüs!'

Sultan Süleyman'ın karıncayla olan muhabbeti o kadar hoş ve tatlıydı ki kuddüs kuşunun nidasıyla ayağa kalktı. İkindi vakti girmişti ve abdest alması gerekiyordu. Bakışlarını yerdeki karıncadan alıp göklere çevirdi."

Sohbetin bu kısmında Belkıs'ın vezirlerinden Ermiha dayanamadı, "Bağışlayın Melikemiz!" dedi. "Bu anlatılanları elçilerden değil de başka kişilerden duymuş olsaydık anında sustururduk. Elçilerimiz efsunlanmış gibi değiller. Gayet net ve mantıklı açıklamalar yapıyorlar fakat yine de akıl almaz işler bunlar."

Kraliçe de heyettekilerle aynı fikirdeydi.

"Kuşlarla ve karıncalarla konuşan bir hükümdar elbet Sultan Süleyman olabilir." dedi Belkıs. "Bu karınca işi gerçekten gariptir ama biz de görürüz ki onlar anında haberleşirler. Anında toplanıp dağılmaları, metrelerce yükseklikteki sarayın gözlem kulesine bile çıkmaları hayret vericidir. Demek onların bizim bilmediğimiz gizli bir dilleri var."

Melike, Yemliha'ya anlatmaya devam etmesi için işaret verdi.

"Anlatılarımızın fazlası var eksiği yok yüce Kraliçem!" dedi Yemliha. "Benim en çok dikkatimi çeken şey, Süleyman karıncalarla konuşan, kuşlarla dertleşen, rüzgâra binip gezen bir kral iken, nehir kenarında yeşeren sazlardan zembil yapıp satması ve geçimini onunla sağlamasıdır. Oysa o simya ilmini bilir. Taşı eline alsa altın, toprağa dokunsa zümrüt yapabilir. Ancak onda dünya tamahı yoktur. Onun nazarında devlet malı yücedir ve tek kuruşuna tenezzül edilmez. Yetimin fukaranın hakkına göz dikmez. Dünyalıkları kalbine değil cebine koymuştur ve onu sırf Allah için sarf eder."

Yemliha, sözünü bitirirken, "Size tebessüm ettirecek bir malumatımı aktarmak isterim." dedi.

"Anlat." dedi Melike. "Bu kadar yorgun kafanın elbet gülümsemeye de ihtiyacı vardır."

"Sultan Süleyman'ın Neml Vadisine geldiğini gören karıncalar sevinçlidirler. Hele de onun kendilerini işitip hallerini seyrettiğini görünce büsbütün heyecanlanırlar. Karıncanın biri Süleyman'a bir hediye vermek ister. Altın gümüş değildir elbet hediyesi. Bir yonca yaprağını sırtlayıp getirmiştir.

'Sultanım!' der. 'Benim ancak buna gücüm yetti. Sizin kıymetinize göre bir hediye getirecek olsaydım size hediye edecek bir şey bulamazdım. Eğer kadir ve kıymet hediye ile ölçülmüş olsaydı, bize canı veren Allah'a denizler dolusu altın hediye ederdik. Ama biz zayıfız, fakiriz ve aciziz. Elimizden geleni veririz. Kerimlere karşı ancak böyle davranırız. Lütfen kabul ediniz!' O anda Süleyman, 'Allah size bereket versin!' der ve o günden sonra da karınca bereket hayvanı olarak nam kazanır."

Heyettekiler de Melike gibi gülümsediler. Ölçüler, değerler, kavramlar ne kadar da farklıydı. Herkes yüzünde gülümsemeyle dağılırken, bu karınca hikâyesinde de Belkıs'ı can evinden yakalayan o cümle yine önüne gelivermişti. "Bu hediyelere ancak siz sevinirsiniz!"

ELYESA

"Tembelin yolu dikenli çit gibidir;
fakat doğruların yolu yapılmış caddedir."

(Hz. Süleyman)

Yemliha'nın bir gün önce anlattığı karınca hikâyesi herkesin dilindeyken bu kez Elyesa karıncalarla ilgili başka bir gözlemle huzura geldi. Belkıs'ın işaretiyle anlatmaya başladı.

"Zengin olmak, yeryüzünde herkesin arzusudur." dedi genç nefer. "Ama Yeruşalim beldesinde kanaatin zenginlikten daha değerli olduğunu öğrendim. Kanaat bir hazinedir ki kimsenin ondan haberi yoktur. Süleyman'ın adamları mal konusunda son derece tok gözlüler. Cimri hiç kimseyi görmedim. Neticede rızık onu var edene aittir, derler. Yüce Yaratıcı, ona güvenenleri asla perişan etmez. Aç ve sefil bırakmaz. Biz elimizden geleni yaparız ve O'nun verdiğine razı oluruz, derler. Onlardan duyduğum şu öykü umarım bu konuda açıklayıcı olur.

Yeruşalim'in kralı Süleyman, karıncalara sorar: 'Sizin bir yıllık yiyeceğiniz nedir?'

'Bütün bir yıl boyunca bir tane buğday bize yeter.' derler.

Kral çok şaşırır ve Allah'a dua eder. Karıncaların bir yıllık yiyeceklerini kendi karşılamak ister. Rabbi bu duayı kabul eder ve karıncaların bir yıllık yiyeceğini Kral pay eder. Aradan bir yıl geçmiştir. Kral onları teftiş eder ve bakar ki her bir karınca bir yıl boyunca ancak yarım buğday tanesiyle idare etmiştir.

'Neden rızkınızı bitirmediniz?' diye sorar.

Karıncaların Kralı cevap verir:

'Bağışlayın Sultanım. Şimdiye kadar rızkımız Mevla'nın elindeydi. O bizi unutmaz, vakti vaktine verir diye rahatça yiyip içtik. Ama şimdi biz düşündük ki Sultan Süleyman da bizim gibi bir kuldur. İnsan ise nisyan ile maluldür. Devlet işlerine dalar da bizi unutursa bir dahaki seneye kadar aç kalırız. O sebeple korktuk ve buğdayın diğer yarısını gelecek seneye sakladık.'

Süleyman gülümser.

'Yarabbi! Kudretin ne geniş, hükmün ne yücedir!' der. Karıncalara hak verir.

İşte böyle yüce Kraliçem! Kimin nazı, kimin niyazı Allah indinde makbule geçer bilinmezmiş. Kaldı ki Mevla, aciz ve zayıf yaratıklarına güçlülerden daha çok ikram eder, derler. Bir meyve kurdunu meyvenin içinde besleyen Yaratıcı, en zayıf olanı asla ihmal etmez. İhmal, Yaratıcıya değil yaratılmışlara aittir!"

Elyesa'nın anlattıkları herkesi etkilemişti. Şaşkındı herkes. Kendilerini değişik bir akımının içinde hissettiler.

İRVA

"Onu ve kavmini, Allah'ı bırakıp da güneşe secde etmekteyken buldum. Şeytan onlara yaptıklarını süslemiştir, böylece onları (doğru) yoldan alıkoymuştur; bundan dolayı onlar hidayet bulmuyorlar."

(Neml:24)

Merak ve heyecan içinde artık sona doğru yaklaşıyorlardı. Melike son iki anlatıcıyı da dinleyip kararını verecekti. Herkes, sıradaki anlatıcı İrva'yı yine can kulağıyla dinlemeye başladı.

"Süleyman, Neml Vadisindeki molada kuşlar ordusunu teftiş etti. Üzerini gölgeleyen kuş ordusunda bir boşluk olduğunu hissetti. Güneşin altın renkli ışık huzmeleri sımsıcak yağıyordu. Onun açık bıraktığı yerden, hüdhüdün yokluğunu fark etti. Büyük bir disiplinsizlikti bu! Süleyman mülayim olduğu kadar da sertti.

Heybetle haykırdı: "Hüdhüd nerede? Onu neden göremiyorum?'

Ordudan çıt çıkmadı. Korkuyla irkildiler. Hüdhüd ortalıkta yoktu ve Süleyman bu işe fena kızmıştı.

'Yoksa o kayıplara mı karıştı? Andolsun ki eğer geçerli mazereti yoksa cezam çetin olacak!'

Tüm kuşlar titrediler. Düzenin devamı için otorite önemliydi. İtaate uymayanlara mutlak ceza vardı. Süleyman, 'Ordudan ayrılmak için eğer ciddi bir sebebi yoksa onu kafese sokup geçimsiz bir kuşa yoldaş edeceğim!' dedi.

Kuşlar ordusunu korkutmak istedi. 'Onun o bakır renkli tüylerini yolacağım! Kim bilir belki de onu karıncalara yem edeceğim!' dedi.

Kuşlar ordusu kıpırtısız halde Kral Süleyman'ı dinlediler. İtibar ve şerefin an meselesi olduğunu anlamışlardı. Şimdi kimse hüdhüde özenmiyordu. O güne dek onun yerinde olmak isteyenler, ona için için acıdılar. Hüdhüd düzeni bozmuştu ya, elbet çekeceği vardı! Sultanların ikramı büyük olduğu gibi intikamı da büyük olurdu. Kuşlar düzen ve intizamı korumak için iç içe sokuldular. Sultana yakın olmak ne zordu! Özel yerlerde görev almak ateşten gömlekti sanki. Dışarıdan ışıklı, içerisi ateşten bir gömlek gibiydi.

Bütün bunlar olup biterken hüdhüd ise farklı keşiflerdeydi. Hava harekâtı için orduya su ararken kendi cinsinden bir kuşla karşılaşmıştı.

'Adın nedir?'

'Yafir.'

'Neredensin?'

'Sebe ülkesindenim. Cennet gibi güzel bir yerdir orası. Ülkemde yedi verenler boy verir. Bolluk bereketlik bir yerdir. Melikemiz ise çok akıllı bir kadındır. Adaletli ve merhametlidir. Ona Güneşin Kızı derler. Namı, Sebe Kraliçesi Belkıs'tır. Haydi, benimle gel, sana ülkemi gezdireyim.'

Hüdhüd şaşırmıştı. Yeruşalim'den daha güzeli var mıydı? Süleyman'dan daha adil yönetici var mıydı? Ondan daha akıllısı kimdi?

Yafir öylesine anlatmıştı ki Hüdhüd merak etmişti. Gidip görmeliydi. O yöne doğru hızla kanat vurdular. Sebe'ye vardıklarında hüdhüdün şaşkınlığı artmıştı. Yeşilin her rengiyle bezeli Sebe, sırma telli bir gelin gibi süslü ve çok güzeldi. Yeşilin her tonu arasından akan çok kollu ırmaklar ayna gibi dupduruydu. Hayran kalmıştı hüdhüd.

Yafir, 'Sebe üç dağın üzerine kuruludur.' dedi. 'Şu gördüğün bentler, yüzlerce su kanalıyla birbirine bağlıdır. Bu bentler baharda taşkınlardan korur, yazın şiddetli sıcağında ise kuraklık çekilmez burada. Bol meyveli zengin bir yerdir benim ülkem.'

Sebe göklerinde uçtular. Çiçekli köşklerin, meyve dolu bağların, duru yansımalarla akan nehirlerin üzerinden geçtiler. İç içe geçmiş alyanslar gibi yapıları, bayındır bağ ve bahçeleri görünce hayran kaldı hüdhüd. Sebe hüdhüdü onu güneş tapınağına götürdü. Almaka Tanrıçasının üzerine kondular.

'İşte! Sebe Sultanı Belkıs!'

Hüdhüd onu gördüğünde Belkıs, ülke komutanlarını içtima yaptırmış, ardından secde ettiriyordu.

'Daha öncesinde Sebe halkı, tek tanrılı bir dine inanırdı." dedi Sebe hüdhüdü. Belkıs başa geçince halkına,

'Ben görmediğime inanmam' dedi. 'Bu iş akıl işidir. Ve ben ancak gördüğüme taparım. İşte Güneş ışığıyla, ısısıyla ve güzelliğiyle karşınızda duruyor. Şimdi siz sadece ona secde ediniz.'

Melike yeni bir din kurdu ve o gün bu gündür bu hal devam ediyor.'

İrkilmişti hüdhüd. Öfkesinden bir çığlık attı ve kanatlarını sonuna dek açarak silkindi. Hüdhüdün sesine mabettekilerin çoğu dönüp bakmıştı. Hüdhüd, büyük bir elemle güneşe tapınıp secde eden Melikeyi seyretti. İpek teninin üzerine akıp giden siyah dalgalı saçları, uzun boyu ve narin edasıyla güzel bir kadından çok güçlü bir lider izlenimi veriyordu. Yüz hatlarında görülmemiş incelikte bir güzellik vardı. Melikenin halinde güzelliğin ötesinde bir akıl ve güç hissediliyordu. Otoriter, akil ve muhteşem bir duruşu vardı. Sebeliler önce güneşe sonrasında da Kraliçenin güzelliğine secde ettiler. Aya, güneşe, ateşe ve yıldıza yapılan secdelerden biriydi bu.

Hüdhüd sordu: 'Bu nasıl şeydir?'

'Bu ülkenin insanları ateşe tapar, güneşe secde ederler.' dedi Yafir. 'Anlamadın mı? Onlar Yüce Yaratıcıdan habersizler.'

Şaşırdı hüdhüd. Az ötede kazılmış çukurlar gördü.

'Peki, bunlar nedir?'

'Güneş kurbanları içindir. Gencecik canlar güneşe adanır ve orada yakılırlar.'

Hüdhüd ürktü, ürperdi ve hızla geri döndü. Tam o sırada akbaba, kartal ve doğan kuşu onu aramaya çıkmışlardır. Yolda karşılaşırlar."

Sözlerinin tam burasında susması için işaret etti Belkıs. İrva sustu. Kraliçe ile heyeti neredeyse nefeslerini tutarak dinlerken bir anda göz göze geldiler. Günlerdir süren muhasebede ortama hâkim olan dikkat ve merak havası ani bir uğultuyla dalgalandı.

"İn midir cin midir bu hüdhüd? Nasıl içimize kadar sirayet etmiş?"

"Süleyman'ın cinlerinin olduğunu duyduk ya hani?" dedi Başyaver Asfa. "Demek onlarla iş görüyor. Bu ya sihir ya da büyü işidir. Sebe'ye kadar işlemiş bir büyüdür bu!"

"Büyü olmadığını da söylerler. Bu işte başka bir iş var!"

Belkıs'ın boğazı kurumuştu. Yüzlerce mum alevinin kızıllığında Süleyman saltanatının ihtişamını düşündü. Cariyenin sunduğu nar şurubundan yudumlarken zihninde oluşan fikirlere bir türlü şekil veremedi.

"Sabırlı olun." dedi. "Bakalım hüdhüd nereye kadar varmış?"

İrva devam etti.

"Hüdhüd, Sebe'den telaşlı telaşlı dönerken kuşlar ordusunun kurmayları olan akbaba, kartal ve doğankuşuyla karşılaşır.

'Sen ne yaptın!' derler. 'Düzeni bozdun. Sultan Süleyman'ı gazaba getirdin, cezan çetin olacak. Seni katrana batırıp çıkaracak. O güzelim tüylerin bir daha asla eskisi gibi olmayacak!'

Telaşlandı hüdhüd. 'Sultan ceza vaadinde bulununca inşallah dedi mi peki?' diye sordu.

'Hayır, öyle bir kelam etmedi.' dediler

Rahatlamıştı hüdhüd. Derin bir oh çekerek Neml Vadisine doğru süzüldü."

NECCAŞ

" Gerçekten ben onlara hükmetmekte olan bir kadın buldum ki ona her şeyden (bolca) verilmiştir ve büyük bir tahtı var."

(Neml:23)

Melike ve heyeti soluksuz dinlemedeyken, bu hikâyenin devamını anlatması için söz Neccaş'a verildi. Neccaş, Süleyman bilgelerinin anlattıklarını aynıyla iletmeye başladı.

"Diğer kuşlardan bilgiyi alan hüdhüd hızla ordunun olduğu bölgeye süzüldü, derler. Sultan Süleyman kızgındır. Düzensizlik ve disiplinsizlik en sevmediği işlerdendi zira. Alev kadar yakıcı nefesiyle, 'Neredesin?' diye sorar hüdhüde.

Merhameti kadar gazabı da iyi bilinir Süleyman'ın. Meydan sessizliğe bürünür. Öyle ki sinek uçmaya korkar. Hüdhüd, Süleyman'ın huzuruna çıkar. Suçlu bir çocuk gibi başını öne eğer. Uzun, sivri gagası ayaklarının arasına kaymıştır. Kafasındaki sorguç aşağı inmiştir. Yelpaze biçiminde açılabilen bakır renkli tüylerini kısarak uzun gagasının altına gizleyince bu durum Kralın da dikkatini çeker. Bu bir mesajdır zira. Önemli olaylarda böyle yapar hüdhüd. Krala sunacağı önemli bir kanıtı vardır. Kanatlarını yerden sürüyerek izin ister.

'Hünkârım!' der. 'Bağışlamanızı diliyorum. Size Sebe Diyarı'ndan önemli bir bilgi ile geldim.'

Yutkunuverir birkaç kez. Süleyman ona kendini savunma hakkı verir. Hüdhüd anlatmaya başlar.

'Haşmetli Sultanım!" der. 'Buradan ötelerde muhteşem bir ülke gördüm. Adı Sebe'dir. Yüce Allah o ülkeye yeşil meralar lütfetmiş. Muntazam yapılarla mamur bu belde güzellikte baş döndürüyor. Birbirine bitişik şehirleri baştan sona kadar incirden nara türlü meyvelerle doludur. Üzüm bağları salkım salkım hurmalıklarla çevrilidir. Yeşili kırmızısıyla, mavisi sarısıyla sarmaş dolaş çiçekler, meyveler, bağlar, bostanlar, akıp giden nehirleriyle baş döndürücüydü.'

'Sözü uzatma da anlat!' der Kral. Sesi sert ve sinirlidir.

'Sözüm kısa değildir ey Allah'ın Nebisi!' der hüdhüd. 'Olayı size tam olarak beyan etmek için buna mecburum.'

Devam işareti verir Süleyman.

'Gördüğüm alelade bir yer değildir. Şehir altın külçelerle çevrilidir. Bentleri ve barajları su doludur. Bütün ülke güvenlik içindedir. Ticaret yolları üstündeki bütün şehirler birbirine gözle görünecek kadar yakın kurulmuştur. Yolları açık ve işlektir. Mısır, Filistin, Şam ve Arap tacirlerin bir ayağı oradadır.'

Sultan Süleyman'ın huzurunda bir kuş ona ülkelerarası sırlar verirken; insanlar, cinler, hayvanlar ve kuşlar ordusu da pürdikkat onu dinlemektedirler."

Neccaş anlattıkça Sebe Krallığı Şurası gururla göz göze geldiler. Ülkeleri hakkındaki bu methiye hoşlarına gitmişti. Elçinin sözlerini daha bir ilgiyle dinlemeye koyuldular.

"Ülke halkı refah içindedir, der. Halkı önü ve arkası meyve bağlarıyla çevrili köşklerde otururlar. Binekleri çevik ve semiz, çocukları gürbüz ve temiz, gençleri gümrah ve güçlüdür. Kadınları çiçekli elbiseler giyinir. Adamları maharetlidir. Öyle ki; ok atar ama yay kullanmazlar. Onlara her türlü zenginlik verilmiş. Onları yöneten bir kadın kraliçe gördüm ki ona da büyük nimetler verilmiş. Onun çok azametli bir tahtı var. En önemlisi de onu ve kavmini, Allah'ı bırakıp da güneşe secde ederken gördüm. Şeytan onlara yaptıklarını süslü göstermiş ve onları doğru yoldan alıkoymuştur. Bundan dolayı gerçeği göremiyorlar. Ama Allah dilerse bentlerini yıkar ve şehirlerinin altını üstüne çevirip harap eder. Kuşkusuz O dilediğini aziz, dilediğini de zelil kılandır.'

Güneşe secde edildiğini duyunca Süleyman'ın rengi atar. Kanı çekilmiş gibi sapsarı bir benizle sorar: 'Bu ülke hangi cenahtadır?'

'Sana ile Merib arasında bir yerdir, Sultanım. Krallığı bir kadın yönetir.'

'Kraliçenin adı nedir? Nesebi nedir? Kimlerdendir?'

'Sebe Kraliçesi Belkıs derler. Adil bir melikedir. Üstelik birçok lakabı vardır. Nesebi Himyeri hanedanına dayanır. Silsilesi güçlüdür. Belkıs binti Ebi Serah Humeyriye, derler ona. Güzellikte eşsiz, akılda üstün, asalette seçkindir. Yetenekli ve dirayetlidir. Çok tedbirli ve temkinli olduğunu duydum. Asalet ve zarafet sahibidir. Kraliçeliğini tepesinde, asaleti omuzlarında, zarafet ve edebini yüzünde taşıyor gördüm. Nazenin teni, parlak dalgalı saçları, utangaç bakışları ve yüzünden hiç eksilmeyen tebessümüyle kalbe huzur saçar. Su gibi duru ve berrak bakışları yazık ki güneşe secdededir.'

Hüdhüd çok heyecanlıdır. Samimi ve içten anlatımları Kralın dikkatinden kaçmaz. Gördüklerinden çok etkilendiği bellidir. Hiç duraksamadan anlatmaya devam eder:

'Onun bir tahtı vardır ki Hünkârım, ne siz sorun ne ben şöyleyim. Kraliçe onu kendisi için mahir sanatkârlara özenle işletmiştir.

Yüksekliği on insan boyundadır. O taht, inci mercan ve türlü cevherlerle bezelidir. Bugüne dek tahta onun kadar yakışan bir kadın daha görmedim. Ona çok önem verir. Bir annenin çocuğuna düşkünlüğü gibi tahtına çok düşkün olduğunu öğrendim.'

'Nasıl biridir? Akıllı ve adil midir yoksa zalim mi?'

'Çok kısa sürede elde ettiğim bilgiye göre akıllı ve adil bir Kraliçedir. Merhametli ve beceriklidir. İşini meşveretle yapar. Ülke kaderini değiştirecek olaylarda akiller heyetiyle birlikte karar verir. O halkına düşkündür, halkı da ona. Aklı başında, kararlı ve müstakim bir liderdir. Girişimci ve yenilikçi bir yöneticidir. Sebe Sebe olalı öyle bir adil hükümdar görmedi, derler. Sebe halkı zevk, sefa, lüks ve refah içinde yüzerken o hep iş başındadır. Hiçbir elemin ve kederin örtemediği bir taşkınlık gördüm halkında. Dünya nimetleri onlara bolca verilmiş. Ama onlar şükrü unutmuşlar.'

'Hayat görüşleri nedir?'

'Belkıs'ın tebaası dünyevi zevklere, mala, şana ve şöhrete düşkündürler. Para ve mevki onlar için çok önemlidir. Kısa sürede anladım ki bütün ilişkilerini bu iki kavram üzerine kurmuşlar. Bu sebeple halkın refah düzeyi bir hayli yüksektir. Kavmi zenginlikleriyle öğünür, kendilerinden ileri kimsenin olmadığını düşünürler. Halkın tamamı güneşi tanrı bilir ona taparlar. Kraliçenin tahtı bile güneş sembolleriyle süslüdür. Hünkarım, gördüm ki onlar Allah'ı unutmuşlar. İşte bu yüzden ve geciktiğim için üzgünüm. Asırlar boyu mülkünüz daim, şanınız kaim olsun Sultanım. Şimdi hüküm sizindir. İsterseniz asın, isterseniz kesin beni!'

Hüdhüdün sözleri bittiğinde orduyu derin bir sükût sarar. Sultan Süleyman ise temkinlidir.

'Araştırıp göreceğiz.' der. 'Bakalım doğru mu söyledin yoksa yalancı mısın? Sen şimdi acele et de bize su bul!'

Hüdhüd tatlı bir su kaynağı bulmuştur. Ondan kana kana içerler. Sultan Süleyman ilk önce abdest alıp namaz kılar. Güneşe tapma işi canını çok sıkmıştır. Kraliçeye bir mektup yazarak onu doğru inanca davet etmeyi planlar. Çünkü onun için hayatta iki kesin çizgi vardır. Allah'ı tanımak ve O'nu tanımamak! Bu çok önemlidir. Bu işe müdahale etmeyi düşünür. Ancak doğru ve mantıklı bir yol izlemek gerekir. Başka krallar gibi yakıp yıkıcı, kesip doğrayıcı, baş üstünde baş, göz pınarında yaş bırakmayıcı gaddar bir yönetici değildir. Zalim asla değil, halim selim bir liderdir.

Namazı bitikten sonra hüdhüdü yanına çağırır Kral Süleyman. Bir an dahi beklemeden bir mektup yazar, mühürler ve bakır tellerle hüdhüdün pençesine asıverir.

'Ey hüdhüd!' der. 'Şimdi git ve bu mektubu Melikenin önüne bırak. Ama asla ona gözükme!'

Emir büyük yerdendir. Anında havalanır hüdhüd. Davut'un mezmurlarıyla yola çıkar. Ondan öğrendiği tespihler dilindedir: 'Lailaheillallah. Bismillah. Lakuvveteillahbillah."

SEYYAR

"(Süleyman:) 'Durup bekleyeceğiz, doğruyu mu söyledin, yoksa yalancılardan mı oldun?' dedi."

(Neml:27)

Önemli bir akşamdı. Anlatıcıların sonuncusu Seyyar'a sıra gelmişti. Günlerdir süren sorgulamanın son aşamasındaydılar. Kapılar örtülmüş, divan kurulmuştu. Melike son anlatıcıyı dinlerken daha da bir heyecanlıydı. Heyettekiler ise elçinin bir an önce anlatmaya başlaması arzusundaydılar. Ülkelerine varmak için yola çıkan haberci kuş geri dönmüş müydü? Neler olmuştu? Bir an önce duymak istediler. Seyyar, herkeste o merakın olduğunu hissetmişken önce Melikeyi sonra da heyettekileri selamladı ve hemen anlatmaya başladı.

"Süleyman'ın sözcüleri bize her şeyi olduğu gibi dermeyan ettiler. Onlardan biri olan Sözcü Yasef'in aktardığını aynıyla aktarıyorum. Hüdhüd, Sebe'ye varınca gördü ki dedi, kapılar kilitli, muhafızlar köşkün çevresini sarmış. Saraya girmek için yollar aradı ama bu imkansız gibiydi. Bunun üzerine sarayın çevresinde uçuşlar yaptı. Yüzlerce pencere dolaştı ve sonunda örtülmemiş bir tek pencere bulup oradan içeriye süzüldü. Saray koridorunda tam yedi oda dolaştı. Otuz zira yükseklikteki harem kasrına çıktı ve sonunda onu buldu. Gördü ki Melike Belkıs uyuyor. Mektubu tahtın yanına bıraktı ve gagasıyla tahtaya dokunarak onu uyandırdı."

Anlatımın bu kısmında tuhaf bir dürtüyle irkildi Belkıs. Anka kuşunun gagasından su içtiği o tatlı anı hatırladı. Seyyar anlattıkça o anı yeniden yaşıyor gibiydi.

"Belkıs uyanır uyanmaz baktı ki yanı başındaki tahtın üzerinde bir mektup duruyor. Hayrete kapıldı. Kapılar kilitli olduğu halde bu mektup kendisine nasıl ulaşmıştı. Dışarı çıktığı zaman muhafızları kapının önünde buldu. Onlara, 'Yanıma giren oldu mu?' diye sordu. 'Hayır, biz kimseyi görmedik. Kapılar olduğu gibi kapalıdır; biz de burada sizi kolluyoruz Kraliçem!' dediler.

Sonra tahtına çekildi Melike. Mektubu açtı ve okudu. Baktı ki mektup,

Rahman Rahim Allah'ın adı ile başlıyor, dikkatle okuyup bitirdi. Ardından da toplanmaları için kavmine adam yolladı.

Toplandıkları zaman onlara şöyle dedi:

'Ey ileri gelenler, ey kumandanlar! Bana güzel bir mektup geldi.

'Rahman Rahim Allah'ın adı ile.

Bu mektup, Süleyman'dandır.

Bana baş kaldırmaya kalkışmayınız.

Bana gelin, Müslüman olun.' yazmaktadır.'

Bütün bu olup bitenleri perdenin arkasına saklanmış olarak izleyen hüdhüd, Kraliçenin gözlerinin derinlerindeki iman nurunu görmüş gibi hızla geri döndü ve olanı biteni Sultan Süleyman'a anlattı. Zümrüdü Anka makamına erişmiş kuşların padişahı hüdhüd, sırları bilendi. Ferşten arşa açılan kapıların ufkunu gözetleyen hüdhüd, Sebe Melikesine bir mesaj taşıyordu. O, yedi diyar, yedi vadi aşarak Zümrüd-ü Anka namına ulaşmıştı.

Süleyman, hüdhüd kuşunu Sebe Kraliçesi Belkıs'a gönderdiği zaman, bütün kuşlar hüdhüde karşı çıkmışlardı. 'Sakın oraya gitme!' demişlerdi. 'Çok güzelsin. Yolda seni keskin nişancılar vurup öldürürler.'

Hüdhüd onlara şöyle demişti: 'Siz merak etmeyin. O avcılar benim kılıma bile dokunamazlar, zira benim yanımda Besmele var.'

Belkıs'ın birbirinden keskin nişancıları hüdhüdü hedef almışlar fakat vuramamışlardı. Hüdhüd, sağ salim görevini yapıp Süleyman'ın mabedine geri döndüğünde herkes rahatlamıştı."

Soluklar tutulmuşken hikâye de bitmişti. Seyyar sözünü tamamladı:

"İşte kraliçem!" dedi. "Size gelen mektubun aslı, esası budur. Hal ve durum bundan ibarettir. Gittik, gezdik, gördük, araştırdık ve size tam ve net bilgilerle geldik. Biz ileri düzeyde sandığımız medeniyetimiz ve refahımızla gururlanırken, gidip gördüklerimizle sarsılmış olarak döndük. Görünen odur ki, bize verilenden Süleyman'da misliyle var. Yollarının taşlarını bile altın tozuyla cilalatmış bir kralla boy ölçüşemeyiz."

Belkıs inanamıyordu. İnanması zordu bu işe."Gidip görmem lazım!" dedi içinden. Günlerdir duydukları çıkmaz sokaklara sokmuştu onu. Bütün bunlar masal mı gerçek mi hikaye mi bilemedi.

Anlatıcıların sözleri bitmişti. Ortalığı derin bir sükut sardı. Hayret, haşyet, korku, ürperti ile beraber değişik, bilinmez ürkütücü ufuklar vardı. Ama güzel ama lütufkâr ama iyiden yana bir tebessüm oluştu yüreklerde. Minik bir kuşun güçlü gözlemiyle iki şanlı yönetici karşı karşıya gelmişti. Uzunca bir süre herkes sustu, kimse konuşmadı. Bilge neferler anlattıkça Sebelilerin kibri biraz daha yontulmuş, kalplerini kuşatmış gurur gitgide erimişti. "Demek bizden daha güçlüsü de varmış!" düşüncesiyle iç geçirdiler.

Anlatıcılar sustular. Sıra Melikenin vereceği karardaydı. Melike etkilenmişti. Gayri ihtiyari çıkıveren bir sesle, "Bu nasıl saltanatmış!" dedi. "Sebe Krallığının ötesinde var olanlardan ne kadar da habersizmişiz!"

Hüdhüd doğru görmüştü. Belkıs'ın içinde bir kıvılcım vardı. Gitgide büyüyen, büyüdükçe koca bir yangın olmasından korktuğu alevlerinin dışarıya taşacağında emin olamadığı bir kıvılcım. Merak mı kıskançlık mı aşk mı rekabet mi bilemedi. Bildiği tek şey, Süleyman saltanatını yerinde görüp inceleme arzusuydu. Süleyman'ın yurduna gitmeli, görmeliydi. Onca saltanat içinde kıl kadar şımarmayan, marifet içinde taşmayan, onca hakimiyet içinde o tevazuyu nasıl elde ettiğini bilemediği Sultanı ve mülkünü görmeliydi.

Önünde duran kırmızı kadife güle uzandı. İçinde sesler vardı. "Çölü gece aşmalı, sınırları geçmeli, kalbimi ta orta yerinden ikiye ayırmış o şehri yerinde görmeliyim. Haydi, hazırlanın!" diyecekti ama bu düşüncesi henüz daha çok hamdı. Diyemedi. Derin bir iç çekti.

Asiller Heyeti endişeli gözlerle ondan savaş kararı beklerken o, "Vezirlerim ve neferlerim!" dedi. "Görülen o ki beklediğimizden çok daha çetin bir durumla karşı karşıyayız. Ya ülkece helak olup biteceğiz ya da abat olup köklerimiz üzerine yeşereceğiz. Bu işe karar vermek için sizden üç gün izin istiyorum."

Heyet dağıldı, saray koridorlarına bir sessizlik çöktü. Herkes endişeliydi. İnandıklarından vazgeçmek öyle kolay gözükmüyordu. Sultan Süleyman'ın ülkelerini yerle bir etmesi an meselesiydi. Sebe'yi suskun bir bekleyiş sardı. Korkulu bir rüyadan uyanır gibi dağıldılar.

3. BÖLÜM

KRALİÇENİN YALNIZLIĞI

"Kötülerin evi harap olur fakat doğruların çadırı çiçeklenir."

(Hz. Süleyman)

GÜZEL LİLİTH

Mavi göğün gri gözüktüğü bir vakit dilimiydi. Belkıs'a dünya dar geldi. Gün çiçekleri gibi çaresiz ve yalnız hissetti kendini. Köşkün penceresine sarkmış manolya ağacının dallarına sarılan yalnızlıkta, ilk kez yaşadığı duygu ve fikirlerin çeperindeydi. Derin devlet meseleleri içinde kaybolup gitmişken, dadısı usulca girdi odasına. Basra balıyla macun kıvamına getirdiği Yesrib hurmasını iyice ezip minik toplar yaparak susama bulamıştı. Melikenin bitkin düştüğü anlarda yaptığı gibi yine tarçın çubuklarıyla kokulandırdığı tatlıyı uzattı ona.

"Lilityam!" dedi. "Çocukken de çok severdin bu tatlıyı."

Melike dalıp gittiği yerden zor toparlandı.

"Kerman'ım!" dedi. "Çekilecek nazı kalmadı şu dünyanın!"

Kerman ilk kez onu o kadar mutsuz ve bezgin görüyordu. Dünya üzerine yıkılmıştı sanki. O güçlü, kudretli, cesur melike gitmiş; yerine nahif, kırılgan, küçücük bir kız gelmişti. Bu kez kırk baharat köküyle tatlandırdığı hibiskus şurubunu uzattı.

"Şundan iç, biraz toparlan!"

Melike gözünü diktiği turuncu boşluktan ayırmadan, "Makam ateşten gömlektir, taht ise alevden kürsü. Hakkını vermeyeni yakıp kavurur, berbat eder. Vermeye çalışanı sıkar yorar ama hayra ulaştırır." dedi. "Âlemi hercümerce getirecek Süleyman benden haber bekler. Adamlarım koca cihan padişahıyla savaşmak ister. Tanrılar, tapınaklar, kutsallar, ilahlar ağzımdan çıkacak tek kelimeyle abad ya da berbat olacaklar!"

Kerman, Kraliçenin saçlarını buklelerken, "Güzel Lilith'im!" dedi. "Güçlü Lilityam! Sebe diyarı senin adınla mamur oldu. Dağlardan su yürüttün, halkını mamur ettin. Bayındır bağlar bahçelerle çevrili mutlu yuvalarda adın sevgiyle zikredilir. Baban Şurahbil bugünleri görseydi kim bilir seninle nasıl övünürdü. O vakit oğlu olmadığına üzüleceğine böylesine güçlü ve yiğit kızı olduğu için kırk gün kırk gece eğlence düzenlerdi."

Melike düşünceliydi. Süleyman şimdi ona yıldızlar kadar uzaktı. Merak, heyecan ve hayranlık içinde onu düşündü. Ulaşamıyor, kavrayamıyor, anlayamıyordu. Mahzundu, masumdu ve mutsuzdu. Bir köhnemiş hüzün taşıyordu ki içinde, sırdan öte sırdı. Kimselerin bilmediği ve ulaşamadığı bir sırdı. Vezirleri, kurmayları, komutanları, Anka kızları, kısaca Himyeri Krallığının hiçbir bireyi, varlığı derdine derman olamamıştı. Bunu için sık sık yalnız kalmayı yeğler, kendine yaptığı yolculuklarda yalnızlığını tanımlamak ister ama isim koyamazdı. Renklerin, şekillerin, köşklerin, bentlerin, tapınakların ötesinde devasa bir yalnızlık hissi ve bu kurşuni yalnızlık içinde derinleşerek büyüyen bir karanlık kuyu vardı. Boşluk, karmaşıklık, tatminsizlik vardı. Ötesi ise suskunluk ve hüzündü. Gözlerinin sonsuz sahraları bir ışığa muhtaçtı. Süslü giysiler, gösterişli takılar, leziz sofralar, elpençe divanlar, atlar, köşkler saraylarla dolmayacak olan kahredici bir boşluktu bu. Kraliçenin yalnızlığından kimseler haberli değildi. Çöl yemişleri gibi kekremsi acı ve buruktu. Ötesi ölüm olmalıydı. Kurtulamıyordu Melike. Hali kalmamıştı, mecalsizdi. Onca ihtişam ve kudrete konacak başka ismi yoktu. Şımarık ve tok bir kavimdi Sebe'liler. Zenginlik, refah ve huzur birçoğunun başını döndürmüştü.

"Ölüm canavarı karşısında şaşkınım, dadı! Nerede annem Balteka, nerede babam Şurahbil? Hani adını koca krallığa bırakmış atam Himyer? Herkes bırakıp gitti. Ben de yok olup gideceğim! Melikesi olduğum krallık, gözüm gibi saklayıp koruduğum taht kim bilir kimlere kalacak! Özenerek tarayıp kırk örgünün her birini türlü cevherlerle süslediğin saçlarım, bakmaya kıyamadığın gözlerim mumyalanmış gibi hoş ve zarif şu ellerim yok olup gidecek. Bir çaresi yok mu bu yok oluşun, dadı?"

"Sus kızım!" dedi Kerman. "Bir daha böyle şeyler deme bana. Sen daha çok yaşayacaksın."

"Çürümeye ve yokluğa mahkûm bu beden yüz yıl yaşasa ne çıkar!"

Ne çok suali vardı Belkıs'ın... Süleyman'ın tanrısı kimdi? Nasıldı? Hiçbir mal, hiçbir hazine, hiçbir hükümranlık ruhundaki boşluğu dolduramıyordu. Devasa bir görkemin ve ihtişamın içinde sonu görünmez bir boşluğa yürüyordu. Kimselere açamadığı o korkunç boşluk hiç durmadan içini kemiriyordu.

Kerman, Kraliçenin güzelliği ve başarılarıyla övündü. "Himyeri Hanedanının nadide incisi, sonsuza dek adın unutulmayacak. Aklın, ferasetin, gayretin ve güzelliğinle namın hiç düşmeyecek senin merak etme."

Dadı onu anlayamamıştı yine. Melikenin derdi unutulmak ya da unutulmamaktan öte ne için yaşadığını çözümleme süreciydi. Fakat halinden anlayan yoktu. 'Yüreğimde kükreyen devlerden kimsenin haberi yok!' dercesine derin bir bakış gömüldü yüzüne. Daha sonra "Boş ver." dedi Belkıs. Elçileri dinlerken bambaşka âlemler keşfetmişti. İçini aydınlatan o cılız ışığa gülümserken, "Her kalbin yolu farklıdır." dedi. "Her aklın yolu farklıdır. Her zekanın yolu farklı."

Dadı yıllar yılı aradığı fırsatı yakalamıştı, "Vakit akıp gidiyor Lilitya'm." dedi. "Evlenmelisin. Himyeri Krallığının bağrından yediveren yemişler boy vermeli. Hayatına yeni anlamlar katmalısın. Asıl o zaman unutulmaz olursun."

Melike gülümsedi. "Yalnızlık, insanın en mahrem duygusu değil midir?" dedi. "İnsan bu duyguyu kendi iç dünyasında avutmadıkça olmuyor. İnsanları mutsuz etmeye kimsenin hakkı yok."

"Ömrünün sonuna dek hep böyle yalnız mı kalacaksın?"

"Yalnızlık..." dedi Melike. "Söylenişi kolay ama yaşaması çöl yemişi gibi acı ve buruk. Ötesi devasa bir boşluk! İnsan hayatının en dipsiz kuyusudur o. Kişi kendini orada saklar. Dünyaya ait tutkular, sevdalar, aşklar, hazineler devede kulak kalır. Hiçbir iş, hiçbir kişi o boşluğu dolduramaz."

Dadı kıyamazdı Melikeye, "Dert etme Lili'm!" dedi. "Güçlü insanlar genellikle yalnızdır."

Ardında lafı değiştirerek Melikeyi neşelendirmek istedi.

"Süleyman'ın habercisi kanatlıymış meğer!" dedi gülümseyerek.

Melike bam teline basılmış gibi, "Sarayın bahçesinde dolaşıp duran o yaban kuşu hatırladın mı, dadı?" dedi.

"Nereden hatırlayayım! Sarayın bahçesine her gün yüz binlerce kuş konup uçar!"

Kraliçe sözlerinin tuhaflığına şaşırdı. Aklı o kadar karışıktı ki ne söylediğinin farkında bile değildi.

"Şira yıldızına ant olsun ki Süleyman mülkünde bile olsa onu bulacağım."

Kerman güldü, "Kimse duymasın!" dedi. "Kraliçelerinin aklından şüpheye girerler sonra."

Belkıs aldırmadı, "Odama kadar giren, en mahrem alanıma kadar sokulan o kuşu yakalarsam altın kafese kapatacağım."

"Kral Süleyman taş üstünde taş, baş üstünde baş bırakmaz. Bir kuşun kanadına zarar gelse hepimizi kılıçtan geçirir Lilitya'm."

"Hayır, ben öyle düşünmüyorum. Süleyman gaddar bir krala benzemiyor." dedi Belkıs.

"Nasıl yani?"

"Krallık dünya saltanatının sahipliği demektir ama Süleyman bilir ki saltanat bir tek onu var edene aittir. Secdeler O'na edilir. Benim elimi ayaklarımı ve eteklerimi öpmesinler ne olur! Bak, Süleyman'ın kuşları bile bu işe akıl sır erdiremez. Ölümü öldüremeyen bir mahkûmun hükmü nereye kadar!"

Dadı irkildi. O güne dek bu sözleri hiç duymamıştı ondan. Melike devam etti:

"Ben ki Himyeri Krallığının seçkin Kraliçesiyim. Beşer kimliğimi kadınlığımla değil şanımla, başarımla ve şerefimle temsil etmek istedim. Kısmen de başardım sayılır. Ülkemi ve halkımı mamur ettim. Ülkemde kimse zulüm altında değildir. Fukarası az bir beldenin kadın lideri olarak herkesten iyi payeler aldım. Şu dillere destan güzellikteki tahtım, en has mücevherlerle süslü tacım hükümranlık sembolü olabilir ama bence en büyük taht ve en güzel baht, halkımın gönlündeki güzellikte yer alabilmektir. Bu da kanla, gözyaşıyla ve zulümle olmuyor. Süleyman bunu bihakkın başarmış bir insan. Ben ise kendi sınırlarımın içinde o yolda yürümeye çalıştım. Ama aramızda çok büyük bir farklılıklar var."

"Nasıl çözeceksin bütün bunları?"

"Neticede insan etten kemikten bir varlık. Yarım ve noksandır. Âlemi kavrama işinde eksiğiz. İnsan kendinden öte bir yol bulmak için çözümsüzlüğün üzerine giderek çırpınır çoğu zaman!"

"Başarmak kolay değil."

"Öyledir." dedi Belkıs. "Bütün mesele ölçü ve ahenktedir. Dengeli yürümek gerek. Kendi dehlizinde yitmeyeceksin. Kendi sazlığının derinliklerinde kaybolmadan, kendi sığ sularında boğulmadan ilk önce dikkatle ve mantıkla yürüyeceksin. Her şeyden önce gerçeği isteyeceksin. Çok isteyeceksin. Kendine kavuşuncaya kadar!"

Yarı aralık pencereden odaya bir akşam serinliği doldu. Gece karanfil kokuyordu.

KARAR: AŞK EN GÜZEL SÖZCÜK

"Nefsine hâkim olmayan adam, yıkılmış ve duvarsız şehir gibidir."

(Hz. Süleyman)

Üç gün su gibi akıp gitmiş, karar anı gelmişti. Soruları vardı Melikenin. Tek tek sorup cevap almadıkça karar veremezdi. Sebe Sultanlığı bir baştan diğerine çalkantı içindeydi. Her yerde o mesele konuşuluyordu. Saray sakinleri günlerdir hatta aylardır sürüp giden bu çıkmaz gidişata akıl sır erdiremiyordu. Saray görevlileri bir akşam sohbetinde bir araya gelmişlerdi. Melikenin gönül eğlendiricisi Safir şen bir kahkaha attı.

"Anlaşılan o ki Sultan Süleyman, Melikemize âşıktır. Onun büyüleyici güzelliğini görmeden âşık olan birçok ülke kralı gibi o da bunun peşindedir bence."

Bu söz hoşuna gitmedi dadı Kerman'ın. "Nasıl söz öyle!" dedi. "Bu iş çocuk oyuncağı mı? Mesele sizin sandığınızdan çok daha büyüktür."

"Süleyman sarayında ne kızlar, ne kadınlar gördük biz!" dedi, nefer Samyeli. "Eğer öyle olsaydı korkmadan teklifini yapardı. Bu iş başka!"

Safir meselenin çok ciddi olduğunu ancak o zaman anlamıştı. Sustu, konuşmadı. Heyecan dolu bekleyiş sürerken Melike'nin kararı netti. Heyettekilerin Süleyman'la savaşma fikrini sezmişti. Meriblilerin kibrini öteden beri bilirdi. Kimseye baş eğmezlerdi. Sahip oldukları zenginlik ve ihtişamın hiç bitmeyeceğini, gücün kudretin ve iktidarın ilelebet onlarda kalacağını sanırlardı. Kraliçe ise barıştan yanaydı. Ona göre savaş çok masum canların yandığı, kazananın bile bu sebeple kaybettiği korkunç bir vebaldi. O sebeple komutanlarının ısrarla dayattığı savaş önerisini reddedecekti. Onları bilek gücüyle değil akıl gücüyle hizaya davet edecekti. Onun için de kutsal belde Yeruşalim'e resmi bir ziyarette bulunmaya ve Kral Süleyman'ı şahsen görmeye karar verdi. Asiller Heyetini topladı. Kararlı ve net bir ses tonuyla sözlerine başladı:

"Değerli vezirlerim, komutanlarım, heyet üyelerim! Neferlerin açıklamalarını tek tek dinledik. Gerçek şu ki bu söylenenler ne masal ne de uydurmadır. Sebe Krallığının akil, doğru sözlü ve en güçlü gözlemcilerinin fikri aynıdır. Süleyman mağlup edilemez. Ancak ben bir de sizin fikrinizi almak isterim. Bu işe ne dersiniz?"

"Biz güçlü bir milletiz!" dedi Başvezir. "Yerle bir olmuş onurumuzu savaşarak kurtaralım."

"Güçlü fil ordularımızla üstüne yürüyelim. O bize gelmeden biz ona gidelim!"

"Binlerce asker, binekler ve ordular emrinizde. Emredin, Süleyman yurdunu yerle bir edelim!"

Elçilerin sözü bittiğinde Kraliçe şaşkındı. Onca haşmet ve azamet sahibi bir sultanla savaşmak ne demekti! Bunun bir delilik olduğunu düşündü.

Belkıs, "Değerli vüzera!" dedi. "Sanırım bu konuda sizden ayrı düşünüyorum. Bu iş kanla kılıçla yürümez. Mızrakların ucuyla fikirler yok olamaz. Zülezar zulmünü ne çabuk unuttunuz?"

"Nasıl olacak peki?"

"Bu işi mantıklı yollarla çözmek gerek. Biliyorum hepinizin aklı karışık. Ama müsterih olunuz. Melik Süleyman özel bir krala benzer. Bu kez Süleyman'a ben gidip onu saltanat makamında ziyaret edeceğim. Onunla yüz yüze görüşüp bir çözüm bulacağım."

Kızıl saçlı Komutan İrmiha dayanamadı, "Sizin için tehlikeli olabilir Azizemiz!" dedi. "İzin verin biz gidelim. Savaşsa savaş, akılsa akıl! Süleyman'ı biz ikna edelim."

Melike, "Güneşe ant olsun ki Süleyman bildiğimiz meliklerden değildir. Biz ona karşı duramayız. Onu ikna etmek gibi bir niyetim yok. Sadece aklımın ve mantığımın ikna olmasını istiyorum o kadar." dedi.

"Ya size bir şey olursa!"

"Şunu unutma İrmiha! En değerli inciler, en sert istiridyelerin içinden çıkar. Çözümü olmayan meselelerde ne kadar inatçı olduğumu bilirsin."

"Sizin ve Sebe Krallığının ikbali için endişeliyiz."

"Son karar sizin!"

"Korkmayınız!" dedi Melike. "Endişeye mahal yok. Sağlam sulara açılmış bir yolculuktur bu."

Kararlıydı Kraliçe. Onun en bilindik kişilik özelliklerindendi bu. Aklına koyduğu bir işi sonuna kadar yürütmekte kararlıydı. Her şeyi göze almıştı. Canla başla o yola gidecekti.

"Böyle yarım bırakılmış bir hikâyeyle bir sonuca varamayız!" dedi.

Son karar Melikeye aitti.

"Gidip her şeyi yerinde görmeden bu işi sonuçlandırmak güçtür. Bakalım Süleyman'ın görünmeyen Tanrısının gücü nedir? Yarından tezi yok Yeruşalim'e yolcuyum. Sultan Süleyman'la görüşüp bu işe bir çözüm getireceğim."

"Emir sizindir Melikemiz!" dediler. "Sebe Krallığı size çok şey borçludur. Bugüne dek bizi hiç yanıltmadınız. Aldığınız her kararda arkandayız."

Kraliçe rahatlamıştı. Süleyman her an üzerlerine yürüyecekken kaybedecek bir ânı bile yoktu. Yola çıkmak için hazırlıkları başlattı. Saray erkânının eşliğinde yola çıkacaktı. Süleyman'la doğrudan konuşmak üzere şahsen gelmekte olduğuna dair önceden bir haber gönderdi. "Sebe Kraliçesi Belkıs maiyetiyle birlikte huzurunuza geliyor. Davetinizi ruberu görüşüp değerlendirmek için yola çıkıyoruz."

Belkıs; köleler, cariyeler, vezirler ve muhasiplerine emir verdi. Herkes ama herkesi derin bir korku ve telaş sardı. Bu bir ölüm kalım yolculuğuydu. Süleyman gibi güçlü bir kraldı karşısındaki. Kraliçe eğer dediklerine uymazsa kılıçtan mı geçirecekti? Kral Süleyman, taş üstünde taş, baş üstünde baş koymayacak bir liderdi. Kraliçelerinin aklına uymayan bir işe asla inkiyat etmeyeceğini iyi bildikleri için korkuya kapıldılar. Yok derse, direnirse, akli delillerle mantığı tatmin olmazsa asla boyun eğmezdi. İşte bunun için Sebe'yi derin bir korku sardı.

Kraliçe ise kararlıydı. Karar verdikten sonra onu kimse yolundan döndüremezdi. Yol hazırlıklarını başlattı hemen. Sahip olduğu servet ve ihtişamı nasıl elde ettiğine dikkat çekmek istiyordu. Hoş Süleyman bundan etkilenecek değildi ama onun ihtişamı yanında yoksun kalmamak adına sıkı bir hazırlığa girdi.

Mahir dokumacılarını çağırttı. Dantel gibi inceltilip yumuşatılmış altın ve gümüş dokumalar istedi onlardan. Sonrasında da bu kumaşlardan usta terzilerine nadide elbiseler diktirdi. Daha bir sürü ihtişam ve farklı ayrıntıyla hazırlandı Belkıs. Ayak bileklerine yemen yakutundan halhallar, uzun siyah saçlarına üzüm salkımını andıran elmas tokalar işletti. Narin parmaklarına nazenin kınalar yaktırdı.

Belkıs'ın kumaşçıları, terzileri, iplikçileri, cevhercileri, süsleyicileri, denkçileri, haydalayıcıları ve yol göstericileri hummalı bir hazırlığa koyuldular. Süleyman'ın huzuruna giderken saltanatının ihtişamını, aslını ve asaletini temsil edecekti. O sebeple işe çok özendiler. Yumuşatılmış altın elbisesinin üzerine can kırmızısı bir pelerin diktiler. Etek uçlarını ise güneş ışığı gibi altın simlerle işlediler.

"Kırmızıyı seversin ya!" dedi Dadı Kerman. "Bu renk sana çok yakışıyor. Kişi hangi rengi severse o renk de ona âşık olurmuş."

Gülümsedi Melike. "Kahtani Araplarından Himyerli Zeyd'in torunuyken, soyumun izlerini temsil etmek isterim. Dedem Zeyd koyu kırmızı renkli elbiseler giydiği için ona bu lakap takılmıştır. Himyer, kırmızı demektir ve ben Himyeri Kraliçesi olarak kırmızıya düşkünümdür bilirsin. Kırmızı benim ata rengim. Bozkırlarımı gülşene çeviren ahenk! Ondan vazgeçmem."

"Deden Zeyd'in torunusun. Yedi ceddin bu topraklar için kan ve ter dökmüşken onlara sadık kaldın. Himyer'in değil davasına, rengine bile ihanet etmedin."

"Bu kavruk toprakların çocuğuyuz biz Kerman'ım." dedi Belkıs. "Susuzluktan lime lime kavrulmuş coğrafyanın bahtına yazılmışlarız. Dudakları Ruhul Hali Çölü gibi şerha şerha yarık, teni kavrukluktan mora dönük insanların yaşadığı beldelerde var olmuşuz. Açların, çıplakların, gadre uğramışların, yolda kalmışların derdine çare olmaktır bahtıma düşen."

"Bu günlere gelmek için çok çile çektin çok emek verdin sen. Umarım emeklerin zayi olmaz." dedi Kerman, dışa vermek istemediği bir endişeyle.

"Merak etme." dedi Belkıs. "Ben ki kanıma ekmek doğrayacakların hunhar ellerinden sıyrılarak bugüne gelmişim. Zalimin zulmüne inat iffetim ve aklımla direnmişim. Şehrin inşa harcında gözyaşlarım gizlidir. Açın ve yetimin duası ardımdayken ektiğim filizler başağa duracaktır sen üzülme!"

Ancak Melike, tahtı için endişeliydi. Onun ele geçmesinden korkuyordu. Bir liderin otorite makamıydı taht. Himyeri Krallığının saltanat kürsüsü, Kraliçenin bedeninden parçaydı sanki. Melike için taç ve taht, onun en özel mücevheriydi. Taht ki saltanat sembolü, hükümranlık makamıydı. Taht izzetti, kudret ve kimlikti. Taht hürmet, taht iktidar, taht şeref ve haysiyetti onun için. Onun ele geçirilmesi, hükümranlığın elden gitmesi demekti. Yanında götüremezdi. O sebeple sıkı bir tedbir aldı. Sarayın en gizli bölmesini açtırıp tahtı oraya kaldırttı. Otuz cengaver yiğidin zor taşıdığı bu saltanat makamı oldukça müstesnaydı. Melike Belkıs, gözü gibi titrediği tahtının kapısını sıkıca kilitleyip önüne kuş uçurtmaz nişancılar koydu. Ardından fildişi renkli parlak atının sırtına atladı ve yola revan oldu. Süleyman'a haberdar etmek için öncü keşifçilerle haber gönderdi. Sultanın görülmez elçileri, Belkıs'ın yola çıktığını öncü keşiften evvel Süleyman'a haber verdiklerinde Belkıs, altın sarısı çölü bir baştan diğerine yürüyordu.

Mor mineli elbisesinin içinde bir masal ninesi gibi duran yaşlı Kerman'ın gözleri nemliydi. Melikenin kararlığından emin olduğu için fısıltı halinde seslendi: "Gitme Lilitya'm, ne olur gitme! Bu hepimizin sonu olabilir!"

Belkıs, "İçimden o yöne doğru uçuşan yalnız kelebekler var. Çölde açmış ak verdalara konmak için uçuşan binlerce kelebek! Ardına düşmeliyim. Halkımın ve ikbalimin bu buluşmaya ihtiyacı var." dedi.

"Korkuyorum!" dedi yaşlı kadın. "Bu kolay bir yol değil."

Dadısının gönlünü aldı Belkıs. "Korkma, dadı!" dedi. "Ölmek için erken, yeni maceralar yaşamak için hayli geç bir yaştayım. Ülkemin can güvenliği adına bunu yapmam gerek. Gideceğim, dadı. Gideceğim ve sen de benimle geleceksin. Süleyman Diyarına birlikte gideceğiz."

Lili de çerez tabaklarını toplarken bu sözleri duymuş ve Kraliçenin gözlerinin içindeki ışık yalazını fark etmişti.

"Sizi hiç böyle görmemiştim Kraliçem!" dedi. "Gözlerinizin derinlerinde hiç görmediğim bir ışık halesi saklı gibi."

Melike önüne baktı. Yürek saraylarını ışıldatan kandilin aşikare çıkmış olması hoşuna gitmemişti. Belki de bu özel dünyasıyla kişiler arasına kurduğu ölçülü mesafenin zedelenmesinden korktuğu için, "İşine dön Lili! Yol uzun, iyi hazırlan. Yapacak çok işimiz var." dedi.

Solgun bakışları aniden canlanmıştı Kerman'ın. Keder çeşmesinden akan gözyaşlarını sildi. Sevinç, heyecan, merak içinde sarıldı Melikeye. "Geliyorum." dedi. "Ölüme dek yanındayım!"

Asiller Heyeti de Belkıs'ın kararına saygı duydu. Melike bir konuda karar vermişse diyecek tek sözleri yoktu. Onlara düşen hürmet ve bağlılıktı. Tek tek konuşup görüştüler. Melike tahtını, saltanatını, halkını ve ülkesini teslim edecek heyetini topladı. Vezirlerini, danışmanlarını ve yardımcılarını çağırdı. Otoriteyi güvendiği vezirlerinden olan Hudad ile Ceyyad'a emanet etti. Gönül sarayının bahçesinde yürüyecek insanları vardı Belkıs'ın. Ona güveniyor ve inanıyorlardı. Bu sebeple hiç tereddüt etmeden yola çıkacaktı. O biliyordu ki Süleyman'ın sarayının kapısını her misafir çalamaz, o kapıya herkes giremez. O kapıya kavmini götüren de sebeplere bağlı bir sebepti. O da Sebe Melikesi Belkıs ile Kudüs göklerine ait bir kuştu. Hüdhüdün minicik gagasında koca bir kavmin bahtı asılıyken nasıl durabilirdi.

Başyaver Asfa, "Sultan Süleyman hediyeleri ne niyetle gönderdiğimizi bilmiş." dedi. "Bunun için yeni bir hamle gerek."

"Nasıl bir hamle olacak bu?"

"Ona yeni bir elçi gönderelim."

Belkıs, izcilerini ve habercileri huzuruna çağırdı. Ellerine bir mektup yazıp verdi. Mektupta şunlar yazıyordu:

"Saygıdeğer Kral Süleyman!

Sebe Kraliçesi Belkıs olarak ben ve heyetim sizi ziyaret etmek istiyorum. Bizi davet ettiğin dini tanımak ve öğrenmek için oraya geliyorum."

Elçiler, gümüş gemli Arap atlarının sırtına atlayıp yıldırım hızıyla uzaklaştılar. Nallarından ateş püsküren atlar yola revan olurken, Melike dışında herkesi derin bir endişe sarmıştı.

YOLCULUK VAKTİ

"Gerçekten Allah, benim de Rabbim sizin de Rabbinizdir.
Öyleyse O'na ibadet edin. Dosdoğru olan yol işte budur."

(Al-i İmran:51)

"Ey iman edenler, Allah'ı çokça zikredin.
Ve O'nu sabah ve akşam tesbih edin."

(Ahzab:41-42)

Akşamdı. Güneş kan kırmızı devinimlerle uzak çöllere inerken Belkıs yerinden kalktı. Turkuaz renkli elbisesi akşama anlam katarken, ibrişim eteklerini toplayarak yürüdü. Melikenin saçlarını incilerle süslemişti Kerman.

Melike, seyir mahfiline doğru bir kuğu gibi süzülürken, "Gitmeliyim." dedi. "Düğümün çözüleceği tek yer Süleyman'ın yanıdır."

Aylar sürecek yolculuğa çok iyi hazırlanmalıydı. Sırasıyla süt, bal, gül banyolarını aldı. Tarandı, kokulandı, uzun çöl yolunda lazım olacak ne varsa yanına aldı. Atlar, develer, keçiler doyuruldu.

Bu uzun yola dayanması için Kraliçeyi hazırladılar. Nahila, Melikenin saç bakımcısıydı. Kerman'ın anne şefkatiyle örüp süslediği zamanların dışında Kraliçenin saçlarıyla o ilgilenirdi. Çörekotu özü ve Hindistan ceviziyle kardığı kremle Melikenin ellerini, ayaklarını ve cildini ovdu. Kirpiklerine argan yağı sürdü. Kraliçenin uzun saçlarını örüp arkadan bir sepet yaparken örüklerin arasına elmas tokalar taktı. Kraliçe elindeki aynadan saçlarına baktı. "Ellerin dert görmesin Nahila." dedi. "Yol uzun ve meşakkatlidir. Uzun yola bundan başkası gitmez. Ne dağılır, ne dökülür, ne de tozlanır bu saç."

Zorlu bir çöl yolculuğunda saltanattan çok marifet konuşurdu. O şimdi taht sahibi bir Kraliçe olmaktan çok babası Şurahbil'in öncü savaşçılarından bir neferdi. İleri derecede maharet sahibi olduğu binicilik ve atıcılığı her zaman işe yaramıştı. Askerler, emirler, vezirler ve köleler ardı sıra yola koyuldular. Günbatımının turuncu kızıllığına secde ettiklerinde hayatının bir daha asla bu minval üzere akmayacağını nerden bilecekti? Derken dadı girdi içeriye. Halinden sinirli olduğu anlaşılıyordu. Yanakları al aldı.

"Melike, Süleyman'a âşık olmuş o sebeple böyle davranıyor, diyorlar." dedi. "Bu ülkede hiç bu kadar büyük dedikodular dönmemişti hakkınızda. Nasıl iştir böyle!"

Melike müstehzi bir gülümsemeyle, "Belkıs kim, Süleyman kim? Dünya ve içindekiler bir yana, aşk bir yanadır." dedi. "Sonsuz gücün koyduğu kanundur o. Aşk olmasa güneş her sabah bize böylesine saf, sıcak ve duru doğmaz. Işık gülümsemez. Yıldızlar altın buselerle üzerimize eğilmez. Güneş boyun eğmez. Aşkla döner âlem. Aşkla kıvam bulur insan. Aşkı bilmeyen insan her şeyden mahrum yaşar. Aşk katışıksız bir tutkudur. İse ve pise bulanmamış en temiz duygu, hayatın özü ve yüzüdür. Sonsuz, öteli ve çok çok derin bir anlamdır aşk. Ama biz çoğu kez aşkı tanıyamayanlarız. Işığın yansımasına âşık olmuşlarız. Özü bırakıp kabuğa dalmışlarız. Yansıtanı bırakıp yansımayı aramışlarız. Güneşi var edene değil de güneşe koşmuşlarız."

Besmeleye âşıktı o. Onda sezdiği gizli güce sevdalıydı. Aşka sevdalıydı. Ama anlatamıyor, bildiremiyordu halkına. Tek arzusu onlara bunu ispatlamaktı. Halkının, bilgelerinin ve Asiller Heyetinin kendi akıl ve mantıklarıyla bu işi çözmelerinin tek yolunu biliyordu. Onları Süleyman beldesine göndererek akıllarına kapı açmak, iradelerini ellerinden almadan ve zorlamadan kalplerini heyecana getirmek ve sezgilerini tetiklemek... Tek amacı buydu Melikenin. Düşüncelerini Kerman'la paylaştı.

"Aşk yolunu şaşırmış, ışığı kaybetmiş, gölgeye yapışmış bir kelebek gibi nahif ve ürkek. Yolunu bulana ışık, nur ve hayat, bulmayana alev, acı ve karanlık bahşeder dadı."

"Aşkı senin gözünle görmek gerek Melikem." dedi Kerman.

Küçük adımlarla camın önüne doğru yürüdü Belkıs. Sarayın bulunduğu yüksek tepeden bulutlara çok yakın hissetti kendini. Eliyle değse dokunacak gibiydi pamuk yumağı bulutlara. Ötelerde şehir allı pullu bir gelin gibiydi ayaklarının altında. Sonsuz maviliğe döndü, "Aşk en güzel sözcük." dedi. "En güzel yüzü var oluşun. Aşk, sevgi mayasının özü... Ona erişebilmektir niyetim. Her varlığa hükmetmiş bir sarmalın içindeyim. Saçlarımdan parmak uçlarıma kadar beni kucaklayıp sarmış bir sarmal bu. Aşkın gerçeğidir bu. Hayatın özü ve gerçek yüzü bu olsa gerek. El yordamı yürüyüşlere izin vermez. Aşk varlığın tutkusu hayatın rengi ve göz bebeğidir ki beni de kendine böylesine tutkun eylemiş."

Kerman şaşkındı.

"Nasıl bir haldir ki seni kendine böylesine meftun eylemiş. "diyebildi.

YOL

Kehribar renkli çöllere revan oldu Belkıs. Geceden yola çıktılar. Önünde yüzlerce fersahlık bir yol vardı. Güney'in adil Kraliçesi gidiyordu. Ufkunda bir yakut kızıllığı vardı. Tulu edecek güneşin ilk ışıkları gibi ak ve aydınlıktı. Kırmızı gelinciklerin lal ve kesik sevdası gibi duru bir niyetle yürüdü çöle. Âşıkların adı, sanı terk ettikleri gibi o da malını, mülkünü, tahtını, yurdunu terk etti. Yeruşalim yoluna koyuldu. Aşka gidiyordu. Adanmışlığa ve arınmışlığa yolcuydu. Sedef kakmalı tahtırevanının içinde, istiridyesinde saklı inciler gibi gidiyordu. Süleyman yurdu uzak, hem çok uzaktı. Hem kara hem de deniz yolculuğu yapacaklardı.

Yemen kumaşlarıyla süslü kervan; renk renk, çizgili desenler, ipekler, süsler, püsküller, ziller arasında ilerlerken Kraliçenin aklında sorular ve planlar vardı. Gerçeği yerinde görmeye, bilmeye, öğrenmeye gidiyordu. İçini, tüm secdelerini Süleyman'ın Rabbine sunmaya gidiyordu. Asaletin ve saltanatın tek kadınıydı Belkıs. Taht hiçbir kadına yakışmamıştı onun kadar. Aklı, iradesi, otoritesi ve kalbiyle adil bir idareci olan Melike, gerçeğin ardındaydı.

Dadı Kerman ise anbean onu gözetliyordu. Alışık olmadığı çöl ikliminde hasta olmasından korkuyordu. Mola vakitlerinde Melikeyi rahatlatmaya çalışıyordu. Kah fildişi tozu ve ceylan miskinden elde ettiği macunu elinde yumuşatıp Kraliçe'nin ellerini ve ayaklarını ovuyor, kah hemen kestirip közde pişirdiği ceylan ciğerini kağıt gibi incecik ekmeklere sarıp uzatıyordu.

Melike yemek konusunda isteksizdi. Kerman'ı kırmak istemediği için yerdi çoğu kez. Ruhunda ki açlık daha fazla olduğundan, bedene yönelik ihtiyaçlar ona çok da tatminkar gelmiyordu. Aklı tek bir noktaya kilitlenmişti. Kızgın kum tanelerinin alev alev yandığı çöllerde hakikatin izini bulmak için yürüyordu. Sıcak kumlarda ilerleyen bineklerin tırnak izleri, Belkıs'ın yüreğinde ki izlerdi sanki. Bozkırların ötesinde âlemler vardı. Konargöçerlerin çöle bıraktığı birkaç renk, ses ve ahenk çöl seyyahlarının yalnız olmadığını hatırlatırken; deve zillerinin uzak kayalıklara düşen yankısı ürkütücü olurdu. Bazen fil homurtusu, bir keçi mırıltısı, at kişnemesi, köpek havlaması çölün dinginliğini bozardı. Ama insan ruhu ona da muhtaçtı. Sonsuz sahraların içine var olan canlıların varlığı, insanı cesaretlendirirdi. Yol olmaya, yol bulmaya, yol aramaya gidiyordu. Sonsuza uzayan bir aşkın yolcusuydu şimdi. Sarı çöl ile mavi göğün orta yerinde ilerlerken, günü ve geceyi seyretti. Hayatın ahenkli akışında açılıp kapanan sayfalar gibiydiler. İçinde sesler yankılandı. Çöl buna müsaitti. Gece, güneşin siyah peçesi miydi? Çöl geceleri ürkütücü olurdu. Kimi zaman cırcır böcekleri, kimileyin çakal ulumaları, bazen yakın kuytulardan gelen bir ceylan iniltisi, bazen derinlerden gelen fil sesleri. Kehribar dinginliğinde çölü siyaha boyayan gecede yıldız yordamıyla gidiyordu.

Ne çok saklıydı gecede. Sahra çiçekleri gece açar, gece kokardı. Güneşin ilk ışıklarıyla solar, hüzünlenir ve sararırlardı. Belkıs günü birlik sevdalara benzetti bunu. Geceye salkım salkım sarkan yıldızların gündüzün ilk ışıklarıyla sönüşü acı verdi ona. Güneşin doğuşuyla o cezbenin bir anda yok olup gidişini gençlik günlerinin güzelliğiyle aynıydı. Saman alevi gibi yanıp tükenen aşklar, bitişiyle muhatabını perişan eden tutkular ne kadar da sığ ve sönüktü. Belki de bu yüzden o yaşına kadar aşka izin vermemişti. Geçit vermez dağlar gibiydi yüreği. Günübirlik sevmekler ona sönük gelmişti hep. Güzelliği, mevkisi, serveti, saltanatı için gelenleri ironik tebessümlerle reddetmişti. Kalbinde ki incelikleri fark edenlere rastlamamıştı hiç.

Süleyman. Sorularına cevap verebilecek miydi? Gidiyordu Belkıs. Hayra, huzura, ümrana gidiyordu. Hayallerinde hayran olduğu kişinin mülkünde onun icraatını görmek için gidiyordu. Aylardan beri aklının kıvrımlarında sır gibi dolaşan Kralın hayal mi gerçek mi yoksa insanüstü bir varlık mı olduğunu çözmeye gidiyordu. Soruları ve bilinmezlikleri bitirmeye gidiyordu.

Mavi tavan berrak kurnalardan özgürlük ışıkları yağdırırken, çocukluğuna gitti. Çocukluk, ömrün gökyüzüydü. Minicik bir kızken annesiyle arasında geçen bir diyalog takıldı zihnine.

"Anneciğim! Haydi! Çöle gidelim."

"Neden çölü bu kadar çok seversin?"

"Çünkü orası çok büyük! Gök gibi, sonsuz ve derin."

"Ne yapacaksın orada?"

"Çöl çiçeklerinden sana taç yapacağım."

Gülümsemişti annesi.

"Çölde çiçek açmaz Lilitya'm. Çöl kurak ve çoraktır yavrum."

"Ama rüyamda ki çöller yemyeşildir. Orada billur ırmaklar akar, renkli çiçekler açar. Kırmızı gelincikler, ak papatyalar, mor sümbüller raks eder. Ceylanlar geyiklerle dans eder. Orası çok geniş ve güzel..."

"O çöl senin yüreğindir yavrum." demişti annesi. "Orası senin içinde ki cennetindir. Sen yıldızlarla kaplı kalbini görmüşsün."

"Peki, ben oraya gitmeyecek miyim?"

Gülümsemişti annesi:

"Belki bir gün gidersin." demişti. "İyisi mi sen onları görene dek çiçeklerini soldurma. Bu aşkın ve bu neşenle orası hep renkli ve yeşil kalsın. Unutma!"

Gidiyordu Belkıs. O güne dek birçok gazveye girip ülkeler fethetmiş Melike, çocukluğunun çöllerine çok yürümüştü. Ama hiç birinde rüyasındaki çiçeklere rastlamamıştı. Önünde şimdi ıssız bir çöl ve yıldızlar vardı. Çöl ve güneş yakıcıydı. Güneşin vura vura sararttığı, açılıp renklenmesine izin vermediği çiçeklerin boynu büküktü. Ancak tüm susuzluğa ve sıcağa direnmiş kaktüs çiçeklerinin pembe gülümseyişi iç açıcıydı.

"Dayanmak ve direnmek..." dedi. "Farklı bir güzellikmiş. Direnmek gerek. Hayatı azimle kucaklamak, şevkle tutunmak elbet netice verir. Kaktüs çiçeklerinin bahtı bu işin özlü bir hikayesi."

Çölün kucağında mahmuzladı atını. Ay ışığının serin kuytusunda dörtnala gidiyordu. Yıldızların gümüş kaya parçaları gibi üzerlerine sarktığı o çöl gecesinde dur durak bilmeden gitti; hayalindeki çöllere ulaşmak, öteye çok öteye gidebilmek için. Sebe Sultanlığının çalımlı atlarının sırtında, alımlı cariyeler, askerler, komutanlar Melikeye yetişebilmek için bir hayli ter dökeceğe benziyorlardı. Kulaklarında annesinin sesi yankılandıkça güçlendiğini hissetti:

"Çöllerini sakın soldurma kızım. Bu aşk, bu neşe, bu arayış sende oldukça orası hep renkli ve yemyeşil kalacak."

Çöl ve çiçek... Çöl ve su... Çöl ve renk... Çöl ve Kraliçe... Ne tezattı!

Sebe ile Şam arasında ki üç bin fersahlık yolu kısa molalarla aşma cehdindeydiler. Acelesi vardı Melikenin. Atlar, kervanlar, develer üzerinde Kraliçenin merak dolu yüreği vardı. Yemen'den Şam'a süren bu çok uzun yolculukta hep Süleyman'ın davası, saltanatı ve mahiyetiydi görmek istediği. Gece gündüz gittiler. Dağlar dereler aştılar. Çöller, vadiler, kıvrımlar, kuyular, patikalar aştıkça yol dürülüyordu. Ucu dikenli çalılıklardan, düz beyaz topraklardan geçtikten sonra deniz yoluyla devam ettiler. Boz yerler ve mavi gökler şimdi yerini mavi yerlerle, mavi göklerin dansına bırakmıştı. Sebe Melikesinin geldiği yollar çorak ve çalılıktı. Alabildiğine toprak rengi ve gök rengi hakimdi her yere. Kahverengiyle mavinin sessiz dansında yorulan sadece yolculardı. Onlar Nakap Çölünü aşıp bodur zeytinliklere varma telaşındayken haber çoktan uçmuştu Sultan Süleyman'a: "Belkıs yola çıktı, buraya geliyor."

Zeytin Dağı üzerinden doğan güneş müjdeliydi.

NAKL-İ TAHT

"Yerin altı altınla, değerli taşla dolu; ama bilge dudaklara ender hazine gibi bakılsın.

Yüksek ayar altını özleyecek yerde bilgiyi yeğleyin. Çünkü bilgelik yakutlardan yeğdir."

(Hz. Süleyman)

Dingin bir bahar sabahında Sultan Süleyman ayaktaydı. Sabahın taze ışıkları şehre dökülürken, kuddüs kuşlarının zikri dinmemişti. İnceden duyulan bülbül tegannileri, hüdhüdün ıslıklarıyla birleşince ruhlara dingin bir huzur yayılıyordu. Yeşillerle bezeli şehir bir konuk bekliyordu. Sultan Süleyman, Belkıs'ın kafasındaki soruları hissetmişti. Ve onun bu karmaşadan kurtulma çabasının farkındaydı. O bir peygamberdi ve nebevi nazarla her şeyin fehmindeydi. Melikenin dünyasına giren değerlere göre davranacaktı. Neticede bu bir mantık savaşıydı ve rakibini akli metotlarla ikna etmek istiyordu. Belkıs bir yöneticiydi ve emrinde binlerce insan vardı. Kraliçe demek, binlerce akıl, binlerce yürek demekti. Ve onu akli ve kalbi melekelerle ikna etmeye kararlıydı Kral Süleyman.

Melikenin beşeri zaaflarını keşfetmişti. Anlamıştı ki Belkıs, içindeki girdaplardan kurtulmak ve halkına doğruyu anlatmak için her şeyini feda edebilirdi. Serveti, sermayesi, saltanatı ne varsa verebilirdi. Vazgeçemediği tek şey, atalarından devraldığı tahtıydı Belkıs'ın. Himyer Hanedanının hüküm mercii, vazgeçilmezdi onun için. Liderlerin temsil makamı olan taht onların ikbaliydi. Ve Belkıs bu makama iki özelliğinden dolayı titriyordu. Birincisi Himyer Hanedanının yadigarı olması, ikincisi ise kendi ikbalinin ve halkının bahtının sembolü olması...

Süleyman, Kraliçenin bu gönül zaafının farkındaydı. Zira itina gösterilen şeyler, kişinin zaaflarının merkezi demekti. Belkıs tahtına bir servet harcamıştı ve ona çok bağlıydı. Bir annenin çocuğuna olan düşkünlüğü gibi hassas ve muhteristi bu konuda. Ne zaman bir seyahate çıkacak olsa aklına ilk tahtı gelirdi Belkıs'ın. Hususi gözetleyiciler, muhafızlar, kilitlerle korumaya aldığı tahtı, mülkünün temsil makamıydı. Sultan Süleyman bunu sezmişti ve Melikenin kalbi üzerinde ki o en hassas noktayı bilip keşfetmişti.

Sultan Süleyman, Allah'ın tekliğini ve yüceliğini herkese bildirmek istiyordu. Gayesi ülkeler fethetmek, insanları sultası altına almak değildi. Yüce Allah'ın saltanatını ilan etmekti. Rabbinin gücünü göstermek için akıl almaz bir yenilik ortaya koymak istedi. Fazla zamanı yoktu ve Kraliçe ülkesine gelmeden köklü değişiklikler yapmalıydı. Hızlı kararlar alıp hayata geçirme işinde mahir olduğu için acilen Şura Heyetini topladı. Kısa süre içinde insanlar, cinler, kuşlar, hayvanlar huzurda el pençe divan durdular. Sultan Süleyman, İlya Mescidindeki sedef işlemeli tahtı üzerinde muhteşem bir tablo gibi duruyordu.

Asalet, cesaret, sanat, saltanat, hikmet ve hitabetle hem dem olan Kral seslendi:

"Kıymetli âlimlerim, vezirlerim ve maharetli mahlûklar! Dünyevi iktidar geçicidir. Ölümsüz hayat ise ahiret yurdundadır. Biz bu makamları bize ikram eden için kullanmazsak bir işe yaramaz. Firavunların, Karunların düştüğü sonu görmemek için Rabbimizi razı etmekle mükellefiz."

İnsan ve cinlerden oluşan alimler meclisi pürdikkat, Sultanın sözlerine odaklandılar.

"Kendine güvenenler, İblisin yolunu tuttular. Rabbini bilenler ise mutlak hâkimiyetin yolunda hayırda yol aldılar. Bizim maksadımız Sebe Krallığını esaret altına almak değil, o memleket halkına gerçeği göstermektir. Sebe Kraliçesi Belkıs şu an yola çıkmış buraya geliyor. "

İnsanlar ve cinler arasında bir uğultu dalgalandı. Demek teslim olmamış ve yüz yüze görüşmeyi seçmişti. Kraliçenin cesaretine şaşırdılar. Kral Süleyman sözlerine devam etti.

"Onun çok değerli bir tahtı var. Sizler de bilirsiniz ki taht bir yöneticinin güç simgesidir. Tahtı ele geçirmek, yöneticinin gücünü ve otoritesini sarsmak demektir. Şimdi benim arzum; Sebe Kraliçesi gelmeden onun tahtını buraya getirebilmektir. İçinizde bu ilme sahip olan var mı?"

Ortalığı derin bir sükut sardı. Bu imkânsız bir şeydi ve tahtın bulunduğu yer bir aylık mesafedeydi. Onu getirebilmek için günler geceler boyu gitmek ve tekrar geri gelmek gerekirdi. Üstelik kılı kırk yaran, Sebe göklerinde izinsiz kuş uçurtmayan Kraliçenin güçlü adamlarını ve tedbirini aşmak kolay değildi. Ancak Sultan işareti vermişti. Âlemde var olan kanunlar buna müsait gözüküyordu. İlimde derinleşmiş kişiler ve bir de madde ötesi âlemlerin fertleri bunun farkındaydılar. Cinlerden biri olan Amred heyecanla atıldı.

"Bu işi başaracak gücüm vardır!" dedi. "Ben bu konuda güçlü ve güvenilir biriyim."

İlya topluluğunu yeniden derin bir sükût sardı. Amred, güçlü ve sert tabiatlıydı. Devam etti.

"Sultanım!" dedi. Tahtın ziynetine zarar vermeden getireceğime söz veriyorum."

"Hızın nedir?"

"Gözün gördüğü en uzak yere adım atarım. Siz emredin, daha yerinizden kalkmadan tahtı önünüzde görebilirsiniz."

Kendine çok güvenen, hızlı ve hırslı, şeytani dehası çok ileri bir cindi bu. Çok aceleciydi. Sultan Süleyman onun sesinin tınısından bunu anlamıştı. Durumdan hoşlanmadı.

"Ben daha çabuk gelmesi için acele ediyorum." dedi.

İlya meclisinin suskunluğunda gerilerden kibirsiz bir ses duyuldu. Tınısı ilim yüklü bir sesti.

"Ey Allah'ın Peygamberi!" dedi. "Allah'ın gücü, havl ve kuvvetiyle siz gözünüzü açıp kapayıncaya kadar tahtı buraya getirebilirim."

Âlimler göz göze geldiler. Sultan Süleyman'ın teyzesinin oğlu ve baş danışmanı Asaf'tı bu. Hayretle ona baktılar. İlim sahibi olmanın en ince kaidesi, Marifetullah ilmini iyi bilmek değil miydi? Asaf bin Beriha o ilme sahipti. Kutsal kitaptan bilgisi çoktu ve çok ibadet ederdi. Âlemde keşfedilmeyi bekleyen nice sırlar vardı. İnsanın kodlarında nice yetenekler vardı ki kimse haberli değildi. Allah sevdiği kullarına bu sırları açardı ve o kullar hiç şımarmadan sonsuzun şifrelerini alarak yürürlerdi. "Ol" sırrını yakalayanlar çok çalışır ve Yaratıcıdan başka kimseye minnet etmeden ilahi gücün güzelliklerini keşfederlerdi. Asaf bin Beriha ise işte onlardandı. Sadık, çalışkan, mütevazı ve yetenekliydi. Sultan Süleyman ise onun takvasından ve ilim sahibi oluşundan emindi.

"Bu iş sana nasıldır Ey Asaf!" diye sordu.

"Biiznillah kolaydır Ya Sultan!" dedi Asaf. "Göz açıp kapama süresi içerisinde bu dediğiniz gerçekleşir."

Sultan Süleyman izin verdi. Asaf bin Beriha iki rekât namaz kıldı. Ardından duasını yaptı, İsm-i Azam'a iltica etti. Kulluğun ve takvanın en hassas derecelerine ermiş biri olarak nida etti. Kin, kibir, gurur, benlik derecelerini çoktan aşmış biri olarak yakardı:

"Ya Hay! Ya Kayyum! Ya Zelcelali ve-l ikram!"

Tarefet-ül ayn! Ani bir şimşek, tuhaf bir şavklanmayla birlikte zamanın süratinin en hassas diliminde taht yanı başındaydı Süleyman'ın. Bir tek kez göz açıp kapama süresiydi bu. Sebe Melikesi Belkıs'ın ihtişamlı tahtı, Süleyman Peygamberin önündeydi. İlya Meclisini bir ürperti sardı. Tuhaf bir sükut sardı ortalığı. Şaşkınlıkla karışık şükür nidaları duyuldu. Sultan Süleyman gözyaşlarını tutamadı ve secdeye kapandı. "Elhamdülillah haza min fazlı Rabbî! Elhamdülillah haza min fazlı Rabbî! Bu ancak Rabbimin fazlı ve ikramıdır!" dedi ve Rabbine saatlerce şükretti.

Âdem'in ilk sözüydü bu kelam. Ve Süleyman Nebi'nin de dilinin virdiydi. Taht-ı Belkıs, Yemen'de kat kat kapılar gerisinde kilitliyken, Şam Şehrinin saraylarında aynıyla hazır ve nazır olmuştu. Garip bir hal daha vardı ki o da tahtın etrafındaki adamların da sesleri ve görüntülerinin an itibarıyla oraya ulaşmış olmasıydı. Oradakiler şaşkındı. Ne diyeceklerini bilemezken Sultan Süleyman secdeden doğruldu.

"Rabbim!" dedi sırılsıklam yüzüyle. "Bu ikramın karşısında şükür mü edeceğim, yoksa nankörlük mü? Beni sınıyorsun. Havl ve kuvvetinle anladım ki nimete şükreden kendisi için şükreder; nankörlük eden ise ancak kendine zarar verir. Şüphesiz ki Sen sonsuz kerem sahibisin."

Şükrünü eda ettikten sonra doğruldu. Tahtı inceledi. Kraliçenin tahtı son derece gösterişliydi.

"Ey süslü ağaç!" dedi. "Aldatıcı caziben ve çekici nakışlarınla ancak ahmakları aldatabilirsin! Nakşedilmiş, bezenmiş tahta ve taş önünde nice aptallar baş koyar, secde eder! Secde edenin de canından haberi yok, secde edilenin de! Ancak canından bir hareket ve azıcık bir eser görmüştür, işte o kadar! Nice hanlar sultanlar uğruna kan döküp heder oldu. Ama hepsi de yer ile yeksan oldu. Şunu bilesin ki Süleyman mülkü gibi sen de kalıcı değilsin."

Mor kırmızı mücevherlerin ışıltısı arasına kazınmış batıl ilahların sembolü güneş figürü dikkatini çekti.

"Allah'ı unutmuş bir topluma verilecek en iyi ders, O'nun şanını göstermektir. Sökün onları!" dedi.

Tahtın, onlar henüz köşke ulaşmadan gelmesi, Sebe Devleti için çok büyük bir moral kaybı olacak ve daha çabuk teslim olmalarını sağlayacaktı. Bu "İstersem tüm saltanatını ele geçirebilirim ama aklınız ve kalbinizle teslim olmanız evladır." adına bir mesajdı bu. Ve Sultan Süleyman, Kraliçenin dünya makamlarına olan tutkunluğunu temelden sarsmak istiyordu.

"Bakalım Kraliçe tahtını tanıyabilecek mi?"

Saray nakkaşları koşup geldiler. Belkıs'ın o çok itinayla işlettiği tahtın ilah sembolleri söküp yerine tek mabud olan Allah'ın adını yazdılar. Tahtın altın kaplamalarını gümüş, gümüş kaplamalarını da altınla değiştirdiler. Kırmızı cevherleri yeşil, yeşil cevherleri kırmızı yakutlarla işlediler. Her bir taşın üstüne Bismillah kelamı yazıldı. Bu ahlaki bir öğüttü. Bu eylemiyle Kral, "Ey güneşe secde eden Melike! Kendini ziyan etme! Tahtlar ve bahtlar seni terk etmeden önce seni var edene dön!" mesajını veriyordu. "Güneşe değil Allah'a ibadet edin!" anlamında bir mesajdı bu.

Kraliçe her şeyden habersiz bin bir güçlükle uzak dağların kıvrımlarını aşıp kızgın çöllerin kum ve toz fırtınaları içinde ilerlerken, tahtı ondan önce Kudüs'e gelmişti.

Kralın hasbıhali derin ve anlamlıydı. Yüzünü Yemen yönüne döndü. Çok uzaklardan tozu toprağa katarak gelen Sebe Melikesine seslendi: "Gel ey Belkıs!" dedi. "Bir an önce gel! Kudret denizi kıyısındaki incileri topla! Murdar sevdalardan arın! Kulluk vadilerini geç, marifet çiçeklerini der!"

Belkıs'ın gönlünde nilüferler, şakayıklar boy vermek üzereyken Besmelenin B'siyle çıkmış olduğu yolculuk da bitmek üzereydi. Süleyman, Kraliçenin kalbine işleyen o kelamın etkisini âleme duyurmak istiyordu. O biliyordu ki Belkıs'ın aklı kabul ederse, koca bir memleket halkı ihya olurdu. Belkıs'ın kalbi yeşerirse, binlerce çöl vahaya dönerdi. Belkıs inanırsa, binlerce yürekte bina edilmiş batıl inanışlar yerle yeksan olurdu. Belkıs evet derse herkes evet derdi.

Belkıs da biliyordu ki Süleyman'ı bulan Besmele'yi bulur, Besmele'yi bulan hayatın anlamını yakalar ve binlerce yıkık yürek aşkı yakalardı. İşte bunun için bu buluşma çok önemliydi. Yabanlar bunu bir aşk ve meşk hesabı içine hapsedip kısır ve nakıs bıraksa da gerçeğin gerisinde farklı güzellikler saklıydı.

MAİ BİLLUR GÜNLERİ

"Ey hüdhüdlerin sahibi olan Süleyman!
Lütfedip de bizi aramak üzere gel.
Ey sevmede birinci gelen kişi!
Ruhlar senin kaybolmandan ötürü
İnleyip feryat etmedeler,
Miadını doldur da gel!
Ayıpları ört! İyilikleri saç!
Cömert olanların âdeti böyledir, gel!"
(Hz.Mevlana)

Nakl-i taht gerçekleştikten sonra Sultan Süleyman yeni bir işe girişti. O, masum Kraliçenin kalbini taçlandıracak ve mağrur halkının kibrini sarsacak bir mucize duasındaydı. Güneşi Rab edinenlerin gerçeğe ulaşması için açık bir delil sunmak istiyordu. Kraliçenin kalbini titreten Besmele mührüyle, aklın hayalin sınırına erişemediği bir köşk yapmaya karar verdi. İlmin, sanatın, yeniliğin en üst hududunu Rabbinin izniyle gözler önüne sermek istiyordu. Müşahhas deliller için kolları sıvamıştı. En evvel Rabbine iltica etti. Ardından sırlar ayan oldu. Ve Süleyman billur bir köşk inşa etmek için kolları sıvadı: "Bismillahirrahmanirrahim."

Rüzgârın kamçısıydı yıldırımlar. Rüzgârlara, denizlere, yıldırımlara sözü geçen Rabbi emir vermişti. Peş peşe şimşekler yağdı Kudüs göklerine. Haşmetli ve heybetli anlar yaşanıyordu. Şimşeklerin şavkından tüm Kudüs aydınlandı. Yıldırımlar çaktıkça yaktı ve eritti kumu. Şeffaf kristallere dönüşüverdi kum. Billur cama döndü toprak. Günlerce süren bu akışta kum, Kral Süleyman'ın elinde bir mai billur kesildi. Şeffaf, duru ve berraktı. Demiri Davut'un elinde hamur gibi akıtan Rabbi, kumu da Süleyman'ın avuçlarında billur gibi duru ve şeffaf kılmıştı. Yeryüzünde aklın ve hayalin nihai hudutlarına varacak kanunlar varken; ilim, gayret ve taatle açılmayacak kapı yoktu. Ve Süleyman, ilmin keşfiyle o sırları yakaladı. Köşkün mimarisi ona ayan olmuştu.

Vakit yitirmeden mahiyetini topladı, her birine uzun talimatlar verdi. Tasarladı, çizdi, tarif etti. İnsanlar ve cinlerden bütün maharetlerini sergilemelerini istedi. Dekorasyon su üzerine bina edilince cennete benzeyen yapılar çıkardı ortaya. Sultan Süleyman, derin ilmiyle cennetteki köşklerin bir benzerini inşa etme niyetindeydi. Su üzerine bina edilen ve cenneti tahayyül ettirebilen bir yapı için iş başındaydı.

Deniz kumunu eleyip inceltmekle başladılar işe. Şeffaf, saydam ve sağlam tabakalar elde ettiler. Billur sütunlar, sağlam camlarla köşkü inşa ettiler. İçi dışı cam, tavanı tabanı cam olan saf kristalden billur bir köşk yaptırdı. Hummalı bir çalışmanın sonucunda ortaya bir şaheser çıkmıştı. Güneşin yedi renginin halelendiği köşkün en dikkat çeken yönü, zeminiydi. Sultan, işi iyi bilen mimar ve sanatçıların mahir işçiliğiyle köşkün zeminini şeffaf kristalle kaplattı. Ve o camın altını berrak deniz suyuyla doldurttu.

Su... Gözle görülebilen ama elle tutulamayan; tadılabilen ama çiğnenmeyen; ferahlatan, rahatlatan, temizleyen, arındıran, barındıran, serinleten, ısıtan, şifalayan, doyuran ve besleyendi. Aklayan ve paklayan tek madde; madde ile mana arası bir nesne; Arş-ı Rahmanı taşıyan; havaya ortak, güneşe ortak, toprağa maşuk, tarifi olmayan bir vergiydi su...

Sultan Süleyman'ın tarif ettiği gibi topraksız, çamursuz ve ağaçsız bir saray inşa ettiler. Usta yüzücüler deniz dibinden renkli inciler, duru mercanlar, kırmızı cevherler çıkarmıştı. Yeşil zümrütten pencereler açıp, yakut kapıların üzerini saf incilerle işlediler. Mor ametistten ışıltılı kandillerle süslediler. Lülelerinden tatlı sular fışkıran çeşmeler akıttılar. Kısa bir sürede eşi benzeri görülmemiş bir şaheser ortaya çıktı. Akılların ermediği, gözlerin görmediği bir sırça köşktü. Billur köşkün duvarlardan kırmızı narlar, yeşil yapraklar, turuncu hurmalar, sarı beyaz limon çiçekleri sarkıtıldı. Köşkün akıllara hayret veren kısmı kristal zeminiydi. Görünmez incelikte bir camla kaplı olan zemin berrak sularla doluydu. Suyun kenarına devasa bitkiler dikilmişti. Dibini ayna gibi gösteren berrak suların içinde renk renk deniz canlıları yüzüyordu. Mor, sarı, kırmızı balıklar, denizyıldızları, şahane süslü varlıklar keyifle süzülüyordu. Billur ışıltılarla kaplı zemin ilk anda insanda dingin bir su kıyısında yürüdüğü hissini veriyordu. Suyun parlak ışıltısı göz alırken bu duru nehrin üzerinin fark edilmeyecek kadar ince bir kristalle kaplı olduğu en ince nazar sahiplerinin bile fark edemeyeceği türdendi. Suda yüzen balıkların göz kapakları bile çok net gözükürken; renk renk deniz canlıları bir dalıp bir çıkıyordu. Baktıkça insanın aklını başından alan bu görüntüye uçsuz bucaksız denizlerin ferahlığı hâkimdi. Saf billurun güzelliğinde inşa edilmiş bir köşk ve zemininde duru nehirlerin aktığı ayna gibi bir su kıyısı. Güneş ışıklarıyla yalazlanan billur köşk o güne dek ilk kez bina edilmiş bir şaheserdi. Hayret, haşyet ve hayranlık hissetmemek elde değildi.

Sultan Süleyman daha sonra emretti; kendi tahtını, billur köşkün ortasına koydurttu. Sonra da kendi yakınları için kürsüler kurulmasını istedi. Kendi tahtı, billur köşk ortasına kuruldu; emri üzerine yakınlarının kürsüleri de onun çevresine kuruldu. Kalbe huzur ve dinginlik veren kokularla tütsülediler köşkü. Kraliçe için yapılan köşk artık hazırdı.

Bu arada Süleyman kuşlarına seslendi: "Sebe Sultanı ve yanındakiler için yatak yapın!"

Kuşlar emri alır almaz Kudüs göklerini renk renk kapladılar. En uzak yerlerden çıkıp gelmiş kuşlar sultanın emrine amadeydi. Sebe Melikesi ve tebaası için silkelendiler. Süleyman hanesine yumuşacık renkli tüyler bıraktılar. Hizmetliler kuş tüyü yastıklar, döşekler, yorganlar hazırladılar. Kolaylık, rahatlık ve ihtişam alabildiğineydi ve böylesi görülmemişti. Hoş, nahif, ferah esintiler içinde misafiri beklediler.

4. BÖLÜM

AŞKA VARIŞ

"Haberiniz olsun; Allah'ın velileri, onlar için korku yoktur, mahzun da olmayacaklardır. Onlar iman edenler ve (Allah'tan) sakınanlardır. Müjde, dünya hayatında ve ahirette onlarındır. Allah'ın sözleri için değişiklik yoktur. İşte büyük kurtuluş ve mutluluk budur. Onların sözleri seni üzmesin. Şüphesiz izzet ve gücün tümü Allah'ındır. O, işitendir, bilendir."

(Yunus:62-65)

Yorgun ikindilerin sıcak kucağında girdiler şehre. Kudüs meltemleri uzak yol seyyahlarının yüzüne hoş buseler kondurdu. Süleyman rüzgârı mıydı bu? Farklı, serin ve ılıktı. Fil sesleri, nal sesleri, at kişnemeleri, deve böğürtüleri yerini tatlı tatlı cıvıldaşan bülbül seslerine bıraktı. Ağaç yapraklarının hışırtısıyla davetkâr gölgeliklere sığınma ihtiyacı duydular. Yıldız çiçekleriyle coşmuş Kudüs kirazları, yeşil duvaklara bürünmüş ağaç dalları, incirler, narlar, hurmalar, mavi kantaronlar arasından yürüdüler. Turuncular, morlar, kırmızılar ve sarılarla şehir bir rüya diyarıydı. Kudüs rüzgârlarında Zebur yankısı saklıydı sanki. Narçiçeklerinin rengine takıldı. Turuncu tebessümler gönderdi onlara.

Yaruşelim'in ferah esintisi neredeyse Melikenin tüm yorgunluğunu almıştı. Çevreyi kolaçan etti hemen. Sarı gerdanlı nar bülbülleri uçtular önünden. Aşk kuşları ıslık ıslığa seslendiler. Hüdhüd, Melikeyi selamladı.

Melike, Kral Süleyman'ın şehrine girerken ülkesinin görkemini ve gücünü gösterecek libaslar tercih etmişti. Diğer zamanda son derece rahat ve sade kıyafetler giyinirken bu kez ihtişamlı giysiler tercih etmişti. Beyaz bir at üzerindeydi. Kabarık eteklerinin ucunda elmas su damlaları işli, firuze renkli ibrişim bir elbise giyinmişti. Kudüs gökleriyle aynı renkteydi sanki. Bu garip rastlantıya tebessüm etti. Çöl buğusu yemiş yanaklarını gümüş işlemeli bir örtüyle kapatmıştı. Tepesinden sırtına akan tüller rüzgârda uçuştukça ihtişamlı bir prensesi andırıyordu Melike. Hal diliyle Süleyman'a, "Ben bir kadın yöneticiyim!" diyordu. "Gücün ve hükmün sonsuz olabilir ama ben kadın kimliğimle ülkemi adaletle idare ettim. Haksız yere kimsenin burnunu kanatmadım. Adaleti ve gayreti gözeterek bu günlere geldim ben. Ey Kral Süleyman! Bana karşı sert ve acımasız değil, selim ve selametli ol. Unutma ki kadın kalbi en ince kristalden bile incedir."

Kudüs semalarından İnceden bir yağmur çiseliyordu. Şehre girdiği andan itibaren farklı bir huzur alıp götürmüştü onu. Cilalanmış gibi parlaktı gökyüzü. Farklı bir rüzgâr Kraliçeyi alıp bir yerlere götürüyordu. Duyduklarını, hissettiklerini, yaşadıklarını anlat deseler asla tarif edemezdi. Yakup Peygamberin yurdu Kenan İli o topraklardaydı. Altınla bezeli şehir açmıştı ona kucağını. Her bir taşında bir meleğin secde ettiği bu kadim yeryüzü köşesinde olacaklardan habersiz ilerliyordu Melike. Musa Nebi ile halkına mesken olan Tih Çölü o civardaydı. İbrahim Peygamberin bereketli sofralar açtığı topraklar orasıydı. Sare'nin meleklerin müjdesiyle doksan yaşında hamile kalıp bebeğini kucağına aldığı beldedeydi şimdi. Güzel, çekici bir genç kız gibi kalp okşayan bir havası vardı şehrin. Yeryüzünün bütün bereketi oraya yağmış gibi verimli topraklar çiçeklerin göz alıcı renginden ve yeşilin gümrah fışkırışından anlaşılıyordu.

Geniş yollar, muntazam yapılar, muhteşem köşkler, akıl almaz burçlar arasında ilerlediler. Zeytin çiçekleriyle süslü dallar, manolya kokuları, nergis çiçekleri arasında yol aldılar. Yorgun ruhların gölgesinde sükûn bulduğu erguvan ağaçlarının sevda pembesi dalları arasında yürüdüler. Renkli kuşların neşeli uçuşları sırasında güneşin yakıp kavurduğu tenine iri yağmur tanelerinin dokunuşunu hissetti. Kraliçeyi müjde kuşları karşılamıştı. Tam o anda tepesi püsküllü bir kuşun gelip atının yelesine konduğunu fark etti. Hüdhüddü bu. Ne hoş bir karşılamaydı! Melike gülümsedi. O bahar sabahında gördüğü kuşla tekrar göz göze geldiler. Yeryüzünde nefes alan her canlının insanlarla bir iletişim yolu olduğunu bir kez daha anlamıştı. Dingin bir huzur hissetti Melike. Şehrin manevi kimliğinden habersizdi. İki kıblenin ilki, iki kutsal mabedin ikincisi, iki harem alanının üçüncüsü olacak olan şehrin gerçek kimliğini bilmediğinden onu süslü ve albenisi çok bir geline benzetti.

"Bereketli yağmurlar bu diyarda yeşilin her tonundan tüllere bürünmüş sanki!" dedi. "Sarı kanaryaların mavi bülbüllerle kucaklaştığı kadim şehir! Ne kadar da büyülüsün!"

Samyeli'nin Yeruşelim için bestelediği mısraları geldi aklına:

"Âşık yüreklerin rüyası mısın?

Gerçek erlerin diyarı mısın?

Gizli hazinelerin mahzeni misin?

Işıktan ırmağın kaynağı mısın?

Konuşan, dertleşen, söyleşen şehir!"

Ana kucağı gibi sıcacıktı Kudüs. Nedimelerine hiçbir şey demedi, diyemedi ama Dadı Kerman bakışlarından onun iyi şeyler hissettiğini anlamıştı. Gözyaşları mıydı yüzünü sırılsıklam eden yoksa yağmur suları mı bilemedi. Yaruşelim göklerine çok renkli bir gökkuşağı yansımıştı. Merakla girdiği şehri seyretti. Yorgunluk, uykusuzluk ve açlık umurunda değildi. En çok da gökyüzü dikkatini çekmişti. O güne dek hiçbir yerde görmediği firuze bir mavilik dikkatini çekti. Ötelere açık bir sonsuzluk duygusu içinde dalıp gitti derin maviliklere. Yeruşalim'in selamet yurdu muydu?

İç sesleri devredeydi: "Feyruzkent!" dedi. "Firuze renkli göklerinle sonsuzun kapısı gibisin. Umarım ki bana ve kavmime iyi gelirsin."

Melike Belkıs, Yeruşelim topraklarını arşınlarken dadısıyla daha sık göz göze geldiler. Kendi aralarında kimselerin fark edemediği bir dil geliştirmişlerdi. Melikenin uzun kirpiklerinin gölgesinde gizemli sırlar saklıydı. Dadı bunu fark etmişti ama ne olduğuna anlam veremiyordu. Göz göze konuştular. Belkıs'ın iri siyah gözleri dadının kulaklarına derin sırlar fısıldadı: "Söyle bana!" diyordu. "İçimin fırtınaları dinecek mi? Şu herkeslerden sakladığım yalnızlığım, kimselerin bilmediği mutsuzluğum, sana bile açmadığım sırlarım ifşa olacak mı?"

Dadı kelamsızdı. O güne dek dile alamadıkları sırları yine gözlere gömdüler. Sebe'den Şam'a kadar kırk konaklık yol kat etmişlerdi. Onca yol, onca sıkıntı kafasındaki sualler içindi. Çelişkili duygular içindeyken, Sultan Süleyman'ı görüp tanıma merakıyla yürüdü. Onu çetin sorularla sınayacaktı. Zeytin yeşili rüzgârların koynunda hiç durmadan ilerlediler. Toz, kum, sıcak, açlık, susuzluk, uykusuzluk ve yorgunluk faslından sonra Kudüs'ün ferah havası hepsine çok iyi gelmişti. Kendinden menkul bir cazibesi vardı şehrin. Caddelere döşenmiş taşları altınla cilalanmış gibi pırıl pırıl parlıyordu. Altınla yaldızlıydı kubbeler. Mermerler, devasa sütunlar, gürül gürül akan çeşmelerden geçtiler. Işıltılı, ferah serin sulardan içtiler.

Sultan Süleyman da Kraliçeyi karşılaması için adamlarını göndermişti. Kraliçenin ışıltılı giysilerden hoşlandığı için miydi bilinmezdi ama Belkıs'ı karşılayan ekip görkemli ve cazibeli bir karşılama içindeydi. Soylu atlar, evcil aslanlar, renkli kuşlar kervanı karşıladıklarında Kudüslü küçük kızlar renk renk elbiseler içinde tefler ve zillerle Kraliçeye sevgi gösterisinde bulundular. Ellerinde kuru incir, hurma, badem dolu sepetlerden ikram ediyorlardı. Minik dudaklarında gülücükler, gözlerinde merak ile bir masal kraliçesi görmüş gibi sevinç ve coşku çığlıkları atıyorlardı. Diğer adı peygamber çiçeği olan mavi kantaron çiçekleriyle ördükleri bir taç ve kır çiçeklerinden bir buket sundular Melikeye. Güzelliğin ve nezaketin kuşanmışlığı içinde onlara sevgi dolu tebessümler gönderdi Belkıs. Tam o sırada toplulukta bir dalgalanma oldu. Kırmızı kostümler giyinmiş iri yapılı bir genç adam gelip önünde durdu Melike'nin. Omuzlarında altın sırmalar ve apoletler olan bu adam sedef kakmalı gümüş kılıçlar kuşanmıştı. Üniformasının altın düğmeleri göz alıyordu.

Melike gayri ihtiyari heyecanlandı, "Siz!" dedi. "Sultan Süleyman olmalısınız?"

Genç adam gülümsedi. "Yanıldınız, Melikem." dedi. "Ben Kralımızın emir eriyim. Ekibimle birlikte sizi karşılamaya geldik."

Melike ilk şaşkınlığını yaşıyordu. Bu ihtişam, bu güç devlet liderlerinde olurdu. Padişahlar ve krallar böyle giyinebilirdi ancak. "Emir eri böyleyse Sultan Süleyman kim bilir nasıl görkemlidir?" diye geçirdi içinden. Merakı iki kat artmıştı.

Saray görevlileri, Kraliçe ve ekibini konuk mahfilindeki köşke aldılar. Çöl buğusu yemiş yolcuları konuk hamamlarına aldılar. Sebe heyeti için hazırlanmış kurnalarından gürül gürül gül sularının aktığı bir hamamdı. Belkıs ve heyeti kendileri için ayrılmış özel bölmelerde; nilüfer çiçekleriyle süslü şadırvanlarda yıkanıp paklandılar. Tüm yorgunlukları dinmiş olarak hamamdan çıktılar. Yorgun ayakları ipek halılara değdiğinde hayatın içinde yeniden var olmanın tadını hissetmişlerdi. Mükellef sofralardan sonra, kuş tüyü yataklara serildiler. Yol yorgunu bedenler istirahata çekilmişken Melikenin gözüne uyku girmiyordu. Küçük bir kız gibi meraklı ve korkulu hissetti kendini. Kimseye rahatsızlık vermeden kalkıp yan tarafa oturduğunda nedimeler de ayaklandılar. Kraliçenin uyumadığını fark edince kalkıp yanına gelmişlerdi. Ayakucunda duran kandilin ışığında bir huri kızı gibi narin ve nezih gözüküyordu Melike Belkıs. Kuş tüyüyle kabartılmış, mavi saten minderin üstünde mermer bir sütun gibi kıpırtısız duruyordu. Beyaz yüzü siyah lüleli saçları ve gölgeli kirpikleriyle gecenin koynuna gömülmüştü.

Kerman usulca seslendi: "Seha, can özünü kar ve bana getir!"

Genç kız bitki özleriyle saflaştırdığı nane yağını alıp getirdi. Dadının işaretiyle Melikenin omuzlarını ovdu. Onu gergin ve heyecanlı gördüğü anlarda hep böyle yaparlardı. Yumuşak ve narin dokunuşlarla Kraliçeyi rahatlatmaya çalıştılar.

"Yoruldunuz Melikem!" dedi genç kız. "Bazen yorgunluktan da uyku tutmaz."

Gülümsedi Belkıs. "Haklısın." dedi. "Ama bedenim mi yoksa aklım mı onu anlayamadım."

"Kolay iş değil." dedi Kerman, yaşlanmış çatallı bir sesle. "Zorlu bir süreçtir bu. Yarın Sultan Süleyman'ın huzuruna çıkacaksın. Çetin bir buluşma olacak. Halkının kaderi belirlenecek. Ama onun öncesinde iyi dinlenmelisin."

Araya gergin bir sükunet girdi. Seha, bal ve inci tozuyla kardığı deve sütü kaymağını Melikenin ayak topuklarına yedirerek ovmaya başladı. Kerman, anne şefkatiyle yanına yaklaştı. Kraliçenin el ve ayak parmaklarını tek tek ovarak ona sükûnet vermeye çalıştı.

"Az kaldı Melikem." dedi. "Merak etme. Sebe Krallığını hiç kimse yerle bir edemez. Az sabret!"

Heyecanlıydı Belkıs. Kimselere söylemediği saklı sırları ve derin sezgileri vardı. Ne Kerman'a, ne Lili'ye, ne de Seha'ya bahsetmediği sırlardı bunlar. Ancak emin olmak istiyordu. Sultan Süleyman'ı hâlâ görmemişti ve büyük bir merak içindeydi. Heyecan ve endişe, Kudüs'ün parlak yıldızları gibi geceye hiç durmadan yağarken Sebe Melikesi Belkıs sabahın ilk ışıklarını dört gözle bekliyordu.

Sabırsızlandı. Oturduğu yerden camdaki kırmızı perdeyi araladı. Kudüs göklerinde altın renkli bir mehtap vardı. Gümüşten ışıltılarla dans eden dolunayı seyretti. Sakin, huzurlu ve alabildiğine cazibeliydi şehir. Siyah bir kadife üzerine rastgele atılmış elmas parçaları gibiydi yıldızlar. Muhteşem bir şehrayin vardı Kudüs göklerinde. Göklerde gümüşten bir nehir akıyordu sanki. Ay, elmas bir tepsi gibi. Dokunulsa tutacak sanki. Sim sırma ışıklar ve gümüş yakamozlar hiç durmadan yağıyordu. Muhteşem gecenin koynunda farklı bir cazibeyle irkildi Melike. İliklerine işleyen bir titreme hissetti. Farklı bir şeyler vardı bu şehirde. Gecede iki kat işveli, iki kat güzeldi Kudüs. Köşkün bahçesinde ise farklı bir cazibe vardı. Ay ışığında dans eden kırmızı karanfiller, kadife güller, sarı zambaklar üzerine top top ışık demeti vardı. Ne yol, ne de çöl yorgunluğu vardı şimdi. Devirlerin gizini taşıyan karanfil kokulu esintiyi içine çekti. Sebe alizelerine benzemeyen, hoş, ferah ve rahatlatıcı bir esintiydi. Dalgalı saçlarını geceye savurdu Belkıs. Saçlarının gecesine binlerce yıldız yağdı. Kudüs'ü yudumladı. Kudüs koktu, Kudüs oldu, Kudüs yeşerdi Belkıs.

MELİKENİN ŞAŞKINLIĞI

"Dedi ki: 'Onun tahtını değişikliğe uğratın, bir bakalım doğru olanı bulabilecek mi, yoksa bulmayanlardan mı olacak?"

(Neml:41)

"Böylece (Belkıs) geldiği zaman ona: 'Senin tahtın böyle mi?' denildi. Dedi ki: 'Tıpkı kendisi. Bize ondan önce ilim verilmişti ve biz Müslüman olmuştuk."

(Neml:42)

"Allah'tan başka tapmakta olduğu şeyler onu (Müslüman olmaktan) alıkoymuştu. Gerçekte o, inkar eden bir kavimdendi."

(Neml:43)

Zeytin Dağı üzerinden şehre pembe tüller atılırken ayaktaydı Melike. Günün gür ışıkları şehri kuşattıkça geceyi sabırsızlıkla bitirmişti. İçi heyecan ve helecanla dolu kıpır kıpırdı ve yerinde duramıyordu. Merak, sevinç, korku dolu bir ruh haliyle duygularını kontrol altına almak istedi. Dışarıdan harikulâde sesler geliyordu. İpek tülü araladığında bir renk cümbüşüyle karşılaştı. Kanaryalar, kumrular, bülbüller, papağanlar ve daha bir sürü kuş devasa dallar arsından gözüküp kayboluyor, melikenin penceresi önünden pır pır uçuyorlardı. Muhteşem ıslıkları ruhlara hoş nağmeler gibi inerken havada neşeli bir sevinç vardı.

"Süleyman'ın kuşları bunlar." dedi Seha.

Kraliçe gülümsedi.

"Yüreğimdeki sesi aşikâre çıkardılar!"

Heyecanlıydı. Kararlı hareketlerle dolanıyordu. Nar püresiyle yıkayıp parlattığı saçları omuzlarından aşağıya kıvrılarak dans ederken seslendi: "Vaktimiz yok. Hemen giyinmeliyim."

"Melikem, sizi çok güzel hazırlamalıyız." dedi Lilinya. "Güzelliğiniz, asaletiniz ve zarafetinizin muhteşemliği gözler önüne serilmeli. Görkemli olmalısınız."

Melike vakarla gülümsedi: "Neden?"

"Bugün siz, bir ülkenin ve bir halkın bahtını temsil edip kaderini belirleyeceksiniz. Sultan Süleyman ve tebaası, Sebe Melikesinin asaletinize hayran olmalı!"

Melike hafif müstehzi bir gülümsemeyle, "Ne o?" dedi. "Sebe Sultanlığını, Kraliçenizin görkemiyle mi kurtaracaksınız?"

Lili kıpkırmızı oldu. Kerman araya girdi.

"Lili doğru söylüyor." dedi. "Bu bir ülkenin ikbali için belki bir çözüm yolu değildir ama halkımızın temsil gücü adına yerinde bir harekettir, Melikem. Bunu siz bizden çok daha iyi biliyorsunuz."

Belkıs, heyecanını dağıtmak için bir iki kelam daha etti. Lili'ye takılarak onun gönlünü aldı. Kuş sütü eksik bir sofraya oturduklarında Belkıs yanında getirdiği bal, badem ve ananas karışımı macunla yetindi. Hızlıca geçiştirilen kahvaltı faslında sonra kızlar büyük bir emanet devralmış gibi Kraliçeyi giydirdiler. Melike bu görüşme için saf gümüşten bir elbise dokutmuştu. Tül gibi ince ve yumuşacıktı etekleri. Sırtında Himyer geleneğinin adalet sembolü olan can kırmızısı pelerini, belinde ejderha başlı kemeriyle bir masal kızı gibi hoş ve olağanüstü görünüyordu. İnce beline doladığı ejderha başında ki yakut gözlerin ışıltısı gümüş pırıltılarla buluştuğunda, gümüş eteklerinin ağırlığını taşıyan cariyelerine gülümsedi Belkıs. Cariyelerin avuçları arasında gümüş tüllerle ipeğin dansı vardı. Güneş'in kızı simler, tüller, inciler, mücevherle Sebe asaletini temsil ediyordu. Beyaz ceylan derisi üzerine altın pullar, kıymetli taşlar işli pabuçlarını giydiğinde dizlerinin titrediğini hissetti. Güçlü görüntüsünün altında saklı kalması gereken bir insani hal olarak değerlendirdi bunu ve yanındakilere hissettirmedi. Giyinip kuşanıp hazır olduktan sonra güçlü ve asil duruşlu Melike bir dünya hurisi gibi ortaya çıkmıştı. Himyer Hanedanını bihakkın temsil eden Kraliçe "müstesna" olmanın hakkını verebilmişti.

Duru yüzüne akseden ışıltılar anlamlı bakışlarında yaldızlanırken o; Sebe'nin güzel Melikesi olmaktan ziyade akıllı ve güçlü bir kadın lider olduğunun bilinmesini istiyordu; adil, cesur, kararlı, akıllı, barışçıl ve becerikli... "Bakın ben bir kadınım ama dişiliğinin arkasına gizlenmiş boş ve kaprisli bir prenses değilim!" mesajını vermek istiyordu. Akıl ve zekanın akıl almaz sırlar başarabileceğini kanıtlamış kadın, güzelliğin maharetin gerisinde yürümesi gerektiğini ispatlamak arzusundaydı. Bunun için güzelliğinin ön plana çıkmasından hoşlanmıyordu. Bakmaktan kendilerini alamadı kızlar.

Lili, "Melikem!" dedi. "Göz kamaştırıyorsunuz yine. Sebe Krallığını hakkıyla temsil edeceksiniz."

Aldırmadı Belkıs. Güzellikten öte meselelerle hemhal olduğu için duymazdan geldi.

"Çok heyecanlı bir buluşma." dedi Lili. "Bir milletin kaderi bugün belirlenecek. Ama siz en doğru kararı alacaksınız. Bundan eminiz. Güzelliğiniz çok kapılar açacak."

"Güzellik asıl önemli işlerin arkasından gelmeli." dedi Melike. "Bir kadın sırf güzel olursa bir değeri olmaz. Aklın ve kalbin güzelliği, yüz güzelliğinden ileri olmadıkça güçlü olunmaz."

Boyu, endamı, duruşu ve vakarıyla edebi kuşanmıştı Belkıs. Derin anlamlı bakışlarını boşluğa diktiğinde Süleyman'ın huzuruna çıkmaya hazır olduğunu hissetti. İçinden sabırsız sesler yükseliyordu. Dışarıdan uğultulu sesler geldiğinde hepsinin tavrında aynı heyecan, aynı merak, aynı kıpırtılı iç hali belirginleşti. Süleyman Krallığının konuk görevlileri kapıdaydı.

Sultanın münadisi seslendi: "Sultan Süleyman, Sebe Melikesini makamında bekliyor. Buyurunuz!"

Melike ayağa kaktı. Nedimeler ve cariyeler koşuştular. Tam kapıdan çıkacakken Kerman bir anda telaşlandı. Dirayet vermesi için hazırladığı lavanta çayını alelacele Melikeye uzattı, "Cesaretini yitirme!" dedi. "Dik durmalısın. Himyer Hanedanının asil Kraliçesi kimseden korkacak değildir!"

Melike hiçbir şey işitecek durumda değildi. Sadece içsel mesajlarla kendini telkin etmeye çalışıyordu. Bakanın gözünü alamadığı bir asaletle ve ihtişam içinde dinlenme kasrından dışarıya çıktı. Kraliçeyle çıktıktan sonra Sebe'den gelen cariyeler ve komutanlar da hizaya geçtiler. Yerel kıyafetler içinde bellerindeki cenbiye namlı hançerleriyle Melikenin iki yanına dizildiler. Kralın adamları Kraliçeyi selamladılar. Melikenin yürüyüp gideceği yollara ipek halılar serilmişti. Tefler, zembiller, borular çalındı. Altın pullu elbiselerle süslü cariyeler Melikenin yürüyeceği yollara gül yaprakları serperken, renkli yelpazeler inip kalktı. Askerler, vezirler, komutanlar selam durdu. Başyaver Asfa, içinin bütün yangınlarıyla yanı başındaydı. Sultan Süleyman'ın bulunduğu mekana doğru yöneldiler. Net ve kararlı adımlarla yürüdü Kraliçe.

İç sesleri hiç susmuyordu. Bismillah ne güzel bir kelimeydi. Çok saklı bir manası olmalıydı. Bunu fark ettiği için bunca çileyi göze almıştı. Tarif edemediği gerçekleri anlamak için gelmişti. Hani ki o kelime tüm dünya mülküne bedel bir sır taşırdı içinde ve bunu pek az insan hissederdi.

"Hayret nazarıyla bakarsan her varlığın besmele çektiğini göreceksin."

Ruhunda yankı yankı bu sesi duydu. "Bismillah! Bismillah" diye diye adım attı Belkıs. Cennet baharlarının kokusunu hissetti. Kimse bilmedi, bilemedi. İçinden göçüp gitmiş kervandan kimsenin haberi yoktu. Sebe Kraliçesi; komutanları, vezirleri, sultanlarıyla ilerlerken Lili titriyordu. Seha'nın yaprak yeşili gözleri hiç olmadığı kadar kocaman açılmıştı. Kerman dingin bir nehir gibi sükunetliydi.

Su şırıltıları ve bülbül sesleri eşliğinde ilerlediler. Mor sümbüller arasından süzüldü Melike. Erguvan çiçeklerinin tarifsiz rengi ve nahif kokusu içinde havuzlar, çeşmeler, fıskiyeler, freskler arasından geçtiler. Ve nihayet yekpare mermerlerin ihtişamla hem dem olduğu devasa bir salona girdiler. Sebe Kraliçesi, Süleyman'ın huzurundaydı. Bol ışıklı bir kuşluk vaktinde Sultan Süleyman tüm ihtişamıyla karşısında duruyordu. O ânı yaşamak için nice ülkeler aşmış, çöl sıcağı yemiş, toz ve toprak yutmuş olarak oradaydı.

Kral Süleyman ayakta karşıladı Melike'yi. Sebe Melikesi, Kralda hiç hayal etmediği bir hal yakalamıştı.

"Kudüs Krallığına hoş geldiniz!"

Vakur bir tebessümle karşılık verdi Belkıs. Dikkatle inceledi Sultanı. Ay yüzlü, aydınlık simalıydı Kral. Geniş alınlı, geniş omuzlu, derin bakışlı bu adam Sultan Süleyman'dı ve Sebe Melikesi Belkıs onun huzurundaydı. Sırtında bulut beyazı bir kaftan, elinde harnup ağacından bir asa, aydınlık yüzünde anlamlı bir gülümseme, halinde tarifi mümkün olmayan bir vakar vardı. En çok da bakışlarından irkilmişti Belkıs. Yedi deryaların ötesinden bakıyor gibiydi. Derin, anlamlı bakışlarından çok şey okunuyordu. Akıl ve kalp güzelliğinin hem dem olduğu bir yüz seyrediyordu Melike. Huzur ve sükunet, güç ve güzellik, ahlak ve akıl iç içeydi. Merhamet ve şefkat yüklüydü hali. Erdemin dengeli duruşunu seyretti. Adalet ve akıl, maharet ve azim doluydu. Vakar ve tebessümü denk kefelerde tuttuğu aşikardı.

İlk anda ne diyeceğini bilemedi Belkıs. Araya uzun bir sessizlik girdi. İçinden sesler yükseliyordu.

"İşte Süleyman!" diyordu o ses. "Aylardır merak içinde kıvrandığın halini ve ahvalini anlamakta zorluk çektiğin Süleyman karşında. Masum ve asil bir yüz. Saltanat ve risalet sahibi olduğu aşikâr. Yüzünde haya ve edep nurları var. Hali sehavet dolu. İşte Süleyman! En uzak mekanlara bir anda erişebilen, en cılız sesleri anında işitebilen, rüzgârların sırtında yükselen, âlemi kısa sürede gezebilen, istediği her saltanatı inancı uğruna feda eden bu adam. Şaşaalı dünyalıkları geri döndüren, gayrın malına tenezzül etmeyen, tok gözlü, tok bakışlı Süleyman! Adil ve zahit kişi... Seni Bir Olan'a davet eden saltanat sahibi Kral işte bu!"

Melike, aylardır ve günlerdir içinde büyüyen korkunun gitgide eriyip ufaldığını hissetti. Sebe Heyetinin saltanatını öve öve bitiremediği sultan ne kadar tevazuluydu. Hal dili çok etkiliydi.

"İşte dünya!" der gibiydi sanki. "Arzın her karesi adım adım ayaklarımın altında olsa bile hükümsüzüm. Asıl vazife var edeni bulmak ve O'na kul olmaktadır. Her şey O'nu bulmakta ve O'na ram olmakta saklı!"

Çevreyi kolaçan etti Melike. Gözünün iliştiği her karede ayrı bir incelik ve ayrıcalık gözüne çarptı. Kralın tahtı ise gerçekten muhteşemdi. Kendi tahtından çok daha görkemli ve esaslı buldu onu. Fildişinden oyulmuş, saf altınla kaplı bir tahttı bu. Nefer kızların anlattığından daha muhteşem gözüküyordu. Tahtın tamamı som altındandı. Her altın basamakta gür yeleli bir aslan ve kanatları sonuna dek açık bir tavus kuşu kıpırtısız duruyordu. Kralın tepesindeki yüzlerce cins ve renkte kuş ağzından çıkacak tek kelamı bekler gibiydi. Altı basamağın iki yanında on ikisi canlı olmak üzere on iki mermerden oyulmuş alev gözlü aslan heykelleri vardı. Kralın çevresinde, önünde elpençe divan durmuş temiz yüzlü insanlar ve değişik varlıklar dikkatini çekti. Hiçbir krallıkta böylesi yoktu. Sebe Melikesi, Süleyman'da hiç hayal etmediği bir hal yakalamıştı. Tahtı ve saltanatı görkemli olsa da Süleyman'da her şeyin boş olduğu asıl mülk sahibinin gerçek Yaratıcı olduğunu haykıran bir bakış yakalamıştı. Sonsuz ufukların ötesinden bakan derin anlamlı gözlerine daha fazla bakamadı Belkıs. Yere çevirdi bakışlarını. Süleyman'ı sonsuz bir ihtişamın içinde ama son derece sade ve mütevazı bulmuştu. "Tevazu sahibi bir Kral!" diye geçirdi içinden.

Koca Krallıkta Belkıs'ı etkileyen üç kelime olmuştu: Saltanat, sadelik ve tevazu.

Kral Süleyman, Melikenin heyecanının farkındaydı. Şaşkınlığını ifşa ederek onu mahcup etmek istemedi. Rahatlaması için ona zaman tanıdı. Dizlerinin dibinde birer nefer gibi bekleyen aslanların boyunlarını okşadı usulca. Aslanlar kuyruklarını sallayarak konuşurcasına Krala baktılar. Kuşlar tahtın tepesinde tek cıvıltı dahi etmeden o anı izliyorlardı.

Daha fazla beklemedi Belkıs. Adamlarına işaret etti. Daha öncesinde reddedilmiş olmasına rağmen Süleyman diyarına yeni hediyelerle gelmişti. Hayatı farklı kılan renkler, altın tepsiler ve gümüş sandıklar içinde açılıp sunuldu. Renk renk tüllere sarılı ipek bohçalar çıktı. Bu kez altın değildi yükü. Hayata tat, koku, renk ve ahenk katan bir nesneydi, baharattı yükü.

Hayatın keşfedilmeyi bekleyen güzelliklerini arama yolculuğu muydu, bilinmez. Ama Melike bu tavrıyla insana ahenk katan değerlere sahip çıktığını bildirmek istemişti. Kişniş, kakule, karanfil, zencefil, zerdeçal, karabiber, kimyon, kurutulmuş nar çekirdekleri, haşhaş tohumu, kerkedeh, Hindistan cevizi, habbetülsevda dedikleri dertlere şifa çörekotu, susam ve devrin örfünde mergup birçok kokulu hediye vardı.

Atların, ipeklerin ve tasasız insanların yurdu Sebe Kraliçesi Belkıs teenniyle konuştu:

"Değerli Sultan!" dedi Melike. "Bilirim bunlara ihtiyacınız yoktur. Ama bizim örfümüzde Kralların huzuruna eli boş çıkılmaz. Siz geri çevirmiş olsanız da ben eli boş gelmek istemedim. Kabulünüz ricamızdır."

Ortama derin bir sessizlik çöktü. Heyettekiler, sultanın vezirleri, saray görevlileri, kuşlar, aslanlar, tavuslar, atlar ve daha ne cins varlık oldukları anlaşılamayan birçok görünmez varlık dikkat kesmişti. Anlamlı bakışlarını boşluğa dikti ve vakar dolu gülümsedi Süleyman.

"Değerli Melike!" dedi. "Siz benim ne talep ettiğimi çok iyi biliyorsunuz. Benim arzu ettiğim hediye tek bir kelamdır. Onu elde etmek, Sebe Sultanlığına da Kudüs Krallığına da değişilmez."

Kızardı Belkıs. Mahcup bir gülümsemeyle önüne baktı. Tek kelam edemedi. Onun kadar güçlü bir Kral bu kadar samimi ve şeffaf olabilir miydi? Kibrinin ve gururunun tarumar olduğunu hissettiğinde yine o cümle aklına geldi: "Bu hediyelere ancak sizler sevinirsiniz!"

Renklerin, kokuların, ihtişamın içinden altın tahtından indi Kral Süleyman. Az ötede duran ahşap oymalı bir tahtın önüne geçti ve Melikeyi oraya davet etti. Sebe Melikesi gümüş eteklerinin ışıltısı içinde o tarafa doğru yürüdü. Cariyeler, Melikenin eteklerini taşırken ne olduğunu anlayamadılar.

Sultan asasıyla tahtı işaret etti. "Değerli Melike!" dedi. "Sizin tahtınız da böyle midir?"

Kısa bir şaşkınlık anı yaşadı Melike Belkıs. Kralın ne yapmak istediğini anlamaya çalıştı. Kralın asasıyla gösterdiği yöne baktı. Bu bir tahttı ve kendi tahtına çok benziyordu. Tuhaf bir irkiliş içinde tahta dikkatle baktı. Tasarımı, işçiliği, mücevherleriyle kendi tahtının aynıydı. Ani gelgitler yaşadı. Mahir marangozlara yaptırdığı, nadide cevherlerle işlettiği, yeryüzünde bir eşi benzeri olmayan tahtı karşısında duruyordu. İyi de binlerce fersahlık yoldan nasıl getirtilmişti. Kendi tahtı mıydı o? Yoksa hüdhüdün anlatımıyla aynısını mı yaptırmıştı? Daha sonra almış olduğu sıkı tedbir geldi aklına. Belkıs tahtının en gizli yerine bir iz bırakmıştı. O ize dikkatle baktı. Evet, evet bu oydu, kendi tahtı olduğundan artık emindi! En ince, en hassas, en yumuşak yanıyken buraya nasıl getirilmişti. Yoksa ülkesini yer ile yeksan edip tahtını öyle mi ele geçirmişti? Saltanatların ahtı ve de bahtıydı taht. Taht ki saltanattı, izzet ve itibardı. Taht ki nefsti, azametti, hüküm ve hakimiyet yeriydi. Taht ki sultanların etkinlik makamıydı. Belkıs'ın ise tuhaf bir aşkla bağlı bulunduğu belki de evlat yerine koyduğuydu. Süleyman yurdunda ne işi vardı? Nasıl olmuştu bu iş?

Çok şaşırmış olmasına rağmen belli etmedi. Saltanat sahiplerinin her ortamda ve her konumda itidalli olması gerektiği üzere duygularını gizledi. Kraliçe, gururundan ödün vermiyordu. Kraliçenin heyeti de en az onun kadar şaşkındı. Saç diplerinden topuğuna dek sıcak terlerin aktığını hissetti. Hayret makamındaydı Kraliçe. Süleyman hakkında daha önce bilgilenmiş olmasa aklının karışacağı an meselesiydi. Olayı anlamaya çalıştı. Sözsüz, silahsız bir yenilgiydi bu. Sustu. Hiçbir şey diyemedi. Bir ananın evladına bakışı gibi seyretti tahtını. Yıllar yılı ince bir dantel gibi işlettiği ahşap oymaların üzerinden usta bir elin geçtiğini fark etti. Güneş figürleri tek tek kazınıp yerlerine Süleyman mektubundaki kelam yazılmıştı. Üzerine yapılan eklemelerle tahtı daha bir anlamlı geldi ona. Baktı, dikkatle inceledi. Belkıs'ı şaşırtmak için tahtın yakut ayaklarıyla zümrüt ayakları yer değişmişti. Bu bir savaş taktiği miydi? Üstelik hiç görmediği nadide elmaslarla süslenerek eskisinden çok daha ışıltılı ve görkemli bir hale gelmişti. Firuze renkli zümrütler, som altınlar, nadide inciler, parlak safirler, duru zebercetlerle bir başka ihtişamlıydı. El ve ayak tutamakları yemen yakutuyla döşenmişti. Bir servet vardı tahtın üzerinde. Şu haliyle birçok ülkeyi kökünden satın alabilirdi.

Toparlanmaya çalıştı Belkıs. Dünyada eşi benzeri olmayan tahtı nasıl ele geçmişti? Kilitli kapılar, kuş uçurtmaz korumalar, değme nişancılar, usta savaşçılar nasıl aşılmıştı? Kırk mekan, kırk mola, kırk kapı, kırk kilit, kırk koruma üzerinden buraya nasıl gelmişti? Kendisi sekiz yüz fersahlık yolu bin bir güçlükle aşıp gelmişken, yüzlerce okka ağırlığında ki taht buraya nasıl gelmişti? Yemen, Mekke, Medine, Hayber, Tebük üzerinden Süleyman Yurdu olan Şam Diyarına nasıl ulaşmıştı bu taht? Zihni cevaplaması imkansız soruların cirit meydanıyken, Sultan Süleyman, Kraliçenin şaşkınlığını dağıtmak istedi.

"Sizin tahtınız da böyle miydi?"

Kraliçe, siyasi arenadaki tüm ima ve işleyişinden haberli olarak Sultan Süleyman'ın kendisini bir mantık sınavına tabi tuttuğunun farkındaydı. Basiretini ölçmek, ferasetini tartmaktı maksadı.

"Ey Melike! Aklını kullan. Kalp gözü görmezse baş gözü yarım görür ve gülünç hallere düşersin." anlamına bir uyarıydı bu. Tahtının getirilmiş olması, hayret verici bir tasarrufla mülk ve saltanatının elinden alınmış olduğuna delalet ediyordu. Üstelik tahtın onun tahtı değilmiş gibi gösterilmesi ve üzerinde değişiklikler yapılmış olması da büyük bir incelikti. Ülkeler arası bir politika gereği hayret ve hislerini göstermedi. Şaşkınlığının hasmı tarafından anlaşılmasını istemediği için toparlanıp soğukkanlı davranmaya çalıştı. Cevabı oldukça temkinli ve politikti.

"Eh!" dedi. "Aynısı desem yeridir."

İnce bir aklın işaretiydi bu cevap. "O taht buraya nasıl geldi?" dese, hayretine teslim olduğunu gösterecekti. Ama o önünü kesmişti teslimiyetin. Süleyman'ın mesajını çok iyi anlamıştı aslında. "Ey Belkıs! Bizim sizden iman üstünlüğümüz var. Çünkü biz Müslümanız. Akıl, zeka, hüküm ve marifet işi değildir bunlar. Bir ve tek olan bir ilahın emriyle gerçekleşir." anlamında bir mesajdı bu.

Kendi tahtı olduğundan emin olsa da ülke liderlerine has vakarı korumak için çok zorlandı Belkıs. İçinde fırtınalar koparken dışında dingin limanlar kuruluydu. Tahtı ele geçtiyse saltanatı çoktan bitmiş demekti. İliklerine kadar irkildiğini hissetti Melike. Tebaasının ve Sultan Süleyman'ın bakışları üzerindeyken, "Mucizeleriniz ve gücünüz hakkında bize çok derin bilgiler verilmiş olarak geldik. Size ve çağrınıza net bir cevap verebilmek için buradayız." diyecekti ama diyemedi.

Sultan ilgiyle seslendi: "Onu tanıdınız mı?"

Bilge bir kadındı Melike. Saltanatın kendinden menkul kibriyle durakladı. "Evet, bu o. Bu benim tahtım." dese, Süleyman'ın gözünde küçük düşecekti. Güneşe tapan bir toplumun ferdi ve idarecisi olarak öyle kolay teslim olamazdı. Sebe Kraliçesi Belkıs tahtına bir daha baktı. Yıllar yılı bir evlat gibi sahiplenip koruduğu makamı başka ellerdeyken ne diyebilirdi. Binlerce fersah mesafeden Kudüs'e getirilmiş olması aklına tek bir ihtimal getiriyordu. O da Süleyman'ın inandığı tanrının gücü ve kudreti! Himyeri Hanedanına mal olmuş gururu yer ile yeksandı şimdi. Kral Süleyman kendi nefsini dize getirmişken, şimdi Kraliçenin de nefsine boyun eğmesini istiyordu. Fakat zorlu nefsi direniyordu. Aralarında geçen bu diyalogu bir çeşit akıl müsabakasıydı. Akıl ve nefis arasında ki sıratta bir gidip geldikçe halkının güvenini sarsmak istemedi. "Biz sana güvendik, sana teslim olduk. Sen ise Süleyman'a teslim olma sakın!" demişlerdi.

Soluğu kesildi tüm konukların. Şaşkın ve mecalsizdiler. Süleyman onları daha fazla incitmek istemedi.

"Bu benim yiğitliğimden değildir." dedi. "Hayret ve hayranlık makamı bir tek Rabbime aittir. Biz O'na rücu edicileriz."

Mucize ki; her peygamber elinde bir talimdi. Hedef ve ufuktu. Açılım ve terakkiydi. İlmin geleceği son nokta demekti. Nihai hudutta var olana rücu etmek tek noktaydı. Herkes suskun, Kraliçe mahcup haldeydi.

Sultan Süleyman onca gücün elinde olmasına karşın son derece mahzun devam etti:

"Her şey yok olup gidicidir. Sonunda tüm yollar bir olan Allah'a çıkar. Tahttan ve taçtan da sıyrılıp giden insan kendini tanıdıkça beden kuyularından çıkıp sonsuz nuru yakalar."

"Sözünüz gerçektir." dedi Melike. "Deniz dibindeki inciyi bulana, denizdeki köpüklerle çer çöp hor ve hakir gözükür! Ne mutlu ki siz bulmuşsunuz."

Süleyman, "Meliklerin, şahların, melikelerin tahtı vardı." dedi. "Rüyanın en tatlı yerinde göçüp gittiler. Kimseye yar olmaz bu makamlar. İnsanın ölüm ve ayrılık gibi iki mühim düşmanı varken dünya bütünüyle taht olsa ne yazar. Semadan bakınca kum tanesi bile olmayan bu saltanatlar yok olup gidicidir. O bizi terk etmeden bizim onu terk etmemizdir aslolan."

Bıçak gibi keskin suskunluğun içinde devam etti Kral:

"Rabbim lütfetmeseydi ben bu arşı buraya getirtemezdim. Bu Rabbimin fazlı ve lütfudur. Bunu benden bilmeyiniz!"

Kraliçenin mahcubiyeti sırtından akan kırmızı pelerin gibi kat kat arttıkça tereddütleri azaldı. Geçici ve yok olucu bir makama ne kadar da bağlanmıştı. Süleyman, makamların hakikatini bilmiş, tacın ve tahtın cazibeli çekiciliğine aldanmamıştı. Rabbinin şanı adına daha nice güzelliklere galipti. Cansız bir kitle bir anda mekanlar ötesine taşındıysa; insanlar, eşyalar, evler, ağaçlar da pekala taşınabilirdi. Neticede her şey O'nun ilmindeydi. Süleyman'ın sığındığı ilah böylesine kudretli ve güçlüydü demek. Kendi ilahının acizliğini anladı.

Yeryüzünün her köşesinden haberdar olan o tek ilah, güç ve kudretiyle en ücra köşelere nüfuz edebilirdi.

Yeniden irkildi Belkıs. İçinde ki ses bu kez daha güçlüydü: "Süleyman'ın Rabbi, Sen ne büyüksün!"

Hayret ve heyecanlar sükun bulunca Süleyman, Kraliçeye krallığını tanıttı. Belkıs'ı ve Asiller Heyetini gezdirdiler. Devasa büyüklükteki çiftlikleri, at haralarını, savaş arabalarını, hanları, hamamları, burçları, sarayları, nar, üzüm, limon bağlarını, altın gümüş zebercet mahzenlerini gördüler. Altınla kaplı yerler, gümüş sıvama binalar, inci sütunlar, mercan döşeli köşkler, ipek kadife divanları tek tek dolaştılar. Her birinde hayretin ve haşmetin başka boyutunu yaşarken, Kral Süleyman'ın tevazusuna ve asaletine hayran kaldılar. Günün bitiminde yorgun, şaşkın ve mütehayyir dinlenmeye çekildiler. Onlar dinlenirken Süleyman da yeni hazırlıklara girişti. Belkıs ki Sebe'nin şımarık insanlarını ikna ederek tacı tahtı terk etmiş ve çıkıp Şam diyarına gelmişti. Besmelenin sırrını yakalamış bu yüreğe ışık tutmak istiyordu Süleyman. Yüreğini açmış bu Besmele yolcusunu iyi ağırlamak istiyordu.

Yıldız damlayan akşamların serin koynunda dinlenmeye çekilmişti Melike. Zihni savaş meydanı gibiydi. En mahrem mücevheri ve saltanat makamı olan tahtı kendinden önce oraya gelmiş olması onu çok sarsmıştı. Sözsüz, silahsız, kansız, kılıçsız bir yenilgiydi. Kral Süleyman'da çok farklı noktalar yakalamıştı. Saltanat ve ihtişamdan öte bir farklılıktı. Hal diliydi onda yakaladığı. Birkaç saatlik görüşmede farklı noktalar keşfetmişti. Bazen uzun uzadıya sohbete gerek bile kalmazken; tek bir an, bir duruş, bir mimik, bir bakış, bir kelime yıllar yılı tahsil edilmiş ilimleri sayıp dökebilirdi ortaya. Hele de Sebe Kraliçesi gibi aklı çok akıllardan daha güçlü ve yüksek olan birinin okudukları çok farklıydı. Öylesine unutulmaz, öylesine dönüm noktası bir hal yaşıyordu. Dinlenmek için uzandığı kuş tüyü yatağında yakaza âlemindeydi yine. Bir sohbet açılmıştı Melikenin âlemine. Susuz bir yolcunun su arayışı gibi bütün sorularına tek tek cevap arıyordu. Kraliçe, sık sık yaşadığı ve rüya mı gerçek mi olduğunu tam olarak anlayamadığı bu muhavereden hoşnuttu. Aklını karıştıran her karanlık noktayı aydınlatmak istiyordu. Sıra en can alıcı noktaya gelmişti.

"Güneş!" dedi, saygı dolu bir sesle. "Güneş, Tanrı değil midir ey Kral?"

"Güneş, yüce Allah'ın görevli bir memurudur. Yaratılmışlar, Tanrı olamazlar!"

İrkiliverdi Belkıs. Zihni muhaveresinde Sultan Süleyman'ın sesi yankılandı: "Yaratılmışlar Tanrı olamazlar!"

“Öylesine büyük, öylesine hayat bahşeden bir nesne nasıl tanrı olamaz?”

“Güneş şu âlemin kandili, bir mumu, ışıkçısı, şehnazıdır ey Belkıs! Varlığa hizmet eden dev bir alev topundan başka bir şey değildir.”

Melike yeniden sordu: “Yol gösteren Şira yıldızı, geceye altın ışıklar serpen Ay! Nedir bunlar? Kime ait bu saltanat?”

“Güneş emre amade bir mumdardır.”

“Güneş benim Tanrımdır ey Süleyman! Ona laf söyletmem!”

“Güneş, Rabbimin görevli bir memuru olduğu hasebiyle kutsaldır. Yeryüzü bir sofra ve güneş, o sofranın aşçısı, hem ısıtıcısı hem de kandilidir.”

Oldukça mantıklı gelmişti. İliklerine kadar irkildi Melike. Bu nasıl bir muhakemeydi böyle? İçinden çıkamadığı vadilerden tek tek düze çıkıyordu. Süleyman'ın sözleri beyninde yankı yankıydı şimdi: “Rabbine dön ey Melike! Senin Rabbin, güneşi ve tüm yıldızları elinde bir sapan taşı gibi döndürendir.”

Sohbet hiç bitmesin istedi. Yaşadığı yakazayı bitirmemek için sorularına devam etti:

“Şu devasa musluklardan akıp duran erimiş bakır nedir, ey Süleyman? Demirin sizin elinizde hamur gibi yumuşaması da nedir?”

“Telyin-i hadid'dir adı. Demiri hamur gibi yumuşatmak mucizesidir. Babam Davut da demiri yumuşatır, tel gibi inceltir, ona şekil verir; zırhlar, silahlar kalkanlar işlerdi.”

“Neden demir?”

“Şehirlerin, kentlerin, muhteşem yapıların madeni demir değil midir?”

“Ey aziz Kral!” dedi Melike. “Nerdendir bu bilginin aslı? Nedir esası? Nerdendir bu azamet, bu haşmet, bu medeniyet?”

“Rab korkusu!” dedi Sultan Süleyman. “Rab korkusu, bilginin başlangıcıdır.”

Yeniden irkildi Melike. Süleyman devam etti: "Rabbini bilen kendini bilir, kendini bilen âlemi bilir."

Kraliçe uyku ile uyanıklık âleminde bir yakaza yaşarken, dışarıdan cariyelerin sesi geliyordu. Onlar hâlâ olayın etkisindeydiler.

"Tahtın buraya getirilmesi Kral Süleyman'ın Kraliçeye verdiği bir mesaj mıdır?"

"Ne mesajı?"

"Aşk mesajı tabi ki! Onunla evlenmek mi istiyor? "

Tam o sırada Kerman'ın sinirli sesi duyuldu: "Yavaş olun, Melike uyuyor! Hem o halkının, tahtının ve bahtının derdine düşmüşken siz neler diyorsunuz böyle!"

Kızlar bıçak kesmiş gibi sustular. Cariyelerin o çok merak ettiği aşk tanımını merak etti Belkıs. O güne dek hiç yaşamadığı bu duyguyu sorup öğrenmek istedi.

"Aşk nedir peki?"

"Aşk; sevginin özü, sonsuz gücün koyduğu kanun, insan ruhunu teslim alan hükümdür. Aşk olmasa güneş doğmaz, yıldızlar boyun eğmez. Aşkla döner âlem. Aşkla kıvam bulur insan. Aşkı bilmeyen insan, hayatın sırlarını tadamaz. Hayatın özü ve hamurudur aşk. İnsan, ışığın aksini görünce âşık olmuş sanır. Meyveyi bırakıp kabuğa tutunur. Yansıtanı bırakıp yansımayı arar. Güneşi var edene değil, güneşe koşar."

"Aşkı anlat bana, onu bana tanıt."

"Aşk; yolunu şaşırmış, ışığı kaybetmiş, gölgeye yapışmış bir kelebek gibi nahif ve ürkek bir kelebektir ey Melike! Yolunu bulana ışık, nur ve hayat bahşeder. Bulamayanı ise acı ve gözyaşı içinde yakar."

Aşka tutulmuş gibi ağır bir muhasebeydi Belkıs'ınki. Hayatının en ağır kararını yaşıyordu. Zelzeleye tutulmuş gibi titredi. Aşka tutulmuştu. Sığ ve sönük bir duygu değildi bu. Sonsuzun sahibine, güneşin sahibine, Süleyman'ın Rabbine ve onun büyüklüğüne karşı duyduğu bir aşk iliklerine dek işlemişti. Öyle bir aşktı ki bu, Süleyman bütün saltanatı ve mülkü o aşkın ancak kıyısında gezinebilirdi. Deryalar, denizler, nehirler yutardı da dünya ve içindekiler o aşkın kıyısında kum tanesi gibi kalabilirdi. Süleyman'a değil, onun tuttuğu yola ve inandığı Tanrıya âşık olmuştu Melike.

İliklerine kadar titredi bir kez daha. Hayret, heyecan, tutku, tazim ve takdirle Süleyman'a seslendi: "Bir erkek ile bir kadın arasında fikri bir görüşmede neden akla hep aşk gelir? Aşk neden yanlış tanımlanır?"

Kızların sesini duydu yeniden. Fısıltı halinde hâlâ aşkı tartışıyorlardı.

"Aşk bir gönül endazesi!" diyordu Lilinya. "Ölçüsü kişinin kendi içinde menkul!"

"Aşk gelince dil lal kesilir." dedi Seha. "En evvel gözler konuşur, sonra ruhlar anlaşır ve kalpler kaynaşır da lisan kelama gelirmiş."

Lilinya cevap verdi: "Kral Süleyman'da beşeri bir aşktan öte ebedi bir hayranlığın izleri gözüküyor. Rabbine âşık bir kul. Onun yaratmış olduğu her varlığı sekir âlemlerinden seyrediyor. Kuş, kadın, karınca; her neyse karşısında duranı, Rabbinin mektubu gibi okuyor. Kalbin sonsuz ufuklarını dar kuyulara kilitlemiyor. Aşkı var edenin maşukuyken, Melikemizi bir mektup gibi okuyor bence."

Lilinya'nın aşk tarifi böyleyken, yakaza âleminde işittiği Süleyman'ın son sözleriyle içi titredi Melikenin.

"Kendi menkıbesidir, insanı özel kılan. O zübde-i hakikat her insanın kendi içindedir. Onu sulayıp yeşertmedikçe insan hayatı tanıyamaz. Başka menkıbelerde aşkı arayarak hayatı serseri kılar."

Kalp kilidinde sıcak bir kıpırdama duydu Kraliçe: "Bismillahirrahmanirrahim."

Kraliçenin ruhundaki ve kalbindeki bütün boşluklarının imar edilmesi an meselesiydi. Dolunayın vakti dolmuştu. Kudüs göklerinde tazecik bir hilâl, müjdeli gülümsüyordu. Lacivert bir kadifeyi delerek geçmiş gümüş bir hurma dalı gibi incecik bir hilal parıldıyordu.

Mırıldanıyordu Kraliçe: "Arzdan arşa yolculuktur, insanın seyahati."

Sahi, hüdhüd neredeydi? Güneş tapınaklarında ateşe secde ettiği anlarda onu gözetleyip kınayan o kuş! Gelip onu Süleyman'a haber veren haberci neredeydi? Şafağın söktüğü an gibi bir gülümseme belirdi yüreğinde. Günler geceler süren irdeleme süreci... Yol mekân ve taht.

Tam o sırada içeri girdi nedimeler.

"Yüce Kraliçem! dediler. "Az önce haber geldi. Süleyman Mabedinde sizin için düzenlenmiş bir davet var."

Hızla toparlandı Melike. Vakit kaybetmeden hazırlanıp hemen çıkmak istiyordu. Yeni bir yürüyüşe hazırlanıyordu Melike. Süleyman'ın Rabbine tabi olmakla başlayacaktı bu süreç. Amenna ve saddakna, diyebilmek için ruhunun tüm dalgalanışlarını ortaya koyacaktı.

Kudüs kuşlarının hür cıvıldaşmaları içinde Sebe Melikesi, Süleyman Mabedine yürüdü. Sırtında gece mavisi bir elbise vardı. Tepesindeki güneş temsili elmaslı tacı, ejderha başlı mücevherleri, vakarı ve endamıyla mihmandarların gösterdiği yola girdi. Yenilgi kabul etmez duruşunu bozmadan gülümsedi. Tahtı elinden çıksa da tacı hâlâ yerindeydi. Öyle düşününce rahatlamıştı. Renkli orkidelerin arasında geçtiler. Henüz açmış manolya ağaçlarının kokusu eşliğinde, Asiller Heyetiyle birlikte saraya girdiler. Sultan ile tebaası onu karşıladılar. Cariyeler etrafında döndüler konukların. Sofralar itinayla kurulmuştu. Düzen, ahenk ve koku iç açıcıydı. Her şeyden önce huzur vardı. Başı önünden kalkmayan yiğit delikanlılar, özel kıyafetler içinde dört dönüyorlardı. Sakiler, gümüş ibriklerde zencefil kokulu içecekler sundular. Üzüm şırası, hurma nebizi, nar şurubu, kızarmış bıldırcınlar, Bahrü-l Ahmer'in meşhur balıkları, kızartılmış dana etleri, zeytin çörekleri, helvaları, meyveleri altın tabaklar içinde ikram ettiler. Melike hayranlık içinde bakakaldı. Gökyüzü salkım salkım yıldızlarla doluyken, Yeruşalim ılık meltemleri ve lir kuşlarının eşliğinde, Süleyman Hanesinde Sebe Melikesi Belkıs ve heyeti ağırlanıyordu. Sarayın ihtişamı, sofraların zenginliği, yiyeceklerin lezzeti karşısında suskunlardı. Altın bezeli kıyafetler içinde dönüp duran hizmetlilerden gözünü alamadı Belkıs. Kuş sütü eksik padişah sofrasında her şey olağan üstüydü. Bu ihtişamlı ikramın içinde, beyaz giysileri içinde köşesine çekilmiş Sultan Süleyman'ı gördü. Tahta bir çanak içindeki zeytinyağına ekmeğini banıp yiyor ve onunla iktifa ediyordu. Kralın tevazusu ve kanaati karşısında şaşkınlığı bir kez daha artmıştı.

"İlminiz ve zenginliğiniz zannettiğimden öteymiş." dedi. "Bunca ihtişam içinde alabildiğine sade ve az masrafla yaşadığınızı gördüm. Bunun sebebi nedir?"

Sultan cevap verdi: "Dünyaya ait işler çürüktür. Alâkaya değmiyor. Ardına düştüğümüz bu gölgeler kalbimizi parçalayıp kanatıyor."

Soruları vardı Melikenin. Bu kez rüya değil gerçek âlemde huzurundaydı Kral Süleyman'ın. İçindeki o ince sızıyla tüm cesaretini topladı.

"Değerli Sultan!" dedi. "Ben tek bir name uğruna ülkemi, tahtımı ve halkımı terk ederek çıkıp geldim. Şimdi hüküm sizindir."

Kral bu incinmişliğin farkındaydı. Melikenin kalbini kemiren sırrı dermeyan etti: "Tahtınız size iade edilecektir."

Kraliçe mahcuptu. Kalp nabzını duyuyordu sanki Süleyman. Karıncanın ayak sesini ona işittiren Rabbi, Sebe Melikesinin kalp ritmini mi bildirmeyecekti. Orada bir kelam vardı: "Bismillahirrahmanirrahim."

Süleyman Hanesinde Sebe Melikesi Belkıs ve heyeti ağırlanırken tuhaf bir yenilmişlik duygusu içindeydiler. O çok kibirlenip avundukları dünyalıkları ufak bir kum tanesiydi şimdi.

Belkıs, "Dünyanın en değerli baharatları ülkemde yetişir." dedi. "Gemiciler, kervancılar dünyanın dört yanına altın taşır gibi baharat taşırlar. Zenginlik ve ihtişamın her çeşidinin Kraliyetime ait olduğunu sanmıştım. Ama sizin bilgeliğiniz ve saltanatınız karşısında şaşkınım."

Samimi bir itiraftı bu. Melike hislerini dosdoğru aktarıyordu.

"Saltanatınız ve bilgeliğiniz hakkında duyduklarım doğruymuş. Şunu itiraf edeyim, gelip görünceye dek aklım karmakarışıktı. Ama şu an görüyorum ki bana çok azı anlatılmış. Duyduklarımdan daha üstünsün ey Kral. Ne mutlu adamlarınıza! Ne mutlu size hizmet eden görevlilere! Çünkü onlar sürekli olarak bilgeliğinize tanık oluyorlar."

Kral Süleyman, kendisini tanımaya gelen bu topluluğa şahsını değil, Allah'ın gücünü ve güzelliklerini gösterme çabasındaydı. Bir sonraki güne ertelenmiş güzellikler vardı. Akşamın kızıllığıyla tüllenen Melikenin nahif kalbi, tahtının iade edileceği müjdesiyle sevinçliydi.

BİLLUR YÜRÜYÜŞ

"Kalk ey Belkıs! Gel de devleti, saltanatı gör! Allah Denizi kıyısındaki inciler topla! Kız kardeşlerin, yüce göklerde oturuyor, sen neden murdar bir şeye padişahlık eder durursun? O padişahın, kız kardeşlerine yüce ve bol bahşişlerden neler verdiğini bilir misin? Hâlbuki sen neşeyle 'Külhanın Padişahı ve Başbuğu benim' diye davul dövmedesin!"

"Ey Süleyman, Mescide-i Aksa'yı yap,
Belkıs'ın kavmi namaza geldi!"

(Hz. Mevlana)

Muharremin onuncu günü sabahında Belkıs erkenden ayaktaydı. Süleyman'la görüşmesi vardı ve çok heyecanlıydı. Haberciler onu dışarıda beklerken hızla hazırlandı. Önemli işler öncesinde kimseyle konuşmak istemezdi Melike. Dadı Kerman, böyle zamanlarda tek kelam etmezdi. Kırmızı tafta entarisini giyindiğinde nedimeler göz göze geldiler. Himyer geleneğinde parlak kırmızı zafer alâmetiyken buna bir anlam veremediler. Zahirden yenik düşmüş bir Melikenin daha sade ve abartısız olması gerekirken Belkıs; tepesinde zeytin dalı zümrüt tacı, belinde ejderha başlı kemeri, ayaklarında ceylan derisi pabuçlarıyla odadan dışarıya çıktı. Bütün bunlar neyin nesiydi?

Heyettekiler ve nedimeler ardı sıra yürürken mihmandarlar, Sebe Melikesini onun için inşa edilmiş bir köşke buyur ettiler. "Buyurunuz!" dediler. "Sultanımız bu köşkü sizin için yaptı. Sizi orada ağırlamak istiyor."

Camdan bir zemine ayak bastı Belkıs. Akıl almaz bir ihtişamın içinde buldu kendini. Benzersiz bir köşktü bu ve su üzerine bina edilmişti. Hammaddesinde taş, toprak, ahşap kullanılmamıştı. Elmas gibi inceltilmiş camdan inşa edilmişti. Köşkün sütunları yekpare billurdandı. İçinden dışı, dışından içi gözüküyordu. Şeffaf duvarları göz görmedik inciler, el değmedik yakutlarla bezeliydi. Melikenin gözünün değdiği her yer ayrı bir tasarım harikasıydı. Kristal kolonlar su üzerinde yükseldikçe derin sularda akisleniyor, insanın içine sonsuzluk hissi veriyordu. Köşkün tavanı ve tabanı cilalı camlarla kaplıydı. Billur sütunlar, kristal merdivenlerle tamamlanmıştı. Billur köşkün orta yerinden derin bir nehir vardı. Billur camların şavkı, akan suların aksiyle halelenirken Sebe Melikesi Belkıs büyülenmişti adeta. Bu dünyadan bağımsız, uçsuz bucaksız bir okyanus kıyısında hissetti kendini. Hayalinin ulaşamayacağı kadar şeffaftı her yer. Sebe Krallığında böyle bir yapı yoktu. Hünerli mimarlar, değme dülgerler el ele verseler böyle bir yapı akledemezlerdi. Süleyman'ın yüksek sanat anlayışının ürünü bir yapı harikasıydı bu saray.

Melike ile heyeti hayret ve hayranlık içinde sırça köşkü temaşa ettiler. Usta nakkaşlar cam üzerine insan ruhunun en ince ayrıntılarını yansıtmışlardı. Billur sütunların gizli bölmelerinde Şam'ın kızıl şamdanları yakılmıştı. Güneşin tüm renkleri billur duvarlara yansırken helezonik ışıltılarda dans eden kızıl şuleler titreşiyordu. Beşer gücünü aşan muhteşem bir mimariye hayran kaldı Belkıs. Yüksek duvarlarından sarkan narçiçekleri, üzüm salkımları, ananas dallarıyla o ana kadar gördüklerinden çok farklıydı. Sebe'nin yüksek dağlara oyulmuş ahşap nakışlı köşkleri bunun yanında sığ ve sönük kaldırdı.

Ve camdan bir sarayın içinde Yeruşelim Kralı Sultan Süleyman ile Sebe Melikesi Belkıs yeniden karşı karşıyaydılar. Kral Süleyman, misafirini rahmet üzerine ağırlıyordu. Firdevsî bir huzur içindeydi Belkıs. Melikenin ihtişamlı kıyafetine karşın Sultan Süleyman son derece sade giyimliydi. Mahcuptu Melike. Bu saltanatın sahibi en sade ve en gösterişsiz olanla yetiniyordu. Bir sırça köşke, bir de onun banisi olan Sultan Süleyman'a baktı. Başka Krallar gibi sırtında ipek kaftanlar, sırmalı apoletler yoktu. Süt beyazı temiz gömleği, ağarmış bakımlı sakalları, ışıklı yüzüyle sanki başka bir âlemden çıkıp gelmişti. Ayağında sazlardan ördüğü takunyalar, elinde harnup ağacından kendi işlediği asasıyla tüm samimiyet ve şeffaflığıyla karşısındaydı. Heybetli duruşu etkileyiciydi Kralın. O güne dek ilk kez gördüğü akıl almaz saltanata bir de tevazu eklenince ona olan saygısı katbekat artmıştı. Eğer istese tacının tek bir değerli taşıyla şehirler satın alabilecekken o, tahtını ve tacını bir tek hukuksal hükümler için kullanıyordu. Melike ise barışın sembolü olan zeytin dalıyla gelmişti ona. Tacının yeşil yansımaları, sırça köşkün ışıltısıyla kaynaştıkça tüm yönleri tek mihrakta buluşmuştu. Süleyman'ın selamet yurduna barış için gelmişti.

Derin bir konu üzerinde görüşmeleri gerektiğini hatırlatırcasına gülümsedi Süleyman. Sözleri son derece saygı doluydu.

"Değerli Melike!" dedi. "Sizi ve tebaanızı ülkemde ağırlamaktan bir kez daha memnuniyet duyduğumu bilmenizi isterim. Bizim inancımızda dünya yüzüne gönderilmiş her insan görevlidir. Ben ise Allah'ın görevli bir elçisiyim. Ve Rabbimin sonsuz birliğini sizlere tebliğ etmekle görevliyim."

Melike Belkıs sözün nereye varacağını tahmin etmişti. Heyettekileri bir endişe sarmışken Sultan devam etti.

"Duydum ki siz ve maiyetiniz güneşi Rab bilir ve ona secde edersiniz. Oysa bizim dinimizde güneş de bizim gibi yaratılmış bir mahluktur. Yaratılmışlar ise Rab olamazlar."

Her bir sözü diğerinden daha etkiliydi Kralın. Melike ve heyeti dikkatle dinliyordu.

"Yaratılmış olan her şey sonludur. Doğar, büyür ve ölürüz. Güneş de ölecek ve bir gün bir sayfa gibi dürülecek. Ölümlü olanlar Rab olamazlar. Bizim Rabbimiz âlemi var edendir ve tektir. Ondan başkasına secde edilmez. Tebliğim odur ki; ayı, güneşi ve yıldızları bir karar üzere var edip döndüren Allah'tır. Sizi; güneşi, ayı, yıldızları ve tüm varlıkları var eden Allah'a iman etmeniz için değişmez gerçeğe davet ediyorum."

Melike bilgeliğinin vermiş olduğu bir olgunlukla usta bir reverans yaptı. Başyaveri Asfa'yı ve Sultan Süleyman'la savaşmayı teklif eden tebaasını mutmain etmekti niyeti.

"Ey Kral!" dedi. "Senin Rabbin, güneşten güçlü müdür?"

Bu soruyu tebaasının diliyle sormuştu ve yerinde bir soruydu. Sultan Süleyman, âlemi lerzeye getirecek bir haşmetle cevap verdi:

"Peki," dedi net ve kararlı sesiyle. "Size bir dizi sorum olacak. Doğru cevaplarsanız gerçeği hep birlikte bulmuş olacağız."

"Sorun!"

"Gecelerde Tanrı bildiğiniz Güneş tutulursa siz ne yaparsınız?"

Sustu Melike. Tek kelam edemedi. Kral devam etti.

"Ondaki çaresizliği nasıl giderirsiniz? Hem bilirsiniz ki hadiselerin çoğu geceleyin olur. Halbuki sizin Tanrınız çok uzaktadır. Oysa bizim Tanrımız, güneşi ayı tüm yıldızları bir sapan taşı gibi kudret elinde çevirip döndürendir. Kulunun imdadına anında yetişir. En gizli arzularını bilir. En ince duasını işitir ve her bir ihtiyacına anında cevap verir."

Heyettekiler yutkundu. Melikenin karanlıkta kalmış hiç bir noktası kalmamışken dinlemeyi yeğledi. Sultan devam etti.

"Hayatı ışıklandırıp ısıtmak için var edilmiş bir alev parçası nasıl Rab olabilir? Şeytan, bu yaptığınızı size süslü göstermiş. Gelin bu işten vazgeçin, Allah'a yönelin. Gönül doğruluğu ile âlemlerin Rabbi önünde eğilin!"

Gözlerinde binlerce meşalenin ışığı kımıldadı Melikenin. Hüdhüdün gagasıyla gelen o mektubu aldıktan sonra yaşadığı medcezirler son dalgasındaydı. O güne dek değişmez sandığı tüm ezberleri yerle bir olmuşken dönüp Asiller Heyetine baktı. Yüzlerde mutmain ifadeler vardı.

Melike, "Bütün dünya gemicileri Sebe Yurdunu görmek için can atarlar, ey Kral!" dedi. "Ben ise tacımı, tahtımı ve tüm saltanatımı terk ederek davetinize geldim."

Sesinin ahenginde, "Ben zaten bunun için buradayım!" der gibi bir tını hissetti Kral. Melikenin yürek yankısından haberliydi. Susuz bir insanın su aradığı gibi Rabbini arıyordu Belkıs. Besmelenin cezbesini yakalamış bu akıllı Melikeye umduğuna ulaştırmak istiyordu.

Suyun karşı kıyısına yerleştirdiği tahtı göstererek, "İşte tahtınız!" dedi. "Bizim onda gözümüz yoktur. Tahtınız bu köşkle birlikte size hediyemizdir. Buyurunuz ve tahtınıza yürüyünüz!"

Melike ani bir yıldırım darbesi gibi irkildi. Bu lütuf bir bitiş tesellisi mi yoksa diriliş tecellisi miydi? Anlam veremedi. Tahtı derin bir su deryasının ötesindeyken ona nasıl ulaşabilirdi? Önüne baktı çaresiz. Ayna gibi titreşen suyun dibinde yüzen renkli balıklara, denizyıldızlarına dalıp gitti ansızın. Kuştan balığa her varlık bu hikayenin içinde görev almışken ne diyebilirdi? Su ki aziz bir nesneydi ve rahmetin tebessümüydü. Su, Süleyman'dı. Süleyman su gibi berrak ve netti. Arınmaya çağırıyordu Belkıs'ı; su gibi şeffaf bir yolculuğa, duru bir teslimiyete, berrak bir yansımaya çağırıyordu. Hem eşya bir yansıma değil miydi? Var olanın ve bir edenin ayinesiydi her varlık! Billur köşkün akisleri nasıl harikulâde bir sanatkârın maharetini gösteriyorsa, âlem de öyle bir sırça saraydı. Süleyman o sarayın sözcüsüydü. Su kadar azizdi sözleri. Onun gibi duru ve temiz, onun gibi akisli ve ışıl ışıl...

Süleyman'ın billur köşkü çok mesaj içeriyordu. Billur akisler arasından okumaya devam etti.

"Dikkat et ey Kraliçe!" diyordu. "Cama bakan, camın arkasını göremez. Camdan bakan ise arkadaki güzellikleri görür. Su gibi şeffaf, billur bir yapı olan bu hayatta batıl perdelere sarılma. Yalancı tuzaklardan arın. Unutma! Cama bakan camın gerisinde ki canı görmez. Ama cana bakan camı da görür ötesini de!"

Süleyman susmuştu. Hal dili konuşuyordu.

"Ey Melike!" diyordu. "İnsan camdan bir fanus içinden âlemi seyreder. Musibetler o fanusu zedeler ve insan ne kadar dar bir âleme hapsolduğunu o an anlar. Cam fanuslar kırılmadan gel de hakka teslim ol. Gel ey Melike! Gerçeği gör. Hayata yapış ve sonsuzluğun ölümsüz ufuklarına koş!"

Heyetlerin şaşkın bakışları Melikenin üzerindeyken okumaya devam etti.

"Özü sözü bir ve su gibi şeffaf olmalıydı insan. Yürümeliydi inandığına. Sevdiği, uğruna canını verdiğinin ardına düşmeliydi."

Değil mi ki Süleyman yürü demişti, yürüyecekti Belkıs. Bu bir teslimiyet sınavıydı ve Belkıs su da olsa ateş de olsa yürüyecekti ona. Besmelenin sırrını yakalamışken yalnız yürümek istedi ve yardımcılarını istemedi. Ceylan derisi pabuçlarını çıkardı. Yakut pırıltılarla işli eteklerini topladı ve dibi ayna gibi duran derin suya adım attı. Nedimeler büyük bir korku ve telaş içinde ne yapacaklarını bilemediler. Asil bir kuğu gibi süzülüp giden Melikenin ardı sıra bakakaldılar. Şeffaf kırmızı etekleri billur camlarda akislendikçe; titreşen suyun gerisinden dudakları kıpır kıpır, Süleyman'ın mektubunu okudu Melike: "İnnehuSüleymane ve innehu Bismillahirrahmanirrahim."

Fakat o da ne? Yürüdükçe derin sulara gömülüp batacağı yerde zarif ve kaygan bir zeminde ilerlediğini hissetti Melike. Çok şaşırmıştı. Ayağı ıslanmıyor ve suya batmıyordu. Duru suyun üzerinde kayar gibi ilerledi. Heyecanının ve şaşkınlık içinde olup biteni anlamaya çalışırken Süleyman'ın sesini duydu: "Rahat olunuz ey Melike! Elbiseniz ıslanmaz. Şu an üzerinde durduğunuz nehir, üzeri camla kaplı bir zemindir. Sağlam ve de güvenli bir zemindesiniz. Korkmayınız!"

Zeminine dikkatle baktı. Dalgalı siyah saçlarıyla ışıltılı yüzü suyun üzerinde akislenmişti. Ayağıyla yokladı. Suyun üzerindeydi ama içinde yüzüyor gibiydi. Cilalı bir camla kaplatmıştı Kral. Görenlerin asla cam olduğunu fark edemeyeceği eşsiz bir yapıydı bu. Şaşkınlığı iki kat arttı. Heyettekilerin korkulu bakışları arasından kırmızı tafta eteklerini bırakıverdi camın üzerine. Yanaklarına gül renkli bir hayâ düştü. Suya yürümek için eteğini topladığında bacağının gözüktüğünü o an fark etmişti. Önüne baktı mahcup. Ceylan derisi pabuçlarını geçirdi ayağına. Billur üzerindeki yürüyüşüne devam etti. Ayna gibi duru zeminde renk renk balıklar, midyeler, istiridyeler, denizyıldızları yüzerken inceltilmiş cama baktı. Hayret, hayranlık ve şaşkınlık içinde ilerlerken hüdhüdün kanadıyla gelen o müjde âleminde yeniden yankılandı âleminde: "Bismillahirrrahmanirrahim"

Yankısını bulmuş bir aşktı bu. Aklı gibi nefsi de intibaha gelmişti artık.

"Ey yüce Kral!" dedi. "Sen ki küçük bir karıncanın nidasını işitmişken Belkıs'ın yüreğindeki yankıyı da duymayacak mısın? Lisanında hikmet, elinde sanat, altında saltanat varken Rabbinin huzurunda iki büklümsün. Demiri balmumuna, kumu ise cama kalp edersin de kibre kapılmazsın! Bu ne azim saltanat bu ne sarsılmaz teslimiyettir!"

Tüm ezberleri yok olup gitmişti Melikenin. Onun için zaman farklı bir milada geçiyordu. Cilalı camın altında yüzen türlü çeşit deniz canlısı, Sebe Melikesi Belkıs'ın şahsında insanın başarısını ve kararlılığını selamlıyordu.

Şeffaf yankılar arasından seslendi.

"Yazık bana!" dedi. "Kendime yazık etmişim? Kavmime yazık etmişim? Ne yapmışım ben?"

Tövbesi kadim zamanlardı. İnsanın mahiyeti kum gibi değil miydi? Alevlenip yanmadıkça, ince eleklerden geçmedikçe, safileşip akmadıkça billurlaşamıyordu. Kum kristallerinin billur akisleri içinde Belkıs gerçek Var Ediciyi bildi. Yüz yüzeydiler. Süleyman Peygamberin manevi saltanatının önünde diz çökmek istedi. Haşmetli nübüvveti ve velayeti önünde eğilmek istedi.

"Bu saltanat ve azamet, beşer fevkinin üstündedir, ey Süleyman!" dedi. "Senin elinde bunca güç ve imkan varken Rabbini unutmadın, peki ya bana ne olmuş? Ülkeniz muhteşem, saltanatınız emsalsiz. Fakat görüyorum ki ufkunuz ve fikirleriniz hepsinden daha görkemlidir. Şunu bilesiniz ki biz buraya zaten inanmış olarak geldik. Yürek secdelerimiz artık Süleyman'ın Rabbi içindir!"

"O halde sizi inancınızdan alıkoyan nedir, ey Melike?"

Gözlerinden yaşlar akıyordu Sebe Melikesinin. Daha fazla direnmek anlamsızdı. Sırılsıklam bir yüzle secdeye kapandı. Süleyman'ın Rabbine teslim oldu.

"Sübhanallah! Elhamdülillah! Allahuekber! Bismillah!"

"Rabbim!" dedi Belkıs. "Yüreğim iki kehribar arasına düşmüş bir saman çöpü gibi yalnız ve çaresizken Sen beni gördün, ben Seni buldum. Ben ki kör ve işitmez idim. Sen beni görür ve işitir kıldın. Şimdi Süleyman'la birlikte senin rahmetine teslim oldum."

Kraliçenin heyeti de onunla birlikte secdeye kapanmıştılar. Her birinin yüreğinde sonsuz nurlar parıldarken Belkıs tek sözcüydü.

"Rabbim!" dedi. "Az kalsın mücrimlerden olacaktım. Beni mücrimlerden eyleme. Üzerine selam muştusunu düştüğü kullarından eyle."

Billur sarnıçlardan hüdhüdün sesi yükseldi: "Süleyman ordusu için su ararken asıl susamışların Belkıs ve ordusu olduğunu gördüm.

Melikenin kalp zarında saklı duran aşka dokundum. Aşikâre çıktı. Geriye ne gam kaldı ne tasa!"

Gülümsedi Belkıs. Af kurnalarının başındaydı. Yundu, yıkandı, paklandı gözyaşlarıyla. Duru yüzünde bir ve tek olan ilaha teslim olmanın sevinci vardı. Yüreğinde şebboylar boy vermişti. Yıllar önce görmüş olduğu o rüya aklına geldi. Ayaklarının altında duran o camdan nehir, suyun üzerinde yürüyüşü, iç çekişi ve yalvarışı: "Süleyman'ın Rabbi beni bilecek mi? Gerçeğin ardına düşenlerden sayacak mı? Kutsal Kitabın satırları arasından doğruluk mücadelesi vermiş ve Süleyman'ın davetine muhatap olmuş bir Melikeden söz edecek mi? Söyle bana Kerman! Süleyman'ın Rabbi beni bağışlayacak mı? Yargılarını, yanılgılarını ve yanlışlarını örterek, Belkıs'ı da sevdiği kullar arasına katacak mı?"

Gülümsedi Melike. Bir dua düştü diline:

"Gücüm... Saltanatım... Bereketli topraklarım... Askerlerim, leşkerlerim, bilgelerim... Güzelliğim... İtibarım... Tahtlarım, bahtlarım... Köşklerim, saraylarım... Hepsi ama hepsi şu an gözümde bir saman çöpü kadar sığ ve değersiz! Koskoca bir hiçlik ve boşluk!

Elveda, doğup batanlara!

Elveda, anlamsız sevdalara!

Elveda, ölümlü gerçeklere!

Besmeleye olan hürmetim hatırına bu yüce bahta ermiş bulunmaktayım."

Billur maviliklerden su şırıltıları duyulurken, bozkırlarına bahar gelmişti Belkıs'ın. Nilüfer yaprakları kadar narin ellerini bir kez daha Rabbine kaldırdı.

"Tövbe Rabbim!" dedi. "Tövbe yaptıklarıma! Tövbe taptıklarıma! Senden uzaklığıma! Hezar kez tövbe! Sebe Ahalisini ve Melikesini affeyle!"

Sonra Süleyman Peygambere döndü.

"Biz öleceğiz, ey Nebi!" dedi. "Yıllar akıp gidecek ve yerimize yeni insanlar yeni yüzler gelecek. İnsanlar yeni umutları ardınca koşup duracak. Ama kimse, hiç kimse insan olma yolculuğun sırrını keşfetmeden mutlu olamayacak. Belkıs'ı ve kavmini, kendinden uzaklığın cehenneminden kurtaran Rabbime şükürler olsun."

Süleyman Peygamber duyduklarından hoşnuttu. Kraliçe kendi vicdanının sesini duya duya nefsine diz çöktürmüş, benlik zincirlerini kırmış, kabuk içindeki öze kavuşmuştu. Her nefis böyle bir davete icabet edemezken, bu davete evet demişti Belkıs. Aklına ve hünerine güvenip meydan okumamıştı. Adım adım ilerlemiş ve sonuca ermesi muhteşem olmuştu. Melikenin intibaha gelmesi, Sebe Krallığının kurtuluşu demekti. Yüzlerce yürek, batıl bir aldanışın eşiğinden dönmüştü. Şükür secdesine kapandı.

"Elhamdulillahhazaminfadlirabbi!"

Bir diriliş öyküsüydü bu. Dünya var oldukça anlatılacak ve öğrenilecek bir diriliş hikâyesiydi. Onlar; Yeruşelim Kralı Sultan Süleyman ile Sebe Melikesi Belkıs, çağlara kutlu bir destan bıraktılar. Doğmamış nefesler mavi kubbe altında var oldukça, bu kutlu gerçeği hayırla yad edeceklerdi. Süleyman Meclisindekilerle Sebe Heyeti aynı dinin mensupları olarak kaynaşıp kucaklaşırken, şafağı yeni atmış pembe tüllerin gerisinden gülümsedi Belkıs.

"Ey Şeref Burcunun Dolunayı!" dedi. "Anladım ki benlik kisvesini sıyıramayanlar, hakikati bulamazlar. İşte kapındayım. Şanım hiç, servetim bir saman çöpüdür şimdi. Senin havl ve kuvvetinle denizden inci, taştan yakut, dikenli budaktan gül çıkar. Sebe Melikesini de yokluğun alevli bağrından çıkardın. Ya Rab! Rahmetin kucağı ne sıcaktır. Tövbe taptıklarıma, tövbe yaptıklarıma, tövbe inandıklarıma! Şimdi senin rahmet sağanağının altındayım. Affet bizi ya Rahman! Ben ve kavmim kudretine ve şanına teslim olduk."

Nilüfer çiçeği kadar saf ve duru yüzü sırılsıklamken, çağlara bir mesaj düştü: "Sebe Melikesi Belkıs, Müslüman oldu."

Derler ki; Kudüs topraklarına gidenler hâlâ o cıvıltıyı duyarlar. Kumrular cıvıldaşır, zümrüt dallar arasında yeşil kuşlar uçuşur. Yeruşalim Kralı hâlâ Sebe Melikesini karşılamaktadır.

Billur sarnıçlardan hüdhüdün selamı yükselir: "Yedi fersah göklerden Melikenin sesini duyup ahını işitmişim. Minik yüreğimde insanlığın ne sırlarını taşırım ben. Beni görüp de Süleyman Nebiyi hatırlar mısınız bilmem. Ama ben her insanın yüreğindeki saklı baharı müjdelerim.

Selam, mekânsızlık âlemine...

Selam, ilmin sonsuz katmanlarına...

Selam, o güzel kullar üzerine olsun.

Selam, Allahın peygamberi Süleyman'a...

Selam, Belkıs'ın yüreğine düşen o aşk tohumuna...

Selam, Besmeledeki aşkı sezip yakalayanlara olsun.

Selam, onun öyküsünü bir kitap sahifesi üzerinden yürekle okuyanlara...

Selam dünya günleri tükenmeden gerçeğin ardına düşmüşler üzerine olsun.

Selam, Süleyman'a ve aklının ve yüreğinin izini güden Belkıs üzerine olsun.

Sonsuzun sevdalılarına kavuşuncaya dek onları yad edene "Binbarekallah."deriz.

Kalem, bu satır yolcularına selam eder. Akıl aciz, kul nakıs, kelam yetersizken, kalem burada susar ve sözü kadim kelamın ilahi nefesine bırakır.

"İnnehu min Süleymane ve innehu Bismillaihrrahmanirrahim."

SON

YAYIN LİSTESİ

MEHMET ALİ BULUT KİTAPLIĞI

Ahkamsız Hükümler	Mehmet Ali Bulut
Can Boğazdan Çıkar	Mehmet Ali Bulut
Derviş ve Sinha	Mehmet Ali Bulut
Fardipli Sinha	Mehmet Ali Bulut
Elfabe	Mehmet Ali Bulut
Ey Rabbim Dualarımı Kabul Eyle	Mehmet Ali Bulut
Gizemli Sorular	Mehmet Ali Bulut
Ruhun Deşifresi	Mehmet Ali Bulut
Sofrabaşı Sağlık Sohbetleri	Mehmet Ali Bulut
'Tanrının Halkı'nın Allah İle Başı Dertte	Mehmet Ali Bulut
Asya'nın Ayak Sesleri	Mehmet Ali Bulut

BİYOGRAFİK ROMAN / SAHABE HAYATLARI

Hz.Hatice	Nurdan Damla
Hz. Zeyneb	Nurdan Damla
Sebe Kraliçesi Belkıs	Nurdan Damla
Hz. Fatıma	Nurdan Damla
Hz. Ali	Mithat Bala
Hz. EbuBekir	Mithat Bala
Ebu Zer	Hasan Basri Bilgin
Safvan Bin Muattal	Hasan Basri Bilgin
Aşkın Peygamberi	Eda Bildek

POLİSİYE - MACERA

Buz Yürekler	Gençosman Denizci
Formülün Peşinde	Gençosman Denizci
Kanlı İcat	Gençosman Denizci
Sır Ölüm	Gençosman Denizci
Ateşle Dans	Gonca Çiftçioğulları
Akrep Darbesi	Ali Zengin
Kayıp Birlik	Ali Zengin
Sultanın Adamları	İhsan Yalçın

ZEKERİYA EFİLOĞLU KİTAPLIĞI

Aşkın Peşinde	Zekeriya Efiloğlu
Bana Aşkımızı Anlat	Zekeriya Efiloğlu
Can Tanem	Zekeriya Efiloğlu
İkimiz İçin	Zekeriya Efiloğlu
Olduğum Gibi Sev	Zekeriya Efiloğlu
Kalbime Yazdım Seni	Zekeriya Efiloğlu

Mandalina Çekirdeği ... Zekeriya Efiloğlu
Annemi Beklerken ... Zekeriya Efiloğlu
Eşim İsterse Olur ... Zekeriya Efiloğlu

SEVİM ASIMGİL KİTAPLIĞI

Aşkımıza Çıkış Yok ... Sevim Asımgil
Bu Kalp Seni Unutur mu ... Sevim Asımgil
Dilara ... Sevim Asımgil
Dönme Artık Çok Geç ... Sevim Asımgil
Sana Hiç Elveda Demedim ki ... Sevim Asımgil
Sen Gidince ... Sevim Asımgil
Sevda Geri Dön ... Sevim Asımgil
Sevda Çiçeğim ... Sevim Asımgil
Siyah Zambak ve Merve ... Sevim Asımgil
Terk Etme Beni ... Sevim Asımgil

HALİT ERTUĞRUL KİTAPLIĞI

Manevi Yüceliş ... Halit Ertuğrul
Gençlik Mektupları ... Halit Ertuğrul
Örnek Öğretmen ... Halit Ertuğrul
Gemileri Yaktım ... Halit Ertuğrul

SIRADIŞI ROMANLAR

Asrın İhaneti ... Safiye Çetinkaya
Aşk Yağmuru Sever ... Safiye Çetinkaya
Eylül Vurgunu ... Safiye Çetinkaya
Asiye ... Nejla Arslan Kurt
Görücü Usulü Aşk ... Nejla Arslan Kurt
Görücü Usulü Aşk / Vuslat Vakti ... Nejla Arslan Kurt
Görücü Usulü Aşk / İkinci Bahar ... Nejla Arslan Kurt
Seni Bana Yazmışlar ... Nejla Arslan Kurt
Aşk Yolcusu ... Mustafa Uslu
Kız Kulesi ile Kar Tanesi ... Sebahattin Ceylaner
Aşk-ı Lâl ... Sebahattin Ceylaner
Aşk-ı Leyla ... Barış Cem Kaya
Aşk-ı Pervane ... Mecbure İnal
Aşk-ı Rana ... Güney Utkun
Aşkta Kaderim Sensin ... Sergül Vural
Bir Ömürlük Sabır ... Zekeriya Erdim
Cydonia ... Sercan Leylek
Elif Name ... Baki Evkaralı
Elif Öğretmen ... Hüseyin Yılmaz
Kalbimdeki Yabancı ... Hüseyin Yılmaz

Fatima	Fatma Zehra Fidan
Gülsima Ağlama Ne Olursun	Ferhad Fani
Güneşe Açılan Aynalar	Zafer Akıncı
Güneşin Öptüğü Kız	Şeyma Demir
Güneşin Aşık Olduğu Kız	Şeyma Demir
Hayat Sohbetleri	Sami Özey
İçimizdeki Mevlana	Prof. Dr. Cihan Okuyucu
Kabirde İlk Gece 1	Seyit Ahmet Uzun
Kabirde ilk Gece 2 (Sırat Köprüsünde Heyecan)	Seyit Ahmet Uzun
Kabirde İlk Gece 3 (Cehennem Yolcuları)	Seyit Ahmet Uzun
Kabirde İlk Gece 4 (Cennet Yolcuları)	Seyit Ahmet Uzun
Şeytanın Oyunu	Seyit Ahmet Uzun
Kalbin Uyanışı	Büşra Taşçıoğulları
Kalp İle Sır	Mecbure İnal Vela
Sabah Yakın Değil mi	Mecbure İnal Vela
Karanlığın Vârisi Abraham	Rabia Kısaalioğlu
Korkma Ayrılıktan Aşk Var	M.Faik Özdengül
Leyla'nın Mevla'sı	Hatice Özkan
Mehdix	Turgay Güler
Sır Küpü	Turgay Güler
Ruhlar Kuyusu	Turgay Güler
Mevlana Konuşuyor	Prof. Dr. Cihan Okuyucu
Nakrem	Ömer Faruk Karataş
Ölünce Sever misin Beni	Betül Aşık
Son Ödül	Mehmet Kahraman
Yeniden Diriliş	Prof. Dr. Refik Balay

TARİHİ ROMANLAR

1915 Çanakkale	Hasan Basri Bilgin
Yavuz Sultan Selim	Hasan Basri Bilgin
Fatih 1453 (Büyük Boy)	Hasan Basri Bilgin
Son Zafer Kutulamare	Hasan Basri Bilgin
Yalnız Hünkar Abdülhamid	Hasan Basri Bilgin
Tarihi Aşklar ve Aşk Mektupları	Muammer Yılmaz
Diriliş Sevdası	Mürvet Sarıyıldız
Hekimoğlu Efsanesi	Baha Rahmi Özen
Selahaddin Eyyubi	Yusuf Güldür

ÖYKÜLER

Ben Bu Öğretmeni Çok Sevdim	Turgay Yalanız
Umudu Yeşerten Öyküler	Turgay Yalanız
Derde Deva Öyküler	Adem Yolcu

Hayata Dokunan Öyküler .... Yusuf Özkan Özburun
İnsan Sıcağı Öyküler .... Yusuf Özkan Özburun
Yaşama Sevinci Öyküler .... Yusuf Özkan Özburun

TARİH

Cumhuriyetin Tozlu Sayfaları .... Prof.Dr. Mehmet Çelik
Tarihin Hafızası .... Prof.Dr. Mehmet Çelik
İhtişamdan Sefalete .... Prof.Dr. Mehmet Çelik
Üst Aklın Ilımlı İslam Eldiveni .... Prof.Dr. Mehmet Çelik
Küresel Emperyalizm ve Yitirilen Üç Nesil .... Prof.Dr. Mehmet Çelik
İdeoloji Üretme Çiftlikleri: Üniversiteler .... Prof.Dr. Mehmet Çelik
Kurtuluş Savaşı Hatıratı .... Mehmet Tevfik Fırat
Osmanlı'nın Büyüme Sırları .... Yavuz Bahadıroğlu
Osmanlı'nın Yükselişi .... Yavuz Bahadıroğlu
Osmanlı'da Çocuk Eğitimi .... Yavuz Bahadıroğlu
Tarihimizin Gizli Odaları .... Yavuz Bahadıroğlu
Projeler Sultanı - Abdulhamid Han .... Yusuf Güldür
Çadırdan Saraya .... Nazım Tektaş
Saraydan Sürgüne .... Nazım Tektaş
Tanrının Askerleri 1 .... Nazım Tektaş
Tanrının Askerleri 2 .... Nazım Tektaş
Tanrının Askerleri 3 .... Nazım Tektaş
Tanrının Askerleri 4 .... Nazım Tektaş

EVLİLİK VE AİLE

Aile Terapisi .... Selahattin Yaylamaz
Kadın Mutluysa Herkes Mutludur .... Selahattin Yaylamaz
Metalik Kadınlar Kadife Erkekler .... Selahattin Yaylamaz
Aile Zekâsı .... Münir Arıkan
Ayrılamazsınız .... Dr.Zülfikar Özkan
Eşimi Anlamak İstiyorum .... Saliha Erdim
Kendime Yardım Etmek İstiyorum .... Saliha Erdim
Eşim Haklıymış .... Davut Can
Evleniyormuyuz? Eğleniyormuyuz? .... Mustafa Atak
Evliliğe Hazırlık Rehberi .... Mustafa K.Topaloğlu
Evlilik ve Aile Okulu .... Mehmet Kızılkaya